Ewald Gerhard Seeliger

AF284198

Junker Schlörks

tolle Liebschaften

Historischer Roman

L.A.M.

Ewald Gerhard Hartmann (Ewger) Seeliger

geboren am 11. Oktober 1877 in Schlesien, zu Rathau, Kreis Brieg, gestorben am 8. Juni 1959 in Cham/Oberpfalz, zählt zu den erfolgreichsten Schriftstellern des 20. Jahrhunderts.

Zu seinen bekanntesten Werken gehört „Peter Voß der Millionendieb". Seine schlesische Heimat beschreibt er in „Siebzehn schlesische Schwänke", „Schlesien, ein Buch Balladen", „Schlesische Historien" und in vielen Romanen.

Seine erotischen Barockromane „Junker Schlörks tolle Liebschaften" und „Vielgeliebte Falsette" wurden in der Adenauer-Ära der BRD auf den Index gesetzt und somit verboten.

Seeligers skurrile Autobiographie ist unter dem Titel „Messias Humor" erschienen.

Junker Schlörks

tolle Liebschaften

historischer Roman

von

Ewald Gerhard Hartmann Seeliger

1919

bearbeitet und herausgegeben von
L. Alexander Metz

© L. Alexander Metz 2018

Herstellung und Verlag:
Books on Demand GmbH, Norderstedt

Titelbild:
„Mann in Rüstung" von Paolo Emilio Besenzi
Artothek - Bildagentur der Museen,
Herrnfeldstraße, Weilheim in Oberbayern
als Kunstdruck zu erhalten bei: bildergipfel.de

Umschlaggestaltung und Fotobearbeitung:
Roman Metz Photography, München

Transkription: Katja Mende

Herausgeber:
L.A.M.
L. Alexander Metz
Hildegardstraße 6
80539 München
www.facebook.com/alexander.metz.12

ISBN 978-3-75288-658-0

Inhaltsverzeichnis

In deinen Drüsen haust die Brut der Ahnen,
Und was dich treibt, das haben sie getrieben:
Ein Heer von Kurtisanen und Galanen
Hat tief sich in dein Stammbuch eingeschrieben,
In deinem Blute flattern ihre Fahnen,
Du magst sie fürchten, und du darfst sie lieben,
Sie schufen dich, und ihr gesipptes Feuer
Spornt dich in immer neue Abenteuer.

Wie sich Eustachius in einer Jungfernfalle fing

Seit der Wende des dreizehnten Jahrhunderts saßen die Schlörke, deren Ahnherr mit seinem reisigen Haufen aus Thüringen gekommen war, in der ungrischen Zips, und ihre Zwingburg, ein mit Wartturm, Zinnenmauern und Wallgräben gesicherter Edelhof, lag auf einem Hügel halbwegs zwischen den beiden munteren Marktstädten Leutschau und Käsmark.

Eustachius Ritter Schlörk von Schlurkheim war der Zwölfte dieser feudalen Reihe und gebot als einer der reichsten Grundherren über fünf große Dörfer, von denen das neben dem burggekrönten Hügel und an beiden Ufern des raschen Bergbaches Gellau gelegene Schlurkheim das bedeutendste war.

Obwohl Eustachius bereits sechsunddreißig Jahre zählte, hatte er noch nicht das geringste zur Fortpflanzung seines edlen Geschlechtes unternommen, dieweil er noch immer damit beschäftigt war, die Zahl seiner Untertanen aus eigener Kraft zu vermehren, eine Gepflogenheit, der sich auch feine Vorfahren nach Laune und Vermögen befleißigt hatten, also dass in allen fünf Dörfern und sogar darüber hinaus die hohe sehnige Gestalt der Schlörke, ihre scharfe Adlernase, ihr volles straffes Blondhaar und ihre hellblauen lebenshungrigen Augen selbst unter dem niedrigsten Hüttendach zu finden waren. Diese ebenso herablassende und fruchtbare Tätigkeit, sein ritterliches Blut und damit seine vornehmen Anlagen und Gaben der gesamten Untertanenschaft einzuflößen und zugute gelangen zu lassen, hatte Eustachius bisher daran gehindert, seinen Stammbaumschuldigkeiten nachzukommen.

Zwar pflegte er jenen volksschöpferischen Pflichten, ein wahrer Vermehrer des Landes zu sein, nicht ohne Unterbrechung zu frönen, und so kamen denn immer wieder Tage und

9

Wochen, in denen er es vorzog, sich mit dem edlen Waidhandwerk die Zeit zu vertreiben oder nach Leutschau hinüberzureiten, um sie dort mit Wein, Würfeln und Karten totzuschlagen. Hier nämlich traf er sich mit seinen lieben Nachbarn und mit den anderen Zipser Hochzunftgenossen, die alle mit heiratslüsternen Töchtern gesegnet und eifrig darauf bedacht waren, sie standesgemäß zu bemannen. Aus diesem triftigen Grunde mied Eustachius geflissentlich ihre Schlösser, so oft und herzlich er auch eingeladen wurde. Denn vor dem Freien wie vor dem christlichen Ehestand hatte er ein nicht gelindes Grausen.

Und so streifte er denn, die steife Hahnenfeder am Hut, ledig, frei und ungebunden durch die Dörfer und Fluren, um die inzwischen herangewachsenen Jungfern aufzustöbern, mit Groschen zu betören und mit Talern zur Strecke zu bringen.

„Unser gnädiger Herr hat den Koller!", sprachen die Untertanen untereinander und beeilten sich, ihre mannbare Brut vor ihm zu verstrecken, soweit sie weiblichen Geschlechts und einigermaßen genießbar geraten waren.

Die Mädchen freilich waren ganz anderer Meinung. Denn je wohler sie ihrem Herrn gefielen, umso eher konnten sie hoffen, unter die Haube zu kommen.

Also, dass Eustachius auch auf dieser Jagd ein Schütze war, der niemals danebentraf. Und da er stets dafür Sorge trug, dass jedes der von ihm ins Dasein gerufenen Landeskinder auch einen Vater erhielt, durfte er sich eines Gewissens erfreuen, das sich bisher immer als ein ganz vorzügliches Ruhekissen erwiesen und bewährt hatte.

Auf solche Weise wusste er rund um sich herum eine glückliche Ehe nach der anderen zu stiften, und Jeremias Fürtrefflich, der betagte Dorfseelenhirte von Schlurkheim und Umgegend, der im Gegensatz zu seinem Kirchenpatron nur auf das Herz und nicht auf die Nieren sah, hütete sich wohl davor, einer von ihm gar zu sichtbarlich gesegneten Braut nach dem Kränzlein zu greifen, und gab die Paare zusammen, ohne auch nur mit der Wimper zu zucken. Denn was der Herr tut, das ist all zumal und immerdar wohlgetan.

Die von Eustachius solcherart angestifteten Ehen blieben von ihm vollkommen unbehelligt, dieweil er lediglich auf Jungfern erpicht war. Und da sie ihm in seinem fünfdörflichen Herrschsuchtsbereich lange nicht so schnell heranreifen wollten, wie er sie zum Altar zu bringen beflissen war, sah er sich oft genug genötigt, über die Grenzen vorzustoßen, wobei er jedoch, um den nachbarlichen Frieden nicht zu gefährden, jedes unliebsame Aufsehen zu vermeiden wusste.

Also war es denn weiter kein Wunder, dass der Ruhm seiner ebenso unwiderstehlichen wie verschwiegenen Galanterie immer mehr ins Kraut schoss und ins Weite drang, und dass er bei den Zipser Edelfräulein in einen immer bedenklicheren, geradezu aufreizenden Ruf gelangte. In Krakau bei den Ursulinerinnen, von denen die polnischen Adeligen seit alters her die Erziehung ihrer heranwachsenden Töchter besorgen ließen, war Eustachius bald ebenso berüchtigt wie bei den Grauen Nonnen in Kaschau, denen die ungrischen Edelherren, obschon sie zumeist dem widerrömischen Glauben anhingen, ihren weiblichen Nachwuchs, dessen Keckheit auch kaum etwas zu wünschen übrigließ, anzuvertrauen pflegten. Denn diese graugewandeten Gottesbräute wussten ganz genau, wo Barthel den Most holt und rechneten nicht nach Weihwassertropfen und Rosenkranzperlen, sondern nur nach harten Talern und blanken Gulden.

„Herr, mein Gott, beschere mir den Eustachius!", beteten die Zipser Edeljungfrauen zu Krakau und Kaschau, wenn sie des Abends in ihren weißen Betten lagen.

Alle ließen es hübsch bei dem Beten bewenden und stellten das Weitere der göttlichen Allmacht anheim, bis auf Anastasia, die verschmitzte, nicht sonderlich hübsche, dafür umso feurigere Polin, die älteste der vier Töchter des als erfolgreichen

Pferdezüchter weithin bekannten Edelmannes Kasimir von Kalinsky aus Skupine, das von Schlurkheim aus in drei Trabstunden zu erreichen war.

„Ich will und muss den Eustachius haben!", tuschelte sie kurz vor der Entlassung ihrer bildschönen Busenfreundin Epiphania ins reizende Ohr. „Koste es, was es wolle!"

„Heilige Mutter Gottes!", hauchte Epiphania und erbleichte schaudernd. „Du bist ja nicht bei Sinnen! Einen solchen Sünder!"

„Sünder sind wir alle!", behauptete Anastasia trotzig. „Und wenn alle Stricke reißen, er muss mein werden! Ich habe schon einen Plan. Und er soll mir gelingen! Eine schlechte Stute, die nicht zehnmal klüger wäre als der Hengst."

Drei Tage später wurde Anastasia von ihrem Vater abgeholt und in der wappengeschmückten, von einer Rotte bewaffneter Knechte gesicherten Kutsche nach Skupine zurückgebracht. Schon unterwegs weihte sie ihn in ihren Plan ein, der ihm zuerst gar nicht einleuchten wollte, so verschlagen er sich auch sonst zu benehmen wusste. Aber sie ging listig zu Werke, dass er endlich alle seine Bedenken dahinfahren ließ und ihr zustimmte.

Noch schneller wurde sie mit der Mutter einig, die es nun kaum noch erwarten konnte, den reichen Schlurkheimer zum Schwiegersohn zu bekommen, um dann mit ihm herumprahlen zu können.

Uns so begann denn Kasimir von Kalinsky mit Eustachius zunächst um einen Zuchthengst zu handeln, den er in Leutschau zum Verkauf ausgeboten hatte, und bald darauf nahmen Vater und Tochter diese günstige Gelegenheit wahr, um in Schlurkheim einzureiten.

Eustachius empfing sie nach Gebühr der landesüblichen Gastfreundschaft und half Anastasia, die ihm trotz ihrer Schweigsamkeit nicht übel gefiel, aus dem Sattel, wobei er sich nicht verkneifen konnte, ihr ein wenig an die Wade zu kommen.

12

Sie warf ihm dafür einen strafenden Blick zu, woran er erkannte, dass er eine Jungfrau vor sich hatte, denn in diesem Punkte war er überaus scharfsichtig, und sogleich begann ihn schon wieder der ewige Hafer zu stechen.

Nachdem der Hengst besichtigt und der Kauf durch Handschlag besiegelt und durch klingende Münze vollendet worden war, ließ Eustachius ein leckeres Frühmahl anrichten, lud die beiden Gäste zu Tisch, wobei er Anastasia gegenüber Platz nahm, trank ihr zu und gab sich die redlichste Mühe, unter dem Tisch mit ihr in Berührung zu gelangen, was ihm aber zunächst gründlich misslang.

„Die holde Jungfrau ist schlechter Laune", wandte er sich an den Vater. „Was kann ich tun, um ihr Wohlgefallen zu erregen?"

„Nichts für ungut, Herr Nachbar" gestand der Vater, „aber sie hat einen kleinen Kummer, dieweil sie in vier Wochen hochzeiten muss."

„Ei der Tausend!", verwunderte sich Eustachius und riss die Augen auf. „Wer ist denn der Glückliche?"

„Einer, den ich nicht mag!", seufzte Anastasia und schlug die Augen nieder.

„Larifari!", fiel der Vater unwirsch ein. „Dafür liebt er dich umso heißer! Untersteh dich, mir noch länger zu trotzen! Was sagt Ihr, Herr Nachbar, zu einem solch unchristlichen Benehmen?"

„Ja nun", antwortete Eustachius, „es will mir scheinen, dass Ihr mit diesem sanften Kind doch etwas zu hart umgeht."

Ein dankbarer Blick aus Anastasias tränenschwangeren Pupillen belohnte ihn dafür und spornte ihn an, sich noch kräftiger für sie ins Zeug zu legen.

„Ich bitte Euch inständig, Herr Nachbar", flehte der Vater, „sie nicht in ihrem gottlosen Eigensinn zu bestärken!"

„Und ich nehme ihn doch nicht!", rief Anastasia plötzlich und stampfte zur Bekräftigung mit dem Fuße auf, wobei sie wie von ungefähr so nahe an den Stiefel des Gastgebers kam, dass ihn sofort ein freudiger Schreck durchzuckte.

„Dann stecke ich dich ins Kloster!", donnerte der Vater. „Ohne Gnade und Barmherzigkeit!"

„Oh weh!", sprach Eustachius und trat Anastasia so sanft auf den Fuß, dass sie über seine hochgalanten Absichten nicht länger im Zweifel sein konnte. „Wer wird mit hübschen Jungfrauen so unzärtlich umgehen! Ihr seid ein gar zu hartherziger Vater!"

„Zum Kuckuck und seinem Küster!", erboste sich Kasimir von Kalinsky, bekam einen roten Kopf und sprang auf. „Wenn Ihr mir so kommt, Herr Nachbar, wie könnte ich dann noch länger unter Eurem Dach weilen?"

„Also machen wir eine Sauhatz!", schlug Eustachius vor, um ihn wieder zu besänftigen, da er im gleichen Augenblick Anastasias zustimmenden Druck auf seiner Stiefelspitze verspürte.

Aber Kasimir von Kalinsky wies diese freundliche Einladung mit einer solchen Entschiedenheit zurück, dass der Aufbruch nicht mehr verhindert werden konnte.

Während der zornige Vater von den Reitknechten die Auslieferung des gekauften Hengstes heischte, half Eustachius der Jungfrau Anastasia in den Sattel, wobei er sich das Recht herausnahm, ihr zärtlich ins Weichere zu greifen.

Und sie warf ihm dafür einen so feurigen Blick zu, dass er sich nicht nur den Schnurrbart strich wie ein Tambourmajor vor dem entscheidenden Sturmangriff, sondern sich auch wörtlich also erkeckte: „Ihr werdet ihn wohl nehmen müssen! Aber welche Macht der Erde könnte Euch dazu zwingen, ihm das zu opfern, wonach es ihn gelüstet? Und wenn Ihr nur den Mut habt und es Euch auch sonst wohlgefällt, so bin ich noch in

14

dieser Nacht Eurer ergebener Diener. Ihr braucht mir nur einen Wink zu geben."

„Ja, kommt!", hauchte sie ihm erglühend zu. „Ich lasse das Licht brennen. Und am Birnbaum gleich unter meinem Fenster steht eine Leiter. Aber seid ganz leise und macht kein Geräusch, denn die Mutter schläft nebenan!"

Darauf ritt sie mit ihrem Vater auf und davon.

Eustachius schaute ihr triumphierend nach, schlug sich an die Brust und bärschte sich also auf: Was bin ich doch für ein Tausendsassa und Teufelskerl! Wo gibt es auf dieser Welt eine Jungfer, die mir zu widerstehen vermöchte!

Kasimir von Kalinsky ritt unterdessen mit Anastasia und dem Hengst heimwärts, aber auf dem Umweg über Pobratje, wo er bei seinem Schwager Sigismund von Laklos einkehrte, der sogleich bereit war, nach Skupine mitzukommen, um den neuen Wein zu probieren.

Eustachius jedoch konnte es kaum erwarten, dieses neue Abenteuer zu bestehen, bei dem nichts weiter zu wagen war, weil es auf Rechnung eines andern ging. Kaum war die Sonne hinabgesunken, riss er den Hut mit der steifen Hahnenfeder vom Nagel, pfiff dem Jagdhund, schwang sich auf sein Ross und sprengte in die Nacht hinaus.

In Skupine angekommen, ließ er in einem dichten Gebüsch Ross und Hund zurück und pirschte sich sodann an das erleuchtete Fenster heran, was ihm nicht viel Mühe machte, dieweil dieses Feudalgewese nur durch einen leicht übersteigbaren Zaun gesichert war. Er fand den Birnbaum und die Leiter, lehnte sie an, entledigte sich seiner Stiefel und klomm unverzagt empor.

„Nur leise, ganz leise!", hörte er, als er sich in das Gemach schwang, Anastasias Flüsterstimme vom Himmelbett her, auf dem sie ihn erwartete.

Nachdem er sich vergewissert hatte, dass die beiden Türen, die aus diesem Raum hinausführten, verriegelt waren, zog er den langen Raufdegen, auf den er sich unter allen Umständen verlassen durfte, legte ihn griffbereit auf die Kommode, streifte die Kleider ab und tappte, während Anastasia das Licht löschte, mit der ihm eigenen Tapferkeit in die ihm von ihr mit so viel List und Umsicht gestellte Jungfräulichkeitsfalle hinein.

„Oh Gott!", hauchte sie unter seinen stürmischen Anmarschbemühungen. „Das Bett knarrt!"

Infolge dieser Warnung musste sich Eustachius wohl oder übel zu einem bedeutend gelinderen Verfahren bequemen, als es sonst seine Gewohnheit war. Aber das Bett knarrte trotzdem weiter und immer vorlauter, und noch bevor er dazu gekommen war, seine erste Lust an ihr zu büßen, tat sich die eine der beiden Türen auf, und auf ihrer Schwelle erschien die besorgte Mutter mit einer dreiarmigen Leuchte und fragte leise: „Was ist dir, mein Kind? Hast du schwere Träume? Warum bist du so furchtbar unruhig?"

Verflucht und zugenäht, hier stimmt was nicht! blitzte es Eustachius durchs Hirn. Wie kann sie durch eine verriegelte Tür hineinkommen? Worauf er Knall und Fall seine galanten Bemühungen abbrach, bevor er ans letzte Ziel gelangt war.

Unterdessen war die Mutter ans Himmelbett getreten, und da sie nun die darin veranstaltete Bescherung in Augenschein genommen hatte, stellte sie die kerzliche Dreieinigkeit auf den Tisch, eilte hinaus und ließ ihre Stimme also aufgellen: „Kasimir, Kasimir, herbei! Sie hat den Verstand verloren! Der Schlurkheimer ist über ihr! Sie will sich von ihm noch vor der Hochzeit entjungfern lassen!"

Nun aber fiel es Eustachius wie Schuppen von den Augen.

„Verdammte Hexe!", schnaubte er und verabreichte Anastasia zwei Maulschellen, die sie hinnahm, ohne zu mucken,

16

worauf er Degen und Kleider an sich raffte und sich über die Leiter auf den Rückzug zu begeben trachtete.

Aber dazu war es bereits zu spät, denn schon schob sich die breite massige Gestalt des Schwagers Sigismund von Laklos durch das Fenster, in der Rechten den blanken Degen, in der Linken die beiden Stiefel, die Eustachius vor der Leiter zurückgelassen hatte.

„Guten Abend, Herr Nachbar!", grinste er, indem er ihm die Stiefel vor die Füße warf und ihm den spitzen Stahl auf die Brust richtete. „Was steht sonst noch zu Diensten?"

Im gleichen Augenblick platzte von der anderen Seite Kasimir von Kalinsky herein und brüllte wutschäumend und degenschwingend: „Jungfernschänder! Friedensbrecher! Hundeblut!"

„Er kommt nur mit dem Leben davon", kreischte die hinter ihm nun wieder auftauchende Mutter, „wenn er ihr sofort die Ehe verspricht!"

Eustachius beguckte sich die beiden nach seinem Ritterblut lechzenden Degenspitzen, zwischen die er so gänzlich unversehens geraten war, steckte das Schwert in die Scheide zum Zeichen, dass er den Kampf gegen diese Übermacht nicht aufzunehmen gewillt sei, begann sich anzukleiden und knirschte: „Verfluchte Komödie! Ihr steckt alle zusammen unter einer Decke!"

Anastasia benutzte diese Pause, um sich unter herzzerreißendem Schluchzen an die schützende Mutterbrust zu flüchten.

„Hör auf zu plärren!", brüllte Kasimir von Kalinsky seine Tochter an. „Der Herr Nachbar ist ein Edelmann und wird deine Ehre wieder herstellen!"

„Zum Teufel und seiner Großmutter!", knurrte Eustachius, während er sich den Degen umschnallte. „Ich bin noch gar nicht dazu gekommen, ihre Ehre zu verletzen."

„Wagt Ihr Eure Schandtat zu leugnen angesichts dieser Beweise?", schnaubte Kasimir von Kalinsky und deutete mit der Degenspitze auf das blutbefleckte Bettlaken.

„Mag sein", murmelte Eustachius, „dass ich ihre Jungfernschaft schon ein wenig beschädigt habe."

„Also bequemt Euch dazu", polterte Sigismund von Laklos, „ihr die Hand zu reichen, um das angefangene Werk zu vollenden!"

Eustachius tat wohl das eine, da es sich leider nicht mehr umgehen ließ, aber nicht das andere, weil er in der Hochzeitsnacht auch noch etwas zu tun haben wollte.

Und als er am nächsten Morgen mit schwerem Kopf und geknickter Hahnenfeder nach Schlurkheim zurückkehrte, deuchte es ihm, als hätte er nach einem schweren Zechgelage, bei dem ein halbes Fass Heuriger geleert worden war, seine Unterschrift nebst Siegel auf ein mit vielen schwarzen Zeilen bedecktes Pergament gesetzt, darin er Ritterehre und Seligkeit gelobt hatte, die Jungfrau Anastasia von Kalinsky binnen vier Wochen als seine ihm von Gott bestimmte Ehefrau heimzuführen.

Sei's drum! knirschte er in sich hinein. Einmal hätte ich ja doch in den sauren Apfel des christlichen Ehestandes beißen müssen. Sie hat mich überlistet. Und ich bin so dumm gewesen, ihr auf den Leim zu kriechen. Aber das Blättlein wird sich schon wenden, sobald sie aufgehört hat, eine Jungfrau zu sein!

Denn er war fest entschlossen, auch als Ehemann seine vaterländischen Pflichten zu erfüllen und der Schürzenjagd nach Laune und Vermögen weiterhin obzuliegen, genauso wie bisher.

Wie er in einer Woche dreimal hochzeitete

Am Sonntag Exaudi zur selben Stunde, als in der Skupiner Schlosskapelle die Trauung nach römischem Muster vollzogen wurde, predigte Jeremias Fürtrefflich in der Schlurkheimer Kirche über die Heiligkeit des christlichen Ehestandes, und die fromme Gemeinde hörte ihm andächtig zu, und alle Väter, Mütter und Burschen freuten sich, dass ihnen der liebe Gott nun endlich auch eine gnädige Herrin zu bescheren geruht hatte.

Die Mädchen freilich beseufzten diese plötzliche Veränderung im Stillen, weil sie befürchteten, dass das Heiraten von nun an bedeutend schwieriger werden würde.

Und dieser heimliche Kummer wollte auch nicht von ihnen weichen, als sie auf der großen Gänsewiese vor dem Schlosshügel zum Tanze antreten durften. Denn an diesem Tage war das ganze Dorf von Eustachius zu Gaste geladen worden, und bald begann auch bei hellem Sonnenschein der allgemeine Trubel und Jubel.

Unter den flinken Fingern der Zigeuner jauchzten und schluchzten die Geigen, und der Dudelsack pfiff und brummte dazwischen. Bunte Zelte umsäumten den grünen Plan, Kränze und Fahnen winkten im Winde und der Wein schäumte kostenlos aus den Fässern in die Kannen und in die Kehlen. Auch an Bier, Branntwein, Pfefferkuchen und Würsten herrschte keinerlei Mangel, doch wer die haben wollte, der musste den Beutel ziehen.

Vor der Auffahrt zur Burg stand eine hohe Ehrenpforte, an der zwischen Birkengrün und Tannenzweigen allerhand Glück wünschende Sinnsprüche zu lesen waren. Daneben hatte der Förster Janos Schellhorn sieben Böllerröhren aufgebaut, um die stolze Hochzeitskutsche auf Waidmannsart gebührend begrüßen zu können.

Dieser wackere Waldhüter und Wildheger war erst kürzlich von Eustachius nach Schlurkheim berufen worden und hatte diese Bevorzugung vor seinen nicht minder gut beleumdeten Mitbewerbern nur dem herzerfreulichen Umstand zu verdanken, dass er den eine gute Stunde tief im Walde gelegenen Forsthof nicht nur mit einer tüchtigen Hausfrau, sondern auch mit sechs hoffnungsvollen Töchtern zu bevölkern vermochte.

Nicht weit von ihm hielt, mit dem Taktstock in der Hand, der junge, noch gänzlich unbeweibte Kantor Pontian Ziechner, von dem die sinnreichen Sprüche auf der Ehrenpforte stammten. Er stand vor den zum Chor versammelten Schulkindern, mit deren Hilfe er den edlen Patron und seine junge Gattin, die noch immer auf sich warten ließen, durch die fleißig eingeübte, vom guten Hirten handelnde Festkantate zu erfreuen gedachte.

„Wenn es nur kein Donnerwetter gibt!", warnte Janos Schellhorn, denn es wurde immer schwüler und deutete auf die kleine schwarze Wolke, die sich vom hoch gegipfelten Gebirge her über das nordöstlich gelegene Skupine auf den Schlurkheimer Wald heranschob, und Pontian Ziechner wischte sich den Schweiß von der Stirn und seufzte: „Möge uns der Herrgott gnädiglich davor bewahren!"

„Gott lässt es regnen über Gerechte und Ungerechte", meinte Simone Plinz, die eben vorbeikam, worauf ihr Janos Schellhorn missbilligend nachschaute und in den Bart brummte: „Und über die jungen wie über die alten Hexen!"

Simone Plinz, die mit ihrer feuerlockigen und verteufelt hübschen Tochter Jutta in einer kleinen abgelegenen Hütte hauste, war die Wehmutter von Schlurkheim. Von ihrer einstigen großen Schönheit war so wenig übriggeblieben, dass sie von jedem, der es noch nicht wusste, dass sie eine große Zauberin war, für eine alte böse Hexe gehalten werden konnte.

Sie wusste die allerwirksamsten Tränklein zu brauen, und wer einen kräftigen Bannspruch brauchte, den ließ sie nicht vergeblich an ihre Tür pochen.

Heute machte sie sich ein gutes Geschäft daraus, selbstgebackene Zuckernüsse und Leckerbissen zu verkaufen, und bald war der große Korb, den sie am linken Arme trug, bis auf den Boden geleert.

Sie heischte darauf eine große Kanne Wein und setzte sich damit unter die breite, Schatten spendende Dorflinde. Denn für den gegorenen Traubensaft, der nach den Worten des Psalmisten wohl geeignet war, dass er des Menschen Herz erfreue, hatte sie eine nicht geringere Schwäche und Vorliebe wie für das Aufsagen von Bibelsprüchen, mit denen sie sich davor zu schützen wusste, als Hexe und Teufelsbuhlerin verschrien zu werden.

Also begann sie tapfer zu zechen und schaute dem Tanzgewühl zu, in dem sich ihre Tochter Jutta, nach der sich die Burschen schier die Köpfe einstießen, unermüdlich drehte und immer aus einem Arm in den anderen flog.

Eine Stunde später verfinsterte sich plötzlich der Himmel, und die Sonne verschwand. Hals über Kopf flüchteten die Schlurkheimer unter die schützenden Dächer. Auch die Schulkinder waren nun nicht länger zu halten. Schreiend stoben sie von dannen.

„Ein böses Omen!", rief Pontian Ziechner und eilte ihnen nach.

Janos Schellhorn aber wich nicht von seinen Böllerrohren, die er sorglich zudeckte, um sie vor dem heraufziehenden Unwetter zu schützen.

Unter Sturm, Blitz, Donner und Regengüssen rollte die von sechs Schimmeln gezogene Hochzeitskutsche durch die Ehrenpforte in den Burghof.

Die sieben Böller versagten, obschon sich Janos Schellhorn alle Mühe gab, sie zu entzünden. Nur der letzte von ihnen zischte ein wenig.

Der Herrgott kann es eben besser! grollte Janos Schellhorn in sich hinein, warf die Lunte weg, begab sich ins Schloss und trat zu dem Gesinde, das sich, um den Herrn und der Herrin seine Glückwünsche darzubringen, unter Anführung des Gutsverwalters bereits versammelt hatte.

„Des Herrn Wege sind wunderbarlich und führet es herrlich hinaus!", sprach in diesem Augenblick die Wehmutter Simone Plinz zu ihrer Tochter. „Schon einmal hat der Herr sein Auge auf dich geworfen. Und sobald er es wiederum tut - „

„Aber er hat doch jetzt eine Frau!", fiel Jutta ein.

„Ei, was tut das?", lachte die verschmitzte Mutter und leerte die Weinkanne bis auf die Nagelprobe. „Ein tüchtiger Kater vermag das Mausen nimmermal zu lassen! Darum, wenn er sich noch einmal anschickt, dir unter die Röcke zu greifen, so laufe nicht wieder davon, sondern halte ihm wacker stand, wie es die Jungfrau Maria getan hat, als sich der Heilige Geist auf sie herniedergelassen hatte, um uns den Heiland zu bescheren. Zuerst magst du dich wohl ein wenig sträuben, damit er merkt, dass du wirklich noch eine Jungfrau bist, dann aber schließe die Augen und lass alles mit dir geschehen, was ihm behagt und ergötzt. Denn hernach kannst du ihn um den Finger wickeln, und er wird dir alles gewähren, was dein Herz begehrt."

„Den Kantor möchte ich haben!", schmollte Jutta und leckte sich die Lippen wie ein Kätzchen vor der Rahmschüssel.

„Wenn sich kein besserer findet", winkte die Mutter ab. „Aber das soll deine Sorge nicht sein. Dir geziemt es vor allem, mir zu gehorchen. Denn der Segen der Eltern bauet den Kindern Häuser und Schlösser. Ich werde auch weiterhin auf der Hut sein und jegliche Gelegenheit wahrnehmen, um dich immer höher hinaufzubringen."

Um diese Zeit, da sich das Unwetter bereits vergrollte und der Abend herniedersank, wandte sich Lioba, des Försters Janos Schellhorn älteste und schönste Tochter, die unterdessen ihre fünf Schwestern zu Bett gebracht und sie in den Schlaf gesungen hatte, an ihre beim Schein des Herdfeuers rüstig mit Nadel und Schere hantierende Mutter und sprach: „Nun wird auch der Vater bald heimkommen."

„So es dem Herrn wohlgefällig ist", antwortete sie und ließ die fleißigen Hände in den Schoß sinken. „Denn er ist ein treuer Diener, und seine Ehre ist der Gehorsam. Wie geschrieben steht: Es ziemt dem Knecht, gehorsam zu sein um Gottes Willen, also dass ein ungehorsamer Knecht keinen guten Herrn finden kann und ihn gar bald die Rute trifft, die er sich selber gebunden hat. Desgleichen sollen auch die Mägde zu allen Stunden und in allen Stücken Gehorsam üben, nicht aufbegehren, sondern sich willig in alles fügen, was der Herr von ihnen heischt, auf dass sie einen Schatz im Himmel erwerben."

Darauf nähte sie weiter und kam nun auf die Dinge des Alltags zu sprechen und auf die Arbeiten, die in und außer dem Hause getan werden mussten.

„Diese Woche", ließ sie sich weiter vernehmen, „werden auch die Erdbeeren reif. Da müsst ihr euch tapfer rühren, um den Segen einzusammeln. Und wenn der Herr daherkommt, dem der Wald gehört, dann müsst ihr ihm artiglich einen guten Tag wünschen und ihm die Hand füllen und alles tun, was er euch gebietet."

„Aber woran soll ich erkennen", fragte Lioba gespannt, „dass es der Herr ist, der daherkommt?"

„Er geht daher", antwortete die Mutter, „fast wie ein König, trägt ein grünes Prachtgewand, das mit goldenen Litzen verziert ist, und hat eine Hahnenfeder am Hut. Er gebietet über uns an Gottes Statt, denn er ist der Herr des alltäglichen Brotes und sinnt allezeit nur darauf, dass es uns wohl gehe und wir lange leben auf Erden."

Lioba lag schon im Bett, als der Vater heimkehrte. Nun erst schloss sie die Lider, bewegte noch einmal die von der Mutter empfangenen Lehren in ihrem Herzen, nahm sich vor, sie genauestens zu beobachten, versank mit einem Seufzer in tiefen Schlummer und begann von dem Herrn des Waldes, der Wiesen und der Felder zu träumen, auf denen das tägliche Brot für alle wuchs, und der so hold und gütig war, dass ihn alle seine Untertanen mit tausend Freuden liebten und ehrten.

Drei Tage mühte sich Eustachius, seinen Stammbaumobliegenheiten nachzukommen, und da er sich für einen vorbildlichen Kavalier hielt, ließ er es sich nicht anmerken, wie sauer ihm dabei zu Mute war.

„Ich werde Euch einen Sohn gebären", behauptete Anastasia am vierten Morgen.

„Wohlan!", sprach er und erhob sich vom Lager. „Ich habe getan, was ich vermochte, und Ihr habt erreicht, was ihr wolltet. Ein zweites Mal werdet Ihr mich nicht hinters Licht führen. Und damit Gott befohlen!"

Also schied er sich von ihr ab mit dem festen Vorsatz, sie nie wieder zu berühren, steckte sich nach dem Frühstück eine neue Hahnenfeder an den Hut, ergriff die Büchse und schritt in den Wald hinein auf die kleine Jagdhütte zu, wohin er die willigen Mädchen, die sein Wohlgefallen erregt hatten, zu locken pflegte.

Auf dem halben Wege dahin stieß er plötzlich auf Jutta, die hier ihre roten Locken im Frühlingswinde flattern ließ.

„He, Jutta!", herrschte er sie an. „Was tust du hier in meinem Walde?"

„Ich suche die Ziegen, Gnädiger Herr!", girrte sie mit niedergeschlagenen Lidern. „Sie sind mir davongelaufen, und ich kann sie nicht finden."

„Ei, lass die Ziegen und komm mit!", befahl er. „Was zögerst du? Oder fürchtest du dich vor mir?"

„Ein wenig wohl, Gnädiger Herr!", seufzte sie schämig.

„Ich schenke dir auch einen Groschen!", lockte er sie. „Für jeden Kuss einen guten Groschen!"

„Wie viele Groschen, Gnädiger Herr", fragte sie schelmisch, „habt Ihr im Sack?"

Dann ging sie mit ihm zur Jagdhütte, und sie verschwanden darin für etliche Stunden.

Als Jutta gegen Abend mit den beiden Ziegen, die sie am Waldrande wiedergefunden hatte, nach Hause zurückkehrte, erkannte die Mutter sogleich, was geschehen war und rief: „Wie siehst Du aus? Hat er dich beschlafen?"

„Oh nein!", lachte Jutta und zählte siebzehn gute Groschen auf den Tisch. „Er hat es im Wachen getan. Und jedes Mal hat er mir einen Groschen geschenkt. Und übermorgen um dieselbe Zeit soll ich wieder hinkommen."

„Potztausend!", rief die Mutter und schlug die Hände zusammen. „Das ist fürwahr der nobelste aller Kavaliere! Schnell, lauf zum Kretschmer und hol mir eine Kanne Tokajer!"

Jutta gehorchte, kehrte zurück, und die Mutter begann sich wiederum zu laben.

„Aber müde macht es!", seufzte Jutta. „Und hungrig bin ich! Alle Knochen im Leibe tun mir weh!"

„Ei, das geht vorüber!", tröstete sie die Mutter. „Nimm einen herzhaften Schluck und leg dich nieder. Ich rühre dir schnell ein stärkendes Süpplein zusammen."

„Und übermorgen", flüsterte Jutta, als sie das Süpplein genossen hatte, „wird er mich mit süßem Kuchen und Wein bewirten."

Am folgenden Morgen, kaum dass es getagt hatte, schwang sich Eustachius in den Sattel, pfiff dem Jagdhund und sprengte in den Wald, um ein paar Fasanen zu schießen.

Unterwegs, noch bevor er die Jagdhütte erreicht hatte, traf er auf Janos Schellhorn, der vier seiner Töchter nach Schlurkheim begleitete, um sie bei Pontian Ziechner zum Unterricht anzumelden.

Eustachius hielt an, beschaute sich die Mädchen, ließ sich ihre Namen sagen, schenkte jedem von ihnen einen blanken Dreier, ritt, nachdem er den Vater noch über dies und das befragt hatte, kreuz und quer durch das lichte Tannicht und über die Waldwiesen und hatte dabei das Glück, sieben Fasanen zur Strecke zu bringen.

Er hing die Beute an den hinteren Sattelknopf und ritt dann auf den Forsthof zu, um auch da ein wenig nach dem Rechten zu sehen. Aber noch bevor er ihn erreicht hatte, spürte der Hund die Erdbeeren pflückende Lioba auf, die sich bereits auf dem Heimweg befand.

„Heda, mein Schätzchen!", rief Eustachius, ritt hin und neigte sich ihr zu, dieweil ihn schon wieder einmal der Hafer stach, und das heftiger denn jemals, denn sie war so schön und sanft, dass es ihm völlig wider die Natur gegangen wäre, ihrer nicht zu begehren.

„Guten Morgen, Gnädiger Herr", sprach sie und schlug die großen, dunkelblauen Augen strahlend zu ihm empor, wobei sie der mütterlichen Mahnung gedachte, wonach sich auch die Mägde willig in alles zu schicken und zu fügen hätten, was der Herr von ihnen heischt, um sich einen Schatz im Himmel zu erwerben.

„Was tust du hier in meinem Walde?", herrschte er sie an.

„Was mir meine Mutter, die Försterin, geboten hat, Gnädiger Herr!", antwortete sie lächelnd und deutete auf den vollen Korb, der ihr am Arme hing.

„Und wie ist dein Name, schönes Kind?", befragte er sie weiter und beugte sich noch tiefer zu ihr hernieder.

„Lioba, Gnädiger Herr!", flüsterte sie verschämt und errötete unter seinem Blick, der ihr schier bis ins Innerste dringen wollte.

„Komm an mein Herz, holde Jungfrau!", rief er feurig, indem er den Arm um sie schlang und sie vor sich in den Sattel hob. „Und gib mir einen Kuss! Oder hast Du Angst, mit mir ein wenig durch den grünen Wald zu traben?"

„Mitnichten, Gnädiger Herr!", lächelte sie, während sie den gefüllten Korb auf ihrem Schoße festhielt, und bot ihm die blühenden Lippen dar. „Denn ich bin nach Gottes Willen zu allen Stunden in allen Dingen Eure gehorsame Magd."

Da küsste er sie, gab dem Rosse die Sporen und sprengte mit ihr auf die Jagdhütte zu.

Als Lioba gegen Abend mit dem gefüllten Korb nach Hause zurückkehrte, erkannte die Mutter, die sich schon sehr beunruhigt hatte, auf den ersten Blick, was geschehen war, und rief: „Wie siehst du aus? Wo hast du gesteckt? Was hast du solange getrieben?"

„Der Herr", bekannte Lioba, „hat mich auf sein Ross genommen und ist mit mir bis zur Jagdhütte geritten. Und übermorgen um dieselbe Stunde soll ich wieder dahin kommen. Das hat er mir anbefohlen."

„Unglückselige!", jammerte die Mutter händeringend. „Du hast dich von ihm zur Sünde verführen lassen!"

„Ich weiß von keiner Sünde, herzliebste Mutter", verteidigte sich Lioba, „denn ich habe nur getan, was du mir anbefohlen hast. Ich bin ihm gehorsam gewesen in allen Stücken."

„Gott im Himmel!", wehklagte die Mutter. „Welche Schande hast du über dich und uns gebracht! Wenn es der Vater erfährt, er schlägt dich auf der Stelle tot!

„Ich weiß auch von keiner Schande", beharrte Lioba auf ihrer Meinung, „und der Herr weiß auch nichts davon. Sonst hätte er mich wohl davor gewarnt. Er hat doch nur das mit mir getan, was der Heilige Geist mit der Jungfrau Maria getan hat. Wie könnte das Sünde und Schande sein, herzliebste Mutter?"

„Und du willst", stammelte sie und raufte sich voller Verzweiflung das Haar, „übermorgen wieder zu ihm gehen, um dich von ihm beschlafen zu lassen."

„Wie sollte ich es nicht tun, da er es mir doch anbefohlen hat?", fragte die Tochter mit erhobener Stimme. „Oder willst du eine ungehorsame Magd zur Tochter haben, die auf dieser Erde keinen guten Herrn finden kann und die gar bald von der Rute getroffen wird, die sie sich selbst gebunden hat? Gebietet er nicht über uns an Gottes Statt, ist er nicht der Herr des täglichen Brotes und sinnt er nicht unablässig darauf, dass es uns wohl gehe und wir lange leben auf Erden? Er hat mir geboten, ihn zu lieben. Was konnte ich anderes tun, als stille zu halten? Und danach hat er mich gelabt mit süßen Kuchen und feurigem Wein. Und übermorgen wird er mir ein goldenes Halskettlein schenken. Soll ich mich von ihm wenden, um dich Lügen strafen zu können? Das sei ferne von mir!"

„Und wenn du in neun Monden mit einem Kindlein niederkommst?", ächzte die Mutter und ließ ihre Tränen fließen.

„Der Herr ist mein Hirte", bekannte Lioba, faltete die Hände auf dem Herzen und richtete den Blick himmelwärts, „mir wird nichts mangeln. Alle meine Sorge habe ich auf ihn geworfen, denn er sorget für mich und wird seine gehorsame Magd nicht im Stich lassen. Das ist so gewiss, wie der Wind weht und wie der Regen vom Himmel fällt. Amen."

Darauf setzte sie sich an den Tisch, verzehrte ihr Abendbrot und begab sich zur Ruhe.

Als Janos Schellhorn, Liobas Vater, bald danach von seinem abendlichen Pirschgang heimkehrte und vernahm, was sich inzwischen zugetragen hatte, wiegte er das Haupt und sprach: „Wessen Brot wir essen, dessen Lied wir singen, so sauer es uns

hat Er das Aufgebot zu bestellen!" fuhr Eustachius gestrenge fort. „Er hat zu wählen zwischen der Jutta Plinz und der Lioba Schellhorn."

Pontian Ziechner besann sich nicht und antwortete: „Die Lioba Schellhorn ist mir lieber."

„Seid fruchtbar und mehret euch!", rief Eustachius feierlich und schickte ihn zur Jagdhütte.

Und hier stieß Pontian Ziechner auf Lioba, die ihn mit sichtlichem Befremden daherkommen sah und darob zu zittern begann.

„Jungfrau Lioba", sprach er zu ihr, indem er ihr die Hand bot, „der Herr hat mich zu Euch gesandt und mir anbefohlen, Euch zu meiner Ehefrau zu nehmen. Und so ich nur ein wenig Gnade vor Eurem Angesicht gefunden habe, will ich damit sogleich mit Lust und Freuden beginnen."

Da erbleichte sie und begann zu wanken, aber er fing sie auf und hielt sie fest, dass sie vor dem Fall bewahrt blieb.

„Rettet meine Seele!", stammelte sie, indem sie sich wie eine Ertrinkende an ihn klammerte.

„Es ist vollbracht!", flüsterte er ihr ins Ohr, küsste ihr die Tränen von den Wimpern und führte sie durch den Wald dahin.

„Gott sei gedankt!", rief die Mutter, als sie Lioba und Pontian Ziechner, die sich eng umschlungen hielten, zwischen den Stämmen daherkommen sah, und sprang in die Küche, um ein Festmahl anzurichten.

Und sie aßen und tranken, bis sie satt waren.

Darauf hob Janos Schellhorn seinen Becher, stieß mit Pontian Ziechner an, deutete auf Lioba, die Tränen in den Augen hatte und trotzdem lächelte und sprach: „Der Herr hat ihr nichts genommen, der Herr hat sie Euch gegeben, der Name des Herrn sei gelobt!"

Um diese Zeit pochte der Herrschaftskutscher Zigos Wollnich, der vor etlichen Wochen seine junge Frau an den Schwarzen Blattern verloren und drei unversorgte Kindlein in seiner Hütte hatte, bei der Wehmutter Simone Plinz an und sprach zu ihr: „Der Gnädige Herr hat mich zu Euch gesandt und mir anbefohlen, Eure Tochter zum Eheweib zu nehmen."

„Welch eine frohe Botschaft!", rief Simone Plinz, begann aber sogleich darüber nachzudenken, wie sie diese ihr durchaus missfällige Verbindung hintertreiben könnte, ohne bei dem, der sie angeordnet hatte, in Ungnade zu fallen, schenkte Zigos Wollnich, ohne ihn erst zum Niedersitzen zu nötigen, ein Glas Wein ein und schickte ihn wieder fort.

Als Jutta am Abend mit den Ziegen heimkehrte und vernahm, was Eustachius über sie beschlossen hatte, geriet sie so außer sich, dass sie mit beiden Füßen aufstampfte und rief: „Nimmermehr nehm ich ihn, diesen krummbeinigen Lulatsch mit seinen drei Rotznasen! Ich will den Kantor haben!"

„Mach dich nach Käsmark davon", riet die Mutter, „zu Tante Manja, aber muckse dich nicht und kehre nicht eher zurück, bis ich dir Nachricht sende!"

Nur zu gern gehorchte Jutta. Noch bevor der Tau fiel und die Sonne aufging, verschwand sie unbemerkt aus Schlurkheim.

Und als Zigos Wollnich um die Mittagszeit zum zweiten Mal bei Simone Plinz anklopfte, erhob sie ihre Stimme und jammerte händeringend: „Welch ein Unglück hat mich durch Euch betroffen! Sie will noch nicht unter die Haube. Sie ist mir entsprungen! Auf und davon! In die Nacht hinaus! In die weite Welt zu den fahrenden Leuten!"

Als Zigos Wollnich mit dieser betrüblichen Zeitung vor dem Angesicht seines Herrn erschien, rief er: „Sie wird schon wiederkommen! Hier hast du zwei Heller! Und nun troll dich!"

Denn inzwischen hatte die im Vorzimmer ihrer Herrin Anastasia schlafende und Monika genannte Jungfrau und Zofe zu

34

erkennen gegeben, dass sie nicht ganz abgeneigt sei, sich erweichen zu lassen. Doch erst als Eustachius auf dem Altar ihrer Tugend drei Dukaten geopfert hatte, war sie endlich dazu bereit, ihn zu erhören. Aber alle seine Versuche, sie in die Jagdhütte zu locken, waren vergeblich. Denn von morgens bis abends musste sie um Anastasia bemüht sein, also dass Eustachius nur die Nachtstunden übrigblieben, um zu dem von ihm so heiß begehrten Wonneziel zu gelangen.

Er ritt nach Leutschau, forderte in der Apotheke ein kräftiges Schlafmittel, kehrte zurück und händigte es in einem unbewachten Augenblick der Zofe aus, die vor der Tante Duscha genauso viel Angst hatte wie vor der Herrin Anastasia, und flüsterte verstohlen: „Fünf Tropfen genügen, aber gib ihr lieber sechs oder sieben, damit sie uns nicht stört."

Und so konnte denn das wundervolle Vorhaben gar nicht mehr misslingen. Eustachius schlich sich kurz vor Mitternacht an die Tür des Vorzimmers, fand sie unverriegelt und durfte nun im Pechfinstern vollbringen, was sich durchaus nicht länger aufschieben ließ. Sogar das Bett blieb so stumm wie die beiden, die sich darin um das Venusglück bemühten.

Nach wohlgelungener Tat hob sich Eustachius so lautlos von dannen, wie er gekommen war.

So trieb er es Nacht für Nacht, und seine Begierde entzündete sich immer wieder von neuem, denn die Monika benamste Zofe erschien ihm mit jedem Tage jungfräulicher denn zuvor.

Es war ihm wie ein Wunder, und seine Laune wurde immer besser. Er ließ sich sogar schon herbei, an Anastasia das Wort zu richten. Und so erfuhr er denn bald, dass sie mit dieser Zofe, die ihn unterdessen mit ihren Blicken aufs angenehmste zu reizen wusste, über alle Maßen zufrieden war. Und er lachte sich über Anastasias gut gespielte Ahnungslosigkeit ins Fäustchen wie niemals zuvor.

Am folgenden Morgen nahm die Zofe sogar die Gelegenheit wahr, im zuzuflüstern: „Gnädiger Herr, das Kindlein ist schon unterwegs."

„Ei, sag an, wo trägst du es?", lachte er leise und suchte ihr mit einem galanten Griff an den schlanken Leib zu kommen.

Da aber schrie sie so gellend auf, dass alle Butzenscheiben flirrten, und schon im nächsten Augenblick trat Anastasia auf die Schwelle.

Nun erkannte er plötzlich, wo ihm das Kindlein heranwuchs und wie schmählich er zum anderen Male in die Falle gegangen war.

Wie ein Donnerschlag traf es ihn. Er taumelte zurück, die Augen quollen ihm aus den Höhlen, und die Kehle versagte ihm den Dienst.

„Was ist Euch, mein Herr Gemahl?", fragte Anastasia mit triumphierenden Lächeln.

„Schlange! Furie! Betrügerin!", keuchte er.

„Ich weiß von keinem Betrug!", suchte sie sich zu rechtfertigen. „Ihr wolltet mich betrügen, aber ich habe Euch davor bewahrt, also dass Ihr allen Grund habt, mir dankbar zu sein."

Nun begann er zu rasen und zu toben, dass der ganze Speisesaal in Trümmer ging. Darauf sprengte er racheschnaubend in den Wald und kam hier zu dem Entschluss, der trügerischen Venus zu entsagen und es fortan mit dem Mars zu versuchen.

Als er heimkam, rollte die von Zigos Wollnich gelenkte Kutsche mit Duscha und der Zofe gerade zum Dorfe hinaus.

Am folgenden Morgen steckte sich Eustachius die Taschen voll Dukaten und ritt nach Käsmark hinüber, wo der kaiserliche Oberst Malvinus von Dingkreuth, der ihm hier wie in Leutschau schon oftmals beim Bechern, Karten und Würfeln Beistand geleistet hatte, mit seinem Dragonerregiment im Quartier lag und auf Marschorder wartete.

Denn es roch schon wieder ganz deutlich nach Krieg und Schlachtgetümmel.

„Wohlan!", sprach der Oberst von Dingkreuth, nachdem ihm Eustachius seinen unwiderruflichen Entschluss, die Heldenlaufbahn einzuschlagen, zu Gehör gebracht hatte, trank ihm zu und schwang den Knobelbecher. „Reitet stracks nach Wien und sucht meinen Vetter auf, der bei der Kaiserlichen Majestät in hohem Ansehen steht. Für hundert Dukaten bekommt Ihr ein Hauptmannspatent. Und dann dürft Ihr in Böhmen oder Mähren Euer Fähnlein aufpflanzen und die Werbetrommel rühren lassen."

„Aber mein Glaube!", warf Eustachius ein.

„Glaube hin, Glaube her!", lachte der Oberst und schlug an seinen Degen. „Ich glaube an das Schwert, und so Ihr diesen Glauben teilt, kann Euch kein Pfaffe aus dem Sattel heben. Die Tapferkeit ist das Glaubensbekenntnis des braven Soldaten. Im Frühjahr geht es los! Denn der Emmerich Thököly will mit seinem Rebellenhaufen nach Kaschau marschieren, um sich daselbst die ungrische Krone aufs Haupt zu setzen, und der Türke in Ofen hat ihm schon allen Beistand zugesagt. Gewaltige Aktionen stehen bevor. Und da könnt Ihr, so Ihr nur tapfer dreinschlagt, Ruhm und Ehre gewinnen und Beute über Beute machen!"

Darauf zählte Eustachius hundert Dukaten auf den Tisch, und der Oberst strich sie schmunzelnd ein und verschwor sich bei Soldatenehre und Seligkeit, ihm in Wien durch seinen Vetter ein Hauptmannspatent verschaffen zu lassen.

Als Eustachius danach über den Markt ritt, stieß er auf die sehr galant herausgeputzte Jutta, die eben dabei war, sich von einigen Dragoneroffizieren den Hof machen zu lassen.

Er winkte ihr herrisch zu, und sie beeilte sich, ihm zu gehorchen.

„Folge mir in mein Quartier!", gebot er, und als sie diesem Befehl ohne Zögern und Widerspruch nachgekommen war, fragte er etwas sanfter: „Was tust du hier in Käsmark?"

„Ich, gnädiger Herr", antwortete sie treuherzig, „ich wohne bei der Tante Manja, die auf der Spenglergasse einen kleinen Kramladen hat, und vertreibe mir die Zeit, so gut ich es vermag. Denn den Zigos Wollnich kann ich nicht nehmen. Das schlagt Euch nur aus dem Kopf!"

„Dann wird sich", lenkte er ein, „schon ein anderer für dich finden."

„Aber gnädiger Herr, nicht heute und morgen", bedang sie sich aus. „Denn vor dreißig heirate ich nicht. Und ob ich mir dann noch einen solchen Ehetyrannen aufhalsen werde, das will ich nicht beschwören. Meine Mutter ist auch nicht unter die Haube gekommen, und sie hat es noch nicht ein einziges Mal bereut."

„Potztausend, Jutta!", rief er, riss die Augen auf und kniff sie in die Wange. „Scheinst ja inzwischen allerhand dazugelernt zu haben! Bist wohl schon drauf und dran, eine Regimentshure zu werden?"

„Mitnichten, gnädiger Herr!", girrte sie und drängte sich an ihn. „Das Kriegsvolk ist mir viel zu grob und roh. Und wenn Ihr mich nur wieder in Gnaden aufnehmen und wieder mit mir ein wenig schöntun wollt, so bin ich mit Freuden bereit, nach Schlurkheim zurückzukehren."

„Alle Wetter!", schmunzelte er und griff ihr ins Weichste. „Du bist zwar keine Jungfer mehr, aber ich will es noch einmal mit dir versuchen."

Denn durch das Abenteuer, das er mit der vermeintlichen Zofe Monika erlitten hatte, war seiner bisherigen Vorliebe für unbefleckte Jungfern ein ganz böser Stoß versetzt worden.

Also vergnügte er sich drei Nächte lang an ihr und befriedigte in ihrem Arm einen guten Teil seiner Rachegelüste. Und dabei geriet er sogar auf einen Einfall, wonach er hoffen durfte, auch den Rest dieses Wurmens mit ihrer Hilfe loswerden zu können.

Er kaufte ihr alles, was ihr Herz begehrte, und zwar einen goldenen Ring mit einem Saphirlein, ein Paar Ohrgehänge aus Lapislazuli, ein leuchtend grünes Reitgewand, einen silbernen Gürtel, darauf alle zwölf Zeichen des himmlischen Tierkreises glänzten, purpurne Strümpfe und Stiefel, einen stolzen Federhut und einen schneeweißen Zigeunerwallach, auf dem er sie voraustraben ließ.

So hielt er am nächsten Sonntag seinen Einzug in Schlurkheim justament zur selben Stunde, da Lioba und Pontian Ziechner von Jeremias Fürtrefflich unter der Teilnahme der ganzen Gemeinde am Altar zusammengegeben und eingesegnet wurden.

„Herr du meine Güte!", rief Simone Plinz, als sie Jutta so stolz daher traben sah, und schlug die Hände über dem Kopf zusammen. „Das ist noch nicht dagewesen! Sie muss ihn rein behext haben!"

Darauf führte Pontian Ziechner sein christliches Eheweib Lioba in das von einem sehr bescheidenen Strohdach behelmte Schulhaus, und sie wurden gar bald ein Herz und eine Seele.

Dagegen war im hoch gegiebelten Schloss, auf dessen Turm nun wieder das Wappen der Schlörke mit den drei blutroten, aus einem stacheligen Streitkolben hervorsprießenden Rosen flaggte, der leibhaftige Teufel der unchristlichen Zwietracht los, wenn er auch wie bisher sein verderbliches Werk nur heimlich betrieb.

Zunächst ordnete Eustachius an, dass Jutta als Zofe in Dienst zu nehmen sei. Dadurch suchte er nicht Anastasia zu demütigen, sondern auch der Rückkehr der Amme Duscha und ihrer heimtückischen Jungfer Nichte einen Riegel vorzuschieben, wie sich selbst den Übergang von der Venus zum Mars etwas bequemer zu gestalten. Denn Jutta war jede Nacht für ihn bereit. Er brauchte ihr nur mit den Augen zu winken, dann war sie pünktlich zur Stelle um sich schön tun zu lassen, wobei sie auf Anraten ihrer grundverschlagenen Mutter standhaft leugnete, schon ein Kind unter dem Herzen zu tragen.

Und Anastasia, die inzwischen Juttas Mutter ganz auf ihre Seite gebracht zu haben glaubte, war schlau genug, sich jeden Widerspruchs zu enthalten, und sann bereits darauf, wie sie auch die Tochter als Verbündete gewinnen könnte.

Und dann schlug plötzlich, als ein Eilbrief aus Prag eintraf, die von Anastasia so heiß ersehnte Trennungsstunde, durch die sie in den Genuss der unumschränkten Herrschaft über Schlurkheim zu kommen hoffte.

Aber daraus wurde nichts, denn Eustachius übergab im letzten Augenblick alle Vollmachten seinem Gutsverwalter Benedikt Wizorek mit der ausdrücklichen Verwarnung, sich von niemandem, auch nicht von der Herrin, dareinreden zu lassen.

Abschied zu nehmen vermied er, dieweil er in diesem Punkte etwas abergläubisch war. Und so sprengte er denn, nur von seinem Reitknecht Ferdinand Züst begleitet, in der Abenddämmerung nach Leutschau hinüber.

An diesem Abend schlachtete Simone Plinz, die Schlurkheimer Wehmutter, auf die Bitte ihrer Tochter Jutta ein schwarzes Huhn, das einen weißen Fleck auf der Brust hatte, und vergrub die sauber abgekochten Knochen beim Vollmondschein unter der Dachtraufe, wobei sie den Zauberspruch murmelte:

"Powidel, Powadel:
Es ist ein Herr von Adel!
Zakki, Zakku, Zakkei:
Es treff ihn weder Stahl noch Blei!
Krenotag, Krenoteg:
Seuche, geh ihm aus dem Weg!"

„So!", atmete Jutta auf und schlug drei übereinander stehende Kreuze in die Luft. „Im Namen des Vaters, des Sohnes und des Heiligen Geistes! Amen. Nun wird er mit heilen Knochen durch den Krieg kommen!"

Zur gleichen Stunde war auch Anastasia bemüht, auf das Schicksal ihres Gatten durch Zauberei einzuwirken. Das kostbare Rezept stammte von der alten Duscha, die in dem mageren Skupine saß und schon darauf lauerte, nach dem fetten Schlurkheim zurückkehren zu können.

Und Anastasia nahm eine Wachskerze, hielt sie ins Vollmondlicht, brach sie mitten entzwei, knetete die beiden Teile zwischen den Händen, formte zwei flache Klumpen daraus, fügte sie zusammen, dass ein plumpes Herz entstand, durchstach es auf jeder Seite dreimal mit einer glühenden Stricknadel, dass es aufzischte, und flüsterte dabei:

„So sollst du verderben für deinen Erben!"

Am nächsten Morgen verkaufte Eustachius in Leutschau die ganze, noch auf dem Halm stehende Weizenernte und traf noch in derselben Woche mit zwei dicken Geldsäcken und einer Handvoll guter Wechsel unbehelligt in Prag ein, wo ihm von Generallieutenant Valerius von Tollerodo im Namen seiner Apostolischen und Kaiserlichen Majestät Leopoldus Primus, der in der Wiener Hofburg saß, um das in allen östlichen Fugen krachende Römische Reich Deutscher Nation zu regieren, ein Majorspatent für das Palffysche Kürassierregiment überreicht wurde.

Für dieses mit dem doppeltalergroßen Siegel der Kaiserlichen Kriegshauptkammer verzierte Pergament, in dem Eustachius der nördlichste Zipfel des Königreichs Böheim als Werberaum zugewiesen wurde, hatte er zweihundert Dukaten in bar zu entrichten.

Drei Wochen später, als daheim die längst verkaufte Weizenernte eingescheuert wurde, flatterten die Werbefähnlein und dröhnten die Werbetrommeln des Kaiserlichen Majors und Ritters Eustachius Schlörk von Schlurkheim auf den Marktplätzen von Friedland, Reichenberg, Schlurk, Romberg, Warnsdorf und Böhmisch Leipa.

Wie die drei Brüder in einer Nacht zur Welt kamen

Als Eustachius im Spätherbst mit seiner Schwadron gepanzerter Reiter in Graz einzog, um die steiermärkischen Grenzen vor den Einfällen der heidnischen Horden zu schützen, schloss der türkische Großwesir Kara Mustapha, der am Goldenen Horn schon seine Janitscharenregimenter zusammenzog, um den Kaiser in Wien vom Thron zu stoßen und das Römische Reich Deutscher Nation zu zertrümmern, mit Emmerich Thököly ein Bündnis, worin sich dieser überaus tüchtige Rebell verpflichtete, mit seinen wilden Kuruzzenhaufen in Oberungarn einzufallen.

Ehe er zu diesem Kriegszug aufbrach, forderte er auch die Zipser Städte und Herren auf, ihm Gefolgschaft zu leisten und die kaiserlichen Besatzungen zu vertreiben.

Die Zipser liebten weder das erzkatholische Kaiserhaus noch den gottlosen Türken. Auch hielt der Polenkönig Johann Gobiesky mit einem starken Heer an der nahen Grenze, und nach einem überall umgehenden Gerücht war es noch völlig ungewiss, auf welche Seite er sich schlagen würde.

Infolgedessen wurde nach beendeter Weinlese die ganze Zipser Gespanschaft zu einer Tagung nach Leutschau einberufen. Auf dieser Versammlung stritten die zwei Parteien so heftig gegeneinander, dass sogar die Schwägerschaft zwischen Kasimir von Kalinsky und Sigismund von Laklos in die Brüche zu gehen drohte. Der Skupiner war entschlossen, für den Polenkönig zu stimmen, der Probatjer dagegen wollte sich auf Gedeih und Verderb dem Emmerich Thököly, der inzwischen Munkacz genommen hatte und bereits Kaschau bedrohte, in die Arme werfen.

Der Lärm wurde immer heftiger, denn die Kaisertreuen blieben auch nicht ruhig, und schließlich konnte keiner mehr sein eigenes Wort verstehen. Also, dass die Entscheidung auf die Frühjahrstagung verschoben werden musste, wodurch aber das Näherrücken der Kriegsnöte nur beschleunigt werden konnte. Denn Emmerich Thököly hatte nun Grund genug, noch ergrimmter zu sein als bisher, und tat den Schwur, allen Zipsern, die gegen ihn gebrochen hatten, die Ohren abzuschneiden und ihre Weiber und Kinder in die türkische Sklaverei zu verkaufen.

Auf dieses höchst bedrohliche Gerücht hin hielt es Kasimir von Kalinsky denn doch für geraten, seine Familie nach Krakau, wo er einen Bruder wohnen hatte, in Sicherheit zu bringen. Er wollte auch Anastasia mitnehmen und kam darum Hals über Kopf nach Schlurkheim geritten.

Aber sie schlug dieses gut gemeinte Anerbieten aus.

„Ich bleibe in Schlurkheim!", erklärte sie trotzig. „Ich muss dem Wizorek auf die langen Finger sehen! Und ich will den Sohn und Erben, den ich unter dem Herzen trage, auch da zur Welt bringen, wo ich ihn empfangen habe."

In dieser festen Haltung wurde sie nicht nur von Simone Plinz, sondern auch von Jutta bestärkt, die sie inzwischen schon völlig auf ihre Seite gebracht zu haben glaubte.

Und so musste Kasimir von Kalinsky unverrichteter Sache nach Hause reiten, wo er nicht wenig auf die weibliche Widerspenstigkeit fluchte.

Schon am nächsten Morgen rollten zwei Kutschen mit seiner Gattin und ihren fünf noch unversorgten Töchtern nebst Sack und Pack von Skupine nach Norden auf die polnische Grenze zu. Die alte Duscha nahmen sie mit.

Darauf rückte Emmerich Thököly mit seinen siegreichen Banden vor die Stadt und Festung Kaschau, belagerte sie sechs Wochen lang, zwang sie drei Tage vor Weihnachten zur bedingungslosen Übergabe und setzte sich daselbst, nachdem sie für ihren Ungehorsam gebührend geplündert worden war, im Dom die Stephanskrone auf.

So war denn den Ungarn zum neuen Jahre auch ein neuer König beschert worden.

Als diese aufregenden Nachrichten in Graz eintrafen, sprach Eustachius zu seinem Reitknecht Ferdinand Züst, der inzwischen zum Range eines Zahlmeisters aufgestiegen war: „Was sagst du dazu?"

„Je nun, Euer Gnaden", antwortete Ferdinand Züst, der es ziemlich dick hinter den Ohren hatte, und kratzte sich im Nacken, „es wird nicht alles so heiß gegessen, wie es gekocht wird. So aber der Emmerich Thököly bis nach Schlurkheim kommt, dann wird der Wizorek nichts mehr herschicken können. Und woher dann die Löhnung nehmen?"

„Bis dahin", trumpfte Eustachius auf, „haben wir die Türken längst zu Paaren getrieben und Beute über Beute eingeheimst. Lass nur erst den Schnee weggehen und den Frühling kommen!"

Hoffentlich bald! dachte Ferdinand Züst und warf einen misstrauischen Seitenblick auf die in der Ecke stehende, mit eisernen Bändern beschlagene Schwadronskasse, die mit jeder Woche an Gewicht verlor.

Als aber einige Tage später ein Brief aus Schlurkheim einlief, darin ein Wechsel über siebenhundertsechzig Gulden lag, da glaubte er sich nach dem leuchtenden Beispiel seines Herrn und Vorgesetzten jeder weiteren Sorge entschlagen zu dürfen.

Weiterhin teilte Benedikt Wizorek mit, dass die gnädige Herrin wohlauf sei und dass mit gnädiger Zulassung des Allmächtigen ihre Niederkunft in etlichen Wochen zu erwarten stände.

„Gott sei Dank, dass ich nicht dabei sein muss, wenn sie zu kreißen anhebt!", sprach Eustachius zu sich selbst, dem stets die Galle ins Blut schoss, wenn er ihrer gedachte, und ließ seine Schwadron zum Fechtappell antreten.

Am Freitag vor Sexagesima fegte ein Südsturm über die ungarische Tiefebene heran, ließ den Wald mit Ungestüm erbrausen und brachte den Schnee in den Tatrabergen zum Schmelzen. Die Gellau zersprengte ihre eisigen Fesseln, schwoll immer höher an und begann wieder zu strudeln und über das Mühlenwehr zu rauschen.

Der Sonntag Estomihi kam heran und floss in die Ewigkeit dahin. Noch zweimal wurde aus Morgen und Abend ein Tag.

„Ach, wie es hüpft!", seufzte Jutta, die in der mütterlichen Hütte der Befreiung von ihrer Empfängnisbürde harrte, „ich glaube, es wird ein Mägdlein."

„Mitnichten!", rief die Mutter. „Es ist ein Knäblein, darauf will ich das Abendmahl nehmen!"

Damit füllte sie sich den Becher aus der großen Zinnkanne, die sie sich jeden Morgen mit Anastasias Erlaubnis im Schlosskeller füllen durfte, und leerte ihn mit einem Zuge.

„Aber woher weißt du das so genau?", fragte Jutta gespannt.

„Ei, du Närrin", fuhr die Mutter fort, „weißt du denn nicht, dass es dem Manne, dem du das Kindlein verdankst, noch niemals gelungen ist, ein Mägdlein zu zeugen?"

Hier kam Pontian Ziechner über den schmalen Steg geeilt, der sich über die rauschende Gellau spannte, pochte hastig an die Tür, öffnete sie und rief, ohne die Schwelle zu verlassen: „Kommt schnell, Frau Nachbarin, mein Weib ist in Kindsnöten!"

Simone Plinz ergriff sogleich ihren Marktkorb, darin sie ihre Tränklein und ihr sonstiges Handwerkszeug verwahrte, und begleitete ihn zum Schulhaus zurück.

„Helft mir, Wehmutter!", flehte Lioba, als sie hereintraten.

„Es steht geschrieben", rief Simone Plinz, nachdem sie die Kreissende beschaut hatte: „Du sollst mit Schmerzen Kinder gebären. Darum sei getrost! Es gibt ein Knäblein! Darauf könnt Ihr das heilige Abendmahl nehmen!"

46

Nun holte sie aus ihrem Korb eine dunkle Flasche, flößte Lioba einen rötlichen Trank ein und sprach: „Schreit nur tüchtig! Ich bin das gewohnt. Aber Eurem Mann sollen die Ohren gellen, damit er spürt, was er angerichtet hat. Kommt es nicht gleich, dann dauert es bis Mitternacht. Ich werde ein wenig verweilen, bis es offenbar geworden ist, dass die Medizin gewirkt hat."

Damit setzte sie sich an den Tisch, und Pontian Ziechner beeilte sich, ihr nach Landessitte ein Kännlein zu kredenzen.

Während sie es mit Behagen leerte, beruhigte sich Lioba und flüsterte: „Nun ist mir wieder wohler."

Darauf erhob sich die Wehmutter, nahm ihren Korb und sprach: „Ich komme wieder, wenn Eure Zeit erfüllet ist."

Pontian Ziechner zündete die Laterne an, denn es war inzwischen ganz dunkel geworden, und leuchtete ihr voran.

„Seht Euch vor!", rief er warnend, als sie an das nur auf einer Seite gesicherte Brücklein kamen. „Es will schon wieder frieren. Das Brett ist glatt!"

„Schreitet nur voran!", befahl sie. „Es ist bei Gott nicht das erste Mal, dass ich im Dunkeln über diesen Steg muss!"

Als sie wieder in ihr Häuschen trat, schrie Jutta auf und stöhnte: „Ach, liebe Mutter, nun geht es auch bei mir los!"

„Ja, ja, das steckt an!", nickte die Mutter. „Aber bei dir hat es keine Gefahr. Leg dich nur nieder! Im Hui wirst du es los sein!"

„Aber die Schmerzen, die Schmerzen!", ächzte Jutta.

„Die musst du hinnehmen wie eine Gabe Gottes!", versuchte die Mutter sie zu trösten. „Die Jungfrau Maria hat auch nichts zu lachen gehabt, als sie den Herrn Jesus zur Welt bringen musste."

Hier kam Brigitte Hurik, die dicke Schleußerin, hereingestürzt, rang nach Atem, denn sie war etwas kurzluftig, und keuchte: „Ihr sollt sogleich zur gnädigen Herrin kommen!"

„Lauft zu!", rief Simone Plinz und ließ das Herdfeuer aufflammen. „Sowie ich Jutta versorgt habe, werde ich mich auf den Weg machen."

Und dann rührte sie rasch, nachdem die Schleußerin verschwunden war, ein gelbes Tränklein zusammen, flößte es Jutta ein, rückte den Suppentopf ans Feuer und sprach zu ihr: „Was auch immer geschehen mag, du rührst dich nicht vom Fleck! Über ein kleines bin ich wieder da!"

Dann nahm sie wieder ihren Korb zur Hand, eilte zum Schloss hinauf, fand Anastasia in den allerschwersten Nöten und verweilte bei ihr, bis sie von dem Knaben entbunden werden konnte, dem sie unter heftigen Schmerzen und großen Blutverlusten das Leben geschenkt und der als einziges Kennzeichen einen erbsengroßen Leberfleck unter der linken Fußsohle hatte. Und sogleich erfüllte er das hohe Schlosszimmer mit seinem herrischen Geschrei.

„Welch ein Englein!", heuchelte Simone Plinz, während sie ihn in die Wiege bettete.

„Er soll Kasimir heißen", hauchte Anastasia noch, dann schloss sie die Augen und lag da wie tot.

Als Simone Plinz zu Jutta zurückkehrte, war sie bereits von ihrer Leibesbürde genesen. Auch sie hatte ein Knäblein ins Dasein gesetzt. Aber es atmete nicht und hielt die Augen geschlossen. Die Großmutter musste es tüchtig rütteln und schlagen, ehe es sich dazu bequemte, die Lider zu öffnen. Auch dieser Knabe war mit dem gleichen Siegel an der gleichen Stelle versehen.

„Wie ein Zwillingsbruder sieht er aus!", rief Simone Plinz triumphierend, als sie ihn in die Wiege bettete.

„Er soll Eustachius heißen", seufzte Jutta überglücklich, dass es nun endlich überstanden war, und ließ sich dann das inzwischen gar gewordene Süppchen wohlschmecken.

Eine Stunde später, kurz vor Mitternacht, brachte Lioba ihr Kindlein rasch und fast ohne Schmerzen zur Welt. Und wiederum war es ein Knäblein, und auch dieser Nachkomme konnte den braunen Sohlenstempel aufweisen, und das nicht nur auf der linken, sondern auch auf der rechten Fußsohle.

„Welch ein freundlicher Bube!", sprach die Wehmutter zu Pontian Ziechner. „Da steht Euer Werk! Er ist Euch wie aus dem Gesicht geschnitten."

Gott sei Dank, dass es vollbracht ist! dachte Pontian Ziechner, wischte sich den väterlichen Angstschweiß von der Stirn und seufzte aufatmend: „Er soll Stephanus heißen."

„Reich mir einen Becher Wein", flüsterte Lioba, als das Kindlein an ihrer Seite ruhte, „und schenk der Wehmutter noch einmal ein!"

Trotz dieser erneuten und ausgiebigen Stärkung war Simone Plinz noch ganz fest auf den Beinen, als sie mit ihrem Korb zum anderen Male aufbrechen und sich davonheben wollte.

„Wann kommt Ihr wieder?", hauchte Lioba.

„So es sich tun lässt, in einem Stündchen, sonst morgen in der Frühe!", rief Simone Plinz zurück.

Pontian Ziechners Begleitung lehnte sie ab, denn inzwischen war der Halbmond aufgegangen, der die Frühlingsnacht mit seinen silbernen Strahlen erfüllte. Trotzdem der Steg über die Gellau noch nichts von seiner Glätte verloren hatte, gelangte sie glücklich ans andere Ufer und nach Hause.

Jutta schlief, aber sie erwachte sofort, als die Großmutter den Säugling aus der Wiege hob.

„Was tust du?", fragte Jutta verwundert.

„Zauberei!", tuschelte die Mutter, während sie den schweigsamen Ankömmling in ein warmes Tuch hüllte. „Ich will ihn draußen ins laufende Wasser tauchen, damit ihn keine Seuche befallen kann, solange er lebt."

Damit bettete sie den Säugling in den Korb.

„Du lügst!", ächzte Jutta und wollte sich aufrichten. „Du willst mit ihm ins Schloss, um ihn zu vertauschen!"

„Und wenn ich es also beschlossen hätte?", zischte Simone Plinz wie eine gereizte Schlange. „Was geht es dich an? Stehst du auf, so ist es dein Tod! Also bleib liegen und gib dich drein! Wie geschrieben steht: Du sollst Deine Mutter ehren, auf dass es dir wohl ergehe auf Erden und du dereinst wie eine Herrin in Sammet und Seide einherstolzieren kannst!"

„Ich mag keinen fremden Säugling an meine Brust nehmen!", schluchzte Jutta und sank wieder auf das Kissen zurück.

„Du wirst tun, was ich dir befehle!", ereiferte sich die Mutter, steckte dem Knäblein einen Schnuller in den Mund und hing sich den Korb an den Arm. „Säuglinge sind Brüder, denn sie wissen noch nichts vom Oben und Unten, und wir sind allzumal Kinder desselben Gottes. Hat dein Kind nicht ein viel besseres Recht auf die Herrschaft als jener Bankert dort oben, den die polnische Wölfin geworfen hat? Darum schicke dich drein, schweige fein still und lass mich über ihn walten. Ich bin eine gute Hirtin, denn ich kenne die Meinen und bin bekannt mit den Meinen. Dieser feine Knabe soll dir vorausgehen, er wird dir den Weg bahnen zu der stolzen Höhe, wo die Herren und die Fürsten stehen. Auch Moses musste hinein ins Wasser, sonst wäre er niemals an den Hof des Pharao gekommen und ein großer Mann geworden. Oder willst du lieber, wenn du alt und hässlich geworden bist, wie eine Bettlerin am Wegrand sitzen, um Almosen flehen und in Jammer und Elend auf dein letztes Stündlein warten?"

„Gott sieht es", wimmerte Jutta, „und wenn du es tust, wird er dich strafen!"

„Gott sieht alles!", trumpfte die Mutter auf, „und er lässt alles zu. Wie geschrieben steht: Der Herr ist den Kühnen hold und lässt die Feigen zuschanden werden an ihrer Schwäche!"

50

Damit eilte sie wiederum in die Nacht hinaus, erreichte das Schloss und betrat das Zimmer, darin Anastasia, bewacht von der Schleußerin und von der Frau des Gutsverwalters Benedikt Wizorek, auf dem Himmelbett lag. Daneben stand die Wiege mit dem schlafenden Säugling, der sich von seiner ersten Erdenreise ausruhte, um frisch gestärkt die zweite antreten zu können.

„Sie regt und rührt sich nicht", flüsterte die Schleußerin, und die Frau Gutsverwalter fuhr fort: „Was sollen wir beginnen, um sie ins Dasein zurückzurufen?"

Simone Plinz stellte den Korb neben die Wiege, fühlte der Ohnmächtigen flüchtig den Puls und sprach: „Rasch! Hinunter in die Küche! Bringt heiße Tücher herauf, damit wir sie einhüllen! Ich will ihr indessen ein stärkendes Tränklein mischen!"

Die beiden Frauen verließen den Raum und eilten die Treppe hinunter.

Nun hob Simone Plinz den Deckel des Korbes, griff nach dem Kinde und erschrak, denn es war bleich und kalt und atmete nicht mehr.

„Gott will es nicht!", ächzte sie zitternd, dann brach sie zusammen, und Juttas Kindlein rollte auf den Teppich, wo es liegen blieb, ohne das geringste Lebenszeichen von sich zu geben.

Darüber vergingen die kostbaren Minuten, in denen sich das geplante Werk unbemerkt hätte vollbringen lassen.

Simone Plinz war so erschüttert, dass sie erst wieder zur Besinnung kam, als sie die beiden Frauen auf der Treppe hörte. Im letzten Augenblick gelang es ihr noch, das leblose Knäblein wieder im Korb verschwinden zu lassen.

Mit behänden Fingern mischte Sie den stärkenden Trank für die ohnmächtige Wöchnerin, war aber nicht mehr imstande, ihn ihr einzuflößen. Das mussten die beiden Frauen tun, die damit Mühe genug hatten.

„Hüllt Sie ein! Bringt sie in Schweiß!", stöhnte Simone Plinz, dann ergriff sie mit ihrem Korb die Flucht.

Als sie die Burgpforte hinter sich gebracht hatte, begann sie zu wanken, so stark war der Stoß gewesen, den sie durch das unerwartete Misslingen ihres Planes erhalten hatte. Nicht minder schwer fiel es ihr auf die Seele, dass sie Jutta nun ein totes Knäblein zurückbringen musste.

In diesem Zustand der doppelten Verzweiflung geriet sie plötzlich auf den Gedanken, den geplanten Säuglingstausch noch einmal zu versuchen, jedoch nicht im Schloss, sondern unter dem Dach des Schulhauses.

Doch auch dieser Plan scheiterte, denn als sie nun zum fünften Mal über den Steg hastete, glitt sie aus, musste den Korb fahren lassen, verlor trotzdem den Halt und versank in die schäumenden Fluten.

Der Korb aber schwamm auf den Wogen dahin, bis er an einem Dornstrauch hängen blieb, wo er bei Sonnenaufgang vom Müllerknecht gefunden wurde. Und da die Müllerin den Deckel hob, hörten sie das Kindlein wimmern.

„Da ist ein Unglück geschehen!", rief sie sogleich und eilte damit zu Jutta.

Zur selben Stunde verschied Anastasia unter den Händen ihrer beiden Pflegerinnen, ohne das Bewusstsein wiedererlangt zu haben.

Bald darauf wurde der Leichnam der Wehmutter von den Fluten über das Wehr geworfen und ans Ufer gespült.

„Oh, dieses Unglück!", schluchzte Jutta, als ihr die Müllerin das Kindlein brachte. „Sie hat es im fließenden Wasser baden wollen und ist dabei selber hineingestürzt!"

„Hör auf zu heulen!", schalt die Müllerin. „Willst du die Milch verlieren! Willst Du das Kindlein, das dir der Himmel zum zweiten Mal beschert hat, verschmachten lassen? Deine

Mutter ist dahin! Der liebe Herrgott hat sie abgerufen! Ihm allein die Ehre! Willst du mit ihm hadern?"

Nun erst stellte Jutta den Strom ihrer Tränen ein und ließ sich das Kind an die Brust legen.

Und es begann zu trinken.

Am nächsten Morgen kam die Müllerin wieder zu Jutta, tröstete sie und sprach: „Du hast nur deine Mutter verloren, aber der gnädige Herr hat seine Gemahlin dahingeben müssen! Das ist fürwahr ein viel schlimmeres Unglück! Du kannst dein Kindlein säugen, aber sie hat ihr Jungherrlein nur zur Welt bringen dürfen, und nun muss sie hinein in die dunkle Gruft. Leben wir, so leben wir in dem Herrn, sterben wir, so sterben wir in dem Herrn, darum wir leben oder wir sterben, so sind wir des Herrn. Der Wizorek hat den Wollnich nach Graz geschickt. Und dann hat er deine Mutter neben der Herrin in der Schlosshalle aufbahren lassen. Der weiß wohl, was sich schickt. Ach, was wird das für ein Begräbnis werden! Keiner wird dabei fehlen. Wie jammerschade, dass du daran nicht teilnehmen kannst!"

Indessen suchte die Schleußerin nach einer Amme für den kleinen Junker und kam erst zu Lioba, die aber nicht genug Nahrung für zwei Säuglinge hatte. Darum wurde der Knabe zu Jutta gebracht, die Milch im Überfluss hatte.

Und er begann gleichfalls an ihr zu trinken. Und da sie nun an seiner Sohle dasselbe Zeichen erblickte und er sich auch viel kräftiger und lebendiger zu benehmen wusste, war sie sogleich bereit, ihn für ihr eigenes Kind anzusehen. Sie bevorzugte ihn deswegen nicht, aber sie brauchte darum auch keine heißen Zähren zu vergießen, als ihr Kindlein, dem das kalte Bad mehr geschadet als genützt hatte, plötzlich, ohne den Segen der Taufe genossen zu haben, den letzten Atemzug tat und sich nicht mehr zum Leben erwecken ließ.

Und so konnte denn dieser Enkel mit der Großmutter zur Erde bestattet werden.

Denn die Prophezeiung der Müllerin ging in Erfüllung. Jeremias Fürtrefflich pries am offenen Grabe die Verblichene, die in Ausübung ihrer schweren Pflicht vom Tode ereilt worden war, als das Musterbild einer christlichen Wehmutter und schloss seine Predigt mit den ebenso wehmütigen wie ergreifenden Worten des neunzigsten Psalms: „Unser Leben währet siebenzig Jahre, und wenn es hoch kommt, so sind es achtzig Jahre, und wenn es köstlich gewesen ist, so ist es Mühe und Arbeit gewesen, denn es fähret schnell dahin, als flögen wir davon."

Und alle, die ihm zuhörten, waren so tief gerührt, dass keiner sich der Tränen zu erwehren vermochte und sich ihrer nicht schämte.

Wegen Anastasias Bestattung gab es zwischen Kasimir von Kalinsky, dessen Familie noch immer in Warschau weilte, und dem Gutsverwalter Benedikt Wizorek einen Wortstreit, der mit dessen Sieg endete. Kasimir von Kalinsky, der den Sarg nach Skupine überführen lassen wollte, gab nach mit Rücksicht auf seine drei anderen noch unversorgten Töchter. Und so wurde der Leichnam der verblichenen Herrin in der unter dem Altar der Schlurkheimer Kirche befindlichen Erbgruft mit gebührender Feierlichkeit beigesetzt.

Am nächsten Morgen wurde Liobas Knäblein auf den Namen Stephanus getauft und in die christliche Gemeinschaft aufgenommen.

Als Zigos Wollnich mit all diesen betrübenden Nachrichten in Graz eintraf, war Eustachius nicht zur Stelle. Er hatte auf kaiserlichen Befehl mit seiner Schwadron nach Spielfeld abrücken müssen, um die Grenze gegen die Türken zu sichern, die kürzlich unter ihrem siegreichen Janitscharenaga Dschafar Kröpülü die feste Stadt Marburg erstürmt, geplündert und sich darin eingenistet hatte.

Also sprengte Zigos Wollnich mit seinem Brief nach Spielfeld weiter.

Sobald Eustachius die Zeilen gelesen hatte, worin ihm der Tod seiner Gattin und die Geburt seines Erben gemeldet wurde, schlug er sich dreimal an die Stirn und knirschte in sich hinein: Der Satan hat sie mir gegeben, der Satan hat sie mir genommen, der Name des Satans sei verflucht!

Darauf ließ er Ferdinand Züst kommen und diktierte ihm die Antwort, die mit den Zeilen schloss:

Der Knabe soll Cyprian heißen, und die Jutta soll ihn weiter säugen und warten. Sie soll im Schloss wohnen und wie eine Herrin bis auf weiteres gehalten werden!

Als Zigos Wollnich nach Schlurkheim zurückgekehrt war, wurden diese beiden Befehle sogleich und pünktlich ausgeführt, der erste von Jeremias Fürtrefflich, der zweite von Benedikt Wollnich.

Und so ging die Absicht der verunglückten Wehmutter Simone Plinz doch noch in Erfüllung, und das weit schneller, als sie jemals gehofft hatte. Jutta stolzierte von nun an in Samt und Seide einher und schlief in dem hochherrschaftlichen Himmelbett, in dem das Jungherrlein Cyprianus, dessen Amme und Obhüterin sie geworden war, das Licht der Welt erblickt hatte.

Und der Knabe trank und schlief, übte seine Stimme, dass es schallte, streckte sich und bekam plötzlich feuerrote Haare, die Juttas helles Entzücken erregten.

Denn nun war ihr auch der allerletzte Zweifel darüber vergangen, dass dieser Knabe vielleicht doch nicht ihr eigenes Kind sein könnte.

„Das macht nur die Milch!", sprach Brigitte Hurik, die Schleußerin, zu Benedikt Wizorek, dem Gutsverwalter, der trotz dieser überaus einleuchtenden Erklärung den grauen Kopf wiegte, einigen Argwohn schöpfte und es für nötig erachtete, dieses höchst verwunderliche Zusammentreffen in seinem nächsten Bericht nicht unerwähnt zu lassen.

„Narrenspossen!", rief Eustachius und schnallte sich den Pallaschriemen fester. „Meine Mutter hat auch rote Haare gehabt!"

Dann schwang er sich in den Sattel, um zum anderen Male mit seiner tapferen Schwadron wider den Feind zu scharmützeln. Denn Mars war ihm günstig gesinnt, seitdem er der Venus abgeschworen hatte. Schon beim ersten Ritt war es ihm gelungen, nicht nur neunzehn Janitscharen, die sich zu weit vorgewagt hatten, in Banden zu schlagen, sondern auch eine wohl gefüllte Kompaniekasse zu erbeuten, ohne einen einzigen Mann zu verlieren.

„Potztausend, das fängt gut an!", schmunzelte Ferdinand Züst, als er die zweihundert in Istanbul geprägten Goldfüchse in den Schwadronszahlkasten sperrte.

Wie ihn der Janitscharenaga zurichten ließ

Unterdessen hatte der Herzog von Lothringen, dem die Oberleitung der kaiserlichen Heerscharen übertragen worden war, den Befehl erteilt, die feste Stadt Marburg, koste es, was es wolle, den Ungläubigen wieder zu entreißen, und darum erhielt Eustachius Ende Mai den Auftrag, mit seiner tapferen Schwadron durch die Prekmurje bis hinter den Feind vorzustoßen und ihn auf solche Weise von der geplanten Hauptaktion abzulenken.

Bei diesem kühnen Unterfangen gelangte Eustachius unangefochten bis in die Gegend von Luttenberg und Friedau, wo er dicht vor dieser Stadt das Glück hatte, fünf auf der Drau schwimmende Munitionsbarken zu überraschen und zu versenken.

Während dieses Vollbringens rollte eine mit sechs Schimmeln bespannte und von tatarischen Reitern beschützte Kutsche die Straße nach Friedau herauf.

Eustachius witterte sogleich reiche Beute und befahl den Angriff.

„Drauf und dran!", schrie Ferdinand Züst und eröffnete den Kampf.

Die völlig überraschten Türken, einschließlich der Kutscher und der Reitknechte, die auf dem Bock und auf den Schimmeln saßen und sich zuerst wie die Löwen wehrten, erkannten aber bald die Nutzlosigkeit jeden weiteren Widerstandes und wandten sich nun zur Flucht.

Eustachius ließ sie von einigen seiner Leute bis an den Fluss verfolgen, sprang sodann aus dem Sattel und näherte sich, die drei Pfund schwere Reiterpistole schussbereit in der Faust, der Kutsche, deren Tür nun von Ferdinand Züst siegesbewusst aufgerissen wurde.

Es saß darin eine vornehme, dicht verschleierte Türkin mit ihren beiden Sklavinnen, die wie Espenlaub zitterten.

„Schände mich nicht, edler Feind!", rief die Türkin in ungrischer Sprache. „Denn ich bin die Lieblingsgattin des Paschas Dschafar Kröpülü."

„Alle Neune!", grinste Ferdinand Züst, wobei er auf die blitzenden Ringe deutete, die diese Paschasgattin an ihren zehn wunderhübschen Fingern trug.

Aber Eustachius, der im Umgang mit dem ebenso schönen wie schwachen Geschlecht bedeutend mehr Erfahrung besaß, wies ihn zur Ruhe, steckte das dräuende Mordgewehr in den Gürtel, lüftete den Federhut, verneigte sich wie ein Kavalier und sprach: „Edle Dame, Ihr steht unter meinem Schutz, und kein Härlein soll Euch gekrümmt werden! Damit aber meine tapferen Mannen keinen Grund haben, Euch zu nahe zu treten, bitte ich Euch inständig, mir sogleich alle Eure Schätze, Kostbarkeiten und Kleinodien auszuliefern."

Sie gehorchte ohne Zögern, und Ferdinand Züst nahm die Hergaben in Empfang, nicht nur die Ringe, die Armbänder, die Perlenketten und das von Edelsteinen strotzende Stirnband, das sie unter ihrem Schleier trug, sondern auch sechs Beutel gemünzten Goldes und ein Kästchen, das bis an den Rand mit Diamanten, Smaragden, Saphiren und Topasen gefüllt war.

„Sie ist unter Brüdern tausend Dukaten Lösegeld wert!", flüsterte Ferdinand Züst, nachdem er die so rasch und leicht errungene Beute in seinen überaus umfangreichen Satteltaschen geborgen hatte.

„Wohlan, versuchen wir es, sie davonzuführen!", rief Eustachius und ließ zum Sammeln blasen.

Und dann ging es über Stock und Stein nach Norden zurück, Ferdinand Züst voran, die Kutsche in der Mitte und Eustachius am Schluss, um den Rückzug nach hinten, woher die größte Gefahr drohte, zu sichern.

So kamen sie glücklich an Luttenberg vorbei, und gleich darauf zerbrach das linke Vorderrad der Kutsche.

„Gehabt Euch wohl, edle Dame", sprach Eustachius zu der Lieblingsgattin des Janitscharenagas Dschafar Kröpülü, „und verzeiht, dass ich Euch nicht weiter das Geleit geben kann."

Aber die Türken waren inzwischen auch nicht müßig gewesen, und schon eine halbe Stunde später geriet Eustachius mit seiner Schwadron in einen mit großem Geschick gelegten Hinterhalt.

Die Mehrzahl der Panzerreiter, mit Ferdinand Züst an der Spitze, konnte sich nach Radgersburg durchschlagen, die Nachhut dagegen wurde abgeschnitten und nach heldenmütigem Kampfe bis zum letzten Mann niedergerungen.

Inmitten des blutigen Getümmels sank der wie durch ein Wunder bisher unverletzt gebliebene Anführer, nachdem sein Ross unter ihm getötet worden war, aus dem Sattel, schlug mit dem Hinterkopf auf einen spitzen Stein, verlor die Besinnung und kam erst wieder zu sich, als er, gefesselt an Händen und Füßen, auf einem Bauernkarren durch das Pettauer Tor, durch das kurz vorher die Lieblingsgattin des Janitscharenagas Dschafar Kröpülü ihren Einzug gehalten hatte, in die feste Stadt Marburg eingebracht wurde.

„Kapaunt diesen Christenhund!", brüllte Dschafar Kröpülü. „Und dann verkauft ihn in die Sklaverei."

Der erste Befehlt wurde, nachdem Eustachius durch einen Becher Mohnsaft in tiefste Ohnmacht versenkt worden war, von Rasul Ibn Hussein, dem obersten Feldchirurgen, der es in dieser türkischsten aller Künste längst bis zur Meisterschaft gebracht hatte, eigenhändig vollzogen, und zwar mit einer glasscharfen Obsidianklinge.

„Allah il Allah!", triumphierte dieser blutrot bekittelte, treue Anhänger des Kriegers Mohammed, nach vollbrachter Keimdrüsenentfernung und rollte dazu seine Augäpfel, als ob er mit diesen beiden kaum fingerlangen Schnitten die gesamte Christenheit entmannt und in den Abgrund der ewigen Unfruchtbarkeit geschleudert hätte.

Als Eustachius am folgenden Morgen in der engen Kellerzelle, in die er von seinen Peinigern geworfen worden war, die Augen öffnete und sogleich seinen überaus kläglichen Zustand erkannte, knirschte er in sich hinein: Verflucht sei der Tag und die Stunde, da ich mich vom Satan dazu verführen ließ, die Heimat zu verlassen, um ein großer Kriegsheld und Feldzeugmeister zu werden.

Darauf würgte er das trockene Brot hinunter, das neben dem Wasserkrug lag, leerte ihn zur Hälfte und begann zum ersten Male in seinem Leben über den tieferen Zusammenhang der vergangenen mit den kommenden Dingen nachzugrübeln.

„Herr, mein Gott", betete er, „oh, sei mir gnädig, nachdem ich mit deiner Zulassung so grausam an Leib und Seele gestraft worden bin, und bewahre mich wenigstens vor dem Elend der Sklaverei! Hilf mir heraus aus diesem verfluchten Loch, errette mich vor dem Grimm meiner Feinde und lass mich nach Schlurkheim zurückkehren, auf dass ich daselbst den neuen Adam anziehe und einen wahrhaft christlichen, tadellosen und unsträflichen Lebenswandel beginnen kann."

Unterdessen war Ferdinand Züst mit dem Rest der Schwadron nach Graz zurückgekehrt und hatte den vermutlichen Tod seines Vorgesetzten zur dienstlichen Meldung gebracht, woraufhin der Oberst Bela von Palffy mit der Führung dieses Truppenteils seinen Neffen Lajos von Mathory betraute, der sogleich die Herausgabe der von seinem Vorgänger gemachten Beute heischte.

Ferdinand Züst widersetzte sich nicht dieser offenkundigen Faustgerechtigkeit, war aber klug genug, nur drei von den sechs Goldsäcken und den kleineren Teil der Kleinodien zu opfern, womit Lajos von Mathory sich auch zufriedengab. Er befahl darauf, jedem Teilnehmer dieser gewinnbringenden Aktion drei Taler Beutegeld auszuzahlen, was auch am folgenden Morgen geschah.

Den Rest der Beute vergrub Ferdinand Züst zur nächtlichen Stunde im nächsten Wald an der Straße nach Tobelbad unter einen großen Wackerstein, der sieben Schritte hinter einem Bildstöckel lag.

Wenn mein guter Herr, sprach er auf dem Heimweg zu sich selbst, nicht den Heldentod gefunden hat, sondern in die türkische Kriegsgefangenschaft gefallen ist, dann werde ich ihn mit diesem Schatz sicherlich freikaufen können.

Fünf Tage später wurde der Angriff auf Marburg befohlen, und mit Anbruch der Dunkelheit setzten sich die kaiserlichen Regimenter in Bewegung. Die erste und die zweite Schwadron der Palffyschen Kürassiere, die eine Überrumpelung versuchen sollten, bildeten den Kopf, die sieben Batterien leichter und schwerer Geschütze, deren linke Flanke von der dritten Schwadron gedeckt wurde, den Schwanz dieses meilenlangen, wider die Ungläubigen anrückenden christlichen Heerwurms.

Da die geplante Überrumpelung an der Wachsamkeit der Türken scheiterte, mussten die Kürassiere der ersten beiden Schwadronen absitzen und mit den Fußsoldaten zum Sturm antreten. Währenddessen wurde das schwere und das leichte Gezeug in Stellung gebracht, und dann begannen diese hundert Feuerschlünde plötzlich aus vollem Hals zu krachen und Kugeln zu speien, um die für den Sturmstoß nötige Bresche in die nördlichste Ringmauer zu brechen.

Als Eustachius, dessen beide Wunden sich inzwischen schon etwas geschlossen hatten, in seinem Kellerloch das gewaltige Donnern der Geschützte vernahm, erkannte er, dass der gegen Marburg angeordnete Zugriff endlich ins Werk gesetzt worden war, und sogleich schöpfte er neue Hoffnung.

Und da sich die Kanonade fortgesetzt verstärkte, dieweil nun auch der Janitscharenaga Dschafar Kröpülü seine Feldschlangen und Kartaunen zum blutigen Tanz aufspielen ließ, da sank Eustachius in die Knie und betete mit großer Inbrunst: „Herr mein Gott, ich bin bereit, in den Schoß der alleinseligmachenden Kirche zurückzukehren, so du die Gnade hast, den kaiserlichen Waffen den Sieg zu verleihen."

Und es begann also zu geschehen.

Noch am Vormittag stürzte die zerschossene Mauer zusammen, und die Erstürmung begann. Im harten Kampf drangen die Kürassiere der ersten und der zweiten Schwadron durch die Bresche.

Nun aber hielten die Türken nicht länger stand, räumten die Stadt, wobei sie Pechkränze auf die Dächer warfen, und zogen sich in leidlicher Ordnung bis nach Pettau zurück.

Doch die Marburger Bürger, die so lange unter der türkischen Tyrannei geschmachtet hatten, waren auf ihrer Hut und erstickten die Flammen, so dass nur wenige Häuser Feuer fingen und ernstlichen Schaden erlitten. Unter ihnen befand sich auch das Haus, in dessen Keller Eustachius gefangen saß, und deshalb auch blieb sein stürmisches Pochen, womit er sich nun bemerkbar zu machen und das Kampfgetöse und das Brandgetümmel zu übertönen suchte, zunächst ohne den geringsten Erfolg.

Nach Löschung der Brände begrüßten die Marburger ihre Befreier mit großem Jubel, und bald waren auch die von den Türken vertriebenen Barmherzigen Brüder, die sich sogleich der Verwundeten annahmen, wieder zur Stelle.

Schon am folgenden Morgen begann die blutige und unentschiedene Schlacht vor Pettau, wobei die dritte Schwadron der Palffyschen Kürassiere ins schärfste Feuer geriet und hohe Verluste erlitt. Von einer Stückkugel aus dem Sattel geworfen, fiel der Major Lajos von Mathory und fand einen vorbildlichen Heldentod.

Unter den Verwundeten, die das Schlachtfeld bedeckten, befand sich auch Ferdinand Züst, dem eine Lanzenspitze tief ins Gekröse gefahren war. Neben ihm lagen gleichfalls in ihrem eigenen Blute die beiden aus Friedland stammenden Kameraden, nämlich der Wachtmeister Simon Grendel, dem eine Büchsenkugel das linke Knie zerschmettert, und der Gefreite Martin Lommatsch, dem ein Janitscharenpallasch den rechten Schenkel aufgeschlitzt hatte. Nachdem sie sich gegenseitig notdürftig verbunden hatten, wollten sie Ferdinand Züst zu Hilfe kommen, der bereits mit dem Tode rang. Und so legten sie dann die Hände an ihn.

Aber er stöhnte: „Ihr müht euch umsonst! Mein Leben ist dahin! Rührt mich nicht an und lasst mich hier sterben auf dem Felde der Ehre!"

Sodann weihte er sie mit seiner letzten Kraft in das Geheimnis des im Tobelbader Walde vergrabenen Schatzes ein und hauchte: „Das Gold mögt ihr unter euch teilen, aber die Edelsteine sollt ihr nach Schlurkheim bringen und dem Gutsverwalter Benedikt Wizorek in die Hände legen, damit der Herr aus der Sklaverei erlöst werden kann. Und verflucht soll der sein, der es nicht tut!"

Und sie schworen ihm zu auf Soldatenehre und Seligkeit, seinen Willen getreulich zu vollbringen.

Darauf neigte er sein Haupt und schloss die Augen.

Als die Sonne aufging und die erste Lerche aus dem von Rossehufen zerstampften Weizenfeld jubelnd himmelan stieg, tat Ferdinand Züst seinen letzten Atemzug. Er fand sein Grab in dem Boden, den er mit seinem Blut gerötet und für den er sein junges Leben dahingegeben hatte.

Um diese Zeit, da die Schwerverwundeten, darunter auch der Wachtmeister Simon Grendel und der Gefreite Martin

Lommatsch nach qualvoller Fahrt auf einem Furagewagen ins Spital der Barmherzigen Brüder eingeliefert wurden, schlug auch für Eustachius die Stunde der Befreiung. Zwei kroatische Musketiere, die sich darangemacht hatten, die Keller der Brandruinen nach vergrabenen Schätzen zu durchstöbern, erbrachen die Tür, hinter der er drei Tage und Nächte ohne Speise und Trank geschmachtet hatte, und holten ihn heraus.

Als er ins Sonnenlicht trat, brach er vor Schwäche zusammen.

Auch er wurde ins Spital gebracht, und die Barmherzigen Brüder gaben sich alle Mühe, in wieder auf die Beine zu bringen. Aber das war schwer genug, denn der Zustand seiner Wunden hatte sich bis zur Bedenklichkeit verschlimmert.

Das Gerücht von seiner wunderbaren Errettung durchlief das ganze Spital und alle Straßen, und kam auch dem Oberst Bela von Palffy zu Ohren, der sich sogleich aufmachte, ihm einen Besuch abzustatten und ihn zu beglückwünschen.

Auf seine Frage, wann er wieder auf seinen Posten zurückzukehren gedächte, erwiderte Eustachius: „Habt Dank, Herr Oberst! Mir ist der Kriegsgott nicht günstig gesinnt, also dass ich nur noch um meinen Abschied bitten kann."

Darauf ordnete Bela von Palffy die beschleunigte Überführung des Kranken nach Graz an, wo er im Jesuitenspital schwer darniederlag und erst nach neun Wochen zu genesen begann.

Inzwischen war der Gefreite Marin Lommatsch im Spital der Barmherzigen Brüder an Blutvergiftung eines elenden Todes gestorben.

Fünf Wochen später wurde der Wachtmeister Simon Brendel als dienstunfähig entlassen und erhielt seinen Abschied, um den er gebeten hatte. Mit fünf Talern Schmerzensgeld in der Tasche hinkte er nach Graz zurück, fand den Schatz unter dem Wackerstein hinter dem Bildstöckel, barg ihn in seinem Ranzen

64

und machte sich, da Eustachius nun nicht mehr aus der türkischen Gefangenschaft befreit zu werden brauchte, nicht das geringste Gewissen daraus, auf dem kürzesten Wege nach seiner Heimatstadt Friedland zurückzukehren, wo sein Vater einen umfangreichen Getreidehandel betrieb.

Sie erstanden bald darauf die im Sächsischen bei Großschönau gelegene Gutsherrschaft Kostenblut und wurden nicht lange danach auf Betreiben der Kurfürstlichen Kammer in Dresden vom Kaiser in den niederen Adelsstand erhoben.

Während Eustachius im Innsbrucker Spital lag, wohin ihn die Grazer Jesuiten wegen der immer noch im Wachsen befindlichen Türkengefahr gebracht hatten, brach der Großwesir Kara Mustapha mit seinem gewaltigen Heer von Belgrad nach Norden auf, um der Christenheit im Namen Allahs den Todesstoß zu versetzen.

Das endlich bewog den polnischen König Johann Sobiesky, mit dem Kaiser Leopoldus Primus ein Bündnis zu schließen, wodurch Emmerich Thököly bewogen wurde, die bereits begonnene Belagerung Leutschaus schleunigst abzubrechen und sich wieder nach Kaschau zurückzuziehen.

Und plötzlich stand Kara Mustapha vor Wien.

Aber er hatte die Rechnung ohne die Wiener Bürgerschaft gemacht, die ganz wider Erwarten bei dieser zwei Monate währenden Belagerung einen staunenswerten Heldenmut an den Tag legte.

Inzwischen vermochte der aus seiner Hofburg nach Linz und später nach Passau geflüchtete Kaiser die deutschen sowie die polnischen Hilfsvölker heranzuziehen. Sechs Stunden währte die Entscheidungsschlacht zwischen dem Kahlenberg und den Wällen von Wien, wobei der Janitscharenaga Dschafar Kröpülü auch so etwas wie den Heldentod fand.

In wilder Flucht fluteten die vernichtend geschlagenen Anhänger Allahs ostwärts, ihr Lager wurde geplündert, und eine Beute sondergleichen fiel in die Hand der Sieger.

Der Kaiser konnte in die Hofburg zurückkehren und Emmerich Thököly, der sogenannte König der Ungarn, hob sich wieder nach Siebenbürgen von dannen, woher er gekommen war.

Eustachius, der inzwischen völlig genesen war, verbrachte diese Wochen in Mariazell, wohin er sich auf dringendes Anraten der Innsbrucker Jesuiten begeben hatte, um mit Hilfe der dortigen Mutter Gottes seine in Marburg auf dem Altar des Gottes Mars geopferte Urheberkraft wieder zu gewinnen.

Er gelobte auch eine Wallfahrt nach Rom, sobald sich die so heiß erwünschten Anzeichen bemerkbar machen würden.

Aber er harrte vergeblich darauf. Nicht das kleinste Omen ließ sich spüren. Im Gegenteil, seine Abneigung gegen das weibliche Geschlecht nahm von Tag zu Tag zu. Sogar sein anfänglich gutes Verhältnis zur Mutter Gottes wurde dadurch in Mitleidenschaft gezogen. Und so glimmte denn das Flämmchen seiner Hoffnung immer schwächer und schwächer, bis es völlig erlosch. Nun war ihm endlich das Licht aufgegangen, dass ihn wohl niemals wieder der Hafer würde stechen können.

Also ergab er sich drein und begann, um die nicht so hart wie er bestraften Geschlechtsgenossen nicht beneiden zu müssen, aus seiner heidnischen Not eine christliche Tugend zu machen.

Fortan mied er, ohne den Freuden des Bechers und der Tafel zu entsagen, Sattel, Jagd und Spiel, bekam graue Schläfen, setzte ziemlich viel Fett an, begann sich immer heftiger um sein Seelenheil zu sorgen und warf sich schließlich wie eine alte Betschwester, die in ihrer Jugend ein gar zu lockeres Leben geführt hatte, der Frömmigkeit in die Arme, von der er, bevor er durch das Messer des Rasul Ibn Hussein von der Venuslust geschieden und abgetrennt worden war, noch niemals einen ernstlichen Gebrauch gemacht hatte.

Also begab er sich nach Wien, das nun schöner denn jemals aus der Asche der Belagerung erstand, und übte sich hier mit jesuitischer Hilfe in allen christlichen Tugenden. Nur das Almosengeben ging ihm immer erheblicher wider den Strich. Er hielt die Hand auf der Tasche und war fortan hinter den blanken Gulden her wie vordem hinter den unbefleckten Jungfern.

Denn inzwischen war er auch dahintergekommen, dass nicht der Kriegsgott Mars die christliche wie die widerchristliche Welt regierte, sondern Pluto, der Gott des Reichtums, der diesem großmäuligen Allesschlagetot die Waffen und die Munition lieferte und die Löhnung auszahlte.

Aus diesem Grunde hub Eustachius nun vor der Kaiserlichen Oberkriegsrechnungskammer zu klagen an, und zwar wider die Erben des vor Pettau gefallenen Majors Lajos von Mathory auf Herausgabe der bei Friedau gemachten Beute, deren Wert er auf nicht weniger denn zweimal hunderttausend Gulden bezifferte.

Bestärkt in diesem Vorhaben wurde er durch die Wiener Jesuiten, die über die pfiffigsten Advokaten verfügen konnten und deren Absicht es war, nun endlich und das für ewige Zeiten der Ketzerei in der Zips das Wasser abzugraben. Deshalb legten sie den größten Wert darauf, Eustachius bei diesem Prozess auf das kräftigste zu unterstützen. Und so kam es denn dazu, dass er sich eines schönen Tages sogar zu dem Schwur verstieg, nicht eher nach Schlurkheim zurückzukehren, bis er diesen schwierigen Rechtshandel mit Pauken und Trompeten gewonnen hätte.

Und der Paragraphentanz um das goldene Kalb nahm seinen Anhub und fröhlichen Fortgang, und kein Mensch ahnte, dass er ganze drei Jahre dauern sollte. Ströme von Tinte flossen und rauschten dahin, Zeugen wurden aufgestöbert und vernommen,

Beschlüsse und Anträge wurden geformt und verkündet, in allen Gangarten wurde der Gerechtigkeitsesel vorgeritten, und die Akte Schlörk-Mathory schwoll zusehends an und wurde immer dicker und dicker und dicker.

So vergingen die Wintermonde des ersten Jahres, der Frühling kam, im Prater blühten die Himmelsschlüssel, alle Untertanen des Kaisers erfreuten sich des so begierig herbeigesehnten Friedens, obschon im Süden noch immer die Kanonen donnerten, und bejubelten den Tod des Großwesirs Kara Mustapha, der zu Belgrad von seinen eigenen Janitscharen auf allerhöchsten Geheimbefehl für seine beispiellose Niederlage mit der safrangelben Erdrosselungsschnur belohnt worden war, Emmerich Thököly sah bereits alle seine königlichen Rebellionsfelle die Theiß hinunterschwimmen, und in Schlurkheim an der Gellau begrünten sich die Weinreben und schossen die Saaten in die Halme.

Und hier, wo Jutta, von vielen beneidet, noch immer die Herrin spielen durfte, sollte sich nun im Laufe dieser Frühlingswochen ein doppeltes Wunder zutragen. Zunächst begann sich der feuerrote Haarschopf des Junkers Cyprian, der nun schon ins zweite Lebensjahr ging, bis ins Aschblonde zu entfärben. Und die spitzen Zungen, die ihn bisher als das untergeschobene Kind der Jutta zu beraunen gewagt hatten, verstummten wie auf Kommando.

Als sich nun aber die goldgelben Ringellocken des kleinen Stephan, der im Schulhaus unter Liobas mütterlicher Sorgfalt munter heranwuchs, immer dunkler färbten und schließlich so kohlrabenschwarz wurden, wie das Haar der Herrin Anastasia gewesen war, hub das Gemurmel um den verdächtigen Korb, in dem das verstorbene Kindlein auf der Gellau dahingeschwommen war, um an einem Dornstrauch hängen zu bleiben, von neuem an und wollte kein Ende nehmen.

„Die Sache ist nicht geheuer!", tuschelte jetzt sogar schon die Müllerin, die bisher immer auf Juttas Seite gestanden und ihr die Stange gehalten hatte. „Die alte Hexe hat den Cyprian mit dem Stephan vertauscht. Aus purer Bosheit! Um den gnädigen Herrn eins auszuwischen!"

Aber weder Lioba, die inzwischen ein Mägdlein zur Welt gebracht hatte, noch Jutta ließen sich von diesem immer krauser werdenden Geschwätz im Geringsten beirren.

Liobas zweites Kind wurde auf den Namen Hulda getauft, und Jutta ließ sich wie bisher so auch weiterhin jeden Monat von Zigos Wollnich nach Käsmark kutschieren, wo sie sich auf etliche Tage bei der gefälligen Tante Manja einquartierte, um ihre Kavaliere zu empfangen, wobei sie die Offiziere der an allen Fronten noch immer siegreichen kaiserlichen Regimenter zu bevorzugen geruhte. Bei diesen vollblütigen Marsjüngern hieß sie nur noch die Venus von Schlurkheim, und sie war auf diesen schmeichelhaften Spitznamen nicht minder stolz wie auf den Junker Cyprian, den sie stets nach Käsmark mitnahm, um ihn daselbst als ihren kleinen Amor bewundern zu lassen.

Die Kosten dieser lustreichen Ausflüge beglich Benedikt Wizorek aus der Gutskasse, getreu dem gegebenen Befehl, Jutta wie eine Herrin zu halten.

Und da sie an dem reizenden Knaben, den sie noch immer für ihren leibhaftigen Sohn und der sie darum auch für seine leibhaftige Mutter ansah, nicht das Geringste versäumte und auch weiterhin so vorsichtig war, sich in Schlurkheim in keinerlei Liebeshändel einzulassen, obschon ihr hier genug Gelegenheit dazu geboten wurde, lief der Wagen ihres höheren Daseins ohne den geringsten Anstoß weiter und immer weiter.

Dagegen vermochte die Wiener Prozesskutsche wegen der vielen Paragraphenprellsteine, die eine Partei der anderen in den Weg zu pflanzen sich verpflichtet fühlte, nur im Zickzack vorwärts zu kommen, wenn sie nicht, was häufig genug geschah, mit feierlichem Geknarr im Kreise herumzottelte. Es war dies ein Teil jenes zähen unterirdischen Kampfes, den die noch immer überaus siegestrunksüchtigen Kriegsknechte der Hofburg mit den jesuitischen Pharisäern und Schriftgelehrten der verschiedenen Tempelvorhöfe um die Gunst des Cäsars ausfochten. Immer wieder und immer reichlicher mussten die Radnaben des allerhöchsten Rechtsvehikels geschmiert werden, um es in Gang zu halten.

Darüber vergingen noch zwei Sommer und drei Winter, worauf von beiden Seiten her der gefundene Menschenverstand über die Vernunft siegte und ein Vergleich zustande kam, in dem die Erben des Majors Lajos von Mathory sich bereit erklärten, an Eustachius vierzig tausend unbeschnittene Gulden zu zahlen und außerdem für sämtliche Kosten aufzukommen versprachen. Diesem Vergleich stimmte Eustachius erst zu, nachdem ihm die Jesuiten klargemacht hatten, dass dies ein Sieg mit Pauken, Trompeten und Posaunen sei.

Kurz vor Pfingsten war er endlich soweit, um von Wien Abschied zu nehmen. In Preßburg stieg zu ihm in die Kutsche der sehr geschmeidige, erst achtundzwanzig Jahre zählende Pater Jukundus. Er trug weltliche Kleidung, hieß von Haus aus Clemens Speik und sah akkurat so aus wie ein frommer, tugendbeflissener, wohlgesitteter und grundgelehrter Hofmeister.

Wie Junker Cyprian aufwuchs

Schon bei der ersten Begrüßung weigerte sich Cyprian, seinem Urheber die Hand zu küssen. Weder Zureden noch Versprechungen führten zu diesem Ziel. Die eifrigen Bemühungen des verschmitzten Hofmeisters gossen nur Öl ins Feuer.

Zuletzt flüchtete Cyprian in Juttas Schoß, als wollte er sich darin verkriechen, und schluchzte: „Die bösen Männer sollen weggehen!"

Nicht minder schwer war Juttas Enttäuschung über das Fehlschlagen ihrer im Stillen gehegten Hoffnung. Eustachius war kein Jungfernjäger mehr. Das erkannte sie auf den ersten Blick. Nicht das kleinste Geschenk hatte er ihr aus Wien mitgebracht. Sie wurde von der Tafel verbannt, erhielt nicht mehr als einen halben Taler Monatslohn und durfte weiter im Himmelbett schlafen. Die bisherige Herrin von Schlurkheim wurde zur Amme degradiert, und die teuren Lustfahrten nach Käsmark wurden erbarmungslos gestrichen.

Seitdem Eustachius die vierzigtausend Gulden eingesäckelt hatte, hielt er beide Hände auf der Tasche, als müsste er dereinst vor dem Jüngsten Gericht über jeden Heller genaueste Rechenschaft ablegen.

„Dein Vater ist ein filziger Knicker geworden!", zischte Jutta dem kleinen Junker Cyprian ins Ohr, und wenn er auch noch nicht die tiefere Bedeutung dieser heftigen Verlautbarung eines schwer gekränkten Herzens zu erkennen vermochte, so spürte er doch an der Tonart deutlich genug, dass dieser so plötzlich hereingeschneite große fette Mann, der das ganze Schloss mit seinem galligen Bass erfüllte und mit finsteren Blicken um sich warf, als ob ihm die ganze göttliche Schöpfung entgegen und zuwider wäre, ein besonders abscheuliches und nichtswürdiges Ungetüm sein müsse.

„Ach, Herzensmutter!", beklagte sich der Amor der Venus von Schlurkheim, indem er sich schutzsuchend an sie schmiegte, über die bedrohliche Veränderung seiner bisher so heiter und sorglos dahingeflossenen Jugendjahre. „Der böse dicke Mann will nicht von uns weichen!"

„Ach, Herzenssohn!", seufzte Jutta, indem sie ihn umarmte. „Wir müssen uns dareinfügen, denn noch ist er der Herr."

„Ich will aber keinen Herrn haben!", begehrte Cyprian trotzig auf.

„Und doch musst du ihm gehorchen", fuhr sie fort, „wie ich es auch muss. Willst du dein gutes Mütterlein betrüben? Willst du, dass er mir die Schuld gibt an deinem Ungehorsam? Darum sei tapfer und lass fünf gerade sein! Jeden Morgen musst du zu ihm gehen, ihm einen guten Tag wünschen und ihm artig die Hand küssen!"

„Ich werde ihn in den Finger beißen!", knirschte Cyprian, der zum Jähzorn neigte, ließ seine Augen blitzen, ballte die Fäuste und stampfte mit beiden Füßen auf.

„Oh, Cyprian, Cyprian!", suchte sie ihn zu beschwören. „Willst du uns beide ins Unglück stürzen? Wenn du mir nicht gehorchst, wird er dich strafen und mich hinausstoßen. Und dann werden wir uns nie mehr wiedersehen können!"

Das nahm sich Cyprian so zu Herzen, dass ihm die Tränen kamen. Und er klammerte sich an sie, ließ sich trösten, gelobte ihr Gehorsam und begann sich nun in der hohen Kunst der Verstellung zu üben.

Auch der Gutsverwalter Benedikt Wizorek hatte seine liebe Not mit Eustachius. Denn er stürzte sich nun, als ob er gar nicht anders könnte, auf die Wirtschaftsbücher der letzten fünf Jahre, prüfte sie, wobei ihm der Hofmeister zur Hand ging, auf das allergenaueste und wusste sich dabei wie ein doppelt eingefleischter und ausgekochter Wucherer zu benehmen. Jede

Rechnungsseite, auf der sich trotz aller Bemühungen kein Fehler aufstöbern ließ, empfand er als eine persönliche Beleidigung. Wie eine Donnerbüchse mit Schießpulver so war er mit Misstrauen gegen jedermann geladen.

Nur nicht gegen den Hofmeister, der ihm immer beistimmte und der keine Gelegenheit versäumte, ihn in seinem herrischen Geeifer und Gegeifer wider das völkerverderbliche Laster der Verschwendungssucht zu bestärken.

„Gott im Himmel!", seufzte Benedikt Wizorek und raufte sich das in allen Ehren ergraute Haar, „wie kann sich ein Mensch mit Gottes Zulassung so von Grund auf verändern."

„Die Türken sind schuld daran", flüsterte seine Frau, „sie haben ihm etwas eingegeben."

„Anders kann es nicht sein", nickte er. „Und dem Himmel sei Dank, dass sie endlich aufs Haupt geschlagen sind."

Als dieses Gerücht, das nun die Runde zu machen begann, dem Förster Janos Schellhorn zu Ohren kam, sprach er zu seiner Hausfrau: „Die Hand des Allmächtigen hat ihn schon getroffen, wenn er auch nicht an dem gestraft worden ist, damit er so schwer und vielfach gesündigt hat."

„Es ist nur gut", bemerkte sie dazu, „dass deine Holzrechnungen in Ordnung sind."

„Die Einkaufspreise sind viel zu hoch", pulverte Eustachius am nächsten Morgen los, „und die Verkaufspreise sind viel zu niedrig!"

„Die Preise kommen von Gott, gnädiger Herr, und nicht von den Menschen!", erklärte Janos Schellhorn gelassen, und der neben ihm stehende Benedikt Wizorek fügte hinzu: „Die Preise sind landesüblich."

Da die Landesüblichkeit noch nicht die Ehre hatte, in die Reihe der sieben Todsünden eingereiht worden zu sein, pumpte sich Eustachius weiter auf und brüllte, dass es durch die Ritzen aller Schlosstüren drang: „Die höchste der christlichen Tugenden ist die Sparsamkeit!"

„Spar-sam-keit!", silbte der auf Juttas Schoß sitzende Cyprian, wo es ihm immer noch am besten gefiel. „Mutter, was ist das?"

„Des Teufels Großmutter!", platzte Jutta heraus

„Dann ist mein Vater der Teufel!", schloss Cyprian sogleich.

„Sei still, sei still!", flüsterte sie und legte ihm die Hand auf die Lippen. „Wenn er es hört, wird er noch böser auf uns werden!"

„Im Schloss scheint der Teufel los zu sein!", sprach in diesem Augenblick der Kantor Pontian Ziechner zu dem Prediger Jeremias Fürtrefflich über die Blutdornhecke, die Schule und Kirche voneinander trennte.

Denn nun war Eustachius, nachdem er die Gutswirtschaft nach seinem Sparsamkeitsraptus neu geordnet hatte, über die Rechnungsbücher der Dorfgemeinde hergefallen, um Robot, Scharwerk und Nebendienste auf ihre Erhöhungsfähigkeit zu prüfen.

„Das weiß Gott!", nickte Jeremias Fürtrefflich und hob die Augen zum Himmel empor. „Die Welt liegt allzumal im Argen, und wir können nichts tun, als ihn gewähren zu lassen und auf die Stunde zu warten, da wir aus diesem Jammertal erlöst werden sollen."

Am folgenden Morgen wurde er aufs Schloss befohlen, dieweil Eustachius unterdessen in dem Laster des Fleisches und der Augen Lust die Grundquelle der Verschwendungssucht entdeckt hatte und entschlossen war, sich nun auch auf diesem ihm nur zu wohl bekannten Gebiet gesetzgeberisch zu betätigen, also dass alle mannbaren Jünglinge und Jungfrauen, die über einundzwanzig Jahre zählten, schleunigst in die sittenreinigende Hut des christlichen Ehestandes gebracht werden sollten. Auf den naheliegenden Gedanken, auch Jutta bei dieser günstigen

Gelegenheit mit unter die Haube zu bringen, kam Eustachius erst viel später, zumal der Hofmeister, der bereits eines seiner jesuitischen Augen auf die Venus von Schlurkheim geworfen hatte, es geflissentlich unterließ, ihn daran zu erinnern.

„Die Unzucht muss mit Stumpf und Stiel ausgerottet werden!", polterte Eustachius, dass es aus allen Fenstern schallte, den guten alten Prediger an, und der Hofmeister, der diese Audienz mit seiner Beiwohnung verschönen durfte, murmelte feierlich: „Ad majorem dei gloriam!"

„Zu Befehl, Euer Gnaden!", seufzte Jeremias Fürtrefflich, der immer die Kirche im Dorfe ließ, mit einer ergebenen Verbeugung, begab sich nach Hause und konnte schon am nächsten Sonntag nach der Predigt von der Kanzel herab sechs neue Aufgebote verkündigen, wobei er auch die Namen des Witwers Zigos Wollnich und des Junggesellen Daniel Kretschmer zu Gehör brachte.

„Un-zucht!", silbte Cyprian, der kein neues Wort vorüberließ, ohne es wie einen Schmetterling einzufangen. „Was ist das, Mutter?"

„Der Finger Gottes!", behauptete Jutta, wobei sie ganz deutlich an Daniel Kretschmer dachte, mit dem sie sich ein wenig zu trösten gehofft hatte und der ihr nun auch auf allerhöchsten Befehl durch die Lappen gegangen war, und fuhr also fort: „Denn wenn der Teufel etwas für unzüchtig findet und sich davor fürchtet, so kann es doch nur der Finger Gottes sein, der alle seine bösen Anschläge zunichtemacht."

„Ach, Herzensmutter!", rief Cyprian und umfing sie mit beiden Armen. „Dann will ich zum lieben Gott beten, dass er es bald geschehen lässt!"

„Er wird dein Gebet erhören!", flüsterte sie und seufzte in sich hinein: Ach, du lieber Himmel, da bleibt mir ja kein anderer übrig als der saure Apfel, der Hofmeister! Ob den wohl auch der Hafer ein wenig stechen kann?

Und dann küsste sie ihren inzwischen immer größer gewordenen Amor Cyprian und presste ihn an sich, was ihn mit einem ungemeinen Behagen erfüllte. Und sie waren so sehr ein Herz und eine Seele, dass niemand auf den Gedanken hätte kommen können, sie würden sich einmal als grimmige Feinde gegenüberstehen.

Und doch musste es also geschehen, wenn auch zuvor noch sehr viel Wasser die Gellau und die Pograd hinunterfließen sollte.

Und so begann denn die Venus von Schlurkheim, die gerade im besten Saft stand und wie eine feurige Rose blühte, den Hofmeister ein wenig aufs Korn zu nehmen. Da er aber noch gar keine Miene machen wollte, sich von ihr verführen zu lassen, so verlockend auch die Blicke waren, die sie zu diesem Zweck an ihn zu verschwenden geruhte und so kräftig ihn bereits der Hafer nach ihr stach, ließ sie ihn plötzlich links liegen und fing ein heimliches Zwischenspiel mit dem erst siebzehn Jahre alten Geza Kretschmer an, der sich als Bäckerlehrling in der Schlossküche betätigen durfte. Sie war so schlau, sich mit ihm nur auf dem Dachboden beim Mehlschöpfen zu treffen, und er wusste die von ihm geforderten Geschäfte so blitzschnell zu verrichten, dass niemand auf einen Verdacht kommen konnte.

So liefen die Wochen und Monde dahin, und der Junker Cyprian nahm weiter zu an Alter, Größe, Scharfsinn und der allen Schlörken eigentümlichen Trotzköpfigkeit, und gerade darum war Jutta als vermeintliche Mutter so stolz auf ihn und hieß alles gut, was er sprach und tat.

Weder Eustachius noch der Hofmeister kümmerten sich viel um ihn. Es genügte ihnen, da er noch zu jung für den Unterricht war, dass er unter Juttas Pflege gedieh und gesund blieb. Auch hatten sie beide vorerst noch viel Wichtigeres zu tun.

Die von Eustachius zusammengerafften Schätze wollten nun läufig und trächtig werden und heischten kraft des Gleichnisses vom Pfunde im Schweißtuch nach vermehrungsgarantlicher Anlage. Und Eustachius war keineswegs der Mann, sich mit der Todsünde der Geizhalsigkeit zu beflecken und sein Seelenheil solcherart in höchste Gefahr zu bringen. Er gab viel mehr das Geld mit vollen Händen hin, aber nur gegen die allerbesten Bürgschaften und gegen ausreichende Sicherstellung durch erstklassige Sach- und Grundwerte.

Denn die Friedensschalmeien, die nun im ganzen Reich erklangen, dieweil es die Völker schon wieder einmal halssatt bekommen hatten, zu Ehren der Throne und zum Besten der darauf sitzenden Großfinanzkünstler aufeinander loszuschlagen, waren schon dabei die Spargroschen aus dem Dunkeln hervorzulocken, um sie in Zinsgroschen zu verwandeln.

Des Teufels Großmutter war bereiter denn jemals, dem Finger Gottes auf den Leim zu kriechen. Die Lust am irdischen Dasein begann allerorten wieder aufzukeimen und als Warenhunger und Verschwendungssucht ins Kraut zu schießen.

Jetzt brauchte sich Eustachius nicht mehr nach Leutschau zu bemühen, wenn er seine Hochzunftgenossen wiedersehen wollte. Sie liefen ihm das Schloss ein, um volle Geldbeutel in Empfang zu nehmen und dafür wertvolle Dokumente zu unterzeichnen und zu besiegeln. Einer sagte es dem anderen, und fröhlicher denn jemals ließen sie zwischen Becherlupf und Würfelhupf die entliehenen Dukaten davonspringen, ohne sich viel um die Zukunft zu scheren. Sie wollten ihr Dasein schmecken und hielten sich an die Gegenwart und an die uralte Zipser Parole:

Lustiger leben und seliger sterben,

Das heißt, dem Satan die Rechnung verderben!

Und dann steckten sie die weinroten Köpfe zusammen, lachten sich ins Fäustchen und sprachen untereinander: „Welch ein

Narr ist doch dieser Eustachius! Anstatt Knaben und Mädchen in die Welt zu setzen, heckt er Hummeln und Dukaten!"

Denn nach der Sitte des Landes hätte Eustachius eine von Anastasias Schwestern heimführen müssen.

Als aber Kasimir von Kalinsky nach mehrjährigem Zögern mit seiner jüngsten Tochter Zipora, denn die beiden anderen Schwestern waren schon versorgt, und mit ihrer Mutter in Schlurkheim erschien, bezeigte ihnen Eustachius so wenig Verständnis und Entgegenkommen, dass sie sich damit begnügen mussten, den Junker Cyprian, der eben sechs Jahre alt geworden war, in näheren Augenschein zu nehmen. Da sie aber auch hier auf keine Gegenliebe stießen, brachen sie bald wieder nach Skupine auf, nicht ohne sich bitterlich darüber zu beschweren, dass er nicht einmal wüsste, wer seine Mutter sei.

„Sagt es ihm!", befahl Eustachius dem Hofmeister. „Es wird Zeit, mit dem Unterricht zu beginnen."

Und Clemens Speik ging ans Werk, zu welchem Zweck er sich zunächst einmal mit Jutta ins Benehmen setzen musste. Also sah sie nun endlich den Hafer reifen, den sie mit ihren feurigen Blicken und Locken ausgestreut hatte.

Und sie brachte es auch in kürzester Frist zuwege, dass Cyprian seine beträchtliche Abneigung gegen den Hofmeister besiegte und sich von ihm spazieren führen ließ.

Aus diesen pädagogischen Pilgerungen durch Dorf, Feld und Wald erhielt nun Cyprian Belehrungen über Himmel und Hölle, Gott und den Teufel, über die Reiche der Schöpfung, Leben und Sterben, Auferstehung und Himmelfahrt und durfte sogar die Kirche betreten, darin auch vielerlei Dinge zu bestaunen waren.

Und plötzlich, ehe er es sich versah, stand er in der Gruft vor dem Sarg seiner Mutter. Aber anstatt sich herrgottgefällig und andächtig zu betragen, erhob er ein solches Mordsgebrüll, dass sich seine hier unten vollzählig versammelten Ahnen und

Ahninnen unfehlbar aus ihren Särgen erhoben hätten, wenn sie nicht so zuverlässig fest vernagelt gewesen wären.

Wie gehetzt lief er zu Jutta zurück und rief: „Ich will keine Mutter haben, die im Kasten liegt!"

„Oh Cyprian, mein Herzenssohn!", flüsterte sie und küsste ihm die Tränen von den Wangen. „Warum fürchtest du dich? Weißt du nicht, wer deine wahre Mutter ist?"

„Aber die anderen wissen es nicht!", schluchzte er, dass ihn der Bock stieß.

„Sie sollen es auch nicht wissen!", fuhr sie fort ihn zu trösten. „Denn das ist ein Geheimnis. Aber es wird einst der Tag kommen, da es allen kund und offenbar werden soll."

„Ge-heim-nis?", silbte er fragend. „Was ist das?"

„Dass ich deine Mutter bin!", tuschelte sie ihm ins Ohr. „Das ist das Geheimnis deines Lebens! Darum rühre nicht daran, bis die Zeit erfüllet ist! Bewahre es tief in deinem Herzen, bis der alte böse Mann, der gar nicht verdient, dein Vater zu sein, in die Grube hinabgefahren ist zu den Toten! Und dann wirst du auf seinem Stuhl sitzen, und alle seine Reichtümer und Schätze werden dir gehören, und alles, was Odem hat, wird vor dir niederfallen und dir die Hand küssen. Das allein ist Gottes Finger und ewiger Wille!"

Da Cyprian solche frohe Botschaft vernommen hatte, atmete er hoch auf und vermochte wieder zu lachen und zu jauchzen.

„Was ist ein Geheimnis, Herr Hofmeister?", fragte er am nächsten Morgen, als sie durch den von Vogelstimmen erfüllten Wald dahinwandelten.

„Hm?", machte Clemens Speik, blieb stehen, legte den Finger an die Nasenspitze und dachte ziemlich lange nach, worauf er im hohen Jesuitenstil also dozierte: „Ein Geheimnis muss ein Geheimnis bleiben, sonst ist es kein Geheimnis mehr. Und eben deshalb, darum und deswegen muss auch die Bedeutung dieses

Wortes ein tiefes Geheimnis sein und bleiben nach Gottes Wunsch und Willen."

„Der Hofmeister ist ein Dummkopf!", sprach Cyprian am Abend zu Jutta, als sie ihn zu Bett brachte. „Er weiß nicht einmal, was ein Geheimnis ist. Dass du meine Mutter bist. Das ist das Geheimnis!"

„Oh Cyprian, mein Herzenssöhnchen, was bist du doch klug!", flüsterte sie voller Bewunderung, indem sie ihn umarmte und küsste.

„Hu-re!", silbte er sie am folgenden Morgen an. „Was ist das?"

„Oh Gott!", flüsterte sie und entfärbte sich. „Woher hast du dieses Wort?"

„Aus dem Kuhstall", antwortete er. „Eine Magd hat es gesagt zu der anderen."

„Ach so", atmete Jutta auf. „Nun weißt du ja, was es bedeutet. Nichts weiter als eine Kuhmagd, ein Melkmädchen."

Sogleich lief er in den Stall zurück und rief, als er auf die beiden eifrig miteinander schwatzenden Melkerinnen stieß: „Ihr Huren!"

Und sie sanken auf ihre Schemel zurück und lachten so heftig, dass ihnen die Tränen kamen und sie sich die Seiten halten mussten.

„Die Pflaume fällt nicht weit vom Baume!", kicherte die eine, und die andere fuhr fort: „Der wird noch zehnmal schlimmer werden als sein Herr Vater!"

Unterdessen war es Clemens Speik alias Pater Jukundus im Betreiben seiner Hauptaufgabe, den noch immer vor dem öffentlichen Glaubensübertritt zurückschreckenden Eustachius zur Erfüllung seines im Marburger Kellerloch unter kaiserlichen Kanonendonner abgelegten Gelöbnisses zu bewegen, durch fleißiges Herumhorchen in allen fünf Dörfern gelungen, dem dreifachen Geheimnis jener Frühlingsnacht auf die Spur zu

80

kommen, in der dem Wehmutterkorb mit dem kindlichen Inhalt die Wogenfahrt bis zum müllerischen Dornstrauch geglückt war, und hatte nicht gezögert, darüber einen genauen Bericht aufzusetzen und nach Preßburg zu senden, worauf ihm der im klassischen Küchenlatein abgefasste Befehl zuging, diese höchst seltsamen und für das Wohlgelingen des geplanten Glaubenunternehmens überaus wichtigen Vorgänge bis auf den Grund zu erforschen, sich dafür die Hilfe der einzigen noch vorhanden Augenzeugin zu sichern, bei ihr mit der Bekehrung der Schlossbewohnerschaft den Anfang zu machen und dabei, falls ihr Vertrauen nicht anders zu erwerben sei, auch die lässliche Sünde der fleischlichen Vermischung mit in Kauf zu nehmen.

Nach Erhalt dieses köstlichen Freifahrtscheines in Juttas Himmelbett zögerte Clemens Speik nicht länger, sich ihr in dieser kirchenlöblichen Absicht so ernsthaft zu nähern, dass sie gar nicht erst in die Verlegenheit kam, die unanmutige Rolle der altbundlichen Frau Potiphar zu spielen.

Und so erlaubte er sich denn, mit dem ersten Bekehrungsversuch sogleich zu beginnen, den er mit ihrer Erlaubnis bis zum ersten Hahnenschrei auszudehnen vermochte.

Auch dieses Venuszwischenspiel blieb, da der Herr Hofmeister von vornherein über jeden bösen Verdacht turmhoch erhaben war, ein undurchdringliches Geheimnis, sogar für Geza Kretschmer, den immer noch blitzschnellen Bäckerlehrling, dem Jutta auch weiterhin beim Mehlschöpfen behilflich war, bis er Ostern ausgelernt hatte und auf die Wanderschaft ging.

Selbst der im Nebenzimmer schlafende Cyprian merkte und ahnte noch nicht das Geringste von den nächtlichen Heimsuchungen, die sein Hofmeister bei Jutta veranstaltete, denn sie war nun so vorsichtig, in Cyprians Abendmilch etwas Mohnsaft zu tröpfeln, was ihm bass behagte. Und gegen die Gefahr der unerwünschten Folgen dieser hof- und himmelbettmeisterlichen Bemühungen wusste sie sich durch ein unfehlbares Rezept zu sichern, das sie von ihrer seligen Mutter geerbt hatte.

Und Clemens Speik gab seinen Segen dazu.

Dagegen schlugen alle seine listigen Versuche fehl, mit Juttas Hilfe auf den Grund jener frühlingsnächtlichen Vorgänge zu gelangen, deren Entschleierung ihm aufgetragen worden war. Sie wusste vielmehr ihr Geheimnis so gut zu wahren, dass die Berichte, die er an seine Oberen nach Preßburg sandte, immer inhaltsärmer und wortkarger wurden.

Doch diese mit allen irdischen und himmlischen Reinigungsflüssigkeiten gewaschenen Väter der Jesusgesellschaft nahmen daran keinerlei Anstoß, denn die von ihnen betreute und wohlbehütete abendländische Glaubensbetriebsgruppe, die sie die Heilige Kirche Christi benamten, war für sie kein sterbliches, sondern ein ewiges Wesen. Diese Meister der Verschlagenheit und des Ausharrens verstanden zu warten und sprachen untereinander: „Unser Jukundus wird es schon schaffen! Denn er ist Fleisch von unserem Fleisch und Geist von unserem Geist! Je langsamer die Reife, desto süßer die Frucht!"

Womit sie auf das fette Kirchspiel Schlurkheim und seine vier saftigen Filialdörfer zielten.

Und Pater Jukundus gab sich denn auch als Clemens Speik die allergrößte Mühe, das höheren Orts in ihn gesetzte Vertrauen nicht zu enttäuschen.

Dabei enthielt er sich aber, sogar in Juttas Armen, jeglicher Hast und wusste trotzdem in jeder Nacht zu ihrer vollsten Befriedigung und mit bemerkenswerter Regelmäßigkeit der Kette seiner lässlichen Sünden einige neue Glieder anzufügen. Aber so lang sie auch schon war und je länger sie wurde und werden sollte, sie vermochte sein zartes Gewissen nicht zu beschweren, dieweil er ja schon im Voraus von oben herab mit den nötigen Absolutionsvorräten beliefert worden war.

So flossen die nächsten vier Jahre ohne Störung, Missbehagen und Betrübnis dahin.

Clemens Speik widmete die Vormittagsstunden seinem Zögling Cyprian, der sich dank Juttas Fürsprache immer enger an seinen Lehrer anschloss und sich nun willig durch die Silbenlabyrinthe der christlichen Heilslehre und der weltlichen Wissenschaften leiten ließ. Cyprian lernte leicht und schnell und hatte ein ganz vortreffliches Gedächtnis. Als er bereits mit acht Jahren das Vaterunser auf Lateinisch fehlerlos aufzusagen wusste, ließ sich Eustachius, der ihm nach wie vor keineswegs gewogen, sogar dazu herbei, ihm einen ganzen halben Taler zu schenken, damit er sich in der Sparsamkeit übe.

Die Nachmittagsstunden waren den ritterlichen Fertigkeiten vorbehalten. Der Hofmeister gab Cyprian Fechtunterricht, Zigos Wollnich lehrte ihm das Reiten, und Janos Schellhorn brachte ihm das Fallenstellen, Büchsenladen, Schießen, Treffen und die sonstigen Waidmannstugenden bei.

Wie Eustachius über die Erwachsenen herrschte, ebenso stand Cyprian bald an der Spitze der ganzen Dorfjugend. Alle Knaben und Mädchen blickten zu ihm empor. Sein Wort war ihnen die Wahrheit und das Gesetz. Mit dem am gleichen Tage geborenen Stephan Ziechner verband ihn eine immer enger werdende Freundschaft, und von dessen kleiner zarter Schwester Hulda wurde Cyprian schrankenlos bewundert, was ihn endlich antrieb, sie zu küssen, wenn sie sich allein sahen. Und sie strahlte ihn an und küsste ihn wieder.

„Du bist meine Braut!", erklärte er ihr an seinem neunten Geburtstag, wobei er sie herrisch umarmte.

„Und du mein Bräutigam!", nickte sie lächelnd und schmiegte sich an ihn.

In den Abendstunden kam Pater Jukundus alias Clemens Speik seinen Seelsorgerpflichten bei Eustachius nach. Er half ihm getreulich bei seinen Rechnungen und Prozessen, die sich mit den Jahren mehrten, pokulierte mit ihm, benutzte jede sich bietende Gelegenheit, um ihm nicht nur die himmlischen, sondern auch die irdischen Vorteile des Glaubenswechselgeschäfts in den leuchtendsten Farben auszumalen und durfte sich schon ein wenig der Hoffnung hingeben, in absehbarer Zeit doch noch zum Ziele zu gelangen, zumal er inzwischen einen Bundesgenossen erhalten hatte, nämlich das Zipperlein, mit dem sich Eustachius seit einigen Wochen herumplagen musste.

Er bewies dabei nicht den geringsten Heldenmut und fand es bald für nötig, sich also zu beklagen: „Ach, welch ein jämmerlich Gemächt und Madensack ist doch der Mensch!"

„Darum", schlug Pater Jukundus sogleich in dieselbe bibelbüchliche Kerbe, „spricht die Kirche: Kommet her zu mir alle, die ihr mühselig und beladen seid, ich will euch erquicken. Warum wollen Euer Gnaden nicht einen Versuch machen mit dem Pater Walpurgis, der voriges Jahr die Ehre gehabt hat, mit dem allerbesten Erfolg den Erzherzog Karl zu purgieren?"

Auch in dieser Nacht suchte Clemens Speik wieder einmal hinter Juttas Geheimnis zu gelangen und flüsterte ihr ins Ohr: „Ich weiß genau, dass du mir etwas verbirgst! Wann wirst du es mir offenbaren?"

„Wenn sich der Herr zu seinen Vätern versammelt haben wird", antwortete sie.

Doch Eustachius traf keinerlei Anstalten dazu. Im Gegenteil, er brach am Freitag vor Lätare, gleich nach Cyprians elftem Geburtstag, nach Preßburg auf, um Pater Walpurgis, den weltberühmten Krankheitsbeschwörer und Gesundbeter, wider das verdammte Zipperlein um Hilfe anzugehen, und nahm den Hofmeister mit. Und da sie von dieser Reise kaum vor dem Sonntag Judika zurückerwartet werden konnten, bekam Cyprian, der sich in der letzten Zeit durch seinen unbändigen Trotz bei allen Schlossbewohnern, sogar bei der nachsichtigen Jutta, ziemlich unbeliebt gemacht hatte, zehn Tage Ferien und wusste sie auch auf seine Art zu genießen. Er schweifte mit seiner Armbrust durch Flur und Wald, trieb sich auf den Dörfern herum, begleitete Janos Schellhorn auf allen Pirschgängen und ließ sich auch nicht davon abhalten, die letzten Nächte im Forsthof zu verbringen.

Und so kam der Sonntag Judika heran, an dem das Unerwartete geschah, das Cyprian in seinem Jähzorn vollbrachte.

Er stürmte plötzlich aus dem Dorf ins Schloss zurück, stürzte in Juttas Zimmer, schlug und traf die gänzlich Überraschte mit der Faust ins Gesicht und schrie sie an: „Hinaus mit dir, du Lügnerin! Du bist nicht meine Mutter! Du bist eine Hure! Du willst mich um die Herrschaft bringen! Die Kantorin hat es gesagt, der Kantor auch!"

Er erwischte er einen Besen und trieb sie damit aus dem Zimmer, über die Treppe hinunter, über den Hof hinweg und hinaus zum Tor.

Hier hielt er schweratmend inne mit siegreich erhobener Waffe, justament wie der Cherub vor der Pforte des Paradieses nach wohlgelungener Vertreibung des ersten Menschenpaares.

Jutta aber wandte sich um, hob beide Fäuste gegen ihn, ließ ihre roten Haare flattern und kreischte dazu: „Das werd ich dir heimzahlen, du Sohn einer Hündin, dir und der Lioba!"

Worauf sie in ihrem Häuschen verschwand.

Zur selben Stunde hörte Eustachius, der sich inzwischen doch noch dazu hatte bewegen lassen, den Glauben seiner Väter abzuschwören, in der Preßburger Jesuitenkirche die Messe und empfing sodann das Abendmahl unter einerlei Gestalt.

Aber seine stille Hoffnung, durch die Rückkehr in den Schoß der Alleinseligmacherin sein Zipperlein loszuwerden, ging nicht in Erfüllung. Und so war denn seine Laune keineswegs rosig, als er vier Tage später, von den schlechten Wegen tüchtig durchgerüttelt, in Begleitung des Paters Jukundus nach Schlurkheim zurückkehrte.

Cyprian wurde sofort zur Rechenschaft gezogen und über den Grund seines Zornes gegen Jutta inquiriert.

„Ich hasse sie!", erklärte er trotziger denn jemals.

Da er sich weigerte, weitere Aufschlüsse zu geben, wurde er von Eustachius zu drei Tagen Karzer verurteilt, die Cyprian im Turmverließ bei Wasser und Brot absitzen musste.

Währenddessen bekam der neunundvierzigjährige Schäfer Boris Reinsch, der vor einigen Monaten seine Frau verloren hatte, den Befehl, die Amme Jutta heimzuführen.

Aber Jutta zog es vor, nach Käsmark zu entwischen, wo sie sich an Florian Bendling hängte. Er war Tambourmajor des von dem kaiserlichen Oberst Eberhardt von Pottitschka befehligten Regiments der kroatischen Musketiere, das nach vollbrachter Winterruhe aus seinen Zipser Quartieren gegen die in Südungarn stehenden und sich noch immer tapfer zur Wehr setzenden Türken marschieren sollte.

Kurz vor dem Abschied richtete Jutta an Clemens Speik einen Brief, den sie ihrer Tante Manja zur Besorgung anvertraute.

Während der Belagerung von Temesvar verschied Florian Bendling an der Pest. Jutta beweinte seinen Tod, blieb dem Regiment treu und zog nach dem Fall von Temesvar als Marketenderin mit vor Belgrad, wo sie von einer türkischen Stückkugel dahingerafft wurde.

Ihr letzter Brief brauchte mehrere Wochen, ehe er nach Schlurkheim und in Clemens Speiks Hände gelangte. Die darin gemachten Eröffnungen deuchten ihm so wichtig, dass er um Urlaub bat, um dieses kostbare Dokument eigenhändig nach Preßburg bringen zu können.

Er kehrte nicht nach Schlurkheim zurück. Als sein Nachfolger erschien der aus derberem Holz geschnitzte Pater Mosulus, aber nicht in weltlicher Kleidung, sondern in der vorschriftsmäßigen Uniform der Jesuskriegsknechte. Mit dem Rollenhütlein

auf dem tonsurierten Kopf, am Gürtel den rasselnden Rosen-
kranz, so trat er durch das Burgtor.

Und die Schlurkheimer wussten nun endlich, was die Glocke
der Weltuhr für sie geschlagen hatte.

Wie er von seinem Vater verstoßen wurde

Cyprian, der durchaus nicht katholisch werden wollte, begann nun seinen Vater, den er niemals geliebt hatte, zu verachten, und nahm sich vor, dem neuen Pater sogleich auf die Hühneraugen zu treten oder ihm auf eine andere nicht minder deutliche Weise seine Abneigung zur Kenntnis zu bringen.

Aber der neue Erzieher war vom ersten Augenblick an so freundlich zu Cyprian, dass der geplante Angriff zunächst unterbleiben musste.

„Es ist nicht gut", sprach er gleich am folgenden Morgen zu Cyprian, „dass der Mensch allein lerne, ich will dir einen Gehilfen schaffen, der um dich sei."

Hier schlug er an seine Brusttasche, darin er eine Abschrift von Juttas letztem Brief trug.

Darauf begab er sich ins Kantorhaus und sprach zu Pontian Ziechner und zu seiner Ehefrau Lioba, die schon wieder ein Kindlein unter ihrem Herzen trug: „Der Herr hat befohlen und angeordnet, dass euer Sohn Stephan an dem Unterricht teilzunehmen hat, den ich dem Junker Cyprian zu erweisen die Ehre habe. Also schickt ihn von nun an jeden Wochentag pünktlich um sieben Uhr aufs Schloss, damit des Herrn Wille geschehe."

Pontian Ziechner und Lioba fühlten sich durch diesen Befehl sehr hoch geehrt, und Stephan tat einen Freudensprung darüber, dass er nun jeden Tag mit seinem besten Freunde Cyprian zusammen sein durfte, um ihm beim Lernen Beistand zu leisten, und rief: „Das wird eine Lust werden!"

Sodann betrat der Pater das Pfarrhaus und sprach zu Jeremias Fürtrefflich, der über diesen unerwarteten Besuch nicht wenig aus dem Häuschen geriet: „Es steht geschrieben: Jedermann sei Untertan der Obrigkeit, die Gewalt über ihn hat, denn es ist keine Obrigkeit, ohne von Gott, darum, wo Obrigkeit ist, die ist von Gott verordnet. Nun seid Ihr ein Witwer und habt keine Kinder, also dass Euch die Kirche nichts abfordern kann, was Ihr nach Gottes Willen bereits dahingegeben habt. Wollt Ihr mit Euren weißen Haaren ins Elend wandern und das bittere Brot der Fremde essen? Oder solltet Ihr nicht lieber mit Freuden bereit sein, das arme, aus so vielen Wunden blutende Volk von seinem Ungehorsam zu heilen und es endlich den Krallen des Aufruhrteufels zu entreißen? Denn die Kirche allein ist der Fels, der fest steht in allen Stürmen und niemals wanket. Mögen sich auch manche ihrer Diener aus Unwissenheit vergangen und ein schändliches Leben geführt haben, umso mehr tut es not, dass sich fortan nur reine Hände und Zungen ihrem Dienste widmen und weihen."

„Ach Gott!", beseufzte Jeremias Fürtrefflich diese Einladung, an Bord der ältesten aller christlichen Kirchenfregatten zurückzukehren. „Welch ein Herzeleid tut Ihr mir an! Ihr verlangt von mir, dass ich verleugnen soll, was ich so lange Jahre gelehrt und gepredigt habe!"

„Nicht alles, sondern nur einiges", fiel ihm der Pater ins Wort, „nämlich nur die ketzerischen Lehren und Irrtümer, die von den drei großen Rebellen Luther, Zwingli und Calvin herstammen. Ihr seid als Hirte vor Gottes Thron und Christi Angesicht verantwortlich für diese Herde. Wenn Ihr erst einmal auf dem Wege des wahren Heils vorangegangen seid, so wird sie Euch umso williger nachfolgen, als Ihr sie dadurch vor allen Jammer, Not und Drangsal bewahren könnt, die sie an so vielen Orten durch ihre Verblendung und Halsstarrigkeit über sich gebracht hat. Wie geschrieben steht: Siehe, wie fein und lieblich ist es, wenn Brüder einträchtig beieinander hausen und sich das Leben nicht durch unfruchtbares Wortgezänk und Silbenstecherei noch schwerer machen, als es ohnehin schon ist. Wollt Ihr so töricht sein, gegen mich zu streiten, der ich ein Bote des Friedens, der Sanftmut und der Schonung bin?"

„Ja, Friede auf Erden", stimmte Jeremias Fürtrefflich zu, „und allen Menschen ein Wohlgefallen. Das ist das einzige Ziel für jeden, der wert ist, ein Christ genannt zu werden. Und darum will ich tun, was ich vermag, aber ich werde es nur vermögen, wenn Ihr Geduld mit mir habt. Andernfalls werde ich es beim besten Willen nicht über mich bringen können und doch lieber den Wanderstab in die Hand nehmen, diesem Ort für immer Valet sagen und seinen Staub von meinen Schuhen schütteln."

„Die Kirche hat gesiegt!", rief der Pater mit erhobener Schwurhand. „Deswegen streitet sie auch nicht mehr. Und der Herr ist auf meine Bitte hin so gnädig gewesen, Euch für diese Sinneswandlung der ganzen Gemeinde eine Frist von drei Jahren zu bewilligen. Bis dahin mögt Ihr walten und wirken nach eigenem Können und Vermögen, also dass jegliche Unruhe, die unter dem Volk entstehen sollte, auf Euer eigenes Haupt zurückfällt. Das nehmt zur Kenntnis! Gelobt sei Jesus Christus!"

„In Ewigkeit. Amen!", murmelte Jeremias Fürtrefflich und sank, nachdem ihn der Pater verlassen hatte, auf die Knie, um mit seinem Herrgott im Gebet zu ringen nach dem Vorbild des Erzvaters Jakob an der Furt Jakob.

Und als er sich endlich erhob, fühlte er sich trotz seiner schmerzenden Knie so gestärkt, dass er nun entschlossen war, sein Predigergelübde, die ihm anvertrauten Schafe zu warten und in keiner Gefahr des Leibes und des Lebens von ihnen zu weichen, auch weiterhin getreulich zu erfüllen und ihm sogar das Opfer seines Bekenntnisses darzubringen.

Darauf begab er sich ins Kantorhaus hinüber und sprach zu Pontian Ziechner: „Wir sollen alle katholisch werden, und das binnen dreier Jahre. Das ist der Wille unseres gnädigen Herrn und Patrons."

„Wir müssen gehorchen um des Friedens willen", seufzte Pontian Ziechner, und Lioba sprach: „Es gibt auch unter den

Katholiken gute Christen, warum sollen wir ihre Zahl nicht vermehren, wenn es der himmlische Vater also beschlossen hat?"

Als Stephan am nächsten Morgen im Schloss erschien, wurde er von Cyprian mit hellem Jubel begrüßt. Nun wurde das Lernen plötzlich eine Lust. Die beiden Knaben begannen sogleich unter der Leitung des neuen Hofmeisters miteinander zu wetteifern und um die Palme des Fleißes zu ringen.

Cyprian, der bereits einen halben Kopf größer war als Stephan, schenkte ihm nun alle Kleider und Schuhe, aus denen er schon herausgewachsen war. Und sie passten Stephan wie angegossen.

„Du siehst aus wie ein Junker!", rief Lioba im mütterlichen Stolz, und Pontian Ziechner, der den beiden die Freude über die plötzlich eingetretene Wandlung nicht verderben mochte, dachte im Stillen: Aber wie ein Junker ohne Ar und Halm!

„Morgen wirst du dem Herrn vorgestellt werden", sprach der Pater am dritten Tage nach dem Unterricht zu Stephan.

Doch daraus wurde nichts, weil Eustachius gegen Abend von einem Gallenkrampf überfallen und aufs Krankenlager geworfen wurde. In der Folgezeit wiederholten sich diese überaus schmerzhaften Anfälle, und einmal lief sogar das schlimme Gerücht durch Schloss und Dorf, er sei nahe daran, den Geist aufzugeben und das Zeitliche zu segnen.

„Wenn er stirbt, bin ich der Herr!", sprach Cyprian zu Stephan, als sie am Nachmittag durch den Wald pirschten, um Fasanen zu schießen.

„Man soll keinem Menschen den Tod wünschen", bemerkte Stephan missbilligend, „am allerwenigsten seinem eigenen Vater!"

„Das sei ferne von mir!", rief Cyprian. „Aber wenn es Gottes Wille ist, ihn von dieser Welt abscheiden zu lassen, wie sollte ich mich nicht darein ergeben? Und dann stecken wir uns die Taschen voll Dukaten und reiten in die Welt hinaus —"

„Um Drachen zu besiegen", fiel Stephan ein, „und schöne Jungfrauen zu befreien!"

„Und die allertollsten Abenteuer zu erleben!", trumpfte Cyprian hinterdrein.

Aber bis zur Erfüllung dieser heldenhaften Knabenträume sollte es noch sehr gute Weile haben, denn Eustachius lebte trotz der schweren Schmerzangriffe immer weiter, und Pater Majolus, der so außerordentlich tüchtig war, dass er sich auch in der Heilkunst auskannte, setzte alles in Bewegung, um dieses der Kirche, wenigstens für die nächsten drei Jahre, so überaus wertvolle Herrendasein vor dem Tode zu bewahren.

Und so wurde denn, da trotz aller aufgewendeten Mittel in dem Befinden des Kranken keine Besserung eintreten wollte, Pater Walpurgis aus Preßburg herbeigerufen. Er kam, untersuchte den Patienten genau und gelangte zu dem Ergebnis, dass hier nur noch das unübertreffliche Operationsmesser in der unfehlbaren Hand des Paters Quadratius helfen könnte.

Das Jagdgebiet dieses weltberühmten Gallensteinnimrods aber befand sich im Wiener Jesuitenspital auf der Paradeisgasse.

Erst nach zwei weiteren Anfällen gab Eustachius seinen Widerstand gegen diese Reise auf, von deren beträchtlicher Länge er zunächst nur eine erhebliche Verschlimmerung seines bresthaften Zustandes zu erwarten hatte.

Während auf Betreiben der beiden Jesuiten von Leutschau eine sorgfältig ausgepolsterte, in dreifacher Holzfederung hängende Krankenkutsche herbeigeschafft wurde, bestellte Eustachius sein Haus. Wieder erhielt Benedikt Wizorek die Vollmacht über die gesamte Wirtschaft, aber mit der Betreuung der ausgeliehenen Schatzsummen wurde Pater Majolus beauftragt, dem dadurch der größere Teil der Macht in die Hände fiel.

Bevor Eustachius unter heftigem Ächzen die Kutsche bestieg, die ihn nach Wien zur Schlachtbank hinwegführen sollte, sprach er, auf Pater Majolus deutend, zu Cyprian, der sich diesen Abschied nicht sehr zu Herzen gehen ließ: „Ihm hast du in allen Stücken Gehorsam zu leisten, widrigenfalls du mit meiner allerhöchsten Ungnade zu rechnen hast."

Denn das Rechnen war nun einmal seine stärkste Schwäche geworden.

Darauf winkte er Stephan heran und sprach zu ihm, auf Cyprian deutend: „Und du wirst ihm zu Diensten stehen bei Tag und Nacht, und wirst alles tun, was er von dir begehrt und was du vor Gott und deinem Gewissen verantworten kannst."

Und dann fuhr er mit Pater Walpurgis von dannen, und alle, die dem langsam dahinschaukelnden Gefährt nachschauten, dachten im Stillen: Wenn dieser todkranke Mann wiederkommen soll, dann muss der Herrgott schon ein sehr großes Wunder an ihm geschehen lassen!

„Du wirst fortan hier im Schloss wohnen!", sprach der Pater schon am nächsten Morgen zu Stephan. „Darum hole alle deine Sachen aus dem Schulhaus! Denn das ist der Wille des Herrn!"

Und es geschah also zu Cyprians großer Freude.

Und Lioba und Hulda waren darüber höchst entzückt, aber Pontian Ziechner schüttelte nur den Kopf dazu und dachte: Was soll daraus werden?

„Wenn ich erst der Herr bin", sprach Cyprian am folgenden Nachmittag zu Stephan, als sie vor der Jagdhütte saßen, um auf Junos Schellhorn zu warten, der sie zur Krähenhütte führen wollte, „dann werde ich nicht zögern, den Pater zum Teufel zu jagen, dass er die Schuhe verliert!"

„Oh, warum willst du das tun?", fragte Stephan in hellster Bestürzung.

„Weil ich nicht katholisch werden will!", knirschte Cyprian und krampfte die Rechte um den Lauf seiner Büchse.

„Aber er ist doch so herzensgut zu dir!", warf Stephan ein. „Das kannst du doch nicht bestreiten. Er gewährt dir doch alles, was du begehrst! Er liest dir doch jeden Wunsch von den Augen ab."

„Herzensgut?", begehrte Cyprian auf. „Er tut so, aber er ist es mitnichten! Er ist ein Wolf im Schafskleid! Und darum werde ich ihn, sobald ich die Macht dazu habe, genauso hinaustreiben, wie ich die Amme hinausgetrieben habe."

„Er ist ein Diener Gottes!", warnte Stephan.

„Ein Diener Gottes kann nicht mein Diener sein!", entschied Cyprian. „Denn es steht geschrieben: Niemand kann zween Herren dienen!"

Hier erschien Janos Schellhorn auf der Lichtung, schwang den Hut und rief: „Horrido!"

Und sie sprangen auf und eilten zu ihm hin.

Die aus Wien einlaufenden Nachrichten lauteten zuerst so günstig, dass der Pater keinerlei Eile hatte, die Maske fallen zu lassen. Er vermied es geflissentlich, Cyprian Befehle zu erteilen, und ließ ihn ungestört tun, was ihm in den Sinn kam.

So ging wiederum ein Sommer dahin, und es kam die schwere Stunde, da Lioba ihr drittes Kind zur Welt bringen sollte. Und da sie es endlich vollbracht hatte, war das Knäblein tot. Sie selbst starb drei Tage danach, und bittere Tränen flossen an ihrem Sarg und auf ihr Grab.

„Ich habe auch keine Mutter mehr", sprach Cyprian zu Stephan, der sich vor Schmerz und Kummer kaum zu fassen wusste, „und wenn ich nun auch noch meinen Vater verlieren sollte, so werde ich darüber nicht eine einzige Träne vergießen!"

„Hast du denn kein Herz?", schluchzte Hulda, die schon ins zwölfte Jahr ging und auf deren zarten Schultern nun die ganze Schulhauswirtschaft ruhte.

„Eben, weil ich ein Herz habe", erklärte Cyprian trotzig, „darum beklage ich mich nicht, wenn mich der Finger Gottes einmal trifft, sondern ich verwinde den Schmerz und beuge mich nicht und halte mein Haupt aufrecht."

94

So kam der Herbst, und der Winter brach wiederum herein, und noch immer wagte Pater Quadratius in Wien nicht, das Messer anzusetzen, denn das Befinden des doppelt kostbaren Patienten hatte sich inzwischen so verschlechtert, dass nur noch mit einem Misslingen der Operation gerechnet werden konnte. Also bekam Eustachius auch weiterhin Pillen und bittere Tränklein zu schlucken, erhielt lindernde Umschläge auf den arg geplagten Leib und wurde davon immer schwächer und schwächer.

Nun aber wurden die aus Wien einlaufenden Nachrichten so bedenklich, dass Pater Majolus nicht länger zögern durfte, sein wahres Gesicht zu zeigen.

Zuerst ließ er die alte Burgkapelle, die bisher als Getreidespeicher gedient hatte, ausräumen und wieder herrichten, holte einen Beichtstuhl aus Käsmark heran, ernannte Stephan zum Ministranten und Zigos Wollnich zum Glöckner und Küster und begann mit der öffentlichen Messlesung.

„Bringe alle deine Sünden zu Papier", sprach der Pater zu Cyprian am Tage des Heiligen Rochus, „und erscheine damit am Beichtstuhl!"

„Ich werde mitnichten erscheinen!", antwortete Cyprian voll Trotz. „Denn mir ist nicht bewusst, eine Sünde begangen zu haben!"

„Das ist Ketzerei!", begehrte der Pater auf. „Jeder Mensch ist ein Sünder! Gehorchst du nicht, wirst du der Verdammnis überantwortet werden!"

„Es steht geschrieben", erklärte Cyprian stolz: „Ihr sollt Gott mehr gehorchen als den Menschen!"

„Ich stehe hier an Gottes Statt!", donnerte der Pater, dass es aus allen Fenstern schallte und dass dem hinter Cyprian atemlos lauschenden Stephan das Herz in die Schuhe fiel.

„Also bist du auch nur ein sterblicher Mensch!", rief Cyprian, kehrte ihm den Rücken, hing sich die Jagdflinte über die

Schulter, schritt aus dem Schlossportal und verschwand im Wald.

Stephan wollte ihm folgen, doch mit einem scharfen Wink wusste es der Pater zu verhindern.

Am folgenden Morgen ließ er durch Stephan das Gesinde in die Kapelle rufen, und als sie alle zur Stelle waren, bestieg der Pater die Kanzel und verkündigte am Ende seiner Predigt den Willen des Herrn mit den höchst bedrohlichen Worten: „Wer sich weigert, zum wahren Glauben zurückzukehren, der verliert sogleich seine Stellung, muss sein Bündel schnüren und wird die Heimat nicht wiedersehen!"

Seitdem brauchte er die Messe nicht mehr vor leeren Bänken zu lesen, und Stephan war der erste, der vorschriftsmäßig zerknirscht am Beichtstuhl niederkniete und die Absolution erbat.

Am Sonntag Rogate waren sie alle zur Stelle, um der Messe beizuwohnen und die Predigt zu vernehmen, nur Cyprian fehlte, der von nun an in derselben Jagdhütte hauste, darin sich sein Vater vordem mit den Jungfern so minniglich und weltlustvoll vergnügt hatte.

„Sobald ihr erst alle", rief der Pater mit erhobener Stimme, „in den Schoß der alleinseligmachenden Mutter zurückgekehrt seid, wird der Herr die Gnade haben, die Dienstlasten zu vermindern."

Diese gottesgelahrte Lockung verfehlte ihre kirchenwirtschaftliche Wirkung nicht, und der zweite Schlurkheimer, der den Glauben seines Vaters und seines Großvaters verließ, um zum Glauben seines Urgroßvaters zurückzukehren, war kein anderer als Zigos Wollnich, der den Glockenstrang ziehende und das Weihrauchfass schwingende Kutscher.

„Warum bist du abtrünnig geworden?", wurde er von dem Schäfer Boris Reinsch gefragt, als sie am Abend zusammen in der Dorfschenke saßen.

„Ach, Herr Jesus", antwortete Zigos Wollnich und kratzte sich hinter dem rechten Ohr, „zuerst hatte ich wohl meine schweren Bedenken, aber dann habe ich sie dahinfahren lassen. Denn einer muss doch immer den Anfang machen, wenn die Herde in den Stall soll, darin die volle Krippe steht."

„Ei, du solltest dich was schämen!", rief der Schäfer. „Bis in deinen Hals hinein!"

„Wieso schämen?", begehrte der Kutscher auf. „Wo doch der Kaiser auch katholisch ist."

Unterdessen waren die tonsurierten Wolfsmilchschwärmer in Preßburg auch nicht müßig gewesen. Und so steckten sie, um den in Schlurkheim bereits so glänzend errungenen Sieg zu sichern, die superklugen Köpfe zusammen und sprachen untereinander: „Bevor er die letzte Ölung empfangen hat, muss die Erbfolge geregelt sein. Sonst fällt das Volk dem Ketzer Cyprian zu, von dem wir nur Widerspenstigkeit, Bosheit, Unruhestiftung und neue Verluste zu erwarten haben."

Darauf wurde Pater Jukundus beauftragt, zu Juttas letztem Brief einen Kommentar zu verfassen. Dieses umfangreiche Schriftwerk, das nicht weniger denn neunzehn Folioseiten umfasste, enthielt den bündigen und schlechthin unwiderleglichen Beweis, dass die unverehelichte, vor dreizehn Jahren in der Gellau ertrunkene und der Teufelsbuhlschaft hinreichend verdächtige Wehmutter Simone Plinz das Malefizverbrechen des vorsätzlichen Kindertausches begangen hätte, wobei sie von der vor elf Monaten im Kindbett mit dem Tode abgegangenen Kantorsehefrau Lioba Ziechner angestiftet und beihilflich unterstützt worden sei. Dieses Wunderwerk einer Verdächtigungsschrift ließ auch nicht den allerkleinsten Umstand außer Acht. Sogar das braune Doppelsiegel auf Stephans Laufflächen, das inzwischen in genau derselben Form, wenn auch etwas vergrößert, auf den Fußsohlen seines bettlägerigen Erzeugers und

Urhebers erspäht worden war, blieb keineswegs unberücksichtigt.

Pater Jukundus hatte sich mit dieser Scharfsinnsprobe selbst übertroffen.

Es wurde ihm daher auch die Ehre zuteil, diese beiden aufregenden Schriftstücke nach Wien hinüberzubringen und sie dort der Kaiserlichen Herolds- und Wappenkammer zur Begutachtung vorzulegen. Er fand an dieser hohen Stelle wegen der Dringlichkeit des Falles sogleich Gehör und konnte in kürzester Frist einen Beschluss erwirken, worin der Hochgeborene, Ehrenfeste und Ruhmreiche Eustachius Ritter Schlörk von Schlurkheim angehalten wurde, die seinem edlen Blut und Wappenschild angetane Schmach nach seinem eigenen Ermessen schleunigst auszutilgen und binnen sieben Wochen darüber genauen Bericht zu erstatten, widrigenfalls er alle daraus entstehenden Folgen zu tragen hätte.

Zur selben Stunde, da dieses wichtige Pergament unterzeichnet und mit dem doppelpaarigen Siegel der Apostolischen Majestät bekräftigt wurde, entschloss sich Pater Quadratius, trotz aller Bedenken doch noch das Messer anzusetzen.

Und so wurde Eustachius seine Gallenblase los, die vollständig vereitert war und vier fingerlange Steine enthielt.

Pater Quadratius fügte diese Missgebilde seiner Mineraliensammlung ein und murmelte dabei vor sich hin: „Gott hab ihn selig! Morgen Abend wird er den letzten Schnaufer getan haben!"

Allein Eustachius blieb am Leben. Im Traum erschien ihm sogar die Mutter Gottes und sprach zu ihm, indem sie den Warnefinger hob: „Eustachius, Eustachius, ich will es noch einmal mit dir versuchen!"

Und als er erwachte, wusste er, dass er wieder gesund werden würde, worauf er ein Dankgebet zum Himmel emporschickte und den Entschluss fasste, nicht nur ein vorbildlich sparsamer, sondern auch ein unerhört frommer Christ zu werden und es bis an sein seliges Ende auch zu bleiben.

Zehn Tage nach der Operation wurde ihm von Pater Jukundus der Beschluss der Kaiserlichen Herolds- und Wappenkammer mit aller durch die besonderen Umstände gebotenen Vorsicht zur Kenntnis gebracht und unterbreitet.

„Meine Ahnung!", ächzte der Kranke, schloss die Lider und versank in Ohnmacht.

Erst fünf Tage später, nachdem er von Pater Jukundus über die Unverletzlichkeit des Sakraments der Heiligen Taufe aufgeklärt worden war, hatte Eustachius die Kraft gefunden, ihm die folgenden Sätze, die das von der Kaiserlichen Herolds- und Wappenkammer binnen sieben Wochen Erwartete bewirken sollten, in die Feder und auf das Papier zu diktieren:

„Der Junker Stephan soll fortan als mein Sohn und Erbe gelten und also gehalten werden. Der Cyprian Ziechner aber soll angewiesen werden, dorthin zurückzukehren, woher er vor dreizehn Jahren in mein Schloss gebracht worden ist. Wagt er es, sich diesem Befehl zu widersetzen, so soll er bis zu meiner Rückkehr in festem Gewahrsam genommen und wohl behütet werden, damit er nicht entfliehen kann."

Elf Tage darauf sah sich Jeremias Fürtrefflich bewogen, in das Kirchenbuch unter der Rubrik Besonderes diese Zeilen einzutragen:

Gestern in der Frühe wurde der bisherige Junker Cyprian aus dem Schlosstor geführt und seinem traurigen Schicksal überantwortet. Wie und wohin er verschwunden ist, vermag niemand zu sagen. Ich finde keine Schuld an ihm. Gott sei seiner armen Seele gnädig!

Neun Tage später wurde der verstoßene Cyprian mitten im dichtesten Wald von Janos Schellhorn aufgefunden. Und er brachte den Halbverschmachteten zum Forsthof, ließ ihn daselbst Speise und Trank reichen, suchte ihn durch freundliches

Zureden zu trösten und zu ermuntern und geleitete ihn nach Einbruch der Dunkelheit ins Schulhaus.

„Willkommen, Cyprian!", sprach Pontian Ziechner und bot ihm die Hand. „Wenn du mir auch nicht das bist, wofür ich dich halten soll, so sollst du doch hier zuhause sein wie der rechte Sohn bei seinem rechten Vater!"

Da fiel Cyprian ihm zu Füßen, küsste ihm die Hand und seufzte: „Was habe ich begangen, dass ich also in die Verdammnis gestoßen worden bin?"

„Hier ist nicht Verdammnis, sondern Liebe!", sprach Pontian Ziechner und legte ihm die Hand auf das gebeugte Haupt. „Also danke Gott, wie wir ihm danken, dass du errettet werden konntest von dem Untergang, der aller Hoffart bereitet ist von Anbeginn der Welt."

Hier trat Hulda über die Schwelle, und als sie Cyprian erkannte, umarmte sie ihn zärtlich, strich ihm die verwirrten Haare, die jetzt wieder einen kupferigen Glanz zeigten, aus der schmerzlich gefalteten Stirn und sprach zu ihm: „Ach, Cyprian, was bist du so verzagt, da dich der Finger Gottes nun getroffen hat? Wie er dich erniedrigt hat, also kann er dich wieder erhöhen! Darum verwinde den Schmerz und halte dein Haupt aufrecht! Wie geschrieben steht: Beschließet einen Rat, und es werde nichts daraus, beredet euch, und es geschehe nicht, denn hier ist Immanuel, der Fürst des ewigen Friedens. Was begehrst du noch mehr?"

„Die Herrschaft!", ächzte Cyprian, indem er sich schwankend erhob. „Dein Bruder Stephan hat sie mir genommen und geraubt!"

„Torheit über Torheit!", rief Pontian Ziechner beschwörend. „Stephan ist ohne jegliche Schuld. Der Kaiser hat entschieden, dass er nicht länger mein Sohn sein darf. Kann ich, kannst du gegen den Kaiser anreiten? Darum bescheide dich und besiege deinen Trotz. Nur die Demütigen können das Feld behaupten, und nur die Sanftmütigen werden das Erdreich besitzen."

„Ich hasse meinen Vater!", knirschte Cyprian und hob die geballten Fäuste.

„Ist er denn noch dein Vater?", fragte Pontian Ziechner und legte ihm die Hand auf den Arm. „Und ist er es jemals gewesen? Was weißt du darüber? Nur, was man dir gesagt und erzählt hat. Wie geschrieben steht: Unser Wissen ist Stückwerk, und unser Weissagen ist Stückwerk. Ich weiß nur, dass ich nicht dein Vater bin. Aber ob jener Stephan, der nun deine Stelle innehat, jemals mein leiblicher Sohn gewesen ist, das vermag ich nicht zu sagen. So wächst die Verwirrung mit jedem Schritt. Fürwahr: Dunkelheit bedecket die Völker und Finsternis das Erdreich. Und wer ist deine Mutter? Was weißt du mehr von ihr, als das, was dir darüber gesagt oder erzählt worden ist? Wie, wenn wir uns alle getäuscht hätten, und Jutta, die nun auch schon dahin ist und die wir nicht mehr befragen können, nicht bloß deine Amme gewesen sein sollte? Dann hättest du deine Hand gegen deine Mutter erhoben. Und die Strafe Gottes scheint nicht ausgeblieben zu sein. Wie geschrieben steht: Der Segen des Vaters bauet den Kindern Häuser, aber der Mutter Fluch reißet sie nieder."

Hier begann Cyprian am ganzen Leibe zu zittern, sank auf die Ofenbank und schlug die Hände vor sein Antlitz.

„Darum lass ab vom Hass!", fuhr Pontian Ziechner fort. „Denn Gott ist Liebe, und wenn du Gott erkennen, erreichen und umfangen willst, so musst du bereit und entschlossen sein, die Fahrt durch die Liebe anzutreten."

Cyprian blieb im Schulhaus, hielt sich vor den Leuten verborgen und konnte doch keine Ruhe finden. Er lag des Nachts in Stephans Bett und grübelte solange über sein grausames Schicksal nach, bis er es ergründet zu haben glaubte, wodurch er sogleich seinen alten Trotz wiedergewann.

Nein, sie ist nicht meine Mutter, diese Amme! knirschte er in sich hinein. Ich bin der Sohn der Herrin und nicht das Kind der Magd! Nicht der Finger Gottes, sondern die Kralle des Teufels hat mich getroffen! Und darum werde ich, sobald die Zeit gekommen ist, auftreten und kämpfen für mein gutes Recht, und der himmlische Vater wird mir helfen und beistehen, denn er ist der Hort der ewigen Gerechtigkeit!

Das alles barg er im tiefsten Abgrund seines Herzens und verriet es keinem Menschen, auch Hulda nicht, die sich wie eine gute Schwester um ihn mühte und herzlich froh war, als er endlich wieder zu lächeln anhob.

Um diese Zeit durfte sich Eustachius von seinem Wiener Schmerzenslager erheben, auf dem er an die siebzehn Monate zugebracht hatte. Sein Haar war gebleicht, sein Rücken gebeugt, sein Antlitz gefurcht und die Fülle seines Leibes verschwunden. Mit zitternden Knien, auf einen Krückstock gestützt, schritt er dahin. Seine Entscheidung war vollbracht.

Nach zweijähriger Abwesenheit, am Jakobustage, traf er wieder in Schlurkheim ein. Und alle, die sich zu seiner Begrüßung am Burgtor eingefunden hatten, erschraken über sein Aussehen.

Sein erster Blick, als er der Kutsche entstieg, fiel auf Stephan, der ihm nun vor allem Volk die Hand küsste und ihn mit einer lateinischen Ansprache auf das artigste willkommen hieß.

Darauf legte Eustachius seine Rechte auf Stephans schwarze Locken, blickte zum Himmel empor und sprach feierlich: „Ja, du bist mein lieber Sohn, an dem ich Wohlgefallen habe!"

Und Pater Majolus, der dahinterstand, erhob die Hand, schlug ein langes Kreuz über beide und erteilte ihnen den vorschriftsmäßigen Segen.

Am Michaelistage wurde der Beichtstuhl aus der Schlosskapelle in die Kirche getragen, und am Sonntag darauf kehrte die ganze Gemeinde, die inzwischen den Kniefall, das Kreuzschlagen und das Rosenkränzeln gelernt hatte, ohne die geringste Unruhe zum alten Glauben zurück.

Und Jeremias Fürtrefflich, der den schlichten Predigerrock mit der Prachtgewandung der römischen Priesterschaft vertauscht hatte, schrieb ins Kirchenbuch die folgenden Zeilen:

Am heutigen Tage ist die ganze Gemeinde nach dem Willen des gnädigen Herrn in den Schoß der alleinseligmachenden Kirche zurückgekehrt. Wenn solches von unseren bisherigen Glaubensgenossen nicht gebilligt werden sollte, so wird uns der Allmächtige diese Sünde schon verzeihen. Denn wir haben es getan um des lieben Friedens willen. Wer ohne Sünde ist, der werfe den ersten Stein auf uns. Wir glauben all an einen Gott, Schöpfer Himmels und der Erden.

Und so konnte am folgenden Sonntag auf der Wiese vor dem Burgtor das Kirchweihfest gefeiert werden, an dem weder Stephan noch Cyprian teilnahmen. Stephan durfte sich das fröhliche Treiben der Menge nur vom Balkon aus beschauen, und Cyprian hockte im tiefsten Walde und haderte mit seinem Herrgott und dessen von lauter übermütigen Gebietern und ihren verschüchterten Untertanen bevölkerten Welt.

Und auf der Spitze der Eiche, unter der Cyprian seinen Gott bebrütete, saß eine Elster, die also scholasterte:

Je krümmer der Knecht,
Desto dümmer der Herr,
Desto grimmer das Recht,
Desto schlimmer die Sperr.

Cyprian hörte diese Stimme wohl, aber er vermochte sie nicht zu deuten, da ihm die Silben der Vogelsprache nicht geläufig waren.

Wie er der Heimat entrann

Der Pater verbot Stephan, das Schulmeisterhaus jemals wieder zu betreten. Auch ward er aufs strengste angehalten, sich weder mit seinem Ziehvater noch mit seiner Ziehschwester irgendwie gemein zu machen, sowie im Verkehr mit den übrigen Dorfbewohnern niemals den junkerlichen Stolz vermissen zu lassen.

Stephan gehorchte, so schwer es ihm auch wurde, wie es sich denn bald erwies, dass er ein frommer und friedfertiger Jüngling war, den alle von Herzen gernhatten. Sonderlich der Pater, der alle diese Vorzüge einzig seiner Erziehungskunst zuschrieb, und der kaum von seiner Seite wich, zeigte sich ihm je länger, je mehr gewogen. Sogar des Nachts wollte er sich nicht von ihm trennen, weshalb er auch in des Paters Zimmer schlafen musste.

Auch bei Eustachius wusste sich Stephan ins beste Licht zu rücken, denn er war nicht nur begierig, unter des Paters Leitung weitere Fortschritte in den Sprachen und den sonstigen Wissenschaften zu machen, sondern er tat sich auch aus freien Stücken bei Benedikt Wizorek in der Rentkammer um und hatte hier das Glück, in den Rechnungen einen schweren Fehler zu finden, der sogar Eustachius entgangen war und dessen Nichtentdeckung einen Verlust von dreihundert Reichstalern bedeutet hätte.

„Gott sei gelobt!", rief er, indem er Stephan umarmte und an sich zog. „Du bist auf dem Wege, ein umsichtiger und sparsamer Haushalter zu werden!"

Auch in den ritterlichen Fertigkeiten verstand sich Stephan wohl darauf, seinen Mann zu stehen, und bald war es ihm auch gelungen, durch sein waidgerechtes Verhalten den Beifall Janos Schellhorns zu erringen.

So wurde Stephan äußerlich ein musterhafter Junker, während er im Herzen der Sohn Pontian Ziechners blieb. Immer wieder schweiften seine Gedanken zu dem strohbedeckten Häuschen zurück, darin er so glücklich gewesen, und die Sehnsucht, seinem Vater eine Nachricht von seiner unwandelbaren treuen Gesinnung zu geben, wuchs mit jedem Monat. Aber es wollte sich keine Gelegenheit dazu bieten. Wie oft er es auch versuchte, immer wieder kam ihm der Pater dazwischen, der ihn nur sehr selten aus den Augen ließ.

Also musste sich Stephan vorerst damit begnügen, während des Gottesdienstes, wenn er im reichgeschnitzten Herrengestühl saß und der Pater vor dem Altar stand, einen schnellen Blick auf die armselige Bank zu werfen, darin seine Schwester Hulda kniete, und zum hohen Chor hinaufzuschauen, wo sein Vater zur Ehre des Allmächtigen und zur Erbauung der Gemeinde die Orgel schlug.

Dass sich Cyprian im Schulhaus aufhielt, erfuhr Stephan von Janos Schellhorn, der es ihm auf leises Befragen heimlich zuflüsterte. Denn in der Kirche hatte sich Cyprian noch nicht ein einziges Mal blicken lassen. Er verabscheute diesen Glauben, von dem er um sein Erbteil betrogen worden war. Immer, bevor die Glocken zur Messe riefen, machte er sich auf und davon, um im Wald zu verschwinden. Alle Ermahnungen, im Beichtstuhl zu erscheinen, schlug er in den Wind.

„Er wird den Lohn empfangen, der ihm gebührt!", rief der darüber heftig erbitterte Pater Majolus zu Stephan, der seitdem sein Nachtgebet mit der Bitte zu schließen pflegte: „Herr, mein Gott, behüte meinen Freund Cyprian und wende sein Herz, auf dass der Satan keine Macht über ihn gewinne!"

So ging der Winter vorüber, den Cyprian zumeist über den Büchern verbrachte, und der Frühling kam wiederum heran.

„Wohlan", sprach Pontian Ziechner am Freitag vor Oculi zu Cyprian, „was willst du beginnen, um dein täglich Brot zu verdienen? Zum Schulmeister mangelt dir die Geduld und mit der Frau Musika stehst du auf sehr gespanntem Fuß. Ich habe mit der Schusterkugel begonnen und bin dann zur Trompete übergegangen."

„Ein Jäger will ich werden!", erklärte Cyprian.

„Nicht übel!", stimmte Pontian Ziechner zu und kam sogleich nach dem Gottesdienst darüber mit Janos Schellhorn ins Gespräch.

„Er ist mir als Lehrling willkommen!", nickte der Forstmann und ging ins Schloss, um die Erlaubnis des gnädigen Herrn einzuholen.

Aber der Pater rief sogleich: „Solange er nicht gebeichtet hat, darf ihm kein Schießgewehr in die Hand gegeben werden."

Darauf begab er sich zu Eustachius, der rechnend im Lehnstuhl hockte, und sprach zu ihm: „Euer Gnaden, es ist an der Zeit, den Junker Stephan auf die Hohe Schule zu schicken."

Eustachius wiegte den Kopf, dachte hin und her und antwortete: „Wir wollen noch ein Jahr darüber verstreichen lassen."

Denn er scheute sich nicht nur vor den damit verbundenen Mehrausgaben, sondern er hatte sich inzwischen so sehr an Stephans Umgang gewöhnt, dass er ihn nicht mehr entbehren mochte. Jeden Abend vor dem Einschlafen ließ er sich von ihm aus der Heiligengeschichte vorlesen.

Wiederum wurde Cyprian von Pontian Ziechner aufgefordert, zur Beichte zu gehen.

„Ich habe schon mit dem Pfarrer gesprochen", vermahnte er ihn. „Er wird dich absolvieren, ohne dass du den Mund auftust."

„Nicht ich habe gesündigt", bäumte sich Cyprian auf, „sondern an mir ist gesündigt worden."

106

„Mit Gottes Zulassung", seufzte Pontian Ziechner und ging in die Schulstube hinüber.

„Dann wird Gott auch meine Weigerung zulassen müssen!", sprach Cyprian zu Hulda, die am Herde stand, um das Mahl herzurichten. „Auch kann ich mich nicht verstellen!"

„Ei, du hast es ja noch gar nicht versucht!", entgegnete sie. „Und es kann doch auch gar keine Sünde sein. Wie geschrieben steht: Seid klug wie die Schlangen und ohne Falsch wie die Tauben. Es verlangt ja niemand von dir, dass du dem Pfarrer ein X für ein U machst. Darum zaudere nicht länger und ermanne dich endlich, wie sich das für einen wackeren Jagdgesellen geziemt. Was ich dir schon immer gesagt habe: Die Büchse für dich steht nirgendwo anders als im Beichtstuhl."

„Keineswegs!", widersprach er und dachte dabei an seine Jagdflinte, die er im tiefsten Walde in einem hohlen Eichbaum sicher versteckt hatte. „Es gibt noch viele, viele andere Büchsen in der Welt, mit denen man ins Schwarze treffen kann."

Unterdessen hatte Stephan in der Rentkammer, als er sich einmal gänzlich unbeobachtet fühlte, ein Schreiben zu Papier gebracht, das er dann solange auf seinem Herzen mit sich herumtrug, bis der Augenblick gekommen war, da er es Janos Schellhorn zustecken konnte. Und weil dieser Brief an Cyprian gerichtet war, kam er rasch genug durch Huldas Hilfe in seine Hände.

Und sie lasen zusammen die Worte: „Herzliebster Bruder, lass deinen Groll gegen mich fahren, dieweil ich keinerlei Schuld an Deinem Unglück und meinem Glück trage. Siehe, es liegt schwer genug auf meinen schwachen Schultern und erdrückt mich schier, da es mich unverdient getroffen. Darum gelobe ich dir mit Herz und Hand und bei dem allmächtigen und allwissenden Gott, dass ich Dir dereinst, so Dein Vater von dieser Welt abgeschieden, all das Deine unverkürzt überantworten werde, denn Du allein bist der rechtmäßige Herr. Und wenn Du dann kommen wirst, Dein Erbe von mir zu fordern, so soll mich auf der Stelle der höllische Abgrund verschlingen, wenn sich mein Sinn bis dahin gewandelt und ich auch nur einen Heller zurückbehalten wollte. Harre also und schweige, wie ich es tue, und erwarte die Weisung der Zeit. Lass keinen Fremden wissen, wie es um mich steht, und grüße den lieben Vater und das Schwesterlein herzinniglich von Deinem treuen Diener Stephan Ziechner."

„Erkennst du nun", rief Hulda, indem sie Stephans Zeilen an ihr Herz presste, „wie unrecht du ihm getan hast? Er hat dir nichts genommen und geraubt!"

Aber Cyprians Gebärden verstellten sich plötzlich.

„Oh du Törin!", brauste er auf. „Erkennst du nicht, wie er heuchelt? Kein Wort ist wahr! Alles Lug und Trug! Der Pater hat es ihm in die Feder diktiert! Mit scheinheiligen und hinterlistigen Worten suchen sie mich in die Falle zu locken!"

„Unglückseliger", beschwor sie ihn händeringend, „wohin verirrst du dich? Bist du blind? Er will doch zu deinen Gunsten auf die Herrschaft verzichten!"

„Wie könnte er das?", knirschte er und schlug sich mit der Faust an die Stirn. „Mich für solch einen Narren zu halten! Ich habe das Spiel durchschaut. Verzichtet er, dann fällt die Herrschaft nicht an mich, sondern an den Kaiser! Fürwahr, ein sauberes Brüderchen! Und ich weiß nun, was ich zu tun habe!"

Damit riss er die Tür auf und prallte zurück, denn Pontian Ziechner stand auf der Schwelle, der das Gespräch belauscht hatte.

Er trat herein, gebot Ruhe, las den Brief und sprach: „Cyprian hat recht! Wenn Stephan nach des Vaters Tod auf Schlurkheim verzichtet, dann fällt die Herrschaft über dieses Lehen an die Krone zurück. Stephan wird das in seiner Herzenseinfalt nicht bedacht haben. Und deshalb ist dieser Brief keine Hinterlist, sondern eine Torheit."

Und er warf ihn ins Feuer des Herdes, dass er zur Asche verbrannte.

„Dir aber", wandte er sich an Cyprian, „bleibt nichts anderes übrig, als dich selbst zu besiegen und zur Beichte zu gehen, damit du Janos Schellhorn in seinem Amt nachfolgen kannst. Auf solche Weise vermagst du dir wenigstens den Genuss der Jagdgerechtigkeit zu sichern. Und alles Übrige stelle dem allmächtigen Gott anheim."

Nun ließ Cyprian ab von seinen zornigen Gebärden und dachte in seinem Herzen: Auge um Auge, Zahn um Zahn! Und auf einen Schelm anderthalbe! Wie soll ich anders in dieser Welt, die so gänzlich im Argen liegt, zu meinem Fug und Recht kommen? Heuchelei wider Heuchelei! List gegen List! Der altböse Feind will es nicht anders haben!

Also war er fortan darauf bedacht, nicht nur sein Angesicht, sondern auch seine Worte zu verstellen.

Und da ihm solches von Tag zu Tag besser gelang, ging er am Mittwoch vor Himmelfahrt zur Beichtstube in die Kirche, kniete nieder und sprach mit wohlzerknirschter Stimme: „Ein reuiger Christ bittet um Vergebung seiner Sünden!"

„Sie sind dir vergeben!", flüsterte Jeremias Fürtrefflich wie ein Verschwörer hinter dem Vorhang und beeilte sich, den Beichtzettel auszufüllen und ihn Cyprian auszuhändigen. „Und Gott behüte dich!"

Am Freitag nach Himmelfahrt trug Janos Schellhorn diese ihm von Hulda überbrachte Sinnesänderungsbescheinigung ins Schloss und übergab sie dem Pater zur weiteren Veranlassung.

Eustachius musste an diesem Tage, da er am gestrigen Abend etwas zu viel von der Trüffelpastete gegessen hatte, wieder einmal das Bett hüten und war erst am folgenden Morgen imstande, Besuche entgegenzunehmen.

„Euer Gnaden", sprach der Pater, indem er ihm den Beichtzettel unterbreitete, „es scheint doch ratsamer zu sein, diesen
Cyprian Ziechner bei einem Schneider in die Lehre zu geben."

„Dazu taugt er nicht!", lehnte Eustachius diesen Vorschlag
ab. „Er passt an den Amboss oder an die Hobelbank, aber nicht
auf den Schneidertisch. Also tut Euch in Leutschau oder Käsmark um nach einem Meister, der es mit ihm versuchen will.
Inzwischen mag er durch sein weiteres Wohlverhalten beweisen, dass es ihm ernst ist mit der Bekehrung. Ihr wisst, dass ich
nicht gewillt bin, ihm mein Mitleid zu versagen und dass ich ihn
schon darum nicht aus den Augen verlieren möchte."

Hier trat Stephan herein, denn die Stunde des Vorlesens war
gekommen, und der Pater zog sich zurück, nachdem er gute
Besserung gewünscht hatte.

„Der Cyprian hat sich endlich bekehrt", sprach Eustachius,
auf den Beichtzettel deutend, zu Stephan. „Er will zu Janos
Schellhorn in die Lehre. Was sagst du dazu, mein lieber Sohn?"

„Ach, Herzensvater", seufzte Stephan und schlug die Augen
nieder. „Euer gnädiger Wille ist in allen Stücken auch der mei-
nige."

„Denn wenn du Angst vor ihm hast", fuhr Eustachius fort,
„dann wollen wir ihn doch lieber nach Leutschau oder Käsmark
abschieben."

„Um meinetwillen", antwortete Stephan, wobei er errötete,
soll er nicht in die Fremde getrieben werden. Ich habe ihm keinen Grund gegeben, Arges wieder mich zu sinnen und zu spinnen."

„Also", murmelte Eustachius und sank in die Kissen zurück,
„werde ich seinen Wunsch noch einmal in ernsteste Erwägung
ziehen."

„Ja, Herzensvater, darum wollte ich Euch in aller Demut gebeten haben!", sprach Stephan, schlug die Heiligengeschichte

110

auf und las in diesem christlichsten aller Märchenbücher da weiter, wo er gestern aufgehört hatte, als Eustachius eingeschlafen war.

Und trotz alledem erhielt Pontian Ziechner am Pfingstsonnabend den von Zigos Wollnich überbrachten mündlichen Befehl, Cyprian sogleich in die Lehre zu geben, und zwar nach Käsmark zu dem Schreinermeister David Maucksch, der sich als Christ, Bürger und Handwerksgesellenzüchter eines guten Leumunds zu erfreuen hatte.

„Oh weh!", reif Hulda. „Nun musst du doch noch fort von hier!"

„Die Welt ist groß!", versetzte Cyprian achselzuckend, der es sich nicht anmerken ließ, dass ihn diese Botschaft wie ein Keulenschlag getroffen hatte, ballte die Fäuste in den Taschen und knirschte in sich hinein: Und das verdanke ich dem Stephan!

„Wir wollen morgen auf das Schloss gehen", schlug Pontian Ziechner vor, „und in aller Demut um die Zurücknahme dieses Befehls bitten."

Allein Cyprian scheute sich davor, denn das hätte eine Höhe der Verstellungskunst erfordert, die er trotz aller bisherigen Übungen noch nicht zu erreichen vermocht hatte.

Am Pfingstmontag packte Cyprian sein Felleisen, und am nächsten Morgen nahm er es auf den Rücken, ergriff den Knotenstock und trat über die Schwelle ins Freie. Hulda gab ihm an der Zaunpforte einen langen Abschiedskuss.

„Viel Glück, und vergiss uns nicht in der Fremde!", seufzte sie mit Tränen in den Augen, und Pontian Ziechner brachte ihn auf den Weg, nahm diese Gelegenheit wahr, ihm noch allerhand gute Ratschläge und goldene Lebensregeln zu erteilen, und sprach, bevor sie sich am Grenzstein trennten: „Der Leimtopf riecht wahrlich nicht gut, aber er ist immer noch besser als die Schusterkugel. Freilich sind Schuhe und Stiefel auch wichtiger als Kasten, Tische und Bänke. So hat der Herrgott alles gerecht verteilt: Arbeit und Freude, Plage und Segen, Licht und Finsternis. Und es liegt nur an dir, dass du dich dazwischen hindurchfindest, ohne Schaden zu nehmen an Leib und Seele. Ich kenne David Maucksch noch nicht, aber er hat als Meister keinen schlechten Ruf. Sieh zu, dass du ihn in allen Stücken befriedigst, dann wirst du keine Not bei ihm haben. Was du gelernt hast, das kann dir nicht gestohlen werden. Und die Waidmannskunst läuft dir nicht fort. Das hat mir Janos Schellhorn in die Hand versprochen. Sowie dein Vater zum Himmel davongefahren ist, wird sich sogleich das Blättlein zu deinen Gunsten wenden. Dafür will ich sorgen bei dem Junker Stephan, der nicht davon ablassen will, mich für seinen Vater zu halten. Welch ein Kuriosum ist doch die Welt!"

Damit drückte er ihm einen halben Taler in die Hand und ließ ihn von dannen ziehen.

David Maucksch, der kürzlich erst seine Frau verloren hatte, pflegte, wenn ihn der Kummer überkam, in den Ratskeller zu gehen. Die Hauswirtschaft versah ihm seine einzige Tochter Ursula, die so zart und hübsch war wie der Geselle Drago Tollert, der ihr mit des Meisters Zustimmung den Hof machte, grob und garstig war. Er hatte Knochen wie ein Gaul, ein blatternarbiges Gesicht, eine sehr scharfe Zunge und ein raues, ungeschlachtes und widerhakiges Benehmen.

Aber er war ein überaus tüchtiger Schreiner, und die Arbeit flog ihm nur so von den Händen, weshalb er auch bei David Maucksch, dem die handwerkliche Akkuratesse über alles ging, eine ganz hohe Hausnummer hatte.

„Schönheit vergeht, Tugend besteht!", sprach er zu Ursula, die nicht die geringste Zuneigung zu Drago Tollert verspürte und daraus auch gar kein Hehl zu machen beliebte.

Und deshalb war es auch kein Wunder, dass sie den schmucken Lehrjungen Cyprian, als er über die Schwelle trat und sich bei ihr zu Stelle meldete, auf das allerfreundlichste willkommen hieß, wodurch sogleich Drago Tollerts Eifersucht auf das heftiglichste angefacht wurde.

Cyprian hing seinen Rock an den Nagel, streifte sich die Hemdsärmel hoch und stellte sich an die Hobelbank, wo ihn der Meister mit den verschiedenen Werkzeugen bekannt machte und ihm die nötigen Handgriffe wies und deutete.

Dann setzte er sich den Hut auf und begab sich in den Ratskeller zum Abendschoppen.

Mit den besten Vorsätzen machte sich Cyprian an die Arbeit, die seinen schmalen, langfingrigen Junkerhänden Mühe genug bereitete.

„Ei, du Tollpatsch, du Rotzjunge, du rothaariges Kuckucksei!", begann Drago Tollert sogleich zu sticheln und zu schelten.

So ging es drei Tage lang, bis Cyprians edles Ahnenblut heldenhaft aufwallte, und der entscheidende Zweikampf beginnen konnte.

Drago Tollert schlug Cyprian sogleich den vollen Leimpinsel in die feurige Tolle hinein, und der tapfere Lehrling stieß mit dem Langhobel den Gesellen in den Bauch und ließ ihm sodann das neun Pfund schwere Ebnungsgerät mitten aufs Haupt sausen.

Mit diesem wohlgezielten Schlag besiegte er den Widersacher ebenso schnell, wie der Heilige Michael weiland den gräulichen Drachen gefällt hatte.

Drago Tollert sank mit einem dumpfen Schmerzenslaut in die Hobelspäne, zuckte noch dreimal mit dem linken Stiefel und lag da wie mausetot. Aus Nase, Mund und Ohren troff ihm Blut.

„Um Gottes willen!", rief Ursula, die auf der Schwelle stand, und rang die Hände. „Du hast ihn totgeschlagen! Fort, fort, ehe sie das Stadttor schließen! Sonst greifen dich die Häscher, und du kommst an den Galgen!"

Rasch packte sie ihm das Felleisen voll Brot und Speck, steckte ihm zwei Taler in die Tasche und flüsterte ihm zu: „Lauf zu den Soldaten und lass dich anwerben. Sonst bist du verloren!"

Damit schob sie ihn durch die Hintertür ins Freie.

Kaum war Cyprian durch das Stadttor geschlüpft, tat Drago Tollert seine Augen auf, wischte sich das Blut aus den Augen, betastete das überaus wohlgetroffene Scheitelbein und murmelte anerkennend: „Kotzdiekatz! Das war ein Schlag!"

Cyprian aber entrann der Stadt Käsmark und entkam in den Schlurkheimer Wald.

„Jetzt bin ich ein Mörder und muss die Heimat verlassen!", sprach er zu sich selbst, als er die Jagdbüchse nebst Pulverhorn und Kugelbeutel aus der hohlen Eiche holte, darin er sie versteckt hatte. Aber vorher will ich Rache nehmen an dem, der allein die Schuld an meiner Schuld trägt. Denn wenn er mich nicht um den Genuss der Herrschaft gebracht hätte, wäre ich kein Mörder geworden. Nun soll er fallen von meiner Hand um der Gerechtigkeit willen! Denn dies ist mein Wald und nicht der seinige!

Und schon schlich er dahin und legte sich gleich hinter dem hoch aufragenden Felsen, genannt der Adamsapfel, bei dem der zum Schloss führende Reitweg eine scharfe Biegung machte, auf die Lauer.

Und hier wurde Stephan am folgenden Tage, als er in Begleitung des Paters und Zigos Wollnichs dahergeritten kam, durch eine wohlgezielte Kugel aus dem Sattel geworfen.

Mitten in die Brust getroffen, sank Stephan ins Moos. Der Pater leistete ihm die erste Hilfe, brachte das Blut zum Stillstand und ließ den Ohnmächtigen durch eine inzwischen von Zigos Wollnich herbeigeholte Sänfte ins Schloss zurückbringen.

114

„Mein Sohn, mein Sohn, warum willst du mich schon verlassen?", wehklagte Eustachius am Lager des so heimtückisch Dahingestreckten.

„Kein anderer als Cyprian hat es getan!", behauptete der Pater, und niemand widersprach ihm.

„Verfolgt den Mörder!", rief Eustachius zornig.

Sofort machte sich Janos Schellhorn auf die Suche, aber die Spur des Täters verlor sich bereits am Ufer der Gellau und konnte trotz aller Bemühungen nicht wieder aufgefunden werden.

Unterdessen war Zigos Wollnich nach Käsmark geritten, und die Nachrichten, mit denen er zurückkehrte, verstärkten den dringenden Verdacht, dass nur Cyprian die schreckliche Kugel entsandt haben konnte, bis zur Gewissheit.

Und alle, zu denen dieses Gerücht kam, entsetzten sich über alle Maßen.

„Cyprian ist zum Mörder geworden!", seufzte Pontian Ziechner.

„Er hat es nicht getan!", widersprach Hulda heftig.

„Warum ist er dann geflohen?", fragte der Vater.

„Weil er mit Drago Tollert einen Streit gehabt und seine Rache gefürchtet hat!", fuhr sie fort, ihn in Schutz zu nehmen. „Und er hat recht daran getan! Denn nimmermehr kann aus einem Junker ein Schreiner werden. Das ist wider die göttliche Weltordnung!"

Am nächsten Morgen öffnete Stephan zum ersten Male wieder seine Lider und hauchte, als er von Eustachius befragt wurde: „Nein, Cyprian war es nicht! Ein fremder Wildschütz ist es gewesen. Ich habe ihn ganz deutlich gesehen zwischen den Büschen, da das Pulver aufflammte.

Und alle, denen diese gänzlich unerwartete Wendung zu Ohren kam, verwunderten sich über alle Maßen.

„Ich habe es gleich gewusst!", sprach Hulda zu ihrem Vater, nachdem er ihr diese Nachricht zugetragen hatte. „Und ich habe recht behalten! Cyprian ist kein Mörder!"

„Aber warum läuft er dann in die weite Welt hinaus?", warf Pontian Ziechner ein.

„Um ein großer Mann zu werden", fuhr sie fort, indem sie die Hände auf der Brust faltete, „um viele Schätze zu erwerben und in einer goldenen Kutsche wiederzukommen. Und dann heiraten wir und werden glücklich sein. Du wirst es ja sehen! Ich habe das alles heute Nacht geträumt. Und genau so wird es kommen und geschehen!"

„Gott segne deine Träume!", murmelte er kopfschüttelnd und ging in die Schulstube hinüber.

Wenige Tage später gelang es Janos Schellhorn nach zweimaligem Kugelwechsel einen landfremden Wildschützen, der kuruzzische Kleidung trug, zur Strecke zu bringen.

„Das war der Mörder!", rief Eustachius, und niemand wagte es zu bezweifeln, auch nicht der Pater, unter dessen sorgsamer Pflege der Junker Stephan bereits seiner Genesung entgegenging.

Die Leiche des Kuruzzen wurde auf dem Schindanger verscharrt.

116

Wie er noch einmal in die Lehre ging

Cyprian lief durch die Wälder, bis er sich vor der Verfolgung sicher glaubte. Nun erst begann er über seine missliche Lage nachzudenken.

Ich bin ein Mörder geworden und muss nun wie ein Mörder leben! sprach er zu sich selbst. Darum will ich mich lieber zu den Kuruzzen schlagen!

Er mied die Dörfer und nährte sich von Beeren, Nüssen und Pilzen, denn es begann schon zu herbsten. Auch schoss er bald ein Birkhuhn, bald einen Hasen, die er sich am Feuer briet. Mit steigernder Bitterkeit aber empfand er den Mangel des Brotes. Zuletzt versiegte gar sein Pulverhorn, und nun begann ihn der Hunger arg zu plagen.

Da suchte er nach Menschen und traf des Morgens einen Mann, der mit einem gefüllten Sack durch den Wald daherkam.

Cyprian heischte von ihm ein Stück Brot.

„Woher des Weges?", fragte der Fremde und holte ein paar geröstete Maiskolben aus dem Sack. „Bist ein blutjunger Bursch und reicher Leute Kind. Wer hat dich aus dem warmen Nest geworfen?"

„Ich hab zweie tot gemacht!", sprach Cyprian finster und verschlang hastig die dargereichte Speise.

„Sieh da!", lachte der Mann und klopfte ihm freundlich auf die Schulter. „Du hast beizeiten angefangen und kannst es noch weit bringen, wenn du bei dem Handwerk bleibst. Hast du Lust, dann will ich dich wohl in die Lehre nehmen."

„Nein, ich will es nicht!", erwiderte Cyprian und schüttelte den Kopf. „Das Blutvergießen ist mir leid geworden."

„He, du Narr!", schmunzelte der Fremde, setzte sich zu ihm und zog eine volle Weinflasche hervor, daraus er einen herzhaften Schluck nahm. „Wofür hältst du mich? Ich hab mein Lebtag noch kein Tröpflein Blut vergossen. Ich bin ein ehrsamer Dieb und hole mir nur, was mir nach Gottes Gebot zugehört. Denn es steht geschrieben: Wer da hat, der gebe dem, der nichts hat. Ein tüchtiger Meister ist Goldes wert. Und ob ich tüchtig bin, da magst du den Bürgermeister von Eperies fragen. Dem holte ich die silberne Tabaksdose aus der Tasche, dieweil er mit dem Gevatter schwatzte. Hier ist sie! Mit einer Venus auf dem Deckel! Du siehst, ich nähre mich schlicht und recht von meiner Hände Arbeit."

Damit griff er wieder in den Sack und brachte zwei gerupfte Hühner heraus, dass Cyprian, dessen Hunger noch lange nicht gestillt war, sogleich das Wasser im Munde zusammenlief.

„Gib mir auch davon ein paar Bissen!", flehte er mit aufgehobenen Händen.

„Also schlag ein!", rief der Fremde, und Cyprian tat aus Hunger, was jener wollte.

Sie brieten die Hühner, hielten eine vergnügte Mahlzeit und leerten dazu die Flasche.

Dieser Mann hieß Daniel Pucht, war von hoher Gestalt und hatte einen wilden, schwarzen Bart und kleine, hurtige, mausgraue Augen. Früher hatte er in Kaschau eine Schankwirtschaft betrieben, aber durch Lässigkeit, Spiel, Trunk und eine unverhoffte Erbschaft war er auf die schiefe Ebene geraten und rasch hinabgeglitten. Jetzt saß er unten, aber er schien sich dabei trotz alledem nicht so übel zu befinden. Denn er sah wohlgenährt aus, und seine Kleidung war nicht zerrissen.

Es zeigte sich auch bald, dass er sein neues Handwerk aus dem Grunde verstand. Cyprian musste die Büchse zurücklassen, aber er versteckte sie sorgfältig und merkte sich genau die Stelle. Denn er gedachte, auch nach Pulver und Blei ein wenig Umschau zu halten. Dafür musste er den Sack schultern.

So schlichen sie zusammen durch die nächsten Dörfer. Daniel Pucht wies ihm alle Zinken und Gaunerzeichen, die an Gartenzäunen und Hauswänden gemalt waren, und erklärte ihm ihre Bedeutung. Auch weihte er ihn in alle Schliche und Kniffe ein, pochte mit der Mütze in der Hand bald an diese, bald an jene Tür, klagte den Bauern ganz beweglich seine Not und nahm, was sie gaben. Dabei besah er sich die Gelegenheit, wo und wie ohne Gefahr wohl noch mehr zu holen sei.

Cyprian zeigte sich als ein gelehriger Schüler und bewies bald so viel Mut und Verschlagenheit, dass Daniel Pucht mit ihm schon zufrieden sein durfte. Doch hütete er sich wohl, es ihm zu sagen.

So lebten sie in ihrem sicheren Waldwinkel in Hülle und Fülle. Sie saßen auch wohl in den Herbergen und Schenken herum, die an den Kreuzwegen standen, zwischen den Bettlern und fahrenden Leuten und erhorchten allerhand, was ihnen für ihr Handwerk nützlich war. Auch einen Schreiber fanden sie hier, der für Cyprian einen Schreinergesellenbrief auf den Namen Hieronymus Kaltenblut malte. Denn die kaiserlichen Landjäger, die durchs Land ritten, fragten jeden, den sie ohne Obdach antrafen, nach Namen, Art, Her- und Hinkommen.

Die erste Zeit gingen sie beide zusammen auf die nächtliche Streife. Daniel Pucht öffnete mit staunenswerter Geschicklichkeit die Schlösser, ließ sich die Beute durch Cyprian herausreichen und gab acht, dass sie nicht überrascht wurden. Da ihn Cyprian aber bald von seiner eigenen Tüchtigkeit überzeugte und ohne seine Hilfe ein Meisterstück nach dem anderen verrichtete, legte sich Daniel Pucht allgemach auf die Faulhaut und ließ sich von ihm füttern.

Auch verscharrte er Heller, Groschen und Taler, die Cyprian erhaschte und ihm treulich ablieferte, irgendwo im Sande und wollte nichts von einer Trennung wissen, da man, wie er meinte, für den Winter sparen müsse.

Solche offenkundige und gröbliche Ausbeutung verdross Cyprian auf die Dauer ganz gewaltig, und er sagte es ihm eines Tages deutlich genug.

„Oh du Undankbarer!", jammerte Daniel Pucht, weil er im Grunde ein Feigling war und sich vor Cyprians Fäusten fürchtete. „Hab ich dir darum alle Handgriffe gewiesen und dir meinen Witz eingeflößt, dass du mir nun drohst? Ich bin ein alter Mann, du aber bist ein junger Bursch, und es ist recht und billig, dass die Jugend für das Alter sorge."

Seitdem drang Cyprian nicht mehr auf die Teilung, zumal es ihm schon in der nächsten Nacht gelang, ein gefülltes Pulverhorn und einen Beutel mit Kugeln zu erhaschen. Beides trug er ohne Daniel Puchts Wissen zu seiner Büchse. Denn er war entschlossen, ihn bei gelegener Zeit zu verlassen.

Das gute, faule Leben, das Daniel Pucht nun führte, hatte in ihm die Lust nach dem Weibe geweckt, und er fand wirklich eines Tages eines Bauern üppige Tochter, die willig war, ihn des Nachts in ihre Kammer zu lassen.

Darum sprach er des Abends zu Cyprian: „Leg dich aufs Ohr und schlaf dich aus, denn heute will ich einen guten Zug tun."

Cyprian war es zufrieden, dass sich Daniel Pucht wieder ermannte, und wünschte ihm alles Glück.

Er gelangte auch in die Kammer, wo er sein und der Bauerntochter Begehren stillte, und wollte sich wieder davonheben, da aber erblickte er neben der Tür einen Korb mit Eiern. Den ergriff er hurtig und wollte damit ins Freie. Allein der Knecht, dem die längst geweckte und nach alledem nicht unbegründete Eifersucht schon lange den Schlaf gestört hatte, kam in ebendemselben Augenblick zur Kammertür geschlichen, stieß unversehens auf den Nebenbuhler und packte ihn.

Daniel Pucht schlug ihm sogleich den Korb mit den Eiern ins Gesicht. Allein der Knecht ließ nicht los und schrie, so gut er es trotz des tropfenden Dotters vermochte: „Ein Dieb, ein Dieb!"

Nun sprang der Bauer mit seinen drei Söhnen herbei. Sie schlugen auf Daniel Pucht ein, bis er sich nicht mehr rührte, und hielten erschreckt inne, in der Meinung, sie hätten ihn zu Tode getroffen.

Allein er verstellte sich nur nach alter Gaunerweise, um die Klopferei zu verkürzen.

Darauf berieten sie, was sie mit dem Toten tun sollten, und beschlossen, ihn mit einem Stein um den Hals in den Teich zu werfen.

Nun beeilte sich Daniel Pucht, einige Lebenszeichen von sich zu geben, worauf er gefesselt, in den Keller geworfen und am nächsten Morgen zum Amtmann geschleppt wurde.

Vor diesem bestritt er heftig, ein Dieb zu sein und bekannte, dass er bei der Bauerstochter geschlafen und den Eierkorb nur ergriffen hätte, um sich des tollen Knechtes zu erwehren. Die Tochter aber behauptete nicht minder heftig, noch eine reine, unberührte Jungfrau zu sein. Und da der Knecht bereit war, darauf einen Schwur zu tun, wurde Daniel Pucht in das enge Kerkerloch beim Spritzenhäuschen geworfen und durfte sich darauf gefasst machen, mit des Seilers Tochter Hochzeit zu halten, dieweil ihm nun auch alle anderen in den letzten Wochen vorgekommenen Diebstähle zur Last gelegt und angekreidet wurden.

Cyprian schöpfte bald den Verdacht, dass Daniel Pucht etwas zugestoßen sein müsse, und machte sich auf die Suche nach ihm. Schon in der ersten Herberge hörte er, wie schlimm es um ihn stand, sofort machte er sich auf, um die Gelegenheit zu besehen. Gleich nach Mitternacht war er wieder zur Stelle und lauerte, bis dem mit einem Spieß bewaffneten Knecht, der den Kerker bewachen sollte, vor lauter Müdigkeit die Augen zufielen.

Und sogleich vollbrachte Cyprian das Kunststück, ihn den Schlüssel aus der Tasche zu stibitzen und Daniel Pucht zu befreien, ohne dass der schnarchende Wächter erwachte.

„Das will ich dir niemals vergessen!", rief Daniel Pucht, als sie wieder in ihrem Schlupfwinkel saßen, und drückte Cyprian die Hand. „Und wenn du einmal festsitzt, will ich dich auch herausholen!"

„Schon gut!", winkte Cyprian ab. „Hier ist unseres Bleibens nicht länger. Lass uns also bedenken, wohin wir uns am besten wenden."

„Es beginnt zu wintern", meinte Daniel Pucht etwas kleinlaut, „da ist im Walde kein fröhliches Wohnen. Im Schnee sieht man jede Fußspur. Lass uns also nach Bartfeld gehen, dort weiß ich eine gute Herberge, wo wir ohne Sorge auf den Frühling warten können."

Cyprian aber deuchte diese Stadt zu nahe bei Leutschau gelegen und schlug vor, lieber in Ungvar oder Munkacs den Winter zu verbringen.

Sie einigten sich auf das nähere Ungvar und bereiteten ihre Abreise vor. Daniel Pucht scharrte aus dem Sande alle Heller, Groschen und Taler und Gulden, die ein erkleckliches Sümmchen ergaben, und Cyprian holte Büchse, Pulverhorn und Kugelbeutel herbei. Darauf packten sie ihre Essensvorräte in einen Sack, dass er voll ward bis oben hin, und stopften den Rest so tapfer in sich hinein, dass nicht ein einziger Bissen übrigblieb.

Alsdann legten sie sich wohlgemut aufs Ohr, um am nächsten Morgen frisch und gestärkt ihre Wanderung beginnen zu können.

Als aber Cyprian die Augen öffnete, war Daniel Pucht verschwunden, desgleichen Speisesack, Büchse, Pulverhorn und Kugelbeutel.

Es war ihm gegen Mitternacht eingefallen, dass es für ihn doch wohl bekömmlicher sei, den kommenden Winter genossenlos zu verbringen.

Wie er sich als Buschklepper versuchte

So saß denn Cyprian wieder allein im Wald und hatte nichts zu essen. Dafür packte ihn ein solch verzweifelter Mut, dass er sich einen Eichenast, dick wie eine Keule, vom Baum brach und sich damit am Kreuzweg hinter einen Busch stellte.

Es dauerte auch gar nicht lange, da kam ein Bauer auf seinem Wagen daher.

„Gib heraus, was du hast!", brüllte ihn Cyprian an und schwang sein Machtgerät gegen ihn.

Der Bauer erschrak so sehr, dass er am ganzen Leibe zitterte, und flehte um sein Leben.

„Spar deine Worte und gib!", schnaubte Cyprian. „Sonst bist du auf der Stelle des Todes!"

Nun zog der Bauer aus seiner Tasche ein paar Thökölysche Heller.

„Kann ich das fressen?", tobte Cyprian im höchsten Zorn und warf ihm die wertlosen Kupferflecken an den Kopf.

Darauf bückte sich der Bauer und holte unter seinem Sitzbrett ein rundes Brot und ein Stück Speck hervor und reichte ihm beides mit untertänigster Ergebenheit, worauf ihm die Straße gnädigst zur Weiterbenutzung freigegeben wurde.

Damit war Cyprian in das adelige Buschkleppergewerbe zurückgefallen, dem seine beiderseitigen Urahnen, der thüringische Gewalthaufenführer und der polakische Schlachtschitz, siegreich obgelegen hatten, bevor sie auf den Einfall gekommen waren, in die Zips einzubrechen, um ein paar Dörfer zu erobern und ihre Herrschaft darauf zu gründen.

Solchergestalt trieb er es einige Wochen, wechselte aber stets den Ort, und sein Mut wuchs, da sich ihm keiner zu widersetzen wagte.

Aber die Beute blieb trotzdem knapp genug.

Darum erdreistete er sich eines Tages, als er schon den ganzen Vormittag vergeblich im Hinterhalt gelegen hatte, zwei daherkommende Bauern anzufallen. Sie saßen nebeneinander auf einem Wagen, der mit losem Stroh beladen war, und schmauchten vergnügt ihre Pfeifen.

Kaum gewahrten sie Cyprian, der mit erschrecklichem Gebrüll die Keule wider sie schwang, erhoben sie ein so lautes und andauerndes Gelächter, dass sie sich am Ende die Seiten halten mussten.

„Fürwahr, du bist ein tapferer Bursche!", riefen sie, ohne von ihrer Lustigkeit zu lassen. „Wagst dich an uns, die wir selber durchs Land fahren, um die Reichen arm zu machen."

Cyprian ließ sich jedoch durch solche List nicht verblüffen und rückte ihnen noch näher auf den Leib. Nun aber holten sie aus dem Stroh zwei Büchsen hervor und richteten sie auf seine Brust.

„Stillgestanden!", kommandierte der eine, und der andere rief: „Oder wir schießen dir ein Loch in den Ranzen, daraus deine Seele zum Teufel fahren kann!"

Jetzt ließ Cyprian die Keule sinken und ergab sich. Sie befahlen ihm, unter das Stroh zu kriechen, was er auch tat, und fuhren weiter, nachdem sie ihre Büchsen wieder versteckt hatten.

Sie kamen durch etliche Dörfer, wo sie mit diesem und jenem Bauer schwatzten, wurden auch zweimal von Landjägern angehalten, denen sie ihre falschen Pässe vorwiesen, kamen solcherart unbehelligt davon und erreichten endlich eine abgelegene Herberge.

Hier durfte sich Cyprian zu ihnen an den Tisch setzen. Sie ließen einen scharfgewürzten Fleischbrei und roten Wein auftragen und gaben ihm davon, soviel er begehrte. Darauf hielten sie Zwiesprache mit dem Herbergsvater, und Cyprian hörte, dass sie im nächsten Dorfe etwas vorhatten, davon sie sich große Beute versprachen.

Nachdem sie ein paar Stunden geschlafen hatten, fuhren sie mit Sonnenaufgang von dannen, und Cyprian musste sich wieder im Stroh verbergen, bis sie die Gegend hinter sich hatten. Dann durfte er sich zwischen die beiden setzen um sich ausfragen zu lassen.

„Mein Vater hat mich verstoßen", gestand er ihnen, „und dann habe ich zweie umgebracht."

„Dann war es Gottes Wille!", nickte der eine, und der andere sprach: „Du bist auf dem richtigen Weg!"

„Wohin geht die Fahrt?", fragte Cyprian begierig. „In den Fuchsbau" erwiderten sie ihm, „und du wirst bald unser jüngstes Füchslein sein."

„Wovon werdet ihr satt?", befragte er sie.

„Von dem Fett der Reichen!", behaupteten sie mit kecklichem Grinsen.

„Seid ihr viele oder wenige?", bohrte er weiter.

„Du bist der dritte im sechsten Dutzend, ohne die Weiber und Kinder", lautete ihre Antwort.

Und da er nicht abließ, sie auszuforschen, erzählten sie ihm, dass sie einen Hauptmann hätten, mit Namen Koloman Bator, der früher zu Szimak bei Munkacs Prediger gewesen, aber von den Kaiserlichen vertrieben und mit einem Teil seiner Gemeinde in die Berge entwichen sei, wo er, ein zweiter Gideon, das Schwert in die Hand genommen hätte, um das Reich Gottes aufzurichten.

„Seid ihr Kuruzzen?", begehrte Cyprian zu wissen.

„Mitnichten!", wehrten sie sich heftig dagegen. „Wir wollen mit diesen tollen Herrenknechten nichts zu tun haben, denn sie wissen nicht, was sie tun."

„Ihr aber wisst es?", fragte er gespannt.

„Uns ward es offenbart!", bezeugten sie feierlich. „Denn wir sind die Füchse Gottes. Er hat uns geboten, die Reichen so arm zu machen wie Kirchenmäuse, auf dass alle Menschen auf dieser Erde wieder Brüder werden können."

Hier verstummte Cyprian vor Verwunderung über solche noch niemals vernommenen Worte und sprach zu sich selbst: Das ist fürwahr eine ganz vortreffliche Botschaft für mich und meine üble Lage. Denn ich bin noch ärmer als eine Kirchenmaus und besitze nichts als mein Leben. Wie könnte das Gottes Wille sein, dass es mir schlechter gehen soll als allen anderen Menschen auf dieser Welt, da wir doch alle seine Kinder sein sollen. Und darum will ich mich zu den Füchsen Gottes schlagen.

Um die dritte Mitternacht erreichten sie den Fuß des Waldgebirges, dahinter das polnische Königreich begann. Hier ließen sie Wagen und Pferde in einer Herberge zurück, nahmen ihre Waffen zur Hand und stiegen so hurtig empor, dass Cyprian Mühe hatte, ihnen zu folgen.

Als es dämmerte, standen sie still vor einem steilen Berg und bellten laut wie Füchse in der Nacht. Alsobald tat sich im Buschwerk eine Pforte auf. Sie winkten Cyprian, dass er einträte, und führten ihn einen steilen Feldpfad hinan, bis zu einem grünen Plan auf dem Berggipfel, den mächtige Waldbäume umstanden.

Hier erblickte Cyprian eine große Scheune, und daneben zwei längliche Häuser und drei Hütten.

Die beiden Männer führten ihn in die Scheune, in deren Mitte auf einem gewaltigen Felsblock ein Feuer brannte. An den Wänden bemerkte Cyprian wohl an die hundert Betten, und die darauf schliefen, das waren die Füchse Gottes.

Einer von ihnen, dessen Lager sich durch nichts von dem der anderen unterschied, war Koloman Bator, der Hauptmann, ein kurzer, breiter Mann mit straffem, schwarzen Knebelbart, breiten Backenknochen und tiefliegenden, glühenden Augen.

Er erhob sich, als die Männer mit Cyprian zu ihm traten, musterte ihn scharf, streckte ihm die Hand hin und sprach: „Sei willkommen in unserer Mitte. Von nun an sollst du für das Reich Gottes kämpfen, damit die Gerechtigkeit komme über alle Völker vom Aufstieg bis zum Untergang der Welt!"

Und Cyprian schlug herzhaft ein, dieweil ihm bisher nichts als bitteres Unrecht geschehen war.

Es wurde ihm ein Lager angewiesen, und er schlief, bis ihn der Hunger weckte. Dann ging er wie die anderen hinüber zu der einen Hütte, wo ein großer Kessel dampfte.

Ein altes Weib saß davor, rührte mit einem langen Löffel darin herum und füllte jedem seinen Napf. Cyprian war der letzte der langen Reihe.

Und als er herantrat, richtete sie ihre Augen auf ihn lachte ihn so lüstern an, dass er ihre Zahnlücken und alle ihre Falten hätte zählen können. Er fand sie so hässlich, dass ihm über dem Anblick beinahe der Hunger vergangen wäre.

„Weiß Gott", kicherte sie und machte den Versuch, ihm die Wangen zu tätscheln, „du bist ein hübscher Junge. Komm, gib mir einen süßen Kuss, dann sollst du deine Suppe haben!"

Aber einige Männer, die es gehört hatten, schalten sie eine alte Hexe und riefen: „Fülle ihm die Suppe auf und warte, bis er dir einen Kuss gibt. Der Mann begehrt, das Weib gewährt!"

Nachdem Cyprian sich gesättigt hatte, besah er sich den Fuchsbau näher und fand ihn ringsum durch einen starken Stammverhau gesichert. Auch ein paar Frauen bekam er zu Gesicht, die aber nicht so hässlich waren wie die Alte. Sie bewohnten kleine Gemächer in dem vordersten der beiden Häuser. Und da Cyprian die Fenster zählte, fand er, dass es kaum ein Dutzend waren. In dem anderen Haus fand er einen Haufen

128

Kinder, aber keine Mutter war bei ihnen, und die größeren warteten die kleinen.

Und er verwunderte sich über diese Ordnung, die ganz anders war, als sonst in der Welt.

Indessen hatte Koloman Bator mit den beiden Kundschaftern Beratung gepflogen und ließ nun die Gemeinde durch ein Glöcklein in die Scheune rufen. Und sie kamen alle, auch die Weiber. Darauf bestieg er, das krumme Schwert an der linken Lende und den Eisenhut auf dem Haupt, den Felsblock in der Mitte, darauf das Feuer erloschen war, und verlas das Wort der Heiligen Schrift aus der Geschichte der Apostel: „Die Menge aber der Gläubigen war ein Herz und eine Seele; auch keiner sagte von seinen Gütern, dass sie sein wären, sondern es war ihnen alles gemein."

Darauf erhob er seine Stimme und begann gar gewaltig zu predigen: „Seht an die Ritter und Herren, wie sie den Landmann peinigen und bedrücken und ihn betrügen um den Lohn seiner Arbeit. Im Schweiße seines Angesichts baut er den Acker, doch nicht für sich, sondern für die Junker und Blutsauger, die ihn mit Gewalt unter ihr Joch gespannt haben. So raffen sie immer mehr, brüsten sich in Wohlleben, Faulheit und Übermut und scheuen sich nicht, Gott selbst zum Zeugen aufzurufen für ihren schändlichen Raub. Wie geschrieben steht: Wehe denen, die Gottes Langmut spotten und seine Allmacht vor den Wagen ihrer Hoffart und Herrschsucht spannen wollen! Wahrlich, wahrlich, ich sage euch: Es wird eher ein Kamel durchs Nadelöhr gehen, als dass ein Reicher ins Himmelreich komme! Darum lasst uns nicht länger zögern, der göttlichen Langmut ein Ende zu setzen, derweil die Welt nicht dazu geschaffen worden ist, die Reichen immer reicher und die Armen immer ärmer zu machen. Wohl sind wir noch ein kleines Häuflein, doch gedenket der heiligen Apostel und fürchtet euch nicht vor dem Schnauben des Satans und seiner Rotten. Nur zwölfe hat der

Herr ausgesandt. Aber aus diesem Senfkorn ist ein Baum gesprossen, dessen Äste sich über die ganze Welt erstrecken und in dessen Schatten alle Völker wohnen. Wohlan, erhebt euch aus euren Löchern, ihr Füchse Gottes, fliegt hinaus ins Land, ihr Adler des Reiches, ladet die Büchsen und blößt die Schwerter, damit der Zorn des Herrn hereinbreche über alle, die ihre Herzen verhärtet haben gegen ihren Bruder und ihn darben lassen, um sich selber zu mästen. Eine Macht soll herrschen auf Erden, die Liebe, ein Glaube soll alle Herzen erheben, ein Recht soll aufgerichtet sein in alle Ewigkeit, der Glaube an das Blut des Menschensohnes und das Recht der Gerechtigkeit, vor dem alle Menschen gleich sind. Keiner mehr soll sprechen zu seinem Bruder: Dies ist mein und gehört mir allein zu! Denn solche Selbstsucht ist der Urquell aller Sünde von Anbeginn und die tiefste Wurzel jedes Übels. Reutet sie aus bis auf den Grund, dann erst kann der Tempel des Geistes gerichtet werden. Und röten sich auch unsere Schwerter vom Blute der Verblendeten und Widerstrebenden, und sinken wir selbst dahin, so seid getrost: Auch Christi Blut ward vergossen nach dem Willen seines allmächtigen Vaters, damit das Heil komme über die von ihren Sünden gepeinigte Menschheit. Also erheben wir unsere Waffen zum heiligen Kampf wider den Reichtum, der die Erde verderbt und verpestet, erheben wir unsere Hände zum Schwur, nicht eher zu rasten, bis wir diesen Würger der Liebe, des Glaubens und des Rechtes in den Abgrund geschleudert haben, aus dem er am Tage des Sündenfalls emporgetaucht ist, und erheben wir unsere Herzen zu Gott, dass er uns helfe bei unserm großen Werk, auf Erden zu stiften den ewigen Frieden und allen Völkern ein Wohlgefallen!"

Und alle, die es hörten, jubelten ihm zu und stießen ihre Arme hoch und schlugen ihre Waffen zusammen, dass es dröhnte und schmetterte wie die Posaunen des Jüngsten Gerichts.

Auch Cyprian, dem das Herz schwoll und das Blut in den Ohren brauste, ergriff Schwert, Büchse und Spieß, trat zu Koloman Bator und rief: „Zittert, ihr Herren, vor unseren Streichen!"

„Du bist der Jüngste!", sprach Koloman Bator zu Cyprian, nachdem er ihn gemustert hatte. „Darum sollst du mein Knappe sein und mir auf dem Fuße folgen, wohin ich immer mich auch wende."

Unter seiner Führung brachen die „Füchse Gottes" am nächsten Morgen auf. Nur die zwanzig ältesten Männer blieben zurück, die Festung zu bewachen und die Weiber und Kinder zu beschützen.

Wie er das Reich Gottes aufrichten half, und warum es keinen Bestand hatte

Zu zweien und dreien schlichen und schlugen sich die Füchse Gottes auf verborgenen Pfaden durch das nordungrische Land.

Cyprian schritt unverwandt hinter Koloman Bator her und ließ ihn nicht aus den Augen.

In der vierten Nacht trafen sie sich alle in der Herberge, wo Cyprian von den beiden, die ihn aufgegriffen hatten, gesättigt worden war. Hier teilte Koloman Bator die Streitmacht in drei Haufen, ermahnte sie ernstlich, kein Blut zu vergießen, es sei denn zur Wahrung des eigenen Lebens, und hieß sie tapfer und unverzagt zum Angriff schreiten. Er selbst führte den größten Haufen gegen den Edelhof des Dorfes und nahm ihn im Sturm.

Der Angriff kam so überraschend, dass keiner an Gegenwehr dachte. Der Gutsherr raffte rasch seine Schätze zusammen und warf sich aufs Pferd, um zu entfliehen. Es folgten ihm einige treue Diener mit der Herrin und den Kindern. Während es ihnen gelang, den schützenden Wald zu erreichen, fiel der Gutsherr in den von den beiden anderen Haufen gelegten Hinterhalt.

Schätze und Pferd wurden ihm abgenommen.

„Nun haben wir dich arm gemacht", sprachen die Sieger zu ihm, „damit du selig werden kannst, denn nur den Armen ist das Himmelreich bereitet."

Darauf ließen sie ihn laufen.

„Wer den Mut hat", sprach Koloman Bator zu den auf dem Gut beschäftigten Dienstleuten, soweit sie nicht die Flucht ergriffen hatten, „und gewillt ist, das Schwert Gottes zu schwingen, der trete zu uns!"

Drei junge Knechte folgten sogleich diesem Ruf. Die anderen mussten nun fleißig die Hände rühren und alle Wagen mit den Vorräten des Hofes beladen bis obenhin. Die Pferde wurden vorgespannt und alles Vieh aus den Ställen ins Freie getrieben. Danach wurde der Herrensitz an allen vier Ecken angezündet und den Flammen übergeben.

Infolge der gewaltigen Feuersbrunst, die nun entstand, rotteten sich die Bauern des Dorfes zusammen und rückten heran, bewaffnet mit Sensen, Heugabeln, Dreschflegeln und Äxten.

Koloman Bator aber hatte gegen sie keinerlei feindliche Absichten, trat vielmehr zu ihnen und redete sie also an: „Meine lieben Brüder in Christo Jesu! Gott hat uns zu euch gesandt, auf dass wir euch die verlorene Freiheit wiederbringen. Ein jeder nehme denn von dem Acker des Gutes, soviel er mit den Seinen im Schweiße des Angesichts bestellen kann. Und so jener wiederkommt, der euer Herr gewesen ist, so stoßet ihn nicht hinweg, sondern lasst ihn unter euch wohnen, wenn er nur seine teuflische Verblendung fahren lässt und hinfort von seiner eigenen Hände Arbeit als ein Gleicher unter Gleichen leben will. Denn keiner soll hinfort einem anderen untertan sein. Und wem Überfluss zuwächst, der soll dem geben, der Mangel leidet. Also richten wir auf die neue Ordnung nach dem Willen des allmächtigen Gottes und zum Segen der christlichen Gemeinschaft in Christo Jesu unserm Herrn. Amen.“

Da die Bauern und Instleute solches hörten, ließen sie allzumal ihre Waffen sinken und griffen zuerst nach dem ledigen Vieh.

Mit acht hochbepackten Wagen zogen die Befreier davon. Auf dem Rückzug überschritten sie, um sich gegen die Verfolgung zu sichern, zweimal die polnische Grenze. Mit Jubel und Vivatgeschrei wurden sie daheim willkommen geheißen. Nun war Nahrung und Kleidung genug vorhanden, um auch dem längsten Winter zu trotzen.

So trieben es die „Füchse Gottes" vier Jahre lang.

Im Frühling, als sie von neuem in die Ebene niederstießen, wurde Cyprian zum ersten Mal verwundet. Das geschah zu Hidasbanya, wo Koloman Bator bei seinem Befreiungswerk auf erbitterten Widerstand stieß.

„Steckt an! Steckt an!", schrie er. „Wenn sie sich schon dem Satan ergeben wollen, so mögen sie auch stracks zur Hölle fahren!"

Als die Flammen das Schloss ergriffen, warfen die Diener die Waffen weg und sprangen durchs Fenster. Auch der Herr folgte ihnen. Aber er hielt zwei Pistolen in den Fäusten. Der Verlust seines Besitzes hatte ihn so von Sinnen gebracht, dass er angesichts der Übermacht töricht genug war, Koloman Bator aufs Korn zu nehmen und abzudrücken.

Beide Kugeln verfehlten ihr Ziel, die eine fuhr ins Blaue, die zweite traf Cyprian, der sich schützend vor den bedrohten Anführer geworfen hatte, in die linke Schulter.

Unter den Spießen der „Füchse Gottes" brach der Pistolenschütze zusammen.

„Wer Heldenblut vergießen will", rief Koloman Bator, auf den Gefällten deutend, „dessen Blut soll auch durch Helden vergossen werden!"

Cyprian wurde auf einen Wagen gebettet, nachdem seine Wunde sorgsam verbunden worden war. Er hatte große Schmerzen, aber kein Laut der Klage kam über seine Lippen.

„Du hast dein Blut für mich vergossen!", sprach Koloman Bator und legte ihm die Hand auf die heiße Stirn. „Ich bin in deiner Schuld, aber es wird der Tag kommen, da ich dir alles bezahlen werde auf Heller und Pfennig!"

Wiederum liefen etliche Knechte, sowie eine blutjunge Magd zu den „Füchsen Gottes" über, denn der Sieg war groß und die Zahl der Beutewagen war bereits auf dreiundzwanzig gestiegen.

Am dritten Abend, als sie schon das weiß beschneite Gebirge vor sich liegen sahen, mussten sie noch einen harten Strauß ausfechten gegen eine Kompanie kaiserlicher Landjäger, die ihnen nachgejagt kamen, um ihnen den Raub abzunehmen.

Jetzt zeigten die „Füchse Gottes", dass sie im Notfall auch ganz vortrefflich mit ihren Büchsen umzugehen verstanden.

Sie schoben die Wagen dicht aufeinander, dass keiner der Reiter hindurch konnte, und gewannen so einen vortrefflichen Schutz, hinter dem sie mit ihren gut gezielten Kugeln einen Feind nach dem anderen aus dem Sattel warfen.

„Schont keinen und schießt sie alle tot!", feuerte Koloman Bator die Seinen an. „Denn der Kaiser ist der allerreichste Herr im Lande und darum des Teufels Bruder. Und wer sich ihm um einen Pfennig für den Tag als Mörder verdingt und auf das friedliche Volk hetzen lässt, den soll man totschlagen wie einen tollen Hund!"

Die „Füchse Gottes" hatten bei diesem Kampf drei Tote, die sie aufhoben, um sie daheim zu begraben. Nicht wenige bluteten aus Hieb- und Stichwunden, die sie sich gegenseitig verbanden. Aber alle freuten sich des errungenen Sieges und sannen bereits auf neue und größere Heldentaten.

„Gott ist mit uns!", sprach Cyprian zu Dima Kalman, der blutjungen Magd aus Hidasbanya, die sich bei ihm eingefunden hatte, um ihn zu pflegen.

„Schweig still!", flüsterte sie und küsste ihn. „Ich liebe dich! Wie geschrieben steht: Die Liebe höret nimmer auf. Ich muss immer einen haben, den ich lieben kann, sonst bin ich todunglücklich. Dass du sprichst, das schadet dir, dass ich dich liebe, das schadet dir nicht. Darum lass es dir wohlgefallen. Nur an meinem Herzen und in meinen Armen kannst du von deiner Wunde genesen."

Hier nahm Koloman Bator den Helm von seinem Haupte und stimmte den von ihm selbst gedichteten Dankpsalm an, der also anhub:

Nun, da die Schlacht vollbracht,
Und wir den Sieg errungen,
Sei Gottes Wundermacht
Gepriesen und besungen:
Lob sei dem Herrn der Welt,
Der Boden, Blut und Saat,
Der Freiheit Himmelszelt
Und uns erschaffen hat.

Also sangen die Füchse Gottes auf dem blutigen Feld ihres Sieges.

Ohne weiteren Unfall erreichten sie, nachdem sie die Wagen an einer wüsten Stelle verbrannt und die Pferde freigelassen hatten, ihren festen Bau auf der Höhe, wo sie ihre Beute bargen. Das Gold und die Kostbarkeiten tat Koloman Bator in einen breiten Ledergurt, den er um seine Hüften schnallte.

Auch während des Winters ließ er nicht einen Tag ungenutzt verstreichen. Dreißig der rührigsten seiner Anhänger, denen er die Taschen mit Dukaten füllte, sandte er aus, dass sie durchs Land schlichen und allerorten Freunde warben. Denn nun war es endlich offenkundig geworden, welcher Art das Reich war, das er aufrichten wollte. Und die Armen und Ärmsten fielen ihm zu, während alle anderen, die noch etwas zu verlieren hatten, die Hände über ihn rangen und riefen: „Möge ihn die Hölle, die ihn ausgespien hat, wieder verschlingen!"

„Haltet euch bereit", ließ er verkündigen, „für die Stunde der Vergeltung, da die Rittersitze und Herrenschlösser im ganzen ungrischen Lande zu Staub und Asche vergehen sollen!"

Und sein Anhang mehrte sich von Woche zu Woche und von Monat zu Monat.

Darüber verstrich auch der vierte Winter, und währenddessen war Cyprian endlich an Dimas Herzen und in ihren Armen von seiner Wunde genesen.

„Du liebst mich wohl", sprach er zu ihr, „aber du bist mir nicht treu."

„Ich bin eine Füchsin Gottes!", rief sie achselzuckend und gab ihm einen Nasenstüber. „Was willst du noch mehr, du süßer Einfaltspinsel?"

„Untreue ist eine Sünde!", warf er ihr vor.

„Wo steht das geschrieben?", girrte sie ihn an und tippte ihm auf die Stirn. „Wie könnte das, was ein anderer an mir vollbringt, im Ernst eine Sünde genannt werden, wenn es keine Sünde ist, sobald ich es von dir vollbringen lasse? Wie geschrieben steht: Ihr Kindlein, liebet euch untereinander."

Wobei sie das letzte Wort betonte.

Damit eilte sie hinaus, um immer wiederzukommen. Wie Cyprian sich auch die Sache bedachte, er konnte ihr nicht einmal Unrecht geben.

Und es geschah auch weiterhin also, dass die Eintracht erhalten blieb und die Zwietracht keinen Einlass finden konnte.

Indessen hatte sich der kaiserliche Druck infolge des siegreich beendeten Türkenkrieges bis zur Unerträglichkeit gesteigert. Sogar die den ungrischen Grundherren verbrieften und beschworenen Steuerfreiheiten hatten die kaiserlichen Räte anzutasten gewagt. Und von neuem begannen die Geister der Verschwörung und des Aufruhrs ihre Häupter zu erheben. Noch glimmte das Feuer erst unter der Asche. Aber Franz von Rakoczy, der zweite seines Namens, Emmerich Thökölys Stiefsohn und Erbe seiner hochfliegenden Pläne, schürte bereits von Polen aus, wohin er sich vor seinen Verfolgern geflüchtet hatte, die Flammen der Empörung. Er wusste die Führer der Kuruzzenhaufen durch allerhand Versprechungen auf seine Seite zu bringen und suchte endlich auch Koloman Bator zu sich herüberzuziehen. Darum fertigten die Kuruzzenhäuptlinge einen Boten an ihn ab und ließen ihm ein Bündnis anbieten. Sie versprachen ihm Verzeihung für seine bisherigen Mordbrennereien, drohten ihm aber gleichzeitig mit Vernichtung, falls er das Angebot ausschlüge.

Koloman Bator aber ließ ihnen sagen: „Gebt eure Güter und Reichtümer den Armen, dann will ich euch meine Brüder nennen!"

Als die Führer des geplanten Aufstandes solches hörten, ergrimmten sie ganz gewaltig, denn nur um ihrer Güter und Reichtümer willen hatten sie dem Kaiser die Fehde angesagt. Und sie beschlossen auf einer heimlichen Tagung, nicht eher in das ungrische Tiefland einzubrechen, bis sie nicht den Fuchsbau des toll gewordenen Pfaffen, wie sie Koloman Bator nannten, ausgenommen hätten.

Er erfuhr bald, dass etwas wider ihn im Werke sei, schärfte den Kundschaftern und Posten doppelte Wachsamkeit ein und vertraute auf Gott und seine gerechte Sache.

So nahm das fünfte Jahr seinen Anfang, und schon begannen sich die Kuruzzen zu rühren. Noch lag der Schnee auf den Bergen, da zogen die reisigen Haufen von allen Seiten heran. Sie fingen die letzten Boten ab, schlossen den Berg ein und berannten ihn mit großer Übermacht.

„Gott mit uns!", rief Koloman Bator und ließ sein gewaltiges Krummschwert auf die Stürmenden niedersausen, dass ihre Helme zerplatzten wie reife Nüsse.

Tapfer hielt sich Cyprian an seiner Seite.

Allein die Zahl der Verteidiger war zu gering, und der Grimm der Angreifer war so heiß, dass sie, nachdem sie den

Verhau überstiegen hatten, ein furchtbares Blutbad anrichteten und auch die Weiber und Kinder nicht verschonten.

Nur Dima Kalman fand ihrer Schönheit wegen Gnade vor den Augen der Sieger.

Nicht einer der Männer, die unter Koloman Bators Anführung den würgenden Ring der Feinde zu durchbrechen vermochten, war ohne Wunde. Dieses kleine Häuflein erreichte das Tal. Doch hier erlag einer nach dem anderen den Streichen der racheschnaubenden und unerbittlichen Verfolger.

Übrig blieben nur Koloman Bator, der eine Kugel in der Lunge hatte, und Cyprian, der mit zwei leichteren Degenstichen davongekommen war. Sie versteckten sich im Röhricht eines Sumpfes und flohen dann durch das Dickicht des Waldes, bis Koloman Bator zusammenbrach.

Alle Versuche Cyprians, ihn wieder auf die Beine zu bringen, waren vergeblich.

„Gott hat mich verworfen!", seufzte er, dann deutete er auf den Ledergurt und hauchte: „Nimm diesen Schatz und tu damit, was dir wohlgefällt! Arm, wie ich auf diese Welt gekommen bin, will ich nun von hinnen fahren."

Mit Sonnenuntergang tat er seinen letzten Atemzug.

Cyprian wühlte mit dem Schwert die Erde auf und begrub Koloman Bator an der Stelle, da er seinen letzten Atemzug getan hatte. Sodann wälzte er einen Felsen auf das Grab, um den Leichnam vor den Wölfen zu schützen.

Darauf schnallte er sich den mit Dukaten und Edelsteinen gefüllten Leibgurt unter das Lederkoller und machte sich auf den Weg nach Zahony.

Gott hat wider Koloman Bator entschieden! sprach er zu sich selbst. Also gehört den Reichen noch immer die Erde, und die Armen müssen sich auch weiterhin damit trösten, dass ihnen das Himmelreich bereitet ist!

Der Schatz, der seine Hüften drückte, spornte ihn an und verlieh ihm die Kraft, Zahony zu erreichen. Das Reich Gottes, das er hatte aufrichten helfen, lag hinter ihm wie ein böser Traum.

Wozu ihm das Goldene Kalb dienen musste

Er fand ein gutes Quartier in der Herberge „Zum Roten Hirschen", hütete seinen Reichtum und verweilte in Zahony als der Junker Hieronymus von Kaltenblut, bis seine Wunden geheilt waren.

Dann kaufte er sich einen stolzen Blauschimmel und machte sich nach Westen auf und davon, um dem bereits beginnenden Aufruhr des zweiten Franz Kakoyzy zu entgehen.

In Osen überließ er seinen feurigen Schopf dem Bartscherer Nepomuk Domaschek, der ihm dafür das Haupt mit einem prachtvollen Gebäude schwarzer Locken krönte. Er war auch beflissen, Cyprian einen Schneider zu empfehlen, der ihm einen goldbetressten Rock baute. Ein stolzer Federhut, ein silberbeschlagener Degen und Reitstiefel aus feinstem Saffian durften nicht fehlen.

Als Diener empfahl der Mähnenmeister seinen Freund Theobald Zawol, den Sohn eines Karlsbader Viehhändlers, der in Prag und Leipzig fünf Semester lang der Theologie beflissen gewesen war und dann den Sohn des polnischen Fürsten Czartoryski auf seiner Bildungsreise durch alle europäischen Hauptstädte mit Erfolg begleitet hatte.

Er erschien mit Blitzesschnelle, und Cyprian wollte sich schier entsetzen über die Hässlichkeit dieses Leibknechtes, dessen Beine wie Türkensäbel nach außen geschweift waren, und auf dessen Nase der Teufel Erbsen gedroschen hatte. Doch gleich daneben standen zwei überaus wachsame und pfiffige Äuglein, und hinter der Stirn wie auf der Zunge war er nicht minder gut beschlagen. Auch besaß er die vorzüglichsten Zeugnisse, darin seine vielfachen Fähigkeiten und Tugenden einzeln, wie am Schnürchen, aufgereiht waren.

„Wohlan!", nickte Cyprian. „Ich will es mit dir auf ein paar Wochen versuchen!"

Und die Sache ließ sich an, denn Theobald verlieh sich nicht nur selbst, wobei er mit dem Knöchel an seine Stirn pochte, den Rang eines Oberkammerdieners, sondern er verhalf auch seinem neuen Herrn zu der hohen Würde eines polnischen Edelmannes mit siebzehn Ahnen, was er ihm auf einem unzerreißbaren, mit zahlreichen Stempeln und Unterschriften verzierten Passpergament umständlich bescheinigen und versichern ließ. Auf Grund dieser wohlgegerbten Eselshaut, deren Herbeischaffung nicht mehr denn fünf Dukaten verschlang, durfte sich Cyprian fortan für den hochgeborenen, ruhmwürdigen und tugendreichen Reichsgrafen Wladimir Stanislaus Hieronymus von Kaltenblut-Sternfeld-Zalinsky halten und ausgeben.

Vor dem Verdacht der Hochstapelei sicherte ihn seine unbezweifelbare Zahlungsfähigkeit, denn den von Koloman Bator ererbten Schatz hatte Cyprian längst mit Hilfe seines auch in diesen wichtigen Dingen höchst erfahrenen und gewandten Oberkammerdieners in gängige Münze und gute, aus Wien, Venedig, Paris und London lautende Wechselbriefe umwandeln lassen.

Dann saßen sie auf und machten sich zuerst nach Wien auf die Reise.

Cyprian ließ die goldenen Vögel seines Schatzgürtels, den er auch des Nachts nicht ablegte, lustig nach allen Seiten flattern. Er stieg nach Theobalds ergebener Unterweisung über die Pflichten eines jungen Standesherrn stets im allervornehmsten Gasthof ab, und für den Tisch waren ihm die teuersten Speisen und Weine gerade billig genug. In allen Dingen des edlen Anstandes verließ er sich auf Theobald Zawol, der sich als ein unübertrefflicher Lehrmeister erwies.

Sein voriger Herr, der Fürst Czartoryski, war sein Morgen-, Mittag- und Abendgebet.

Gewissenhaft fügte sich Cyprian den guten Ratschlägen. Als er in Raab, dieweil es regnete, die halbe Nacht beim Spiel zugebracht hatte und von zwei böhmischen Edelleuten tüchtig geschröpft worden war, musste er sich sogar von Theobald eine Strafpredigt gefallen lassen.

„Mein voriger Herr, der Fürst Czartoryski", begann er in seinem untertänigen, aber nichtsdestoweniger höchst vorwurfsvollen Tone, „hat niemals eine Karte angerührt. Er pflegte stets zu sagen: „Mein lieber Theobald, ein Standesherr von meinem Rang setzt sich nicht an den Wirtshaustisch, um zu gewinnen. Solch niedrige Habsucht widerstreitet jeder adligen Gesinnung."

„Mein lieber Theobald", lachte Cyprian, der des guten Weines voll und darum sehr vergnügter Laune war, „ich hab aber verloren, nicht gewonnen."

„Umso schlimmer!", seufzte Theobald höchst bekümmert, während er ihm die Stiefel auszog.

„Ei, zum Teufel!", rief Cyprian. „Dieses soll ich lassen und jenes nicht tun! Essen, Trinken, Reiten und Schlafen, wenn solches allein einen Standesherrn ausmacht, so bedanke ich mich dafür. Und dass ich gestern der hübschen Dirne, die mir den Wein kredenzte, zutrank, ist dir auch nicht recht gewesen."

„Dieses Mensch!", rief Theobald voll Abscheu, „ist nicht einmal wert, von Eurer Gnaden mit der Feuerzange angefasst zu werden!"

„He?", lachte Cyprian. „Sie hat dich wohl ablaufen lassen, da du dich so erbost über sie!"

„Solcher Sorge können Euer Gnaden sich für immer entschlagen", versetzte Theobald in bitterernstem Tone, „ich habe mich noch niemals mit Weibern abgegeben und sie nicht mit mir."

„Aber ich habe keine Lust", begehrte Cyprian auf, „ewig wie ein Mönch zu leben."

„Mein voriger Herr, der Fürst Czartoryski", hub Theobald mit einem tiefen Atemzug an, „pflegte in solchen Fällen zu sagen: Die Standesehre gebietet, dass ich nur mit edelblütigen und hoffähigen Damen zu Bett gehe. Und ich, als sein gehorsamer Diener, habe sie ihm dann verschafft, zu Wien, Venedig, Mailand, Paris und London, aber nicht zu Raab, Wieselburg, Bruck und Neusiedel."

„Nun wohl", gab Cyprian nach, „also reiten wir nach Wien, da magst du deine Kunst zeigen."

Drei Tage später hielten sie daselbst ihren Einzug durch die Wollzeile, Cyprian auf einem feurigen, prächtig geschirrten Berberhengst, Theobald hinter ihm auf einer grobknochigen, sicher trabenden Stute, darauf er hockte wie ein Jahrmarktsaffe auf dem Kamel.

Sie stiegen in der Goldenen Ente auf der Riemergasse ab. Während Cyprian durch die Straßen und über den grünen Anger vor den Toren ritt, deren Vorstädte seit der Belagerung durch die Türken lustiger denn zuvor erstanden waren, tat Theobald einen heimlichen Gang nach der engen Wachtelgasse, wo er sich mit einer alten, gefälligen Frau beriet und ihr das wohlzuhütende Geheimnis anvertraute, dass sein Herr ein verkappter Prinz sei.

„Maria und Josef!", seufzte sie und nahm eine Prise. „Dann muss es ja schon eine Prinzessin sein!"

„Nicht länger gezaudert!", ermunterte er sie. „Wir nehmen für den Anfang auch mit einer simplen Gräfin vorlieb, so sie nur innerlich wie äußerlich über die nötigen Qualitäten verfügen kann."

Indessen tafelte Cyprian des Mittags bei den „Heiligen drei Königen mit dem Stern" und setzte sich des Abends in das neue Kaffeehaus „Zum Wilden Mohren", um den schwarzen Labetrunk zu kosten, aus einem Türkenkopf würzig gelben Knaster zu schmauchen, die neuesten Flugblätter, Relationen und Zeitungen zu studieren und mit den Herren vom Stande die Welthändel zu besprechen.

Denn von Ungarn her wehte der Wind heftig schärfer. Immer mehr Regimenter musste der Kaiser dahinschicken, um den Aufruhr einzudämmen. Außerdem wollten Russland, Polen und Dänemark dem jungen schwedischen König zu Leibe, und die Seemächte mühten sich, gegen den König von Frankreich, der für sein Haus den spanischen Thron beanspruchte, ein Bündnis zustande zu bringen, wobei sie auch den Kaiser nicht vermissen mochten. Selbst der von Prinz Eugen so kräftig geschlagene Türke begann sich wieder zu regen.

Das alles focht Cyprian blitzwenig an, sondern er schaute nach den hübschen Wienerinnen und nach einem verliebten Abenteuer aus, nahm sich aber auf Theobalds eindringlichen Rat auch die Zeit, sich in der Frühe von einem Fechtmeister und des Nachmittags von einem Tanzmeister in ihren Künsten unterrichten zu lassen.

„Euer Gnaden“, bemerkte Theobald eines Morgens, „müssen sich auch im Pistolenschießen üben, dieweil die Standesehre ein überaus kostbares Ding ist. man kann in diesem Punkte gar nicht vorsorglich genug sein!“

Ein guter Kammerdiener ist Goldes wert! dachte Cyprian und ging auch an diese Übung mit Eifer heran, um sie solange fortzusetzen, bis er auf dreißig Schritte das Herz aus dem As knallen konnte.

Jetzt endlich rührte sich die wackere Frau auf der Wachtelgasse, und Theobald beeilte sich nun, mit seinem Herrn in einer Loge der Italienischen Oper zu erscheinen.

Ei der Daus! dachte Cyprian, der zum ersten Mal in ein Theater kam, und riss die Augen auf. Was für kuriose Dinge gibt es doch auf dieser Welt!

Theobald trat hinter seinen Sessel, als die Musiker ihre Instrumente zu stimmen begannen.

Kaum hatte sich der Vorhang gehoben, fing Cyprian sogleich an der Herzogin Feuer, die im strahlenden Perlenkleid vor den Lichtern erschien und eine schmelzende Arie zu ihm emporschmetterte.

„Oh du Schelm!", bedrohte er Theobald lachend mit dem Finger. „Warum hast du mich nicht gleich hierhergeführt?"

„Euer Gnaden müssen die Augen nach der anderen Seite richten!", flüsterte ihm Theobald zu. „Dort sitzt die Baronin Fiorli, die Euer Gnaden, wie ich vernommen habe, aufs allerbeste gewogen ist. Sie hat sich bisher, wie man sagt, von dem Grafen Gallas den Hof machen lassen, der aber mit der Armee plötzlich nach Ungarn abrücken musste."

Cyprian wandte den Blick und sah in der Nachbarloge neben einem zittrigen, gebückten Edelmann eine wunderschöne, stolze Dame sitzen, die ihm nicht minder verlockend erschien als die Sängerin auf der Bühne.

„Ist der Alte ihr Vater?", fragte er Theobald.

„Oh nein!", flüsterte er ihm ins Ohr. „Es ist ihr Gemahl, aber es könnte auch ihr Großvater sein. Er hat ein hohes Amt bei Hofe, und sie besitzt in Italien reiche Güter, weshalb sie gut zueinander passen, bis auf die leidige Liebe."

Cyprian verteilte nun seine Aufmerksamkeit auf die Sängerin und auf die Baronin und seufzte auf dem Heimweg: „Potztausend, die Wahl fällt mir schwer genug!"

„So machen Euer Gnaden eben beiden den Hof!", schlug Theobald vor. „Mein voriger Herr, der Graf Czartoryski, pflegte in solchen Fällen zu sagen: Die Abwechslung ist das halbe Leben!"

Solcher Vorschlag gefiel Cyprian ausnehmend. Er schickte der Sängerin eine Perlenkette und machte ihr seine Aufwartung. Und sie fiel ihm um den Hals und schwur ihm ewige Treue.

146

Der Baronin aber sandte er durch Theobald ein Brieflein mit den heißesten Liebesbeteuerungen, und sie erhörte ihn auf der Stelle, indem sie ihm durch denselben Boten einen Schlüssel überreichen ließ.

Von nun an besuchte er des Morgens die Sängerin, während sie noch im Bette lag, und vor dem Schlafengehen setzte er den Unterricht im Italienischen bei der Baronin fort, die ihrer Nebenbuhlerin in den Künsten der Liebe keineswegs nachstand.

So konnte es denn nicht ausbleiben, dass er in kurzer Zeit die staunenswertesten Fortschritte machte, in eitel Freuden und ohne Sorgen um die Zukunft dahinlebte und sich bei alledem vorkam wie ein rechter Weltbühnenheld.

Die Baronin fand so großes Gefallen an ihm, dass sie schließlich von ihm begehrte, zur Witwe gemacht zu werden, worauf sie sogleich bereit wäre, sich von ihm nach Italien entführen zu lassen, um dort auf ihren Gütern das Venusspiel fortzusetzen.

Da aber Cyprian die Sängerin nicht im Stich lassen wollte, fragte er Theobald um Rat.

Und er antwortete ihm: „Mein voriger Herr, der Fürst Czartoryski, pflegte in solchen Fällen zu sagen: Die bisherigen Übungen scheinen einen gefährlichen Verlauf zu nehmen, darum müssen Euer Gnaden das Goldene Kalb vor den Venuswagen spannen, um ein neues Abenteuer zu suchen.

„Zum Teufel!", begehrte Cyprian auf. „Vor diesem Zittergreis soll ich mich fürchten?"

„So Euer Gnaden nur immer den Degen gleich zur Hand hätten!", gab Theobald zu bedenken. „Mein voriger Herr, der Fürst Czartoryski, pflegte in solchen Fällen zu sagen: Mein lieber Theobald, wie soll man dem Mars dienen, wenn man mit allen Fingern bei der Frau Venus beschäftigt ist."

Cyprian schlug solche Warnung nicht in den Wind und hing seitdem seinen Degen jeden Abend griffbereit an den Bettpfosten, und die Baronin nahm diese erhöhte Kampfbereitschaft mit wachsender Begeisterung zur Kenntnis.

Die Sängerin dagegen, bei der er, um nicht aus der Gewohnheit zu kommen, in derselben Weise blankzog, verfiel darob in eine erschröckliche Angst, schwur ihm Treue bis zum Tode und gelobte ihm zu folgen bis ans Ende der Welt.

Da aber Cyprian weiterhin zögerte, zum Angriff gegen den greisen Zittergrafen zu schreiten, gedachte die Baronin, die Sache ein wenig zu beschleunigen. Darum ließ sie ihrem Gemahl hinterbringen, dass sie ihn betrüge, und verschloss hinfort nicht mehr die zweite Tür ihres Schlafgemachs, die zu den übrigen Wohnräumen führte.

Der Baron Fiorli aber war durchaus nicht der Dummkopf, für den sie ihn hielt und ließ sich von dem, was er längst wusste, nicht das geringste anmerken Sein Amt bei Hofe war ihm wichtiger als die Befriedigung seiner äußerst geringen Eifersucht. Auch war er alles andere eher denn blutdürstig.

So wäre der eheliche Frieden wohl weiterhin ungestört wie bisher geblieben, wenn sich nicht plötzlich und ganz unerwartet der Graf Gallas wieder eingestellt hätte. Seine Sehnsucht nach der wunderschönen Baronin, die alle seine glühenden Liebesbriefe nicht minder glühend beantwortete, hatte seinen Drang nach Ruhm dermaßen gedämpft, dass er sogleich bei seiner Ankunft in Ungarn seinen Abschied erbeten und schließlich auch erhalten hatte.

Und da es ihm in der Eile des überstürzten Abmarsches von Wien nicht möglich gewesen war, den Schlafzimmerschlüssel an die Baronin zurückzugeben, eilte er, dieweil sein Ungestüm keinen Aufschub duldete, noch in der Nacht seiner Ankunft zu ihr und störte nicht nur die ungetreue Geliebte, sondern auch ihren neuen Liebhaber, der sich eben den Degen umschnallte, um sich von ihr zu verabschieden

Und sogleich begann der Zweikampf.

Die Baronin schaute zuerst mit höchst erstaunten Blicken diesem Wettstreit zu, bei dem Spiegel in Trümmer gingen, Fetzen flogen, Stühle polterten und Tische stürzten.

Denn die beiden Helden gerieten rasch in die höchste Hitze, verwünschten sich gegenseitig im rauchenden Zorn und brachten so einen ganz achtungswerten Lärm zustande.

Zum Überfluss kam nun noch des Grafen Degenspitze Cyprians Wange zu nahe, dass ihm ein rotes Bächlein über das grüne Kamisol sprang. Nun schrie die Baronin so gellend um Hilfe, dass das ganze Haus wach wurde und die alsbald herbeieilenden Dienstboten mit vereinten Kräften das immer blutiger werdende Schauspiel bejammerten, dem ein Ende zu machen, sie nicht den Mut fanden, dieweil nun auch der Graf Gallas aus einer Kopfwunde blutete und diese Schmach mit dem gesamten Lebenssaft seines Gegners auszulöschen bestrebt war.

Aber Cyprian stellte noch immer seinen Mann und ließ seine Degenspitze auf und ab, hin und her und im Kreise herum flitzen und klirren, als hätte er Zeit seines Lebens nichts anderes getan, als rasende Nebenbuhler zur Hölle zu schicken.

Und gerade, als sich der Baron endlich dazu bequemte, in Schlafrock und Nachtmütze und mit dem Schwerte in der vor Alter und Angst schwankenden Rechten das Schlafzimmer seiner Gattin zu betreten, um ihre längst nicht mehr vorhandene Ehre zu retten, fuhr Cyprians Degenspitze dem Grafen Gallas durch die Brust, dass er vornüber auf den echten Perserteppich fiel.

Darüber entsank dem Baron das Racheschwert, so dass Cyprian Zeit fand, seinen Hut zu erraffen und als Sieger den Kampfplatz zu verlassen.

In der „Silbernen Ente" angekommen, weckte er Theobald und erzählte ihm, was geschehen war.

„Das hab ich kommen sehen!", seufzte er und begann sich reisefertig zu machen. „Fort von Wien, auf nach Venedig!"

Damit war Cyprian einverstanden, aber er wollte durchaus die Sängerin mitnehmen, obschon Theobald widerriet. Cyprian befahl ihm, die Rechnung beim Wirt zu begleichen und mit einer Kutsche in dem Gehölz vor dem Neustadter Tore zu warten, und eilte im Morgengrauen zur Sängerin.

Er pochte die Zofe heraus, stieß die Verdutzte, die ihm den Weg vertreten wollte, zur Seite und stürzte ins Zimmer der Geliebten. Allein er fand seinen Platz an ihrer Seite von dem dickbäuchigen Bassisten der Oper besetzt, der ob dieser Störung zwar nicht den Degen, wohl aber seine gewaltige Dröhnstimme erhob, ein ganzes Gewitter von Flüchen auf den Gegner niederprallen ließ und ihm darauf voll Verachtung die entblößte Kehrseite zuwandte.

Die Sängerin kroch vor Angst unter die Bettdecke.

Cyprian begnügte sich, mit seinem Stock dem Bassisten ein paar herzhafte Taktschläge aufzuzählen und machte sich noch schleuniger davon, als er gekommen war.

Glücklich erreichte er die Kutsche. Theobald warf den Schlag zu, sprang auf den Bock zum Kutscher und trieb ihn zur höchsten Eile an.

Ohne verfolgt zu werden, überschritten sie nicht lange danach die venezianische Grenze, denn der Stich, den der Graf Gallas erhalten hatte, war ihm keineswegs ans Leben gegangen.

Wie er zu Venedig seine Liebeshändel fortsetzte

„Mein voriger Herr, der Fürst Czartoryski", begann Theobald am ersten Morgen in der Lagunenstadt, wo Cyprian in der teuersten Herberge auf der Riva del Vino abgestiegen war, „hat sich hier in Venedig einen Harem gehalten, wie ihn der Sultan nicht schöner hat. Denn hier finden Euer Gnaden die galantesten Mädchen der ganzen Welt!"

„Schweig!", murrte Cyprian. „Ich habe genug von der käuflichen Liebe, und ein Harem steht mir noch weniger zu, dieweil ich kein Türke bin. Ich begehre nun die andere Liebe, die nicht nach Gold und Perlen fragt."

„Wie Euer Gnaden befehlen!", erwiderte Theobald beflissen und wandte sich zur Tür. „Ich will mich sogleich auf die Jagd begeben!"

„Zum Teufel!", wies ihn Cyprian zurecht. „Ich brauche deine Hilfe nicht."

„So wäre ich bei Gott und allen Heiligen ein schlechter Diener", verwahrte sich Theobald, „wenn ich hier in dieser gefährlichen Stadt auch nur einen Schritt von Euer Gnaden Seite wiche. Denn die venezianischen Dolche sind lang und spitz, und die Kanäle sind verschwiegen."

Des Abends ließen sie sich zum Markusplatz rudern. Hunderte von Gondeln schwebten auf und ab durch die blauen Fluten, und von allen Seiten lockten Cyprian die heißen Blicke der schönsten Mädchen und Frauen. Allein er erwiderte diese allzu verliebten Grüße nicht, obschon ihn Theobald zu solchem standesgemäßen Tun höflich und häufig ermunterte. Da ihm infolge seiner Missgestalt und Hässlichkeit bisher nicht das geringste Glück in der Liebe beschieden war, hatte er aus dieser Not eine Tugend gemacht und verachtete die Weiber allesamt wie der Fuchs die sauren Trauben. Also glaubte er auch nicht an die Liebe ohne Dukaten, zumal er bei der mit Dukaten bedeutend besser auf seine Rechnung kam. Denn je mehr Dukaten durch seine Finger glitten, umso häufiger konnte er einen Taler auf die Seite bringen, ohne dass es auffiel. Er hielt solches für sein gutes Dienerrecht, und seine Treue litt keineswegs darunter.

Also eilte er am frühen Morgen, als Cyprian noch schlief, zu einer Kupplerin und pflog mit ihr Rat, ein Mädchen aufzuspüren, das nicht nur für die augenblicklichen Neigungen des edlen Grafen Wladimir von Sternfels, sondern auch für die nicht minder wichtiger Wünsche seines getreuen Dieners besonders geeignet erschien.

Indessen schritt Cyprian durch die Gassen und über die Brücken, drängte sich durch das Gewühl des Volkes und ließ seine Augen auf die Suche gehen.

Und er hatte wirklich das Glück, ein Mädchen zu finden, bei dessen Anblick sein Herz sofort in hellen Flammen stand.

Schlank und feingliedrig, kaum den Kinderschuhen entwachsen, schritt sie mit züchtig gesenktem Blick dahin an der Hand der in Trauerkleidung und Schleier gehüllten Mutter.

Er folgte ihnen auf dem Fuße zur Kirche Santa Maria Formosa, wo sie ihre Andacht verrichteten, stellte sich so auf, dass sie ihn sehen mussten, wenn sie ihre Blicke hoben, und ließ nicht ab, seine Augen auf dem wunderlieblichen, engelreinen Antlitz der Tochter ruhen zu lassen. Und er bemerkte endlich zu seiner Freude, dass sich ihre Wangen unter seinem Blick röteten und dass sie hastiger die Perlen des Rosenkranzes durch die zarten Finger gleiten ließ.

Rasch eilte er, als sie sich endlich vom Gebet erhoben, ihnen voraus, zog den Federhut und verneigte sich tief vor ihnen, da sie die Marmortreppe herabstiegen. Die Mutter erschrak sichtlich und zog die Tochter hastig fort, die trotz alledem Zeit fand, Cyprian einen sehnsuchtsvollen Blick zuzuwerfen.

Oh Göttin meiner Träume, dachte er hingerissen, wenn ich doch Glück bei dir hätte!

In gemessener Entfernung schritt er hinter ihnen her und verfolgte sie, bis sie auf der Salizza San Lio in ein kleines Haus traten. Hier ließ das Mädchen, ohne dass es die Mutter bemerkte, ein weißes Spitzentüchlein fallen.

Cyprian hob es auf, presste es an seine Lippen und barg es an seiner Brust. Solch verliebtes Gebaren bemerkte der Schuster Beppo Tramalio, der hämmernd vor der Tür des Nachbarhauses saß.

„Euer Durchlaucht", redete er Cyprian an, „was ich tun kann, Euch zu dieser Jungfrau zu verhelfen, das soll geschehen. Denn ich suche schon lange eine Gelegenheit, mich an meinem Nachbar Goldschmied zu rächen, der ein Geizhals und Hehler war und der mit mir ehrlichem Manne darum im steten Streit und Hader lebte. Nun ist er freilich vor etlichen Tagen zum Fegefeuer gefahren. Aber ich möchte gern, dass er nicht so schnell daraus erlöst werde und genau so lange darin brenne, wie er es für seine Sünden verdient hat und für den Ärger, mit dem ich von ihm geplagt worden bin. Er hat nämlich, um sich die Qual abzukürzen, seine beiden Töchter für das Kloster bestimmt. Felicia, die ältere, ist bereits bei den frommen Nonnen in Murano eingetreten, um ihr Probejahr zu halten. Bald soll ihr auch Perpetua, die jüngere, folgen. Aber sie dauern mich beide, denn sie sind von Herzen gut und sanft und wahrlich zu Besserem bestimmt, als ihr Leben hinter dicken Mauern zu vertrauern."

Solche Rede klang Cyprian höchst angenehm in den Ohren, und er wurde sogleich mit Beppo Tramalio einig und mietete von ihm die beiden oberen Stockwerke seines Hauses.

„Lasst mich nur für alles sorgen!", flüsterte er verschmitzt und pochte leise an die Zwischenwand der beiden Häuser. „Ein Bohrer findet sich schon, der hindurchlangt, und wenn wir das

Loch ein wenig erweitern, so kann wohl zur Not ein schlankes Mädchen hindurchschlüpfen, wenn es nur Lust dazu hat."

Rasch und überglücklich kehrte Cyprian zur Herberge zurück, wo ihn Theobald mit Besorgnis und Unruhe empfing. Aber Cyprian ließ ihn überhaupt nicht zu Worte kommen, sondern befahl ihm, Reisesäcke und Koffer zu dem Schuster auf der Salizza San Lio zu tragen, wohin sie beide noch an demselben Tage übersiedelten.

Beppo Tramalio hielt getreulich sein Wort. Nachdem er sich mit Perpetua verständigt hatte, bohrte er in Cyprians Wohngemach durch die Mauer ein Loch, das in ihr Schlafzimmer mündete, und Cyprian schob ein glühendes Brieflein hindurch, worauf ihm in kürzester Frist eine überaus zärtliche Antwort zuteilwurde.

Nun mühte er sich mit Theobalds Hilfe, das Loch zu weiten, bis ihm Perpetua ihre weiße Hand und in der nächsten Nacht sogar schon die schwellenden Lippen reichen konnte.

Bereits in der dritten Nacht ruhte sie an seinem Herzen, und ihre Liebe war so rein und unermüdlich, dass er sich wie im siebenten Himmel vorkam.

Sie traute sich auch bald am Tage, wenn die Mutter allein ausging, zu ihm herüber, und der Schuster hielt an der Haustür Wache.

Bei dieser Art von Liebe fiel freilich für Theobald wenig ab. Daher versuchte er, sich mit Perpetua ins Einvernehmen zu setzen. Allein sie war ihres Vaters Tochter und merkte bald genug, wo er hinauswollte. Nun begann sie sich wie eine Hausfrau um alles zu kümmern und schaute ihm so scharf auf die Finger, dass er schon aus Angst, bei seinem Herrn von ihr angeschwärzt zu werden, sich hütete, auch nur einen Heller auf die Seite zu bringen, also dass er bald Grund genug hatte, diese reizende Goldschmiedstochter zu allen Teufeln zu wünschen.

Da er nun im Hause wenig benötigt wurde, trieb er sich fleißig in der Stadt herum, horchte in allen Gassen und kehrte eines Abends, zwei Wochen vor dem Karneval, mit der Nachricht heim, dass im Hafen ein pestverdächtiges Levanteschiff läge.

Aber Cyprian hörte nur mit halbem Ohr darauf und gab sich auch weiterhin alle erdenkliche Mühe, um Perpetua zur Weltlust zu bekehren.

Aber ihre Frömmigkeit war nicht zu erschüttern.

„Euer Bild will ich immerdar in meinem Herzen tragen", sprach sie zu Cyprian, indem sie seine stürmischen Liebkosungen erwiderte, „aber der Mutter Gottes kann ich darum nicht untreu werden."

Sogar ihre Teilnahme an den Freuden des Karnevals glaubte sie aus dem diesem Grunde Cyprian versagen zu müssen.

„Was ist dagegen zu tun?", wandte er sich an Theobald, und er antwortete achselzuckend: „Mein voriger Herr, der Fürst Czartoryski, hätte sich niemals zu einer Handwerkertocher herabgelassen."

„Perpetua ist ein Engel!", beteuerte Cyprian.

„Aber ein Engel", rief Theobald, „der schon dabei ist, Euer Gnaden nach Murano davonzuflattern.

Auch damals schon, als diese Königin der Adria die Ehre hatte von dem Fürsten Czartoryski mit seiner hohen Gegenwart beglückt zu werden, konnten sich die Nonnen von Murano bei allen noblen Kavalieren eines bedeutenden Rufes erfreuen. Sie pflegen auch heute noch den Mantel der Keuschheit nur zu tragen, um darunter ihre venuslichen Gelüste desto üppiger hervorleuchten zu lassen. Wenn sie im Karneval durch die Kanäle gleiten, jubelt ihnen das Volk wie besessen zu. Das ist fürwahr ein Augen- und Ohrenschmaus, den sich Euer Gnaden nimmermehr entgehen lassen dürfen. Und wenn sich die Jungfrau Perpetua weigern sollte, mit Euch die Gondel zu besteigen, dann wird sich, mit Gottes und meiner Hilfe, schon ein anderer Engel einfinden, der es mit ihr aufnehmen kann."

„Ich liebe Perpetua über alle Maßen", erklärte Cyprian, „und darum will ich keine andere haben!"

Aber am nächsten Morgen erschien bei Perpetua ihre nur um elf Monde ältere Schwester Felicia, die inzwischen ihr Probejahr vollbracht hatte. Und am Abend, kaum dass die Mutter ihr Lager aufgesucht hatte und eingeschlafen war, schlüpften die beiden Schwestern zu Cyprian herein.

„Ich bitte Euch", flehte Perpetua, deren Liebe so rein war, dass sie keine Eifersucht kannte, und deutete auf Felicia, „nehmt sie ein wenig in Eure Arme. Sie soll nicht darben, wo ich prasse!"

Und da Cyprian über dieses seltsame Begehren doch ein wenig stutzte, entschleierte Perpetua das Antlitz ihrer Schwester und entblößte sie trotz ihres Sträubens weiter vor seinen Augen.

„Oh schaut nur", flüsterte sie, „wie schön sie ist, weit schöner als ich. Noch hat sie ihr Gelübde nicht abgelegt. Wie könnte sie die himmlische Liebe erringen, solange sie nicht die irdische Liebe erfahren hat? Wenn Ihr sie verschmäht, werden wir uns beide die Augen ausweinen müssen."

„Was tust du mit mir?", hauchte Felicia und schlug die Hände vor ihr Antlitz. „Was soll der Herr von mir denken? Ich bin doch noch eine reine Jungfrau."

„Holde Göttin!", rief Cyprian, indem er vor ihr niedersank und sie mit beiden Armen umfing. „Ich bin Euer ergebener Diener und bin bereit, alles zu vollbringen, was Euer Herz begehrt."

„Seht, sie zittert vor Glück!", flüsterte Perpetua.

Hier pochte es an die Tür, und eine Stimme rief: „Wacht auf, wacht auf, Euer Gnaden! Die Pest, die Pest ist ausgebrochen!"

Mit einem Schreckensschrei entflohen die beiden Mädchen, und Cyprian tastete sich zur Tür.

Auf der Schwelle stand der Schuster Beppo Tramalio mit einer Laterne in der bebenden Hand und murmelte: „Überall Leichen, überall Särge! Verflucht seien die Nobili, die den Ausbruch der Seuche solange verheimlicht haben!"

In diesem Augenblick kam Theobald die Treppe heraufgepoltert und schrie: „Die Reichen verlassen in Scharen die Stadt. Unter zwei Dukaten ist keine Gondel zu haben!"

Und schon stürzte er sich auf die Koffer und Reisesäcke, um sie zu packen.

Beppo Tramalio verschwand, und Cyprian ermannte sich und griff zu Mantel, Hut und Degen.

„Ich bin kein Feigling!", knirschte er und wandte sich der Treppe zu.

„Euer Gnaden", warnte Theobald, „mit dieser verteufelten Krankheit ist nicht zu spaßen!"

„Ohne Perpetua und Felicia", rief Cyprian trotzig, „verlasse ich nicht diese Stadt!"

Damit stieg er die Treppe hinunter.

„Eine Gondel, eine Gondel, Euer Gnaden!" jammerte Theobald und folgte ihm auf dem Fuße. „Das ist alles, was wir brauchen!"

Sie verließen das Haus und durcheilten die bis ins Innerste aufgeregte Lagunenstadt, deren Kanäle vom blutigen Schein der Fackeln und von dem Geschrei der Flüchtenden erfüllt waren. Von allen Türmen wimmerten die Totenglocken. Auf dem Rialto gerieten sie in eine lange Bußprozession, die zur Markuskirche strebte.

Erst in der Morgendämmerung stießen sie auf einen Fischer aus Burano, der bereit war, sie auf seiner Barke ans Festland zu bringen, wofür er nicht weniger denn drei Zechinen verlangte.

Als sie endlich nach Hause kamen, fanden sie Beppo Tramalio damit beschäftigt, das Mauerloch zuzumörteln.

„Sie ist schon nebenan!", seufzte er. „Die Köchin liegt im Sterben, und die Goldschmiedin ist soeben mit ihren beiden Töchtern nach Murano abgefahren. Wehe uns allen! Das wird ein Karneval werden! Heilige Mutter Gottes, bitt für uns, dass uns nicht der Satan holt!"

„Fort, nur fort!", hauchte Cyprian und brach vor Grauen und Erschöpfung zusammen.

Als er erwachte, lag er auf dem Verdeck der Fischerbarke. Über ihm schwebte ein weißes Segel, hinter ihm versank die verpestete Königin der Adria und neben ihm stand sein treuer Diener Theobald, reichte ihm einen Becher Würzwein und sprach: „Euer Gnaden sind noch einmal mit einem blauen Auge davongekommen. Mein voriger Herr, der Fürst Czartoryski, pflegte in solchen Fällen zu sagen: „Mein lieber Theobald -"

„Schweig!", befahl Cyprian und leerte den Becher.

Zwei Stunden später erreichten sie die Küste, wo sie zwei Pferde mieteten und sich nach Mailand auf den Weg machten.

Was ihnen zu Mailand widerfuhr

Inzwischen hatte sich das Kriegsfeuer gleichzeitig im Norden, Osten und Westen entzündet, und auch im Herzogtum Mailand begannen sich die Straßenraubzünftler bedenklich zu rühren.

In Treviglio warnte sie der Wirt vor den Buschkleppern, die den Weg nach Mailand unsicher machten, und riet eindringlich, noch ein paar Tage zu verziehen, bis sich eine größere Gesellschaft zusammengefunden hätte.

Allein der sonst so vorsichtige Theobald sprach zu Cyprian: „Mein voriger Herr, der Fürst Czartoryski, pflegte in solchen Fällen zu sagen: Ein Hundsfott, wer sich vor Menschen fürchtet, hinwieder gereicht es auch einem Herkules nicht zur Schmach, wenn er vor Pest, Flöhen, Schnaken und Wanzen die Flucht ergreift!"

Die Herberge in Treviglio war nämlich außer von dem Wirt und seiner vielköpfigen Familie von ganzen Heeresscharen dieser menschenblutdürstigen Kerbtierchen bevölkert.

„Ziehen wir die Tapferkeit vor!", befahl Cyprian, der auf seinen Degen und seine Pistolen vertraute, und schwang sich in den Sattel.

Kaum hatten sie die Addabrücke hinter sich, vernahmen sie aus dem Wäldchen, auf das sie zuritten, die gellenden Hilferufe einer weiblichen Stimme. Schon spornten sie ihre Rosse und stießen bald auf einen von mehreren Wegelagerern überfallenen Wagen, gegen deren Übermacht sich der Reisende sowie der Kutscher wacker zur Wehr setzten.

Cyprian brannte sofort seine Pistolen ab und schwang den Degen. Auch Theobald blößte seine Klinge, zog aber vor, hinter seinem Herrn zu bleiben und ein so furchtbares Kampfgebrüll auszustoßen, dass es sich anhörte, als sei ein ganzes Reiterregiment im Anmarsch.

Die Räuber ergriffen die Flucht und nahmen ihre Verwundeten mit.

Als Cyprian aus dem Sattel sprang, sank der überfallene Reisende, ein junger Edelmann von großer Schönheit, in den Staub. Er blutete aus fünf Wunden.

Und sogleich warf sich seine Begleiterin über ihn.

„Stirb nicht, Paolo!", schluchzte sie herzzerreißend. „Was soll ich ohne dich beginnen?"

Da schlug der Ohnmächtige die Augen auf und seufzte: „Dank der Hilfe dieses edlen Fremdlings sind wir gerettet worden!"

Seine Wunden, von denen keine lebensgefährlich schien, wurden verbunden. Und nachdem er wieder im Wagen Platz genommen hatte, gab er sich als Graf von Tibrera zu erkennen, worauf sich Cyprian als Graf von Sternfels-Zalinsky vorstellte, was die junge Dame, die gleichfalls von überraschender Schönheit war, veranlasste, ihn mit Dankesworten zu überschütten.

„Ich bitte um Eure Freundschaft, Herr Vetter", sprach Paolo, „und auch meine liebe Schwester Emilia wird Euch um Eurer Tapferkeit willen stets von Herzen zugetan sein."

Solches zu vernehmen, erfüllte Cyprian mit hoher Freude, denn er hatte die beiden Geschwister bisher für Liebesleute gehalten, wie sie ihm denn in ihrer fast überirdischen Schönheit recht füreinander geschaffen schienen.

Inzwischen hatte sich Theobald um den Kutscher bemüht, der aus dem Scharmützel etwas glimpflicher als sein Herr davongekommen war.

„Erlaubt mir, Herr Vetter", rief Cyprian, als er wieder im Sattel saß, „solange an Eurer Seite zu bleiben, bis ich Euch und Eure hochverehrte Schwester in vollster Sicherheit weiß."

160

„Wir bitten Euch inständig um Euren weiteren Schutz, liebster Herr Vetter!", sprach Emilia und winkte ihm mit dem Fächer zu, der aus eitel Gold und Elfenbein bestand.

Endlich konnte die Kutsche weiterrollen. Theobald ritt voraus, Cyprian machte den Beschluss.

So erreichten sie ohne weiteren Unfall gegen Abend das dicht vor Mailand gelegene säulengeschmückte Marmorschloss der Grafen von Tibrera.

„Unser Herr Vater, der augenblicklich auf Reisen ist und erst in einigen Tagen zurückkehren kann", versicherte Paolo beim Abschied, „wird es schmerzlich bedauern, Euch nicht kennen gelernt zu haben. Darum bitte ich Euch, lieber Herr Vetter, dieses bescheidene Dach als das Eure zu betrachten und unser Gast zu sein, solange es Euch behagt und Eure Geschäfte es zulassen."

Cyprian dankte gerührt für so viel Güte, die er keinesfalls verdient hätte, und erbat Urlaub für Mailand, wo er eine Stunde später eintraf und im Gasthof „Zur Weltkugel" Quartier nahm.

Aber trotz des ermüdenden Rittes und der siegreich vollbrachten Waffentat konnte er zunächst keine Ruhe finden.

„Himmlische Emilia!", murmelte er vor sich hin. „Holdseligste aller irdischen Göttinnen, was kann ich noch tun, um Eure Liebe zu erringen?"

Erst gegen Morgen versank er in einen von quälenden Traumbildern durchwühlten Schlummer.

Als er erwachte, stand Theobald vor ihm, der inzwischen fleißig herumgehorcht hatte, und präsentierte ihm die neue Perücke.

„Euer Gnaden haben sehr viel Glück gehabt!", erklärte er beflissener als jemals. „Denn der Graf von Tibrera ist schwer reich und besitzt zahlreiche Güter in der Lombardei. Eine Empfehlung von seiner Hand könnte Euer Ganden hier in Mailand alle Türen öffnen."

„Das wird mich auch nicht glücklich machen können!",
beseufzte Cyprian sein widerborstiges Schicksal. „Denn wie
dürfte ich hoffen, die wundervolle, die göttliche Emilia zu gewinnen, solange ich nicht das bin, was ich scheine?"

„Mein voriger Herr, der Fürst Czartoryski", antwortete Theobald, nachdem er die Perücke an ihren richtigen Platz gerückt
hatte, „pflegte in solchen Fällen zu sagen: Man soll die Flinte
erst dann ins Korn werfen, wenn es in die Halme geschossen
ist."

„Aber ich sehe keinen Ausweg", stöhnte Cyprian in seinem
neuen Liebesschmerz, „ans Ziel meiner Wünsche zu gelangen."

„Mein voriger Herr, der Fürst Czartoryski", fuhr Theobald
fort, „pflegte in solchen Fällen zu sagen: Es fällt kein Meister
vom Himmel. Wenn mir Euer Gnaden nur ein paar Tage Urlaub geben wollten, so würde ich sie dazu verwenden können,
das Schlachtfeld in Augenschein zu nehmen, darauf Euer Gnaden mit Gottes gnädiger Zulassung und meiner bescheidenen
Hilfe den nächsten Venussieg erringen könnte, zumal ich dem
Kutscher Filippo Sartori einen Krankenbesuch schuldig bin."

„Was kann mir das nützen?", rief Cyprian und wühlte mit
allen zehn Fingern in seiner Perücke herum, dass der Puder
stäubte. „Ich bin völlig verzweifelt über das Netz, in dessen Ma-
schen ich mich verfangen habe!"

„Fürwahr, ein schwieriger Fall!", nickte Theobald, zupfte
sich an seinen beiden Henkelohren und nahm dann sein Kinn
in die Hand, um besser nachdenken zu können. „Und da ich
selbst noch nicht in Erfahrung gebracht habe, was Euer Gnaden noch alles auf dem Kerbholz haben, wird der Kasus noch
delikater. Mein voriger Herr, der Fürst Czartoryski pflegte immer zu sagen: Lieben ist gesund, heiraten ist gefährlich. Zumal
in diesem Falle, wo die ganze Standesherrlichkeit auf dem Papier steht."

162

„Das ist es ja eben!", knirschte Cyprian und schlug mit der Faust auf den Tisch. „Wie kann dieser Krebsschaden gebessert werden?"

„Nur", trumpfte Theobald auf, „durch die Liebe, die bekanntlich alles überwinden kann. Und bis eine schöne Dame nicht nein gesagt hat, kann sie immer noch ja sagen. Noch haben Euer Gnaden einen großen Stein bei ihr im Brett, und frisch gewagt, ist halb gewonnen. Mein voriger Herr, der Fürst Czartoryski, pflegte in solchen Fällen zu sagen: Ein heißgeliebtes Wesen zu verführen, das ist keine Sünde, sondern unabweisbare Pflicht. Und wenn dann der von Reichtumshochmut und Ahnenwahn verblendete Vater noch immer kein Auge zudrücken will, dann wird er matt gesetzt durch eine wohl gelungene Entführung. Das Schachbrett der Venus ist der Turnierplatz für alle mit weniger als achtzehn Ahnen gesegneten Glücksritter, und nur dem Allerkühnsten ist Fortuna immer hold. Fertig zum Angriff, Euer Gnaden! Nur kein langes Parlamentieren! Ja oder nein! Drauf und dran! Die stärksten Festungen können am leichtesten durch Überrumpelung gewonnen werden."

Solche Lehren waren Himmelsmusik für Cyprians beide Ohren und für seine beiderseitigen Ahnen, die in seinem Blute lebhafter denn jemals ihre Fahnen flattern ließen, und er sagte zu allem ja und amen.

Theobald verzog sich darauf und blieb, ohne Nachricht zu geben, mehrere Tage außer Sicht. Währenddessen machte sich Cyprian mit etlichen Standesherren bekannt, in deren Gesellschaft er sich bei Wein und Spiel die Zeit vertrieb, verlor und gewann, ließ sich zu Jagd und Schmaus einladen, träumte jede Nacht von der göttlichen Emilia, deren Bild sich seinen Umarmungen immer wieder zu entziehen wusste, und wartete mit stetig wachsender Ungeduld auf die Rückkehr des ihm dienstbaren Geistes, an dessen Treue zu zweifeln ihm nicht ein einziges Mal in den Sinn kam.

Endlich, mit Ablauf der zweiten Woche, tauchte Theobald wieder auf und hielt mit dem inzwischen gemachten Erfahrungen nicht hinter dem Berge, und sie waren dazu angetan, Cyprian sogleich in den Zustand höchster Bestürzung zu versetzen.

Danach war Paolo, dessen Befinden mit dem Eintreffen des Vaters eine Wendung zum Schlimmeren genommen hatte, und Emilia, die mit keinem Schritt von dem Bett des Kranken weichen wollte, plötzlich in den dringenden Verdacht geraten, einander in sträflicher Liebe zugetan zu sein.

„Gott im Himmel!", stammelte Cyprian erbleichend und griff sich ans Herz.

„Es sind Zwillinge", fuhr Theobald achselzuckend fort. „Also hatten sie schon im Mutterleibe Gelegenheit, sich zu umarmen. Wie geschrieben steht: Was Gott zusammengefügt hat, das soll der Mensch nicht scheiden."

„Welch ein furchtbares Verhängnis!", hauchte Cyprian und begann zu zittern.

„Mein voriger Herr, der Fürst Czartoryski", spann Theobald diesen düsteren Faden weiter, „pflegte in solchen Fällen zu sagen: Jung gewohnt, alt getan. Und: Gegen die Liebe hat Gott kein Kräutlein wachsen lassen."

„Der Schurke hat sie verführt!", knirschte Cyprian Fäuste ballend und augenrollend.

„Er ist Euer Gnaden zuvorgekommen", seufzte Theobald, „vorausgesetzt, dass Gott es tatsächlich zugelassen haben sollte. Denn der Graf Paolo bestreitet jede Schuld, und die Gräfin Emilia desgleichen. Beide leugnen auf das standhafteste, sich aneinander vergangen zu haben."

„Ich werde ihn trotzdem zur Rechenschaft ziehen!", verschwor sich Cyprian. „Denn wenn sie sich auch nicht aneinander vergangen haben sollten, so trifft ihn doch die Schuld an dem Aufkommen dieses abscheulichen Verdachtes. Und diese Schuld muss er büßen!"

164

„Zweifellos!", stimmte Theobald zu. „Ihr guter Ruf ist auf jeden Fall dahin, und der Vater wird jetzt Mühe genug haben, sie standesgemäß unter die Haube zu bringen, trotz seines großen Reichtums und trotz ihrer unvergleichlichen Schönheit. Es wird sogar gemunkelt, dass sie schon einmal vorzeitig in aller Heimlichkeit entbunden hätte. Aber selbst wenn sich das als eine üble Nachrede herausstellen sollte, so ist doch die Eifersucht des Grafen Paolo erwiesen. Denn er hat es verstanden, alle ernstlichen Nebenbuhler aus dem Feld zu schlagen, den einen sogar mit dem blanken Degen."

„Er muss mir vor die Pistole!", tobte Cyprian. „Kugelwechsel bis zur Kampfunfähigkeit. Ich schieße ihn zusammen wie einen tollen Hund! Ich werde nicht eher ruhen, bis ich diesen verruchten Wüstling zur Strecke gebracht und Emilias Ruf wiederhergestellt habe!"

„Nicht übel!", nickte Theobald. „Nur scheint es mir, dass die augenblicklichen Umstände dafür nicht günstig sind. Denn mit einem bettlägerigen Kranken kann man sich nicht duellieren. Und ob die Schwester nach vollbrachter Hinrichtung des Verbrechers sehr geneigt sein wird, dem Mörder ihres heißgeliebten Bruders die Hand zu reichen, das wird man auch nicht unbezweifelt lassen dürfen. Summa summarum: Sie wird dann viel lieber ins Kloster gehen. Und Euer Gnaden werden das Nachsehen haben!"

„Wahrhaftig!", wehklagte Cyprian und schlug sich an die Stirn. „So ist sie denn verloren! Nicht einmal ich, der ich sie liebe wie mein eigenes Leben, vermag sie zu retten!"

„Noch ist sie zu retten!", fiel Theobald ein. „Nur muss es sogleich geschehen! Euer Gnaden müssen um ihre Hand anhalten. Denn jetzt wird der Vater so mürbe sein, dass er bereit ist, beide Augen zuzudrücken und fünf gerade sein zu lassen."

Das leuchtete Cyprian ein. Und er folgte diesem Rat seines dienstbaren Mentors und schrieb einen an den alten Grafen von

Tibrera gerichteten Brief, darin er ihn in aller Ergebenheit um die Hand seiner einzigen Tochter Emilia bat.

Obschon Theobald mit diesen Zeilen gleich nach Sonnenaufgang durch das soeben geöffnete Stadttor sprengte, kam er doch schon zu spät. Denn in dieser Nacht waren Paolo und Emilia mit Hinterlassung eines Schreibens, darin sie auf Ehre und Seligkeit ihre Unschuld beteuerten, gemeinsam und eng umschlungen in den Tod gegangen.

In einem Sarg sanken sie in die Ahnengruft.

Der völlig gebrochene Vater zog sich mit seinen Schätzen in das Kapuzinerkloster von Cremona zurück, und alle seine Güter fielen an die Seitenlinie seines Geschlechts.

Cyprian, dem nun die Stadt Mailand gründlich verleidet worden war, brach bald darauf mit Theobald nach Norden auf, um über die Schneeberge der Eidgenossen nach Paris zu reiten.

Unterwegs kamen sie in ihren Zwiegesprächen des Öfteren auf die höchst betrüblichen Mailänder Vorgänge zurück. Zuletzt geschah das, als sie zu Brunnen am See der vier Waldstädte saßen.

„Sie müssen schuldig gewesen sein!", behauptete Cyprian. „Denn wenn sie unschuldig waren, wie konnte Gott ihren Tod zulassen?"

„Das ist der Fluch des Reichtums und der Schönheit!", antwortete Theobald. „Wie schon das Beispiel der Stadt Troja beweist. Es sank dahin in Schutt und Asche, weil es die Verletzung der heiligen Gesetze durch den Königssohn Paris geduldet hat. Wie geschrieben steht: Und der Herr wird zerschmeißen wie irdene Töpfe die Schlösser, Burgen und Tempel der Reichen, die nur Gesetze geben, um sie selber brechen zu können, und die ihr Ebenbild in den Himmel heben, um es von den Armen anbeten zu lassen. Je herrischer, desto närrischer, also dass man dem Reichen nur eine Wohltat erweist, wenn man ihn von der Last seines Reichtums erlöst, damit er wieder von seiner Hände

166

Arbeit leben kann. Nur muss man sich dabei hüten, in denselben verderblichen Fehler zu fallen."

Cyprian schwieg dazu und dachte an den Reichtum des bösen alten Mannes, von dem er verstoßen worden war, und an Koloman Bator, der das Reich Gottes wider die Reichen hatte aufrichten wollen, und dachte: Gott hat mich davor behütet, dass ich zum dritten Male zum Mörder geworden bin.

„Der Reichtum, das allein ist die Sünde wider den Heiligen Geist, die niemals vergeben werden kann", fuhr Theobald fort und deutete über den See nach dem Rütli hinüber. „Darum hat Gott auch den wackeren Eidgenossen beigestanden, als sie den Schwur taten, alle Fronvögte und Herren zu verjagen. Und seitdem dürfen sie sich einer Freiheit und Rechtschaffenheit erfreuen, die ihresgleichen nicht haben auf dieser Welt."

Drei Monate später trafen sie in Paris ein.

Wie teuer ihm das Pariser Pflaster zu stehen kam

Unter dem klaren, blau leuchtenden Himmel von Frankreich fasste Cyprian, nachdem er die Sprache des Landes erlernt hatte, wieder frischen Mut.

Er entschlug sich aller Sorgen und lebte frei und lustig in den Tag hinein. Die kecken Pariserinnen gefielen ihm ausnehmend und machten es ihm nicht schwer, ihnen zu huldigen. Theobald gab acht, dass es zu keinen Verwicklungen kam. Drohte irgendeine Gefahr, sorgte er für den schnellen Wechsel. Immer hatte er einige mehr oder minder vornehme Standesdamen zur Hand, die bereit waren, sich in Cyprian und seine Dukaten zu verlieben.

So verbrachte er zwei höchst angenehme und reizvolle Jahre, bis er plötzlich merkte, dass sein Schatz immer mehr zusammenschmolz und schon auf die Neige zu gehen drohte. Das riss ihn aus dem Taumel, und eifrig begann er darüber nachzudenken, wie diesem bedrohlichen Missstand wohl am leichtesten abzuhelfen wäre.

Er versuchte zunächst sein Glück am Spieltisch, doch es wollte sich ihm nicht gnädig erweisen. Darum ließ er bald die Finger davon, um sich nicht der letzten Mittel zu berauben.

Nun erinnerte er sich seiner Ansprüche auf die väterliche Herrschaft und ging zu dem Doktor Camille Pontgrain, einem Rechtshelfer von Ruf, und trug ihm die Umstände seiner Verstoßung und Flucht so offenherzig vor, als wären es die wunderlichen Schicksale eines Freundes.

Der Anwalt hörte ihm aufmerksam zu und sprach: „Ein überaus schwieriger Fall! Ich werde ihn diese Nacht in Erwägung ziehen. Beehren Sie mich bald wieder, mein Herr!"

Als Cyprian am nächsten Morgen erschien, musste er sich ein wenig gedulden und nahm im Wartezimmer Platz. Hier fand er eine sehr schöne, junge Dame, die Trauerkleidung trug und durch ihre bekümmerte Miene seine Aufmerksamkeit erregte, also dass er sich bewogen fühlte, höflich nach ihrem Unglück zu fragen.

Unter leisem Seufzen gestand sie ihm, dass sie mit dem Oheim ihres verstorbenen Gemahls in einem Erbstreit läge, aber bisher nichts hätte ausrichten können, weil ihr Widersacher der Gerichtspräsident von Tours sei, der alle ihre Pläne zunichte zu machen verstünde. Schon dreimal hätte er die Abweisung ihrer Klage durchgesetzt. Nun wollte sie es noch einmal mit Hilfe des Doktors Pontgrain versuchen. Auch ihren Namen Juliette Duvandal verschwieg sie nicht.

Cyprian bekundete ihr sein uneingeschränktes Mitleid und bot ihr seine Unterstützung an. Sie reichte ihm die schlanke Hand, die er mit zärtlichen Küssen bedeckte, und gestand ihm unter Tränen, dass ihre geringen Mittel zurzeit gänzlich erschöpft seien und dass sie daher seine Hilfe mit herzlichem Dank als ein Geschenk des Himmels annähme.

Nun drückte ihr Cyprian seine Börse in die Hand, wogegen sie sich wohl sträubte, ihren Widerstand aber unter seinen eindringlichen Bitten und Beteuerungen allmählich aufgab.

Bevor er dazu kam, ihr seine Liebe zu gestehen, wurde er zum Anwalt gerufen und musste vernehmen, dass der von ihm vorgetragene Rechtsfall nicht die geringste Aussicht auf Erfolg zuließe, da die Hauptzeugin mit dem Leben abgegangen sei. Um eine Hoffnung ärmer erhob sich Cyprian vom Stuhl, um Juliette Duvandal hereinzulassen.

Sie erschien und bat ihn, zu bleiben und ihr weiterhin beizustehen. Darauf legte sie dem Anwalt ihre Papiere vor. Er prüfte sie genau und stellte dabei mehrere Fragen.

Cyprian hörte nun, dass der Streit um das Schloss und die Herrschaft Montramplots ging.

„Eure Ansprüche sind gerecht und durch nichts zu erschüttern!", sprach der Anwalt mit besonderem Nachdruck. „So wahr ich Camille Pontgrain heiße, so wahr werdet Ihr übers Jahr die Herrin von Montramplot sein."

„Eure Zuversicht gibt mir das Leben wieder!", rief Juliette mit vor Freude zitternder Stimme und reichte ihm die eben empfangene Börse hin. „Hier nehmt, ein edler Freund hat sich meiner Armut erbarmt und mir aus der Not geholfen."

„Ferne sei es von mir", erwiderte der Anwalt, wobei er sich in die Brust warf und mit einer schwungvollen Gebärde das Geld zurückwies, „ihm an Edelmut nachzustehen! Ich werde dafür sorgen, dass die Schlossherrin von Montramplot dereinst nicht nötig haben wird, mich aus der Börse eines Freundes zu honorieren!"

Nachdem sie ihm mit bewegten Worten gedankt hatte, verließ sie ihn, und Cyprian folgte ihr. Im Vorzimmer wollte sie ihm die Börse zurückgeben, aber er sträubte sich dagegen.

„So wollt Ihr", sprach sie betrübt, „mich an Eurem Edelmut zweifeln lassen?"

Nun nahm er das Geld zurück, gestand ihr aber gleichzeitig seine große Liebe, die ihr Anblick in ihm entzündet hatte.

Da fasste sie seine Rechte, presste sie gegen ihre Brust und erwiderte: „Weil ich nun Euer Herz erkannt habe, geb ich mich ganz in Eure Hände."

Mit einem langen, innigen Kuss schlossen sie den Liebesbund.

Cyprian begleitete sie in ihre Wohnung, darin die Armut herrschte, und suchte sie zu überreden, von seinem Überfluss zu nehmen. Allein sie widerstand seinem Drängen, da sie ihm nicht zur Last fallen mochte. Aus demselben Grunde wollte sie auch vorerst nichts von Heirat wissen.

„Am Tage, da der Prozess gewonnen ist", versprach sie ihm unter Küssen und Umarmungen, „will ich mit Euch vor den Altar treten, eher lässt es mein Gewissen nicht zu."

„Ich liebe Euch nicht um Montramplot willen!", versicherte er.

„Ihr sollt mich aber auch darum lieben!", lächelte sie glücklich und überschüttete ihn mit so viel Zärtlichkeiten, dass sein Wohlbehagen bald nichts mehr zu wünschen übrigließ.

Nun verging kaum ein Tag, an dem sie nicht zu Camille Pontgrain geeilt wäre, um ihn anzuspornen. Endlich wurde die Klage angenommen.

Indessen versuchte Cyprian mit Theobalds Hilfe Juliettens Lebenslage zu verbessern. Sie erreichten es, ohne dass sie es ahnte, mit Unterstützung ihrer Zofe Jakobine.

Auch dieser neue Heiratsplan fand keineswegs Theobalds Zustimmung, zumal ihn Jakobine geschwind von der völligen Aussichtslosigkeit des zum vierten Male begonnenen Rechtsstreites zu überzeugen vermochte.

Das geschah, indem sie ihm um den Hals fiel und ihn küsste. Sie hatte nämlich, so verteufelt hübsch sie auch war, eine Vorliebe für unschöne Männer. Und deshalb war ihre Leidenschaft für Theobald, diesen Ausbund von Hässlichkeit, besonders heiß und echt. Er musste schon zum zweiten Male nach Paris kommen, um dieses schier unglaubliche Wunder zu erleben.

Während sich Cyprian mit der Herrin ergötzte, labte sich Theobald im Vorzimmer an der Zofe. Sie war so lüstern in ihrem Fühlen und so durchtrieben in ihrem Denken und Handeln, dass er ihr völlig untertan wurde und sich bald jeden eigenen Wollens entschlug. Wie ein Pfund Spargel wickelte ihn diese überaus tüchtige Pariserin in ihre Zofenschürze ein. Sie wusste sogar seine bisher noch niemals ernstlich erschütterte Dienertreue ins Schwanken und Wanken zu bringen.

„Was hilft dir die Klugheit", kanzelte sie ihn herunter, „wenn du nicht schlau bist? Siehst du denn nicht, dass die Treue nur ein Dienerwahn ist, den die Herren erzeugt haben, um sich selber das Recht auf Untreue vorzubehalten? Schlägt er nicht alle deine Warnungen in den Wind? Zuerst musst du auf deinen eigenen Vorteil sehen, sonst stehst du dir ja selber im Lichten!"

Theobald begann seine letzten Hemmungen hinunterzuschlucken. Diese herzhafte Lehrmeisterin hatte ihm gerade noch gefehlt.

„Kotzblitz, du hast recht!", stimmte er ihr bei. „Mir fällt es wie Schuppen von den Augen. Ich habe meinen vorigen Herrn, den Fürsten Czartoryski, für eine rechte Weltleuchte gehalten. Und dabei ist er nichts anderes gewesen als eine polakische Tranfunzel. Ich habe den Wald vor lauter Bäumen nicht gesehen. Ich war ein Narr in Folio. Aber das hat nun ein Ende!"

Nun konnte sie ihn ohne Gefahr in ihre Geheimnisse einweihen, und er erfuhr, dass sie nicht nur ihrer Herrin, sondern auch dem Gerichtspräsidenten von Tours diene.

„Ich verrate ihm alles", versicherte sie, „was ich für ihn in Erfahrung bringen kann, und gebe so immer der Wahrheit die Ehre."

Ob dieser abgrundtiefen Verschlagenheit wollten Theobald schier die Augen übergehen.

„Ich halte es mit beiden Parteien", beflüsterte sie ihn, „und nehme, was ich kriegen kann. Doppelte Treue, doppelter Lohn! Wie könnte dieser Prozess jemals gewonnen werden?"

„Aber Jakobine", begehrte er auf, „wo bleibt denn da die Gerechtigkeit?"

„Ei, du Tropf!", lachte sie ihn aus und gab ihm einen scherzhaften Nasenstüber. „Du böhmischer Affenbär! Wo ist denn die Gerechtigkeit, wenn dein Herr eine große Kassette voll Dukaten hat und dir jede Woche nur drei Groschen gibt? Wenn er sich jeden Tag die teuersten Pasteten und die besten Weine

172

durch den Hals schüttet und dich mit trocknem Brot und Wasser abspeist?"

Theobald schwirrte der Kopf. Von dieser Seite hatte er sich und die Welt noch niemals betrachtet.

„Worauf gründet meine Herrin ihre Ansprüche auf Montramplot?", fuhr Jakobine fort und zupfte ihn spöttisch am Ohr. „Nur darauf, dass sie mit dem jungen Herrn Duvandal einige Male zu Bett gegangen ist, um sich von ihm ein Kind machen zu lassen. Freilich ist es nicht geglückt, weil er ein ausgemachter Trottel war und ein halbes Jahr nach der Hochzeit an seinem Stumpfsinn erstickt ist. Wenn er noch lebte, hätte sie sich längst einen Liebhaber angeschafft, um ein Kind zu bekommen, und ein wildfremder Bankert hätte dann das Schloss geerbt. Erkennst du nun, welche Narrheit in dem allen liegt? Ebenso gut könntest du Ansprüche auf diese prachtvolle Adelsherrschaft erheben!"

Hier schüttelte Theobald denn doch seinen dicken und wohlbeschickten Gedankenspeicher.

„Oder ich!", trumpfte sie auf. „Mit mir wollte er auch zu Bett gehen, dieser Hohlkopf! Wenn ich ihm nun nachgegeben hätte? Müssten wir dann nicht beide auf Montramplot Anspruch erheben und mit größter Tapferkeit gegeneinander prozessieren. Denn ein Bett bleibt ein Bett, auch wenn es nicht mit Weihwasser besprengt ist. Nein, diese Welt ist ein Tollhaus, und du bist ein Narr, wenn du ihm nicht möglichst viel von seinen Dukaten aus der Kassette zauberst und in deine Tasche verschwinden lässt. Denn sie gehören dir, weil du die Arbeit für ihn tust. Dann kannst du dir auch feine Kleider kaufen und den Edelmann spielen. Denn du bist ebenso gut ein Mensch wie er."

„Zum Kuckuck!", rief Theobald, in dessen Herzen diese Silbensaat auf den allerfruchtbarsten Boden fiel. „Das stimmt auf den Daus! Und trotzdem bist du auf dem Holzwege! Denn er ist so viel und so wenig ein Edelmann, als ich es bin!"

Und sogleich begann er ihr das Geheimnis des erdichteten Adelsbriefes zu offenbaren.

Von dieser Stunde an ließ sie ihm keine Ruhe, bis er dieses hochpoetische Pergament an sich brachte. Und sie hatte nichts Eiligeres zu tun, als es für den Preis von hundert Franken dem Gerichtspräsidenten von Tours in die Hände zu spielen.

Dieser hochmögende Herr befand sich infolge der Annahme der Klage in einer äußerst schlechten Laune und hätte am liebsten nicht nur Cyprian, sondern auch den Anwalt in die Bastille stecken lassen. Die Macht dazu lag in seiner Hand, und es wäre ihm ein Leichtes gewesen, einen der königlichen Geheimbriefe dafür zu erwirken, darin die Verhaltensgründe nicht angegeben zu werden pflegten. Jedoch erheischte die eigene Sicherheit, dass sie im Notfall auch vorhanden waren. Nun aber, da er den gefälschten Adelsbrief in Händen hielt, zögerte er nicht länger, wenigstens den einen Widersacher, den er für den gefährlicheren zu halten alle Ursache hatte, unschädlich zu machen.

Cyprian, der sich über den schnellen Fortgang der Klage den besten Hoffnungen hingab, ahnte nichts von der Gefahr, bis die Häscher ihn eines Morgens aus Juliettens warmen Marmorarmen rissen.

Unterdessen vermochte Theobald mit Jakobines Hilfe die Dukatenkasse in Sicherheit zu bringen.

„Das ist mein Eigentum!", behauptete er mit eiserner Stirn, und Cyprian hütete sich wohl davor, ihm zu widersprechen. Sonst wäre der Rest des Schatzes mit ihm abgeführt worden.

Theobald und Jakobine folgten Cyprian in gemessener Entfernung und sahen ihn in dem gewölbten Tor der Tyrannenhochburg verschwinden.

„Jammerschade um ihn!", seufzte Theobald und zupfte sich an seiner blatternarbigen Nasenspitze. „Er hatte schon seine guten Seiten! Aber ich kann ihm nicht helfen. Wie man sich bettet, so schläft man. Es lebe der König, bis er im Sarge liegt!"

174

„Der kommt nicht wieder heraus!", prophetete Jakobine.

„So schnell wohl nicht!", nickte Theobald. „Und bis dahin könnte ich eigentlich den edlen Grafen Wladimir Stanislaus Hieronymus von Kaltenblut-Sternfels-Zalynski spielen. Wenn auch nicht hier in Paris. In Amsterdam lebt man nicht schlecht, und in London gibt es sogar Plumpudding!"

„Nichts da!", fuhr ihm Jakobine dazwischen. „Wir fahren nach Genf zu Tante Marianne. Dort wird sich schon was Passendes für uns finden!"

Und es geschah also unter Mitnahme der Dukatenkassette.

In Genf heirateten sie, erstanden den mit Schulden überlasteten Ausschank „Zum Goldenen Engel" und brachten ihn so in Schwung, dass sie schon im nächsten Frühjahr zwei bei Lausanne gelegene Weinberge dazu kaufen konnten.

„Da hast du die Gerechtigkeit!", behauptete Jakobine und stemmte die Fäuste auf die Hüften, und Theobald schlug die Türkensäbelbeine übereinander, rieb sich die Hände, zupfte sich an den Henkelohren und grinste triumphierend: „Mein voriger Herr, der Graf von Kaltenblut-Sternfels-Zalinsky pflegte in solchen Fällen zu sagen -"

Hier versetzte ihm Jakobine eine ebenso zärtliche wie saftige Maulschelle und rief: „Hör auf mit diesem feudalen Unsinn, du bist jetzt ein Eidgenosse!"

Inzwischen war Juliette Duvandal, nachdem sie den Verlust ihres bisherigen Geleibten gebührend betrauert hatte, in Camille Pontgrains Arme geflüchtet, der auf diesen genussreichen Augenblick schon lange gelauert hatte. Sie versprach ihm die Ehe, und er hatte nun allen Grund, den Rechtshandel mit erhöhter List fortzusetzen und den Gerichtspräsidenten von Tours immer schärfer anzugreifen und immer mehr in die Enge zu treiben.

Und da sich dieser hohe Paragraphenraufritter durchaus nicht von der Herrschaft Montramplot trennen mochte, entschloss er sich dicht vor Toresschluss dazu, seine sechzehnjährige christliche Witwerschaft auf dem Altar des Vergleichs zu opfern und Juliette Duvandal seine Hand anzubieten.

Sie besann sich nicht lange und war schon nach sieben Monaten in der Lage, ihrem Gemahl einen Sohn zu schenken, über dessen Urheber sie sich nicht ganz im Klaren war. Trotzdem geriet der Herr Gerichtspräsident von Tours über die Ankunft dieses gesetzlichen Erbens in solches Entzücken, dass sie sich bewogen fühlte, ihm diese harmlose Freude noch mehrmals zu bereiten.

Und so lebten sie denn genau so glücklich miteinander wie Theobald Zawol und seine Frau Jakobine, die so überaus tüchtig war, den nachkommenschaftlichen Segen mit einem eidgenössischen Zwillingspärchen zu eröffnen.

Warum er dem Kalbsfell folgen musste

Cyprian wusste nicht, warum er seiner Freiheit beraubt worden war, und er erfuhr es auch nicht, denn der Gerichtspräsident von Tours verspürte nicht die geringste Neigung, sich mit einem so völlig und mit strengstem Recht unschädlich gemachten Nebenbuhler weiterhin zu befassen.

Monat um Monat verbrachte Cyprian in seiner dumpfen Zelle, ohne auch nur einen einzigen Menschen zu Gesicht zu bekommen.

Das kleine vergitterte Fenster, das in einem engen Hof mündete, gab nur einen ganz schmalen Strich des blauen Himmels frei, und die kärgliche Mahlzeit nebst Brotlaib und Wasserkrug wurde ihm von unsichtbarer Hand durch die Türklappe zugeschoben.

Wie Cyprian sich auch prüfte und die verschiedenen Abenteuer seines Lebens überdachte, er vermochte nicht das geringste zu finden, was dem französischen König auch nur einen Schein des Rechts gegeben hätte, ihn so vollkommen und hoffnungslos von den Freuden des Daseins abzuschließen.

Und so wuchs denn mit jedem Tage seine Erbitterung über die Ungerechtigkeit der Pariser Justiz, wie seine Sehnsucht nach Juliette und seine Sorge um den Rest seines Vermögens, bis die für Frankreich zunächst so günstige Kriegslage ins Gegenteil verkehrt wurde. Hier nämlich gelang es dem ruhmgekrönten Marschall Tallard nicht nur seine siegreiche Armee, sondern auch seine Freiheit zu verlieren, und der König sah sich plötzlich genötigt, neue Armeen aus dem Boden zu stampfen.

Also erging der Befehl, in allen Gefängniszellen nach geeigneten Leuten zu fahnden, die tüchtig für den Waffendienst und gewillt wären, ihre verlorene Ehre auf dem Schlachtfeld wiederherzustellen. Zuerst sollten alle, die sich um die königliche

177

Gnade beworben hatten, herausgezogen werden, danach die leichterer Verbrechen Überführten und außerdem solche, die aufrichtige Reue zeigten. Alle aber sollten auf halben Sold gesetzt und unter scharfe Bewachung gestellt werden, bis sie vor dem Feinde ihre Treue und Tapferkeit bewiesen hätten.

So sah auch Cyprian nach neun Monaten die Sonne wieder, als er eines Morgens aus der Bastille geführt wurde, um in das auf den Kasematten von St. Denis neugebildete Regiment eingereiht und als Hieronymus Kaltenblut in den Rapport gesetzt zu werden. Und obschon er sich herzlich über das dadurch errungene Maß seiner Freiheit freute, vergaß er darüber nicht seinen Groll gegen den König und nahm sich vor, das Schießgewehr, das ihm der Korporal Griffon in die Hand drückte, bei der ersten besten Gelegenheit wegzuwerfen und auf solche Weise der so unsicher gewordenen französischen Kriegsfortuna für immer den Rücken zu kehren.

Vorerst aber war der schnauzbärtige Korporal von morgens bis abends hinter ihm her, um aus ihm einen richtigen französischen Fußsoldaten zu machen.

Bei dem geringsten Versehen schwang er den Stock. Wer sich gröblicher gegen die geheiligte Kriegsordnung verging, musste auf dem Esel reiten oder drei Tage krummgeschlossen bei Wasser und Brot liegen.

Cyprian nahm daher seine Gliedmaßen zusammen und schärfte seine Aufmerksamkeit aufs äußerste. Trotzdem fand der Korporal jeden Tag etwas anderes an ihm auszusetzen und benutzte jeden Anlass, um ihm den Sold noch weiter zu kürzen.

Auch weigerte er Cyprian, der zu den ganz Unsicheren gezählt wurde, jeden Urlaub. Überall standen Wachtposten, die harte Strafe zu gewärtigen hatten, wenn sie einen entwischen ließen. Auch gaben die Kameraden selbst aufeinander acht und bedrohten jeden mit unbarmherzigen Schlägen, der die Ordnung durchbrach. Denn in solchen Fällen hatten sie alle darunter zu leiden.

Cyprian musste sich also damit begnügen, an Camille Pontgrain einen Brief zu richten, worin er ihn um seine Hilfe bat. Er war auch gleich bereit dazu und kam selbst nach St. Denis, um ihn zu besuchen, weil er einen fetten Prozess witterte. Da es sich aber bei seinen Nachforschungen herausstellte, dass Theobald das Weite gesucht hatte und Cyprian somit ohne Mittel war, fand es der Anwalt für geraten, seine Bemühungen vorderhand einzustellen, um nicht zum anderen Male das Opfer seines Edelmuts zu werden.

Also musste Cyprian bei dem Korporal Griffon bleiben, der ihm wenigstens jeden Tag satt zu essen gab. Sonntag erhielt jeder gemeine Soldat sogar einen Schluck Wein.

Damit aber waren die Annehmlichkeiten des Soldatendaseins erschöpft. Sogar die viel gerühmte Kameradschaftlichkeit stand auf tönernen Füßen. Jedes Wort wurde dem Korporal hinterbracht, und sobald es nicht vor Ergebenheit wider ihn oder vor Begeisterung für den Ruhm des Königs überfloss, konnte der Unbesonnene noch von Glück sagen, wenn mit ein paar Strafwachen davonkam. Keiner traute dem anderen, und jeder hielt seinen Nebenmann für einen in der Wolle gefärbten Verräter.

Nur Xaver Simt, ein großer, riesenstarker Pfälzer, hatte das Zeug zu einem guten Kameraden. Als Sohn eines Weinbauern war er mit zwanzig Jahren auf die Heidelberger Hochschule gekommen, wo er sich aber mehr mit dem Degen und mit dem Humpen, denn mit den Büchern abgegeben hatte. Nachdem er daselbst in seinem Übermut ein paar Handwerksgesellen, die ihm ans Leder wollten, übel zugerichtet hatte, war er aus gleicher Ursache mit dem Amtmann seines Heimatortes zusammengestoßen, den er mit seinem eigenen Stock windelweich geprügelt hatte. Seitdem hatte er sich auf eigene Faust durch alle Länder und Kriege geschlagen und wusste genau, wie der Wind auf dieser Welt wehte. Er war so schlau, dass ihn der Korporal niemals erwischen konnte, so scharf er ihn auch aufs Korn nahm. Immer wusste sich Xaver Simt ein Loch offen zu halten, durch das er entschlüpfen konnte, und hinterher drehte er ihm nur eine lange Nase.

Xaver Simts Laune war unverwüstlich, immer war er vergnügt und guter Dinge, wenn nicht anders, dann aus Trotz.

Cyprian fühlte sich so stark zu ihm hingezogen, dass er ihm eines Sonntags, als sie beim Wein saßen, seine ganze Vergangenheit, einschließlich der beiden Totschläge, offenbarte.

„Bruderherz!", rief Xaver Simt und zog ihn an seine breite Brust. „Du bist ein Teufelskerl! Wir beide gehören zusammen! Nun wollen wir nebeneinander wider den Feind marschieren!"

„Zum Teufel!", knirschte Cyprian. „Wir haben beide nur einen Feind, und das ist kein anderer als der Korporal Griffon."

„Wohl gesprochen!", flüsterte Xaver Simt und schlug ihm herzhaft auf die Schulter. „Und solange er uns nicht ans Leben will, mag er sich seines Daseins freuen. Sobald es aber ernst wird, soll er sich vor meiner Kugel hüten. Und dann laufen wir zu den Verbündeten über. So hab ich es stets gehalten und bin vortrefflich dabei gefahren. Sollst einmal sehen, wie lustig so ein Krieg ist, wenn man nur den Schlachten rechtzeitig aus dem Wege geht. Und wenn es uns bei den Verbündeten zu brenzlig wird, dann auf nach Polen zum Nordischen Helden! Potztausend, das ist doch wenigstens noch ein König, der Mut hat und durch den dicksten Kugelregen reitet! Die anderen sind umso feiger. Was schert uns beide der Streit, den der König mit dem Kaiser hat? Mögen sie sich doch mit dem Degen in der Faust bekämpfen, bis der eine den anderen abgestochen hat oder bis sie es sonst satt kriegen. Aber freilich, sie werden sich hüten, ihre eigene Haut zu Markte zu tragen. Da sitzt nur ein jeder von ihnen, um sich nicht in die Hosen machen zu müssen, auf dem gepolsterten Nachtstuhl, den er seinen Thron zu nennen die Gnade hat, und kauft sich eine Menge Soldaten, Offiziere und Generäle, die allesamt so dumm sind, sich für eine Sache, die sie gar nichts angeht, gegenseitig die Köpfe einzuschlagen. Denn was hast du davon, dass der Neffe des französischen Königs auf dem spanischen Thron sitzt und nicht der Bruder des Kaisers? Kannst du dir davon ein Glas Branntwein oder ein Pariser Frauenzimmer kaufen? Und weil sie alle so dumm sind, muss ich darum ebenso dumm sein wie sie? Mitnichten! Ich besitze nichts als das nackte Leben, und muss alles daransetzen, um es mir zu erhalten.

„Du hast freiwillig auf die Fahne geschworen!", gab ihm Cyprian zu bedenken.

„Das stimmt schon!", lachte Xaver Simt verschmitzt. „Und ich breche meinen Eid nimmermehr! Denn Fahne ist Fahne! Was darauf gepinselt ist, das ist mir schnuppe! Dem Herrn der Heerscharen kann ich auf der anderen Seite genauso tapfer und getreulich dienen. Zum Teufel mit diesen gekrönten Nachtstuhlhockern! Man sollte ihnen allesamt den Marsch blasen! Nicht nur ihre Kronen, auch ihre Köpfe müssen rollen. Fort mit diesem Plunder! Eher gibt es keine Ruhe in Europa!"

Der Kraft derartiger Gründe vermochte Cyprian auf die Dauer nicht zu widerstehen, und so marschierte er denn, als das Regiment abrückte mit Trompetengeschmetter und im Takte des dazu geschlagenen Kalbsfelles an Xaver Simts Seite zuversichtlich zum Tore hinaus und der so heiß ersehnten Freiheit entgegen.

Es ging zunächst unter dem Befehl des Marschalls Berwick gegen die Kamisarden, die sich im Herzen Frankreichs zur Verteidigung ihres Glaubens und gegen die Bedrückung durch die

Krone erhoben hatten. Die gebirgige Beschaffenheit des Landes, in dessen waldigen Schluchten die erbitterten Cevennenbauern vortreffliche Schlupfwinkel fanden, hatte den Kampf, den die feindlichen Seemächte heimlich mit Geld und Waffen unterstützten, bereits sechs volle Jahre lang währen lassen.

Und das siebente Jahr ließ sich nicht besser an. Der Marschall musste, da sich die Aufrührer nicht mehr zur offenen Schlacht verlocken ließen, damit vorliebnehmen, die Dörfer und Meiler zu besetzen und die zurückgebliebenen Frauen und Mädchen, Greise und Kinder der Willkür und der Zuchtlosigkeit seiner Soldaten auszuliefern.

Der Korporal Griffon kam mit seinen Leuten in das halb verödete Städtchen Valcarres und richtete daselbst eine wahre Schreckensherrschaft auf. Gar oft war Cyprian, der mit seinem Herzen auf der Seite des gepeinigten Landvolkes stand, nahe daran, diesem Wüterich eine Kugel durch den Kopf zu jagen. Aber Xaver Simt mahnte zur Geduld und sprach: „Der kommt schon noch an die Reihe!"

Sie wohnten zusammen bei einer Witwe, mit der sich Xaver Simt vortrefflich vertrug. Und Gabriele, ihre siebzehnjährige überaus muntere Tochter, kam geschwind mit Cyprian ins beste Einvernehmen.

Mutter und Tochter sorgten mit Eifer für Tisch und Bett, ließen ihnen nichts abgehen, und hätten wohl am liebsten gesehen, wenn sie für immer dageblieben wären.

„Merk auf!", lachte Xaver Simt und ließ sich den feurigen Wein schmecken, den ihm die stattliche Witib kredenzte, während sich Cyprian an Gabrielas zärtlichen Küssen erfreute. „Wärst du unterwegs entsprungen, hingst du vielleicht schon an einem Galgenholz, statt an diesen apfelrunden Brüsten. Jedes Ding will seine Zeit haben. Und in einer eroberten Stadt lebt es sich noch viel lustiger als auf den Dörfern. Hier ist es auch viel leichter, einen Schatz zu erwischen, den man nicht unter das

Deckbett zu stecken braucht, sondern der unter dem Kopfkissen Platz hat und sich genauso gut beschlafen lässt."

Leider aber fand diese Freude ein schnelles Ende, denn Gabrielens Schönheit stach eines Tages dem Korporal Griffon so stark in die Augen, dass er Xaver Simt und Cyprian auf die Wache schickte, obschon sie noch gar nicht an der Reihe waren.

„Hol ihn der Teufel!", knirschte Xaver Simt, als sie abzogen, und Cyprian nickte: „Spätestens morgen."

Der Korporal setzte sich in das warme Nest, stieß bei Gabriele auf heftigen Widerstand, beschuldigte sie flugs des heimlichen Einverständnisses mit den Aufständischen und sperrte sie bei Wasser und Brot in einen finsteren Keller, bis sie mürbe wurde und ihm zu Willen war. Sie verstand es sogar in der Folge, ihm den Kopf so stark zu verdrehen, dass er sie vor der Trommel und mit dem Segen des Feldpaters zur Ehefrau nahm, auf welche Weise er sich auch den Mitgenuss ihres Erbteils zu sichern gedachte, das durchaus nicht gering war.

Nun aber begann sie ihn für seine Gewalttätigkeiten zu strafen, indem sie ihm jeden Morgen zwei frische Hörner aufsetzte. Nicht nur Cyprian stand bei ihr weiterhin in hoher Gunst, auch mit Xaver Simt ließ sie sich ein, als sie erst ordentlich auf den Geschmack gekommen war.

Und als das Regiment nach Italien aufbrach und sie auf einem Wägelchen als Marketenderin mitzog, hatte sie bereits die ganze Korporalschaft hinter sich.

Nur der Korporal Griffon merkte nichts davon, denn nicht ein einziger seiner Untergebenen brauchte auf ihn eifersüchtig zu sein, so genau verteilte Gabriele ihre vielfachen Gaben auf alle. Er zählte indessen schon die Groschen und Taler, die ihr Handel abwarf, und glaubte nun endlich den goldenen Boden des Kriegshandwerks gefunden zu haben.

Der Sieg des Kaisers bei Hochstädt hatte auch auf den französischen Feldzug in Italien ungünstig eingewirkt, denn Prinz

Eugen war mit seinen sieggewohnten Regimentern über die Alpen gekommen, um das von den Franzosen schon längere Zeit vergeblich belagerte Turin zu entsetzen.

Kaum waren Cyprian und Xaver Simt in diesem Hexenkessel angelangt, begannen die kaiserlichen Regimenter den Sturm auf das befestigte Feldlager, das sich um die halbe Stadt zog. Die Belagerten hielten sich auch nicht ruhig, und so kamen die Franzosen zwischen zwei Feuer.

„Gottsverdoria!", knurrte Xaver Simt verblüfft und zog den Kopf ein. „So was ist mir denn doch noch nicht vorgekommen. Das ist ja eine ganz verteufelte Geschichte. Hier weiß man wirklich nicht, nach welcher Seite man ausreißen soll."

„Nun müssen wir uns aber unserer Haut wehren!", meinte Cyprian, der dicht neben ihm hinter der Schanzwehr lag, und lud, zielte und schoss ohne Besinnen immer mitten in die anrückenden feindlichen Regimenter hinein.

„Lass das nach!", warnte ihn Xaver Simt, der seine Kugeln in die blaue Luft schickte. „Die Leute da drüben wollen auch leben und sind am Ende schlechter Laune, wenn sie hier hereinkommen."

„Sie sollen aber nicht!", rief Cyprian trotzig und tat weiter das, was er für seine Pflicht hielt.

„Haltet euch brav, ihr meine tapferen Jungen!", schrie der Korporal Griffon, der hinter ihnen stand und seine Brust dem Feinde bot, der seine Kanonen immer ärger aufdonnern ließ.

Und schon kam eine Stückkugel aus der Festung geflogen und riss dem Korporal Griffon den Kopf von den Schultern. Zwei seiner Franzosen räumten ihm kaltblütig die vollen Taschen aus, während die Kaiserlichen mit lautem Hussageschrei immer näher und näher kamen.

Noch war die Straße nach Pinerolo offen.

Da endlich ließ der französische Oberbefehlshaber zum Rückzug blasen.

Gabriele, die schon auf ihrem Wägelchen saß, trieb ihre Eselchen an. Was von der Korporalschaft noch auf den Beinen war, folgte ihr, nur nicht Xaver Simt und Cyprian.

„Der Tapferkeit ist Genüge getan!", rief Xaver Simt und wischte sich den dicken Heldenschweiß von der nicht minder dicken Heldenstirn.

Dann legte er das Schießgewehr hin und Cyprian tat dasselbe, worauf sie unter die Leinwand eines zusammengeschossenen Zeltes in Deckung krochen und vorerst keinen Mucks von sich gaben.

Hier wurden sie bei der Plünderung des Lagers von zwei Musketieren entdeckt.

„Wir sind Deutsche!", brüllte Xaver Simt.

Auf solche blitzeinfache Weise gerieten sie unverwundet in Gefangenschaft und wurden sogleich dem Hauptmann vorgeführt, der sie einem scharfen Verhör unterzog und sie zum Schluss befragte, ob sie fortan dem Kaiser dienen wollten.

Und da sie diese Frage freudig bejahten, gehörten sie von diesem Augenblick an nicht mehr zu den Besiegten, sondern zu den Siegern und durften mit ihnen Viktoria! und Gloria! schreien und den Prinzen Eugen, der dann über das blutgetränkte Schlachtfeld dahergeritten kam, dreimal hochleben lassen.

Drei Tage später bekamen sie in Turin frische Monturen und Waffen, dazu einen Taler Handgeld, taten den Schwur auf die Fahne des Regiments der Schumyschen Musketiere und marschierten schon am nächsten Morgen mit ihren neuen Kameraden zum Mailänder Tor hinaus.

Wie er seine Tapferkeit nicht länger verkaufen wollte

Weil die Franzosen am Rhein wieder einige Vorteile errungen hatten, musste ein beträchtlicher Teil der siegreichen Armee über die Alpen nach Deutschland geschickt werden.

Darunter befand sich auch das Schumysche Regiment, das über Piacenza und Verona das Etschtal erreichte und schließlich über Innsbruck, Kufstein und Landshut die Donau gewann. Zuerst kam es nach Regensburg, dann nach Nürnberg ins Quartier, wo es den Winter zubringen sollte.

Auf dem ganzen Marsch erwies sich Xaver Simt als ein braver und getreuer Kamerad und wich nicht von Cyprians Seite. Brüderlich teilten sie, was sie hatten, das war freilich wenig genug, und was sie unterwegs fanden, das eben auch nicht sehr viel war, und hielten zusammen wie Pech und Schwefel. Stieß der eine auf eine willige Dirne, so hielt er seine Wissenschaft nicht geheim. Und wenn sie nicht einig werden konnten, wer sie zuerst heimsuchen sollte, so zogen sie den Würfelbecher zu Rate.

Während aber Xaver Simt dieses Leben vortrefflich behagte, konnte und mochte sich Cyprian darin beim besten Willen nicht zurechtfinden.

„Ich hab es satt bis obenhin!", murrte Cyprian, als sie in Nürnberg ihren Quartierzettel in Empfang genommen hatten. „Der blinde Gehorsam ist mir in der Seele zuwider."

„Mir auch, Bruderherz!", stimmte Xaver Simt bei. „Aber was tun, wenn der Beutel leer ist und der Magen knurrt?"

Dann begann er zu singen:

> Wir tapferen Soldaten
> Marschieren ins Quartier,

Da gibt es Wurst und Braten
Und Branntewein und Bier.
Wir haben begonnen,
Wir haben gewonnen
Turin, die große Schlacht,
Die Mädchen im Städtchen
Die müssen uns küssen
Durch die ganze Nacht.

Also strebten sie mit ihrem Zettel zu dem Lebküchler Fridolin Liebich, der auf der Stöpselgasse wohnte, dürr wie eine Hopfenstange war und die beiden trutzigen Krieger mit einer sehr sauren Miene empfing. Er hatte keine Kinder, wohl aber eine hübsche Frau, auf die Xaver Simt sogleich beide Augen warf. Allein sie wollte nichts von ihm wissen, schob vielmehr Cyprian die besten Bissen auf den Teller, wobei der Meister schier vor Wut bersten wollte. Denn er war geizig wie ein Hamster, und die Kriegsknechte, die seiner Meinung nach dem Herrgott die Tage stahlen, jedes ehrliche Handwerk scheuten und den redlichen Bürgern die Haare vom Kopfe fraßen, waren ihm ein rechtes Gräuel. Er gönnte sich selbst kaum die Butter aufs Brot, häufte Taler auf Taler in einem eisenbeschlagenen Kasten, den er unter seinem Bett stehen hatte, und musste nun mit ansehen, wie seine leichtsinnige Frau einen Braten nach dem anderen über das Herdfeuer schob, Würste und Schinken aus dem Rauchfang langte, und hochschäumende Kannen Würzburger Bieres und bauchige Bocksbeutelflaschen auf den Tisch stellte.

„Was willst du noch mehr?", sprach Xaver Simt zu Cyprian, als sie auf ihrer Kammer allein waren. „Jeden Tag schlägst du dir auf des Kaisers Kosten dreimal den Bauch voll, säufst dir einen Ranzen an, kriechst ins warme Bett und brauchst dich nicht um den nächsten Tag zu sorgen. Das bisschen Strammstehen vor dem Hauptmann und das Gewehrputzen ist nicht der Rede wert. Du trägst einen schönen Rock von doppeltem Tuch mit blanken Knöpfen. Alle Mädchen machen dir hübsche Augen. Und wenn dich ein Hundsfott schief ansieht, ziehst du blank und haust ihm auf den Wanst. Ich kann mir, zum Teufel in der Hölle! kein lustigeres Leben denken!"

„Aber ich!", seufzte Cyprian und gedachte seiner in Wien und Paris durchlebten Jubelmonde. „Nur gehört dazu eine volle Tasche."

„Aha!", grinste Xaver Simt. „Da eben liegt der Hase im Pfeffer. Mit einem Sack voll Dukaten ein lustiges Leben zu führen, das ist fürwahr kein Kunststück. Aber einmal wird er leer, oder es kommt jemand und geht damit über den Harz. Wie es dir schon einmal ergangen ist in der großen Stadt Paris. Und dann sitzt du da wie der Lohgerber, dem die Felle fortgeschwommen sind. Als Soldat bist du gegen alle diese Gefahren gefeit. Da lebst du aus des Kaisers Tasche. Und die ist immerdar voll und schlechthin unergründlich."

„Aber du kannst doch nicht bis an dein seliges Ende Soldat spielen!", warf Cyprian ein. „Einmal muss auch dieser Krieg ein Ende nehmen."

„Dann ist immer noch Zeit, irgendwo unterzukriechen!", lachte ihn Xaver Simt aus. „Und wenn alle Stricke reißen, such ich mir zu guter Letzt eine alte, reiche Witib und ärgere sie stracks zu Tode."

Meister Liebichs Tage aber wurden immer schwerer. Denn zu all der Verschwendung, die seine Frau trieb, musste er nicht nur schweigen, sondern sollte sogar noch ein freundliches Gesicht machen. Xaver Simt hatte es bald heraus, wo ihn der Schuh drückte, und erklärte ihm eines Tages, dass er sauertöpfische Mienen bei Tisch durchaus nicht liebe, weil sich ihm dann das genossene Mahl im Magen stauche. Und dass er dann gezwungen sei, sich etwas Bewegung mit dem Seitengewehr zu machen, wobei er, da ihm das Blut leicht in die Augen träte, nicht immer genau sehen könnte, wohin er träfe.

Und als der Meister, den die Eifersucht nicht minder plagte, alle Viertelstunden aus der Backstube fuhr, um zu sehen, was seine Frau trieb und warum sie so fröhlich lachte, nahm ihn Xaver Simt beiseite und warnte ihn eindringlich vor Cyprians Blutdurst, der einmal vor seinen Augen einen eifersüchtigen Spanier lebendig geschunden und in dieser Kunst eine gar seltene Geschicklichkeit bewiesen hätte.

Seitdem blieb der Meister Liebich in seiner Backstube, während sich die Meisterin an Cyprian und Xaver Simt an den Lebkuchen gütlich tat. Und wenn sie dabei ihrem lieben Cyprian um den Hals fiel, dann trat Xaver Simt vor die Tür und hieb mit seinem Seitengewehr um sich, bis er die Lebkuchen richtig verdaut hatte.

Da ihm aber dieses einpaarige Spiel nicht länger behagen wollte, lud die listige Meisterin die Gevatterin Handschuhmacher ein, die noch munter genug war, sich von Xaver Simt den Hof machen zu lassen und manches Tänzlein mit ihm wagte.

Von diesem Augenblick an ließ des Meisters Eifersucht sichtlich nach, hingegen wuchs seine Angst um die Talertruhe. Denn Xaver Simt betrachtete sie mit gar zu zärtlichen Blicken und freute sich jeden Morgen, dass sie noch an ihrem Platz stand.

Am Lichtmessabend vertraute er Cyprian seine feste Absicht an, den Lebkuchenmeister von dieser schweren Sorge zu befreien.

„Dann bist du ein Räuber!", warnte ihn Cyprian.

„Klaudiesau!", fluchte Xaver Simt. „Dann ist der Kaiser auch einer! Denn er holt den Leuten Tag für Tag die Taler aus dem Kasten und schickt ihnen den Büttel auf den Hals, wenn sie im Verzug sind. Und warum? Weil er diese Gelder nötig hat, um sich standesgemäß durch die Welt zu schlagen. Was dem einen recht ist, das ist dem anderen billig. Ich benötige Meister Liebichs Taler, also habe ich ein Recht, sie ihm abzunehmen, zumal er sie gar nicht braucht. Würde er sonst so grausam sein, sie in den Kober zu sperren? Ein Geizhals ist das übelste aller irdischen Gemächte, und wer ihn von der Plage seines Reichtums befreit, der tut ein Gott besonders wohlgefälliges Werk. Sind das nicht deine eigenen Worte? Oder bist du inzwischen anderen Sinnes geworden?"

„Keineswegs!", sprach Cyprian. „Aber das ändert nichts daran, dass du an den Galgen kommst, wenn du ihn seines Schatzes beraubst."

„Warum nicht gar?", begehrte Xaver Simt auf. „Wo steht denn das geschrieben? Auch die Nürnberger hängen keinen, sie hätten ihn denn."

„Wenn du es tust", drohte Cyprian, „dann kann ich nicht länger dein Kamerad sein!"

„Ei der Daus!", lachte Xaver Simt. „Und was tust du mit dem Meister, wenn du die Meisterin ins Gebet nimmst, dass sie vor Wonne zirpt. Ich will ihm nur an die Taler kommen, du aber vergreifst dich an seiner häuslichen Ehre!"

„Es kommt mir schon sauer genug an", grollte Cyprian, „und ich gäbe was drum, wenn es bald ein Ende hätte."

Aber bis dahin sollte es noch ein Weilchen dauern, worüber der Schnee zu schmelzen begann und die Fastnacht heranrückte.

Die Meisterin und die Gevatterin hatten beschlossen, an diesem Tage auf einem Mummenschanz zu tanzen, und luden Cyprian und Xaver Simt dazu ein. Sogar der Meister zeigte sich nicht abgeneigt, dem Fest beizuwohnen, wie sich denn in den letzten Tage seine Laune merklich gebessert hatte, da die Meisterin inzwischen guter Hoffnung geworden war und er den Mut gefunden hatte, sich für den alleinigen Urheber solchen Zustandes zu halten.

Xaver Simt streifte sich eine braune Mönchskutte über, während sich Cyprian auf der Meisterin Wunsch in einen vornehmen Standesherrn verwandelte. Sie schaffte sogar mit Hilfe der Gevatterin einen silberbeschlagenen Degen herbei, den sie ihm selbst um die Hüften legte.

Während sich Cyprian mit der Meisterin im Tanze dahinschwang und der Meister mit den Nachbarn hinter dem Bierkrug saß, dem fröhlichen Treiben zuschaute und auf die tollköpfigen Kriegsknechte schalt, von denen die gute Stadt nun wohl bald erlöst werden würde, schlich sich Xaver Simt nach Hause und machte sich über die Truhe her. Allein das überaus kunstvolle Schloss wollte sich durchaus nicht zu ihm bekennen und widerstand allen seinen Bemühungen.

Da fluchte er denn wie ein rechter Kümmeltürke und kehrte wieder zum Tanz zurück, wo er die Gevatterin Handschuhmacher, die schon sehnsüchtig nach ihm ausgeschaut hatte, hernahm und sie herumschwenkte, dass ihr Hören und Sehen verging.

Am Aschermittwochmorgen beim Löhnungsappell gab es einen nicht geringen Rumor, als der Feldwebel auf Befehl des Hauptmanns der versammelten Kompanie verkündete, dass es an kleiner Münze mangelte und daher nur die Hälfte der fälligen Gebührnisse ausgezahlt werden könnte.

Das war ein alter Kunstkniff, der immer um diese Zeit angewandt wurde, wenn es galt, vor Beginn des neuen Feldzuges die Mitläufer und unsicheren Kantonisten von den geborenen Landsknechten und berufsmäßigen Helden zu scheiden.

„Ruhe im Glied!", donnerte der Hauptmann. „Und wer seinen Abschied haben will, der trete vor!"

Ein Drittel der Kompanie, darunter Cyprian, nicht aber der neben ihm stehende Xaver Simt, folgte der Aufforderung, dem Kriegshandwerk Valet zu sagen.

Sie erhielten ihre volle Löhnung und wurden aus dem Rapport gestrichen.

Cyprian und Xaver gingen zusammen heim.

„Und das nennst du Kameradschaft?", begehrte Xaver Simt auf, als sie auf die Königsstraße kamen.

„Es stand dir ja frei, an meiner Seite zu bleiben", suchte sich Cyprian zu verteidigen. „Warum hast du solches versäumt?"

„Weil ich keine Lust habe", erboste sich Xaver Simt weiter, „mit leeren Taschen auf der Landstraße zu liegen und bei den Bürgern und Bauern um einen Stüber oder ein Stück trocken Brot auf die Klinke zu klopfen."

„Also trennen sich unsere Wege!", antwortete Cyprian. „Du bleibst dem Kaiser treu, und ich will fortan aus meiner eigenen Tasche leben."

„Oh du Narr!", pulverte Xaver Simt und dachte schon wieder an Meister Liebichs Truhetaler, die er durchaus nicht im Stich lassen wollte. „Wie kannst du aus einer Tasche leben, die so leer ist wie eine gefegte Tenne?"

„Hab ich nicht zwei gesunde Arme und Hände?", rief Cyprian trotzig. „Damit will ich mein Glück machen. Jeder Arbeiter ist seines Lohnes wert."

„Stracks ins Unglück wirst du rennen, du Grünschnabel!", prophetete Xaver Simt. „Unter die Räder kommen wirst du, aber mitnichten auf einen grünen Zweig!"

So stritten sie hin und her bis zur Stöpselgasse.

Der Meister tat sogleich einen Luftsprung, als er vernahm, dass Cyprian den Wanderstab ergreifen wollte, und die Meisterin half ihm das Felleisen packen, wobei außer reichlicher Wegzehrung auch sieben harte Taler und einige ziemlich heiße Trennungstränen mit hineingerieten.

Auch Cyprian ging, da er von ihr nur Gutes empfangen hatte, der Abschied nahe genug, und als er sie kurz vor Sonnenaufgang noch einmal in die Arme nehmen durfte, wollte ihn schier die bittere Reue packen.

„Komm wieder, Cyprian!", hauchte sie, bevor sie ihm entschlüpfte, und er flüsterte ihr ins Ohr: „Es soll geschehen, wenn auch noch nicht in diesem Jahr."

Bald nach Sonnenaufgang hob sich Cyprian von dannen, und Xaver Simt gab ihm bis ans Maxtor das Geleit.

„Wer nicht hören will, der muss fühlen!", brummte er missbilligend, nachdem er ihm zum Abschied herzlich umarmt und geküsst hatte.

„Auf Wiedersehen, mein guter Kamerad, so Gott es will!", rief Cyprian und schritt rüstig gen Norden.

„Nun ist Euer Kamerad fort!", seufzte die Meisterin, als Xaver Simt heimkam.

„Er ist mir wie Euch untreu geworden!", flüsterte er und fasste sie um den runden Leib. „Aber mich dünkt, es wird uns beiden nicht schwerfallen, ihn dafür gebührend zu bestrafen."

Und es begann also zu geschehen zum blassen Entsetzen der Gevatterin Handschuhmacher.

Wie er sich dreimal verdingte

Noch vor Sonnenaufgang erreichte Cyprian das Stadttor von Erlangen. Da es noch geschlossen war, setzte er sich auf den Rand des Brunnens, der am Straßenrand rauschte, und begann gründlich und ungestört über sein bisheriges Dasein nachzudenken. Da fand er denn, dass es seit seiner Flucht aus der Heimat ganz ohne Sinn und Zweck gewesen war und dass es ihm bei aller Lust, die er genossen, weder Glück noch Zufriedenheit gebracht hatte. Darum nahm er sich vor, diese tollen Jahre aus seinem Gedächtnis zu streichen und von nun an ein ganz neues, der bürgerlichen Wohlfahrt und Wackerkeit gewidmetes Leben zu beginnen.

In der Herberge stieß er auf zwei Handwerksgesellen, einen Schuster und einen Schlosser, die aus Leipzig kamen und nach Nürnberg wollten, kam mit ihnen ins Gespräch und fragte sie, wie es in Leipzig mit dem Geldverdienen stände.

„Nicht übel!", meinte der Schuster, und der Schlosser fügte hinzu: „Nur müsst Ihr Euch nicht auf das Handwerk, sondern auf den Handel legen."

„Das ist auch meine Absicht!", nickte Cyprian und machte sich nach Leipzig auf den Weg.

Am Abend des dritten Tages sah er auf der Straße nach Bayreuth einen schwer bepackten Wagen, der schief auf drei Rädern hing. Der Nürnberger Kaufmann, dem die Last gehörte, stand sorgenvoll dabei und wartete auf den Kutscher, der ins nächste Dorf geeilt war, um Hilfe zu holen.

Cyprian hielt an und besah sich mit Kennermiene den Schaden.

„Was habt Ihr geladen, Herr?", fragte er und deutete auf die langen und kurzen Kisten, aus denen die Fracht bestand.

194

„Kugelbüchsen und Pistolen!" versetzte der Kaufmann. „Wenn du dir ein paar Groschen verdienen willst, so fass mit an!"

„Ich tu es auch umsonst", meinte Cyprian und warf den Mantel ab, „denn ich will ein Kaufmann werden wie Ihr."

„Das wird noch gute Weile haben!", sprach der Nürnberger, wobei er ihn genauer musterte. „Was hast du denn bisher getrieben?"

„Mancherlei und allerhand!", murmelte Cyprian, hob eine der langen Kisten vom Wagen herunter, lud sie auf seinen Rücken und setzte sie auf den Straßenrand nieder.

„Kräfte hast du!", nickte der Kaufmann anerkennend und griff nach den kleinen Kisten.

So entluden sie den Wagen zur Hälfte.

Darauf schob Cyprian den Hebebaum unter die Hinterachse, wuchtete die Last hoch und hielt sie so lange in der Schwebe, bis der Kaufmann das abgelaufene Rad auf die Achse geschoben hatte. Während er einen neuen Splint durch das Achsloch trieb, lud Cyprian die Kisten wieder auf und schichtete sie so geschickt übereinander, dass der Kaufmann damit höchst zufrieden war.

„Wo wollt Ihr hin?", fragte Cyprian, nachdem er sich die Hände an der blauen Wagenblahe abgewischt und seinen Mantel wieder umgehängt hatte.

„Nach Leipzig!", erwiderte der Kaufmann und zog seinen ledernen Geldbeutel aus der Tasche.

„Dann haben wir einen Weg!", rief Cyprian rasch. „Wenn Ihr mich bis dahin mitnehmt, könnt Ihr das Geld sparen."

Solcher Vorschlag war dem Kaufmann just nach dem Herzen. Als der Kutscher endlich mit zwei Bauernburschen kam, wurden sie mit ein paar Hellern abgelohnt. Dann rollte der Wagen weiter, und Cyprian stieg hinten auf.

So fuhr er schon am achten Reisetage durch das Randstädter Tor und war damit in Leipzig.

Er hatte noch vier Taler in der Tasche und dachte: Hier soll mein Weizen blühen!

Der Kaufmann empfahl Cyprian als einen kräftigen und geschickten Handlanger seinem Leipziger Geschäftsfreund, der auf dem Brühl sein Lager hatte, und kehrte wieder heim.

Nun werkte Cyprian von morgens bis abends, hob Säcke und Kisten, schob Ballen und Packen und rollte Fässer über Fässer, wofür er am Sonnabend seinen Lohn wie jeder andere Speicherknecht bekam. Nach Feierabend saß er mit seinen Genossen in einem Keller, hörte auf ihre Scherze und Prahlereien und trank dazu ein sehr dünnes Bier, das ihm zuerst gar nicht munden wollte.

So verliefen einige Wochen, bis die Frühjahrsmesse in Gang kam und die Arbeit sich bergehoch türmte, dass Cyprian selten vor Mitternacht ein Auge zutun konnte. Als er darauf seine Ersparnisse überzählte, fand er zu seiner Bestürzung, dass er bei dieser Beschäftigung hundert Jahre alt werden müsse, um auf einen grünen Zweig zu kommen.

Seit diesem Tage war er darauf bedacht, sich einen besseren Verdienst zu suchen, und fragte und horchte eifrig hier und dort, wo sich wohl einer für ihn böte.

Und so weihte er auch in seine Schmerzen den Meister Bader an der Ecke der Plauenstraße ein, bei dem er sich jeden Sonnabend den Bart kratzen ließ. Das hörte ein alter, eisgrauer Kutscher, den der Bader gerade unter dem Messer hatte.

Als Cyprian auf die Straße trat, hatte der Kutscher draußen auf ihn gewartet und sprach: „Meine Herrin sucht einen Diener. Wenn Ihr Lust dazu habt, so kommt mit mir."

Cyprian war sogleich einverstanden und folgte ihm ins „Gasthaus zur Sonne". Hier schob ihn der Alte durch eine Tür in ein von sanftem Dämmerlicht erfülltes Zimmer.

196

Vor dem verhängten Fenster bemerkte Cyprian eine hohe, schlanke Dame. Sie trug ein weißes, duftiges Gewand, das Hals und Schultern freiließ. Trotz des schwachen Lichts sah Cyprian deutlich, dass sie schön war wie eine Göttin. Und sofort stand sein leicht entzündliches Herz in hellen Flammen. Schmal und zierlich waren ihre Füße und Hände, ihre Arme waren wohlgeformt und weiß wie Alabaster. Lieblich rundeten sich die Hügel ihrer Brüste unter den zarten Spitzen. Ihr volles, hellblondes Haar war zu einem gefälligen Lockenbau aufgetürmt und mit Blumen und Bändern geschmückt. Um den Hals schlang sich ihr eine doppelte Reihe erlesener Perlen, und zwei feurige Edelsteine blitzten an ihren Ohren. Untadelig, von sanften Farben und einer kühnen, fast männlichen Bildung erschien ihm ihr unbewegliches Antlitz.

Nachdem er seine Verwirrung über so viel Schönheit und Reichtum bemeistert hatte, brachte er mit wohlgesetzten Worten sein Anliegen vor.

„Er gefällt mir!", hörte er sie endlich sprechen. „Trete er näher!"

Damit reichte sie ihm ihre kostbar beringten Finger, die er mit einer tiefen Verbeugung an seine Lippen drückte. Er legte in diesen Kuss so viel Verehrung und Zärtlichkeit, als er überhaupt aufzubringen vermochte.

„Er ist sehr artig!", sprach sie freundlich. „Ich will es einmal mit Ihm versuchen!"

Ihre tiefe, wohltuende Stimme klang rein und weich wie eine Glocke.

„Kann er auch treu sein?", fragte sie plötzlich.

Zur Beteuerung presste er seine rechte Hand gegen sein Herz und schlug die Augen zu ihr auf. Nun erst erkannte er, dass sie vor ihrem Gesicht eine überaus künstlich geformte Maske trug, die nur die Augen, den Mund und das Kinn freiließ.

Das vermehrte aber nur seine Liebesglut, und er fiel vor ihr auf die Knie, bedeckte ihre Hände mit heißen Küssen und presste sie gegen sein Antlitz.

„Ja, du bist schön!", seufzte sie und fuhr ihm zärtlich durch die Feuerlocken und über die Wangen.

Und sie litt es auch, dass er ihre Knie umfing und seinen Kopf gegen ihren stolzen Schoß presste.

Dann aber löste sie sich aus dieser Umarmung, trat zurück, reichte ihm eine Börse und sprach hastig: „Geh Er und besorg Er sich ein schmuckes Dienerkleid. Morgen wollen wir weiterreiten."

Froh eilte er von dannen. In der Börse fand er zwanzig Goldstücke. Dafür hätte er sich ein fürstliches Staatsgewand kaufen können. Allein er hielt sich, um nicht ihren Unwillen zu erregen, genau an ihren Befehl und erstand einen blauen Rock mit gelben Aufschlägen und vergoldeten Knöpfen, einen Tressenhut dazu, schwarzseidene Beinkleider, weiße Strümpfe und sämischlederne Schuhe mit silbernen Schnallen. Ein kurzer Stoßdegen durfte nicht fehlen. Vom Bader, der über diese Verwandlung schier aus dem Häuschen geriet, ließ er sich das Haar richten.

So trat er des Abends wieder vor seine Herrin, die ihn in einem weiten, weißseidenen Schlafrock mit rosenroten Schleifen empfing.

Die Börse, in der noch sechzehn Dukaten steckten, wies sie mit den herrischen Silben zurück: „Behalt Er das Geld!"

„Holde Göttin!", flüsterte er, hingerissen von ihren Reizen. „Ich begehre nichts mehr zu sein als Euer in allen Stücken gehorsamer und treuer Diener. Und wenn Ihr mich lieben wolltet, so gilt mir das tausendmal mehr als alle Schätze dieser Welt. Darf ich es wagen, Euch mein Opfer darzubringen?"

Und da sie ihm darauf nichts erwiderte, fand er den Mut, sie mit beiden Armen zu umschlingen.

198

„Was untersteht Er sich?", hauchte sie und suchte ihn zurückzustoßen.

Aber ihr Widerstand zerschmolz unter dem stürmischen Werben seiner Hände und seiner Lippen. Die in Mailand empfangene Unterweisung kam ihm dabei zu Hilfe. Und schon lösten sich die rosenroten Schleifen ihres Schlafrocks, darunter sie nichts trug als ihre rosaschneeige, köstlich glatte, veilchenduftende Haut.

„Oh weh!", seufzte sie und sank ihm zu.

Er trug sie aufs Bett und sah sich sogleich von einer Glut beglückt, wie er sie bisher noch niemals genossen hatte. Nur die seidene Maske störte ihn ein wenig.

„Oh nehmt sie doch ab!", flehte er sie an.

Da erwachte sie plötzlich aus dem seligen Taumel und entwand sich seinen Armen.

„Geh Er auf sein Zimmer!", befahl sie, indem sie sich hastig in die Decken hüllte und auf die Tür wies „Und helf Er morgen früh dem Kutscher den Wagen richten. Nehm Er auch die Börse an sich. Und vergess Er niemals, dass ich Ihn nur lieben kann, solange Er mein gewissenhafter und pflichtbewusster Diener ist und sich niemals untersteht, etwas zu begehren, was ich ihm nicht freiwillig gewähre!"

Verdutzt ergriff Cyprian die Börse, schlich hinaus und suchte den alten Kutscher auf, der in einer Ecke hinter dem Bierkrug hockte und sein Pfeifchen schmauchte. Cyprian setzte sich zu ihm, bestellte Wein und stieß mit ihm an. Darauf begann er ihn auszufragen und erfuhr nun die besonderen Umstände, die ihm vom Zufall beschert worden waren.

„Sie heißt Christine", flüsterte der Alte, „und ist die einzige Tochter des Senators Feddersen, der ihr bei seinem Tode große Reichtümer hinterlassen hat. Ihr könnt Euch gar keine bessere Herrin wünschen, und wenn Ihr ein braver, anstelliger Bursche seid, dann ist Euer Glück gemacht!"

„Aber warum", forschte Cyprian gespannter denn jemals, „trägt sie eine Maske vor dem Gesicht?"

Erst wollte der Kutscher nicht mit der Sprache heraus, aber schließlich bequemte er sich doch dazu, ihm das Geheimnis zu offenbaren.

„Es ist schon besser", murmelte er in seinen Bart, „wenn Ihr sogleich die volle Wahrheit erfahrt. Sie trägt nämlich auf Stirn und Wangen ein Feuermal, so breit wie ein Lindenblatt."

„Großer Gott!", silbte Cyprian und schloss bestürzt die Lider.

„Ihr braucht darob nicht zu erschrecken!", fuhr der Alte fort. „Denn sie kann ja nichts dafür. Ich kenne sie von Kindesbeinen an. Jetzt wird sie an die fünfundzwanzig Jahre sein. Bisher trug sie einen schwarzen Schleier. Hier in Leipzig aber hat sie einen kunstfertigen Mann gefunden, der ihr die Larve gemacht hat. Und wenn ich nicht sechzig Jahre auf meinem krummen Buckel hätte, weiß Gott, ich würde mich an dieser Kleinigkeit nicht einen Augenblick stoßen. Denn sie hat ein gutes Herz, und das ist allemal die Hauptsache. Lasst Euch aber nicht das Geringste merken, dass Ihr darum wisst! Dann kann es nicht lange währen, und Ihr werdet mein Herr sein, was ich Euch und mir von Herzen gönne."

„Wie sollte das möglich sein?", fragte Cyprian und suchte seine Erregung zu bemeistern.

„Kommt Zeit, kommt Rat, und niemals zu spat!", fuhr der Alte fort. „Nur nehmt Euch in Acht, denn sie hat soeben eine sehr bittere Erfahrung gemacht und ist überaus argwöhnisch geworden. Euer Vorgänger nämlich war ein windiger Franzose, der es heimlich mit der Zofe gehalten und sich hier in Leipzig mit ihr aus dem Staube gemacht hat. Sie könnte sich mit ihrem Reichtum wohl jeden Mann kaufen, aber sie will geliebt werden. Und ich will heim nach Hamburg. Nun wisst Ihr, woran Ihr seid, und mögt Euch danach richten. Wenn Ihr aber ebenso denkt wie dieser französische Hanswurst, so hebt Euch lieber gleich von hinnen, auf dass ich mich nach einem anderen Leibdiener umsehen kann."

„Wofür haltet Ihr mich?", rief Cyprian und warf sich in die Brust. „Ihr sollt Euch in mir mitnichten getäuscht haben!"

Kaum aber lag er in seinem Bett, tanzte das vermaledeite Feuermal vor seinen Augen herum. Er schalt sich einen Narren und stellte sich alle Schönheiten vor, die er in seinen Händen gehalten und mit heller Lust genossen hatte: allein das Feuermal wollte nicht weichen. Er schlug Licht und ließ die sechzehn blanken Dukaten durch seine Finger gleiten. Aber auch dieser Zauber vermochte den feurigen Fleck nicht zu bannen. Kaum schloss er die Augen, taumelte er höhnisch vor ihm hin und her und auf und nieder. Sogar im Traum verfolgte er ihn.

Erst am Morgen, als er zu Christine trat, verschwand der Spuk. Sie befragte ihn nun nach seiner Herkunft.

„Ich heiße Cyprian Ziechner", antwortete er, „und bin geboren zwischen Käsmark und Leutschau in der ungrischen Zips. Meine Mutter habe ich nicht gekannt. Sie soll eine Polin gewesen sein. Und mein Vater ist ein hochgestellter ungrischer Edelmann."

„Das sieht man wohl!", nickte sie und seufzte dann: „Ach, wenn ich dir doch ins Herz sehen könnte!"

„Mein Herz", versicherte er, indem er seine Knie vor ihr beugte, „schlägt allein für meine gnädige Herrin, und die Erde soll mich auf der Stelle verschlingen, wenn ich Euer Gnaden jemals den allergeringsten Grund geben wollte, meine Treue in Zweifel zu ziehen!"

Nach dem Frühstück ließ sie sich von ihm das Haar kämmen, schlang es selbst in einen Knoten zusammen, setzte sich die Reisehaube auf und band sich vor die Maske einen dichten Schleier.

„Nun wollen wir nach Hamburg fahren!", sprach sie und ließ sich von ihm die Treppe hinab begleiten. „Und dort soll es sich zeigen, ob wir miteinander glücklich werden können."

Froh schwang sich Cyprian auf den Bock neben den Kutscher, und das stolze Gefährt mit dem Feddersenschen Wappen am Schlag und den beiden schnaubenden Schimmeln voran rollte zum Tore hinaus auf Halle und Magdeburg zu.

Tagsüber war Cyprian der Diener, der seiner Herrin auf den Wink gehorchte. Des Nachts aber ließ sie sich von ihm herzen. Seine Glut, sie zu umfangen, minderte sich nicht, während sich ihre Hingabe und ihr Vertrauen von Tag zu Tag verstärkten. Er führte auch auf ihren Befehl die Kasse und war redlich und sparsam, obschon sie keinerlei Rechenschaft über die Ausgaben verlangte.

So brachte er es denn endlich über sich, als sie in Magdeburg Herz an Herzen lagen, ihr zu gestehen, dass er um ihr Geheimnis wüsste.

Mit angehaltenem Atem vernahm sie seine Worte, doch ihr Herz pochte stürmisch.

„So will ich denn die Maske abtun!", seufzte sie nach einer bangen Weile.

„Oh tut es nicht!", flehte er. „Zerstört mir nicht das Bild Eurer Schönheit!"

„Dies ist mein Unglück im Glück!", hauchte sie und war ihm weiter zu Willen.

In Lüneburg mussten sie einen Tag rasten, weil ein Kutschenrad zu brechen drohte. Während Cyprian dem Wagnermeister zur Hand ging, sah Christine, die im Englischen Hof abgestiegen war, über den Markt einen vornehm gekleideten Mann daherkommen, dessen Gesicht ein einziges Feuermal war. Sogleich erkundigte sie sich bei den Wirtsleuten nach ihm und hörte, dass er Peter von Kelm hieße, aus dem Braunschweigischen stammte, vor etlichen Wochen die Herrschaft Wiestorf gekauft hätte, aber trotz seines Reichtums und seiner biederen, ritterlichen Gesinnung durchaus keine Frau finden könnte. Sogar eines Tagelöhners Tochter hätte seine Hand erst kürzlich ausgeschlagen.

Da nahm Christine die Wirtin beiseite, weihte sie in ihr Geheimnis ein und sprach: „So Ihr mir einen Dienst erweisen wollt, der Euch gut gelohnt werden soll, so sagt ihm, dass ich mich seiner erbarmen will, wenn er sich auch meiner erbarmt."

Und da die Wirtin sogleich den allerbesten Bescheid brachte, setzte sich Christine hin und schrieb zwei Briefe. Der eine war an den Hamburger Bankier Hieronymus Doysen, der andere, den sie versiegelt hineintat, an ihren Diener Cyprian gerichtet.

Als er kam, reichte sie ihm das Schreiben und bat ihn, es sogleich nach Hamburg zu bringen, da sie noch einige Tage in Lüneburg zu verziehen gedächte.

Sofort warf er sich aufs Pferd, um noch am Abend in Hamburg zu sein. Am nächsten Morgen suchte er Hieronymus Doysen auf und überreichte ihm den Brief.

„An meinen Diener Cyprian, der Euch diesen Brief überbringt!", las der Bankier kopfschüttelnd.

„Das bin ich!", bestätigte Cyprian rasch, worauf ihm gegen Quittung eintausend Reichstaler in holländischen Dukaten ausgezahlt wurden.

Als er den Brief öffnete, erblasste er. Das ganze kühne Glücksgebäude, das er auf Christinens Liebe errichtet hatte, stürzte mit einem Schlage zusammen. Mit höflichen, kühlen Worten war er von ihr verabschiedet worden, als wenn sie niemals in seinen Armen gelegen hätte.

Ich habe das Bild der Schönheit zerstört, schrieb sie ihm, dieweil es eine Lüge war. Nun bin ich so hässlich wie die Wahrheit. Bleibt mir also für ewig fern, wenn Ihr nicht blind werden wollt. Kehrt nicht nach Lüneburg zurück, denn ich bin bereits an einem anderen Orte. Ich habe endlich den Mann gefunden, nach dem ich solange gesucht habe, und den der Himmel für mich bestimmt hat.

Einen ganzen Tag brauchte Cyprian, um wieder ins Gleichgewicht zu kommen. Des Abends saß er im Ratskeller und trank roten und weißen Wein, bis sich alles um ihn drehte.

Am Morgen erwachte er unter freiem Himmel. Mit stierem Blick und schmerzendem Schädel starrte er auf ein breites Wasser, darauf viele große und kleine Schiffe schwammen. Ängstlich tastete er nach seinen tausend Talern: Sie waren spurlos verschwunden. Auch nach Hut und Stock suchte er vergebens.

Da trat ein langer, starkknochiger Mann heran, der ihn schon längere Zeit beobachtet hatte, und sprach zu ihm: „Hast du Lust, nach Westindien zu fahren, so geh mit mir an Bord!"

Cyprian nickte zerknirscht und dachte: Ich habe genug von der Alten Welt und will nun einmal mein Glück in der Neuen Welt versuchen!

Und so nahm er denn die drei Gulden Handgeld in Empfang, kaufte sich dafür einen Seesack, eine dicke, graue Friesjacke und eine blaue Troddelmütze, wurde als Decksgast in die Musterrolle geschrieben und ging mit dem Kapitän Elias Klaje an Bord des holländischen Jachtschiffes Lüssenschop, das gleich darauf von den Kosen absetzte und mit vollen Segeln den Elbestrom hinabfuhr, um zwei Lasten Branntwein und Leinwand nach Surinam zu bringen.

Wie er ins Pfefferland fuhr und was ihm daselbst blühte

In der Nordsee begann die Lüssenschop, die mit allen Laken vor dem Winde lag, so heftig auf und ab zu schwanken, dass Cyprian beide Fäuste gegen den Magen pressen und den Kopf über Bord strecken musste, um mit dem soeben eingenommenen Frühstück die Fische zu füttern. Dann lag er zitternd und elend in seiner Koje und bestöhnte seinen Vorwitz, der ihn aufs Meer hinausgetrieben hatte. Seine Kameraden vor dem Mast, die mit ihm die Mannschaftshütte bewohnten und aus aller Herren Länder stammten, spotteten seiner Schwäche. Dann aber erbarmten sie sich seiner und gaben ihm ein Stück Speck zu verschlingen, an das sie ein Schiemannsgarn gebunden hatten.

Damit holten sie den fetten, glatten Bissen immer wieder aus ihm heraus und setzten das muntere Spiel solange fort, bis er von seiner Krankheit geheilt und genesen war.

Als er erst wieder auf seinen Beinen stand, vergaß er bald seine Schmerzen, rührte die Hände, geschäftig wie die anderen, um das Schiff in Fahrt und auf dem Kurse zu halten und begann sich schon wieder mit seinem Schicksal auszusöhnen.

In Amsterdam wurde der Laderaum der „Lüssenschop" mit schweren Kisten vollgepackt, die allerhand eiserne Werkzeuge, wie Beile, Sägen und Messer, auch Ackergeräte, wie Pflüge, Spaten und Hacken, enthielten und dem schwerreichen und hochvermögenden Groen van Moje gehörten, der am Surinamfluss große Zuckerpflanzungen besaß. Er kam selbst an Bord, um auf der Lüssenschop die Überfahrt zu machen, und brachte einen schwarzen Diener, einen schwarzen Koch und zwei schwarze, schöngeputzte Mädchen mit. Auch ein paar Wagenladungen von Brettern und Balken ließ er heranfahren, die auf dem Achterdeck zusammengefügt wurden. Und es entstand daraus, da alles genau zueinander passte, ein kleines Wohnhaus mit vier Kammern und einer Küche, das er sogleich mit seiner Dienerschaft bezog.

Nun wurde der Anker gehoben, und die „Lüssenschop" machte sich nach Westindien auf die Reise.

Groen van Moje war ein behäbiger, freundlicher Herr von vierzig Jahren, der sich das Leben möglichst bequem und angenehm machte. Bei gutem Wetter saß er an Deck in einem weichen Polsterstuhl und schmauchte ein Pfeifchen nach dem anderen. Sein Diener stand stets hinter ihm und reichte ihm die Pfeifen zu. Wenn er sich dabei versäumte, ließ sein Herr die ausgeschmauchte Pfeife einfach an Deck fallen, wo sie in Stücke sprang, denn sie war aus weißem Ton.

Der Kapitän wie der Steuermann grüßten ihn stets mit untertänigster Ergebenheit. Der schwarze Koch durfte das Feuer in der Küche nicht einen Augenblick ausgehen lassen. Schweine, Hühner, Enten und Gänse grunzten, gackerten und schnatterten im Hof neben der Küche, wovon der Mannschaft jedoch nur der schlechte und gute Geruch gegönnt wurde. Kaum, dass ein paar Knochen für sie abfielen. Alles war für den reichen Herrn Groen van Moje und für den Kapitän und den Steuermann bestimmt, die für würdig befunden worden waren, mit ihm zu tafeln.

Bei schlechtem Wetter blieb Groen von Moje im Bett liegen und ließ sich von seinen schwarzen Dienerinnen die Zeit vertreiben. Unter dem Bett standen zwanzig Säcke mit Gold-, Silber- und Kupfermünzen, die er in Surinam, wo es an gemünztem Geld mangelte, zur Belebung des Handels mit gutem Gewinn unter die Leute zu bringen gedachte. Denn trotz seines großen Vermögens war er der Meinung, noch lange nicht reich genug zu sein.

Auch der Kapitän, der gegen ihn gehalten ein armer Schlucker war, dachte in diesem Punkte genauso holländisch. Umso eifriger war er bemüht, dem großen Beispiel, das er nun so dicht vor Augen hatte, kräftigst nachzukommen. Und da er die Verpflegung der Mannschaften aus seiner eigenen Tasche zu bestreiten hatte, wurden die täglichen Speck- und Käsestücke immer kleiner und der Rum immer dünner, je weiter sich die Lüssenschop von Amsterdam, der guldengottgesegneten Hauptstadt der Sieben Provinzen entfernte.

Die Mannschaft begann zu murren. Aber Elias Klaje scherte sich den Teufel darum. Hier auf hoher See konnte ihm ja keiner davonlaufen.

So hatte denn Josua Quarrel, der Glasgower, der in Amsterdam als Bootsmann an Bord gekommen war, leichtes Spiel. Schon im Kanal fing er an, die Mannschaft aufzuhetzen, was er im Busen von Biskaya mit großem Geschick und viel Verschlagenheit fortsetzte. Er hatte als Dieb sechs Jahre in Newgate gesessen, war dann von der englischen Regierung nach Amerika verkauft worden, wo er geschwind seinem Pflanzer entsprungen war, und hatte sich seitdem in der ganzen Welt herumgetrieben. Seine Überredungskunst war außerordentlich, und seinen kecken Gründen war schwer standzuhalten. Auch an Cyprian, dessen Unzufriedenheit über die stetig schlechter werdende Verpflegung nicht geringer war als die der anderen Kameraden, wusste er sich mit einigem Erfolg heranzumachen.

„Wenn uns dieser schändliche Bube nichts zu fressen gibt", drohte Josua Quarrel, „dann mag er selbst auch die Bramrah entern und die Segel festmachen. Wir wollen ein ordentliches Stück Speck auf der Back haben und nicht immer diesen stinkenden, halb verrotteten Stockfisch kauen!"

„Wir wollen uns bei Groen von Moje über den Kapitän beschweren", schlug Cyprian vor, aber Josua Quarrel knirschte: „Was kann das schon helfen, wo doch diese Blutsauger allesamt unter einer Decke stecken?"

So schürte er unablässig das Missvergnügen vor dem Mast. Aber erst nachdem die Lüssenschop die Gegenden der vaterländischen Winde hinter sich gebracht hatte und im steifen Nordostpassat dahinflog, kam die Empörung zum Ausbruch.

Eines Mittags brach im Großtopp die Begienbrasse, und der Kapitän befahl der Steuerbordwache, sofort aufzuentern und den Schaden abzustellen.

Die fünf Leute aber steckten wie auf Kommando die Hände in die Hosentaschen.

„Wir sind zu schwach dazu!", erklärte Josua Quarrel für sie alle. „Erst müssen wir jeder ein Pfund Speck und ein Nösel Rum haben."

„Das ist Meuterei!", brüllte der Kapitän und pfiff nach der Backbordwache.

Doch die war anscheinend taub und kam überhaupt nicht zum Vorschein. Cyprian aber schlief, und keinem fiel es ein, ihn zu wecken.

Jetzt holte der Kapitän zwei Pistolen aus seiner Kammer und richtete sie auf die Brust des widerspenstigen Bootsmanns.

„Willst du nun aufentern?", tobte er ihn an, krebsrot vor Wut.

„Ich will schon, aber ich kann nicht!", grinste Josua Quarrel furchtlos und zuckte die Achseln.

Hier aber legte sich Groen van Moje ins Mittel und jeder Mann bekam ein Pfund Speck und ein Nösel Rum. Und sie gingen in ihre Hütten, pflegten sich und ließen den Bootsmann hochleben.

Inzwischen musste der Steuermann mit den beiden Schwarzen aufentern und die Begienbrasse frisch belegen.

„Wenn das keine Meuterei ist!", giftete sich Elias Klaje, aber Groen van Moje sprach: „Hunger tut weh!"

Dieser leicht errungene Sieg stieg Josua Quarrel dermaßen zu Kopf, dass er den Plan fasste, das ganze Schiff in seine Gewalt zu bringen. Denn nicht nur die Speckseiten und die Rumfässer des Kapitäns, sondern auch die prallen Geldsäcke Groen van Mojes und seine beiden gut gebauten Sklavinnen hatten es diesem Großbritannikus angetan.

„Lasst uns", sprach er eines Nachts zu den Kameraden, „die Blutsauger allzumal vom Achterdeck fegen. Dann wollen wir nach Boston segeln, das Schiff und die Ladung verkaufen und alles redlich untereinander teilen."

„Nimmermehr!", widersprach Cyprian als vollsaftiger Abkömmling zweier im Abendland siegreicher Herrengruppen. „Das ist ein schändliches und unchristliches Unterfangen!"

„Halt die Fresse!", schnaubte Josua Quarrel und zückte das Messer gegen ihn. „Oder dein letztes Stündlein ist herbeigekommen!"

Und da die anderen sogleich seinem Beispiel folgten, musste Cyprian, dieweil er sich von allen Seiten bedroht sah, verstummen.

Nach kurzer Beratung wurde er mit seemännischer Gründlichkeit gefesselt und in die Koje verstaut. Da lag er nun, mit den Händen auf dem Rücken, und konnte bis auf die Zunge kein Glied rühren.

„Gibst du einen Laut von dir", zischte Josua Quarrel, „dann fliegst du mit über Bord!"

Und alle stimmten ihm bei und schalten Cyprian einen Schurken und Verräter.

Darauf beschlossen sie, den geplanten Überfall beim Wechsel der Hundewache auszuführen. Und sie kamen weiterhin überein, da etliche gegen jedes Blutvergießen waren, den Kapitän, den Steuermann und Groen van Moje mit einem Fass Frischwasser und einer Kiste Hartbrot in das Langboot zu setzen und sie so ihrem Schicksal zu überlassen.

Das alles hörte Cyprian mit an, und schon begann er darüber nachzusinnen, wie er diesen ruchlosen Anschlag zunichtemachen könnte.

Kaum waren sie in der Finsternis verschwunden, schnellte er sich aus der Koje, suchte sich an der Back aufzurichten, was ihm auch mit vieler Mühe gelang, hob mit den Zähnen die brennende Lampe aus dem Ring, daran sie hing, was noch schwerer war, warf sie ins Stroh seiner Koje, wartete, bis es aufflammte, stieß die Tür auf und schrie: „Feurio! Feurio! Feurio im Schiff!"

Worauf er den Halt verlor, hinschlug und gegen die Verschanzung rollte.

Unterdessen hatten die Meuterer den wachhabenden Steuermann beschlichen und unschädlich gemacht. Nun waren sie schon dabei, den Kapitän zu überwältigen, der sich mit einem Spillspaken bewaffnet hatte und sich wie ein Verzweifelter gegen die Übermacht zur Wehr setzte.

In diesem Augenblick kam ihm Cyprians Schreckensruf zu Hilfe.

Die Meuterer stutzen, und Elias Klaje benutzte die entstandene Verwirrung, um sich in seine Kammer zurückzuziehen und die Pistolen zu ergreifen.

Josua Quarrel konnte seine Anhänger nicht länger bei der Stange halten. Sie sprangen voraus, um ihre Habseligkeiten zu retten. Gleichzeitig erschien Groen van Moje mit blankem Degen an Deck, gefolgt von seinen beiden Sklaven, die ellenlange Entermesser schwangen.

So wurde Josua Quarrel vom Achterdeck vertrieben und Cyprian aus seinen Banden erlöst.

Das Feuer konnte gelöscht werden, bevor es größeren Schaden angerichtet hatte. Die Meuterer kamen wieder zur Besinnung und lieferten Josua Quarrel aus, nachdem ihnen durch Groen van Mojes Vermittlung völlige Straflosigkeit und bessere Kost zugesichert worden war.

Josua Quarrel wurde in Eisen gelegt und in die Vorpiek geworfen.

„Du hast dich wacker gehalten!", sprach Groen van Moje zu Cyprian und bot ihm die Hand „Wenn es dir ansteht, so kannst du sogleich in meine Dienste treten."

Und Cyprian schlug ein, denn er war längst dahintergekommen, dass es für ihn bei der christlichen Seefahrt keine Seide zu spinnen gab.

Ohne weiteren Unfall erreichte die „Lüssenschop" die Neue Welt und das Pfefferland und ging drei Tage später in der breiten Mündung des Surinamflusses zu Anker.

Josua Quarrel wurde von Bord geholt, in den Kerker geworfen und wegen Meuterei und Bedrohung des holländischen Handels zum Tode durch den Strang verurteilt.

Er zeigte nicht die geringste Reue, fiel noch unter dem Galgen den Henker an, würgte und verfluchte ihn als einen Bluthund der Reichen und musste von den Soldaten, die das Hochgericht umgaben, niedergeschossen werden, ehe das Urteil an ihm vollstreckt werden konnte. So starb er doch noch wie ein tapferer Held.

Nicht nur auf seine Kameraden, die dieser Hinrichtung beiwohnen mussten, auch auf Elias Klaje, den Kapitän, machte sie tiefen Eindruck. Während die Leute mit Mund und Hand Treue gelobten, versprach er ihnen, sie niemals wieder in ihren Gebührnissen zu verkürzen, und hielt auch Wort. Nur fuhr er nicht, nachdem die Ladung gelöscht worden war, nach Holland zurück, sondern segelte nach Guinea hinüber, um Negersklaven zu holen, was sich ungleich besser bezahlt machte als die Fahrt mit unlebendigen Frachtgütern.

Cyprian aber fuhr mit Groen van Moje im Boot den Surinamfluss hinauf. Hier setzte er Cyprian über eine seiner Pflanzungen und über vierhundert Sklaven und sprach zu ihm: „Seht zu, dass Ihr mir jedes Jahr zweitausend Sack Zucker abliefert.

Was darüber ist, geht auf Eure eigene Rechnung. Auch könnt Ihr, wenn Ihr Lust habt, Euch nebenbei auf den Pfefferhandel legen. Lebt wohl, bis wir uns wiedersehen, und nehmt Euch in Acht vor den Giftschlangen und vor dem Fieber!"

Damit empfahl er sich, bestieg die Sänfte, ließ sich zum Fluss hinuntertragen, ging an Bord, gab das Zeichen zum Aufbruch und fuhr von dannen.

Mit Eifer und Geschick ging Cyprian an die Arbeit und vergaß über dem Zucker den Pfeffer nicht, den die Indianer im Urwald einsammelten und ihm zutrugen. Sie erhielten dafür bunten Tand, Messer, Beile, Sägen und Feuerwasser, wofür sie eine heftige Vorliebe hatten.

Ihr Häuptling hieß Titugauko, genannt der große Nashornvogel. Er besaß ein gutes Dutzend Weiber, mindestens zwei Dutzend Söhne und weit über drei Dutzend Töchter.

Die munterste dieser hoffnungsvollen und edelblütigen Stammbaumknospen schenkte er Cyprian für eine Gallone Genever zum siebenundzwanzigsten Geburtstag. Sie hieß Maumaulia, genannt die himmelblaue Honigblüte, und roch und schmeckte nach schwarzem Pfeffer und Schildkrötenöl.

Die Nachfolgerin dieser rot gehäuteten Venus, die Cyprian bei seinem ersten Fieberanfall in den Urwald entwischte und nicht wiederkam, war die schwarzhäutige und kraushaarige Christin Deborah, die Enkelin des Finanzministers Nassamunschi, der von seinem Herrscher Bakundi Molgoi, dem Sultan von Abeokuta, wegen schlechter Buchführung mit seinem ganzen Klüngel in die Sklaverei verkauft worden war.

Deborah war eine sehr tüchtige Köchin, roch und schmeckte nach Melasse und Kokosfett und nahm es mit der Treue auch nicht so furchtbar genau.

So konnte es denn nicht ausbleiben, dass sich Cyprians Guthaben in Groen van Mojes Hauptbuche ständig und unaufhaltsam vergrößerte.

Die Wochen und Monde liefen dahin und unterschieden sich kaum voneinander in diesem brühheißen Lande, das keinen Winter kannte. Ununterbrochen wucherten das Zuckerrohr und die Pfefferranken. Immer mehr Säcke musste Cyprian heranschaffen, um den süß sanften wie den bissig scharfen Segen bergen und an Bord bringen zu können.

Endlich bin ich auf einen grünen Zweig gekommen! sprach er zu sich selbst, als er sich am Ende des dritten Jahres einen Reingewinn von siebzehntausend Gulden herausgerechnet hatte.

Als aber Groen van Moje drei Monate später wieder einmal nach Surinam kam, um nach dem Rechten zu sehen, da lag Cyprian in der Hängematte und das Fieber schüttelte ihn so stark, dass ihm die Zähne klapperten.

„Bleibt Ihr noch länger, holt Euch der Teufel!", sprach Groen van Moje, nachdem er ihm den Puls gefühlt hatte. „Euer Geblüt ist viel zu hitzig für das Pfefferland. Geht auf zwei Jahre nach Haarlem und zieht Tulpen. Das wird Euch guttun. Und dann will ich Euch nach Batavia schicken."

Er ließ Cyprian ins Boot tragen, nahm ihn mit zur Küste, gab ihm Wechsel auf Amsterdam, sicherte ihm auf der „Lekkerkerk" einen Platz für die Überfahrt und wünschte ihm glückliche Reise und ein gesundes Wiedersehen.

Also verließ Cyprian die Neue Welt als ein vermögender Mann, und als er in Rotterdam von Bord ging, war das Fieber längst von ihm gewichen.

Welches Abenteuer ihm zu Amsterdam bevorstand

In Amsterdam nahm Cyprian in dem an der Prins-Hendrick-Kade gelegenen „Gasthof zum Russischen Kaiser" Quartier und sprach zu sich selbst: Der erste Schritt zum Reichtum ist getan! Die Tulpenzwiebeln in Haarlem laufen mir nicht fort.

Schon am nächsten Morgen ließ er sich als Junker Cyprian Schlörk in das Register der Ehrsamen Kaufmannsgilde eintragen, wobei Marquardt Wommels, Groen van Mojes Prokurist, für ihn gutsagte.

Nun durfte Cyprian den geheiligten Boden der Börse betreten, um der hohen Kunst der Spekulation obzuliegen, und rasch genug gewöhnte er sich an das laute Profitgeschrei der Bieter und Feilscher, von dem das hohe Gewölbe jeden Mittag erbrauste.

Morgens und abends aber nahm er sich die Zeit, an den Grachten entlang zu spazieren und sich die Stadt und ihre Bewohnerinnen anzusehen.

Als er so eines Morgens unter den grünen Ulmen des Alten Singels dahinschritt, fiel ihm ein schmuckes Häuschen auf, an dessen Tür ein weißer Zettel mit folgender Aufschrift hing:

Hier ist eine freundliche Kammer für einen Gulden in der Woche zu vermieten.

Soll ich es versuchen? überlegte Cyprian. Ein Gulden ist nicht zu viel für diese freundliche Gegend. Und ansehen kostet ja nichts!

Während er unschlüssig vor dem schmalen, dreistöckigen Haus stand, öffnete sich das blanke Fenster im Erdgeschoss, und zwischen duftenden Tulpen und Narzissen erschien eine frische, stattlich gebaute Frau mit braunen, lockenden Augen und einem schlohweißen Spitzenhäubchen über dem ährengelben Haar.

„Sucht Ihr ein Zimmer, mein Herr?", lächelte sie munter und wies ihm ihre weißen Zähne, die wie Perlen blinkten, „so tretet nur herein. Es wird Euch bei uns schon gefallen!"

Er zog höflich den Hut und folgte der freundlichen Einladung. Sie führte ihn die steile Treppe hinauf, wobei sie voranging. Dabei konnte er nicht umhin zu bemerken, dass sie trotz der herzhaften Fülligkeit ihrer Gestalt feine Füße, bildhübsche Waden und einen leichten Gang hatte.

Die Kammer gefiel ihm nicht minder gut.

„Euch zu dienen, mein Herr", sagte sie mit einem zierlichen Knicks, „ich bin die Lieutenantin Franske Wagenaar. Und wie ist Euer Name?"

„Cyprian Schlörk!", antwortete er.

Darüber wollte sie sich fast vor Lachen ausschütten, denn ihrer holländischen Zunge war es unmöglich, diesen Namen richtig auszusprechen.

„Und wo ist Euer Mann?", fragte Cyprian.

Nun verging ihr auf der Stelle das Lachen, sie schlug die Hände zusammen und seufzte: „Mein erster Mann ist tot, und mein zweiter ist in Ostindien bei der Kompagnie. Ich bin in großer Sorge, denn seit achtzehn Monaten habe ich keine Nachricht von ihm. Wenn ihm nur nichts zugestoßen ist!"

Darüber erklang unten die Türglocke, und sogleich war der Kummer verflogen.

„Das ist Trintje, das gute Kind!", rief Franske und klatschte in die Hände. „Schnell, komm herauf und gib dem Herrn die Hand!"

Und Trintje sprang die Treppe herauf, noch leichtfüßiger als Franske, gab Cyprian die Hand und lächelte verschämt und auch ein wenig neugierig.

Sie hatte blaue Augen und braunes Haar und erschien ob ihrer Schlankheit beinahe etwas größer als Franske, obschon sie in Wirklichkeit um zweier Finger Breite kleiner war.

„Ist das Eure Tochter?" Cyprian schmunzelte.

„Meine Stieftochter!", erwiderte Franske und zog Trintje an sich. „Ich hab sie von meinem ersten Mann, Gott lass ihn selig sein! Und ich liebe sie wie mein rechtes Kind!"

„Ach Franske!", rief Trintje und barg ihre glühenden Wangen an ihrer Stiefmutter wohlgehügeltem und flaumweichen Busen.

„Ach Trintje!", rief Franske und drückte ihre blühenden Lippen auf ihrer Stieftochter rosigen Mund.

„Was hast du, mein Kindchen? Bist du zu schnell gelaufen? Du wirst dich verkühlen und krank werden, wenn du zu hastig bist. Und nun wollen wir in die Küche gehen und dem Herrn das Frühstück richten. Dann mag er uns erzählen, woher er gekommen ist und was er in Amsterdam für Geschäfte hat."

Das tat er denn auch bei Tische, wo Franske an seiner rechten, Trintje an seiner linken Seite saß, in so ausgiebiger Weise, dass er darüber sogar die Börsenstunde versäumte. Also blieb er gleich weiter sitzen, trank bald Trintje, bald Franske zu, richtete bald an die Stiefmutter, bald an die Stieftochter das Wort und schaute abwechselnd in die blauen und in die braunen Augen.

Wie zwei Schwestern erschienen sie ihm, und die Wahl zwischen beiden fiel ihm so schwer, dass er sich vorderhand für beide entschied. Er spürte deutlich, dass sie reif waren wie zwei Äpfel an einem Zweig. Aber sie selbst schienen es kaum zu ahnen, denn sie gaben sich ganz unbefangen und freuten sich, einen Mann im Hause zu haben, für den sie kochen, braten, waschen und sich putzen und mit dem sie vor allen Dingen so recht und immer wieder nach Herzenslust schwatzen konnten.

Denn das schien die vornehmste ihrer Leidenschaften zu sein. Ihre Zungen kamen selten zur Ruhe. Und sobald Franske einmal den Faden verlor, dann lauerte Trintje schon oben darauf, ihn fortzuspinnen.

Wenn Cyprian am Morgen das Haus verließ, musste er Franske ganz genau bekennen, wohin er zu gehen gesonnen sei. Und wenn er am Abend heimkehrte, musste er Trintje nicht minder getreulich beichten, wo er gewesen war und was er getrieben hatte. Über jeden Gewinn, den er an der Börse erzielt hatte, freuten sie sich wie zwei unschuldige Kinder, denen vom Himmel ein süßer Honigkringel in den Schoß gefallen war. Und wenn sie sich vor Lust nicht zu lassen wussten, fielen sie sich um den Hals, küssten sich, bis sie von Atem kamen, und drehten sich im Kreise herum, bis sie der Schwindel auseinandertaumeln ließ.

Kaum war Cyprian zwei Wochen bei ihnen, drängte ihm jede, ohne dass die andere darum wusste, von ihrem Vermögen ein paar tausend Gulden auf, damit er sie vermehrte. Denn sie wollten fortan an seinem Glück nicht nur mit dem Herzen teilnehmen. Cyprian freute sich des Vertrauens, mit dem sie beide ihn beehrten, war verschwiegen nach beiden Seiten, baute weiterhin mit Erfolg auf sein Glück und wagte sich allmählich an größere Käufe.

Des Abends ließen sie sich von ihm in die Schauburg oder in den Vondelpark führen, und er vermochte die doppelten Anfechtungen nur zu ertragen, weil sie gleichzeitig von rechts und links kamen und sich so die Waage hielten.

Das wurde mit dem Tage anders, da Franske von dem Hauptmann Gregor van der Houten aus Batavia einen Brief bekam, darin zu lesen stand, dass der Lieutenant Gerrit Wagenaar auf der Reise nach Timor mit seiner Kompagnie Schiffbruch erlitten hätte und seitdem verschollen sei.

Sofort begann Franske höchst jämmerlich zu schluchzen, und Trintje ließ gleichfalls ihre Tränen fließen, obschon sie mit ihrem Stiefvater, einem gar rauen Krieger, noch niemals einen guten Faden gedreht hatte.

„Was soll ich tun?", stöhnte Franske und ließ ihre heißen Witwentränen in Trintjes jungfräulichen Busen fließen.

„Du musst Trauer anlegen und dir von der Kompagnie den Totenschein holen!", meinte Trintje und streichelte sie schwesterlich.

Cyprian stimmte ihr bei. Also trockneten sie beide ihre Tränen und gingen zusammen fort. Franske eilte mit dem Brief zum Hause der Ostindischen Kompagnie, und Trintje ging unterdessen zum Gewandkrämer auf die Calverstraße, um das Trauerzeug auszusuchen.

Franske kam zuerst zurück, und reichlicher flossen ihre Tränen. Die Herren von der Kompagnie hatten von diesem Schiffbruch noch keinen Bericht erhalten und glaubten daher, den Totenschein noch ungeschrieben lassen zu müssen.

Franske war darüber so verzweifelt, dass Cyprian, um sie zu trösten, sie schließlich in die Arme nehmen und küssen musste. Und sie fiel ihm um den Hals und küsste ihn wieder so heiß und verzehrend, dass er unmöglich beim Küssen stehenbleiben konnte.

Indessen kehrte Trintje zurück. Und da sie Cyprian in Franskes Armen sah, sank sie mit einem lauten Schrei ohnmächtig nieder.

„Stirb nicht, Trintje, stirb nur nicht!", jammerte Franske, öffnete ihr das Mieder und trug sie mit Cyprians Hilfe aufs Bett.

Dann eilte sie davon, den Arzt zu holen.

Cyprian blieb bei der ohnmächtigen Trintje, fasste ihre Hand und streichelte sie. Sie lag mit geschlossenen Augen wie eine weiße Rose in dem blumigen Kissen und atmete kaum. Er konnte ihrer Schönheit nicht länger widerstehen und küsste sie ganz behutsam auf die zarten Lippen.

Da schlug sie ihre Augen auf, als hätte sie nur darauf gewartet, lächelte ihm entgegen und seufzte dazu, als erwache sie aus einem süßen Traum.

Und da sie so über alle Maßen lieblich war, küsste er sie von neuem. Nun schlang sie ihre Arme um seinen Nacken und blieb an seinem Munde hängen. So machte sie seine bereits getroffene Wahl zunichte, und er umfing sie mit der gleichen Glut, mit der er Franske beglückt hatte.

Als Franske endlich mit dem Arzt erschien, saß Trintje rosig und frisch auf dem Bettrand und nestelte ihr Mieder zu. Der Arzt fühlte ihr den Puls, ließ sich die Zunge zeigen, schüttelte bedenklich die weiß gepuderte Perücke, verschrieb ein Pülverchen und schritt würdevoll davon in dem erhebenden Bewusstsein, ein blühendes Menschenleben vom Tode gerettet und einen Gulden verdient zu haben.

Franske überschüttete Trintje mit einer Flut aufgeregter, zärtlicher Worte. Und Trintje hörte sie ruhig an, tat so, als ob sie nichts gemerkt hätte, und lächelte glückselig.

Nun erst, da Cyprian sie so dicht beieinander sah, kam ihm die Erkenntnis seiner doppelten Sünde, und er ging leise hinaus und zum Damm hinüber, wo der holländische Gulden mit dem englischen Pfund um die Herrschaft der Welt rang. Denn inzwischen war der Krieg der Waffen beendet und der Friede zu Utrecht geschlossen worden.

Und Cyprian erkannte deutlich, da er den zähen Kampf unter dem Börsengewölbe betrachtete, dass das Pfundstück obsiegen würde, und begann schon zu erwägen, seinen Handel nach London zu verlegen.

Allein die Liebe zu Franske und Trintje hielt ihn fest. Abends, wenn Franske schlief, stahl sich Trintje von ihrer Seite, schlich die Treppe hinauf und ließ sich von ihm herzen. Und am Morgen, wenn Trintje schlief, kam Franske zu ihm herein und weckte ihn mit honigsüßen Küssen.

So erfreute er sich beider und entschlug sich aller Sorgen um die Zukunft, zumal ihm auch das Glück an der Börse treu blieb.

Nicht lange danach trat zu Franske ins Haus Frederik Scheltema, ein Korporal, der seine sieben Jahre in Ostindien abgedient und soeben seinen Abschied erhalten hatte, und erzählte ihr, dass er gekommen sei, um ihr Nachricht von ihrem Mann zu bringen, der sein Lieutenant gewesen war.

„So lebt er?", hauchte Franske und erbleichte.

„Mitnichten!", rief der Korporal und begann dann den Hergang des Unglücks zu erzählen. „Wir fuhren nach Timor dahin auf einem kleinen Schiff, und es erhob sich plötzlich ein großer Sturm, der es auf die Felsen warf, dass es mitten entzweibrach.

Vor meinen Augen sah ich Euren Mann versinken, ohne ihm helfen zu können. Und Ihr seid nun, nach Gottes Ratschluss, zum zweiten Male eine junge Witwe. Mich aber und noch etliche andere warfen die Wogen an den Strand einer kleinen Insel, wo wir uns kümmerlich ernährten, bis uns ein anderes Schiff aufnahm und nach Batavia brachte."

„Also ist er tot!", atmete sie auf.

„Daran ist kein Zweifel möglich!", nickte er traurig. „Und so Ihr einen Totenschein braucht, will ich Euch von Herzen gern behilflich sein."

Dabei schaute er sie auf eine ganz sonderliche Art an und strich sich seinen schönen Knebelbart.

Franske war sogleich bereit, mit ihm zur Kompagnie zu gehen, wo er seine Aussage beschwor. Da er eine sehr gute Führung hatte und auch sonst als ein besonders zuverlässiger Mann galt, ließen die hochmögenden Herren ihre Bedenken fahren und bescheinigten schwarz auf weiß, dass der tapfere Lieutenant Gerrit Wagenaar im Dienst der Kompagnie mit dem

Tode abgegangen und verstorben sei. Sie zahlten Franske auch das Witwengeld aus.

Den Totenschein barg sie auf ihrem Busen und eilte heim, nachdem sie sich von Frederik Scheltema verabschiedet hatte, behielt aber das Geheimnis vorerst für sich, weil sie Cyprian damit am nächsten Morgen überraschen wollte. Denn wenn er ihr auch bisher nicht die Ehre versprochen hatte, so zweifelte sie nicht einen Augenblick daran, dass er sie jetzt ohne Verzug heiraten würde.

Dieses Glück aber machte sie sehr unruhig. Und so konnte sie keinen Schlaf finden.

„Warum schläfst du nicht, Franske?“, schmollte Trintje und gähnte. „Ach ich bin so müde!“

„Schlaf, mein Püppchen!“, erwiderte Franske, drückte das Papier, dass sie unter ihrem Hemd verborgen hielt, gegen ihr Herz und schloss die Augen.

Sie schlief danach auch wirklich ein, aber hatte beängstigende Träume und erwachte plötzlich von dem Knittern des Papiers.

Vergeblich lauschte sie auf Trintjes Atemzüge, wartete noch ein Weilchen, schöpfte Argwohn und schlug Licht.

Da hörte sie plötzlich draußen eine Treppenstufe knarren. Und im Augenblick war ihr alles klar. Denn Trintje öffnete so leise die Tür, als schliche sie auf verbotenen Wegen. Als das Licht auf ihr Antlitz fiel, erschrak sie heftig.

„Wo bist du gewesen?“, flüsterte Franske.

Trintje machte erst keinen Versuch, zu leugnen, warf sich aufs Bett, barg das Antlitz im Kissen und wimmerte: „Ach Franske, ich liebe ihn über alle Maßen! Und du liebst ihn auch! Denn ich weiß, dass du jeden Morgen zu ihm schleichst.“

„Du unglückliches Kind!“, schluchzte Franske fassungslos. „Was soll nun geschehen? Wir können ihn doch nicht beide heiraten!“

„Oh Franske!", seufzte Trintje verzweifelt, „du bist doch verheiratet. Warum willst du denn zwei Männer haben? Und ich soll gar keinen haben?"

Nun wies ihr Franske den Totenschein.

Darüber brach Trintje in ein so heißes, bitteres Weinen aus, das Franske das Herz zu zittern begann und sie Trintje in die Arme schloss und küsste.

„Ach Franske", jammerte Trintje in ihrer großen Not, „du bist so gut, und ich bin so schlecht. Also nimm du ihn hin und mich lass in die Amstel springen, denn ohne ihn vermag ich nicht zu leben."

„Gott, mein Gott!", stöhnte Franske auf. „Was sollen wir tun? Ich weiß nicht aus noch ein."

„So lassen wir eben alles beim Alten!", schlug Trintje vor und trocknete ihre Tränen. „Oder wenn du lieber abends zu ihm gehen willst, so will ich morgens zu ihm gehen."

„Aber wenn du ein Kind davon kriegst?", rief Franske entsetzt.

„Dann muss er mich heiraten!", erwiderte Trintje trotzig. „Das gehört sich so!"

„Und wenn ich schwanger werde?", jammerte Franske händeringend.

„Darum musst du eben nicht mehr zu ihm gehen!", meinte Trintje achselzuckend. „Oder noch besser, du nimmst den Korporal!"

Sie stritten noch eine Weile hin und her, bis sie übereinkamen, es dem Zufall zu überlassen, worauf Trintje in Franskes Armen einschlummerte.

So erfuhr Cyprian von dem Totenschein vorerst nichts und auch nichts von der getroffenen Abmachung, ließ sich von beiden mit wachsender Glut weiter lieben, dieweil die eine der anderen mit dem Kindlein zuvorzukommen trachtete, versäumte keine Börsenstunde, und ließ die Gulden, um sie zur Vermehrung anzureizen, tapfer hin und her rollen.

Frederick Scheltema, der Korporal, der am Neuen Deich einen Käsehandel angefangen hatte, erschien jeden Sonntagnachmittag auf dem Singel, erzählte, ohne zu prahlen, von seinen Heldentaten, wurde mit Kaffee, Kuchen und einem süßen Schnäpschen bewirtet und ließ sich durch Trintjes Scherze nicht in seiner festen Absicht auf Franske beirren.

Auch Cyprian sah den tüchtigen Burschen gern und machte sich schon mit dem Gedanken vertraut, ihm eine seiner beiden Liebsten abzutreten, denn auf die Dauer wurde es ihm doch ein wenig zu viel, sie beide zu herzen. Nur wusste er nicht, welche er fahren lassen sollte. Trintjes Liebe war heißer, aber Franskens Liebe war sanfter, und die Wahl wurde ihm immer schwerer.

Diese Qual sollte sich noch steigern. Denn eines Abends flüsterte ihm Trintje ins Ohr, dass sie sich Mutter fühle, und am Morgen machte ihm Franske dasselbe Geständnis und wies ihm den Totenschein ihres Mannes.

„Ach Franske", seufzte Cyprian, „ich bin ein schlechter Mensch, denn ich habe nicht nur dich, sondern auch Trintje verführt."

„Das ist mir schon bekannt", fiel sie ein. „Und da es nun einmal geschehen ist, lässt es sich nicht mehr ändern. Du heiratest mich, und Trintje nimmt den Korporal."

„Gott sei Dank!", atmete er auf und herzte sie weiter, bis die Sonne ins Fenster schien.

Als Franske die Treppe herabkam, stand Trintje unten und sprach zu ihr: „Von heute ab ist er mein, denn ich bin schwanger von ihm geworden, und du nimmst den Korporal!"

Hier wurde Franske bleich wie der Kalk an der Wand, begann an allen Gliedern zu zittern und zu beben und musste sich an den Treppenpfosten halten, sonst wäre sie stracks umgefallen.

„Was ist dir, Franske?", rief Trintje bestürzt und umfing sie.

Da seufzte Franske und hauchte leise in Trintjes Ohr: „Ach Trintje, auch ich trage ein Kindlein unter meinem Herzen. Doch damit du nicht ins Wasser springst, sollst du ihn ganz allein haben. Denn ich bin schuld an allem, denn ich bin es ja gewesen, die den Zettel an die Tür geheftet hat."

„Und ich habe ihn geschrieben!", jammerte Trintje.

„Aber ich habe ihn ins Haus genötigt!", klagte sich Franske an. „Und darum sollst du ihn haben, und ich werde mich mit Frederik Scheltema begnügen. Er ist ja so übel nicht und sieht ganz ansehnlich aus."

In diesem Augenblick sprang die Haustür auf, und es erschien auf der Schwelle frisch und lebendig und gesund an allen Gliedern der Lieutenant Gerrit Wagenaar. Hinter ihm stand sein wackrer Korporal Frederik Scheltema, den er am Hafen beim Käsehandel getroffen und gleich mitgebracht hatte.

„Franske!", schrie Gerrit Wagenaar außer sich vor Freude.

„Komm an mein Herz!" Ich bin es leibhaftig und kein Gespenst!" Und er riss sie stürmisch an sich und bedeckte ihr Gesicht mit heißen Küssen.

Dann begrüßte er Trintje, gab ihr je einen väterlichen Kuss auf beide Wangen, legte ihre Hand in die seines Korporals und sprach in seinem kräftigsten Befehlston, gegen den es keinerlei Aufbegehren gab: „Diesen nimmst du und keinen anderen! Das ist der bravste Mann im ganzen Regiment gewesen. Gleich gehst du mit ihm zum Pfarrer, das Aufgebot zu bestellen. Und in vierzehn Tagen ist Hochzeit!"

Da warf Trintje einen langen Blick auf Franske, und da diese ihr heftig zunickte, senkte Trintje den Nacken und gehorchte.

Also hatte Cyprian das doppelte Nachsehen. Am selben Tage sagte ihm Gerrit Wagenaar mit sichtlichem Unwillen das Zimmer auf. Als ihm Cyprian aber die ihm von Franske und Trintje anvertrauten Gelder nebst einem erklecklichen Gewinn

224

auf den Tisch zählte, ließ der Herr Lieutnenant sogleich seine kriegerische Rauheit fahren und wollte sogar die Kündigung zurücknehmen.

Aber Cyprian schüttelte den Kopf und sprach: „Gehabt Euch wohl, ich muss auf Reisen gehen!"

Er reichte an der Tür Franske und Trintje die Hand. Und sie wünschten ihm alles Gute und sahen ihm nach, bis er um die Ecke war.

Acht Tage darauf trat er an Bord eines Schiffes, das nach London fuhr.

Wie er in London handelte und wandelte

Als Cyprian ans Ufer der Themse stieg, begrüßte ihn ein junger, vornehm gekleideter Mann und bot ihm seine Dienste an.

„Wenn Ihr gute Geschäfte machen wollt", riet er ihm, „so wendet Euch an das Bankhaus der Gebrüder Knolle auf der Greshamstraße."

Cyprian dankte, versprach, sich den Namen zu merken, und fragte, ob er wohl Zeit hätte, ihm den Weg zu William Pemper zu weisen, auf den seine holländischen Wechselbriefe lauteten.

„Dann seid Ihr bereits in den besten Händen!", sprach der junge Londoner. „Verzeiht also, dass ich Euch belästigt habe!"

Trotzdem ging er mit und wies ihn zurecht, worauf er sich höflich verabschiedete.

Cyprian bat William Pemper zunächst um Auskunft, bei welcher Stelle er sich zu melden hätte, um in die Liste der Londoner Kaufmannschaft eingetragen zu werden.

„Solange Ihr ein Fremdling seid", erwiderte William Pemper achselzuckend, „ist Euch die Londoner Börse verschlossen. Wollt Ihr auf eigene Faust handeln, so müsst Ihr Euch vor die Tür stellen. Aber da werden nur wilde Sachen gemacht, und Ihr könnt dabei leicht Euer ganzes Vermögen einbüßen. Andernfalls bin ich gern bereit, Eure Aufträge entgegenzunehmen und getreulich zu erfüllen."

Nun fragte Cyprian nach den Gebrüdern Knoyle.

„Ein gutes und festes Haus!", nicke William Pemper anerkennend. „Es sind drei Brüder, die sich fleißig regen und viel Glück haben."

Darauf ließ sich Cyprian noch einige gute Kaufleute empfehlen, dankte für die Auskünfte und versprach, bei Gelegenheit wieder zu kommen.

Ich will sichergehen und mein Vermögen auf mehrere Firmen verteilen! sprach er zu sich selbst, als er in dem Gasthof „Zum Indischen Zepter" ein vorläufiges Unterkommen gefunden hatte.

Am folgenden Morgen besuchte er die Gebrüder Knoyle. Hier ging es sehr lebhaft her, und die Pfundstücke sprangen auf der einen Seite lustig aus den eisernen Kasten und Schränken in die Hände der Kunden, während auf der anderen Seite die Bankzettel den umgekehrten Weg nahmen.

Wieder trat der junge Mann vom Themse-Ufer zu ihm und stellte sich als einer der Gebrüder Knoyle vor, worauf auch die beiden anderen Brüder herantraten und ihm ihre Dienste anboten.

„Erst möchte ich mich nach einer passenden Wohnung umsehen", erklärte Cyprian.

Und sogleich erbot sich Edward, der jüngste der drei Brüder, ihm dabei zur Hand zu gehen und führte ihn in eine benachbarte Straße, wo zwei gut möblierte Zimmer bei vertrauenerweckenden Leuten zu haben waren.

Hier mietete sich Cyprian ein und ließ sein Gepäck aus dem Gasthof herbeiholen.

Ich kann nicht an der Londoner Börse handeln, überlegte er am nächsten Morgen, solange ich kein Engländer bin. Und wie komme ich am leichtesten in die englische Gesellschaft hinein? Indem ich eine vornehme Engländerin heirate!

Also schlenderte er durch die Straßen, die Töchter dieser Stadt zu beschauen. Aber er tat es mit Vorsicht, da er ja viel mehr wollte als eine flüchtige Liebschaft. Die Auswahl war groß genug, und bei mancher Jungfrau, der er im Gewühl begegnete, fühlte er sein Herz schneller schlagen.

Plötzlich stieß er an der Ecke der Straße, in der er wohnte, auf ein schlankes, munteres Mädchen mit dunklen Augen und flachsblondem Haar, die ihn so deutlich an seine Jugendfreundin Hulda erinnerte, dass er im ersten Augenblick glaubte, sie leibhaftig vor sich zu sehen.

Sein Fuß stockte, bis in die Kehle fühlte er den Stoß seines Blutes. Aber die Jungfrau achtete seiner nicht, und er erkannte daran seinen Irrtum. Ehe er sich aufraffen konnte, ihr zu folgen, war sie im Gewühl verschwunden.

Traurig suchte er sein Zimmer auf, setzte sich aufs Bett und nahm den Kopf in die Hände. Zum ersten Male packte ihn die Sehnsucht nach seiner verlorenen Heimat mit würgender Gewalt. Er biss die Zähne zusammen, nur um nicht in Tränen ausbrechen zu müssen. An seinem geschlossenen Auge schwebten die Bilder von Frauen und Mädchen vorüber, die er im Laufe der fünfzehn Jahre genossen hatte. Und alle schwanden dahin, nur das Bild Huldas wich nicht und verfolgte ihn bis in seine Träume.

Eines Tages traf er an der Themse zwei ungarische Seeleute, die wegen eines Groschens schon nahe daran waren, sich in die Haare zu geraten.

Er gab sich als Landsmann zu erkennen, schlichtete den Streit, lud sie in die nächste Schenke ein und bewirtete sie so reichlich, dass sie bald in eine höchst vergnügte Stimmung gerieten und sich ohne Argwohn ausfragen ließen.

Sie waren mit einem venezianischen Schiffe nach England gekommen. Der eine stammte aus Szegedin, der andere aus Kaschau. Jener rühmte sich, ganz Ungarn durchwandert zu haben. Dieser behauptete, die Zips genau zu kennen. In Leutschau und Käsmark wusste er gut Bescheid, doch von Schlurkheim war ihm nicht viel mehr als der Name im Gedächtnis geblieben. Cyprian beschrieb ihm das Dorf und die Leute, die darin wohnten, und fragte ihn, ob er wohl Mut und Lust hätte, einen sehr wichtigen Brief dorthin zu bringen.

Das wollte er tun, doch nicht ohne seinen Kameraden. Also gab Cyprian beiden dreißig Schilling Handgeld, löste sie von dem Kapitän des Schiffes, der sie ungern verlor, weil sie fleißig und zuverlässig waren, und nahm sie mit nach Hause.

Hier setzte er sich mit ihnen nieder, bewirtete sie mit Porter und Plumpudding und schrieb in ihrem Beisein folgenden Brief:

Herzliebste Hulda! Es sind fünfzehn Jahre her, dass ich die Hand wider Deinen Bruder erhob um meiner Erbschaft willen. Nun aber, da mich das Schicksal durch die halbe Welt getrieben hat, ist der Groll gänzlich aus meinem Herzen gewichen, und die bitterste Reue hat mich gepackt ob meiner schändlichen Tat. Meine Seligkeit gäbe ich darum, wenn ich den Toten wieder zum Leben erwecken könnte. Die allzu große Schuld erdrückt mich schier, und darum ist meine Sehnsucht nach Dir und Deiner Vergebung so übermächtig geworden, dass ich auf dieser Welt nicht eher Ruhe finden werde, bis Du Deine Hand auf mein Haupt gelegt und die Blutschuld von mir genommen hast.

Ich lebe allhier in der großen Stadt London in England an der Themse in guten Vermögensumständen und bin bereit, Dir bis Wien entgegenzukommen, wenn Du es über Dich gewinnen kannst, mir zu verzeihen und mein Weib zu werden. Gib dem Boten, der Dir diesen Brief überbringt, eine Antwort, wie sie auch immer sei, damit ich nicht gar verschmachten muss hier in der kalten Fremde. Wenn Du mir meine Missetat vergibst, so wird auch Gott sie mir vergeben. Solches habe ich eigenhändig niedergeschrieben mit Zittern und Zagen und zerknirschten Herzens.

Cyprian

Darauf versiegelte er den Brief und richtete ihn an die Jungfrau Hulda Ziechner, wohnhaft im Schulmeisterhause der Herrschaft Schlurkheim in der ungarischen Zips, gelegen auf dem halben Wege zwischen Leutschau und Käsmark.

Die beiden Boten konnten nicht lesen. Darum prägte er ihnen Namen und Ort genau ein, gab jedem zwanzig Pfund in die Hand und sprach zu ihnen: „Eben so viel sollt ihr haben, wenn ihr mir die Antwort der Jungfrau bringt. In dreißig Tagen könnt ihr es schaffen. Nehmt Postpferde und reitet ohne Aufenthalt. Für jeden Tag, den ihr gewinnt, zahle ich euch ein Pfund darauf. Findet ihr aber, dass die Jungfrau, an die dieser Brief gerichtet ist, in den Stand der heiligen Ehe getreten ist, so bringt mir den Brief wieder zurück. Vergesst auch nicht, Euch danach zu erkundigen, ob der alte Herr Eustachius noch lebt, dem das Schloss und die Gutsherrschaft zugehört, und was aus seinem Sohn und Erben, dem Junker Stephan, geworden ist."

Sie merkten wohl auf, versprachen, den Auftrag getreulich zu erfüllen, und hoben sich davon.

In Antwerpen jedoch trafen sie Landsleute, die unter des Kaisers Fahnen dienten, und zechten mit ihnen, bis die Pfundstücke zur Hälfte dahin waren. Mit der anderen Hälfte die weite Reise zu bestreiten, schien ihnen nicht rätlich zu sein.

„Höre", sprach der Szegediner, „wir wollen uns hier noch ein paar gute Tage machen und dann nach London zurückkehren."

„Topp!" stimmte der Kaschauer bei. „Und ihm den Brief zurückbringen!"

„Warum schickt er ihn nicht mit der Post?" fragte der Szegediner. „Oder warum bringt er ihn nicht selbst nach Schlurkheim?"

„Verwunderlich genug!", nickte der Kaschauer. „So reich und vornehm er auch ist, er scheint doch allerhand auf dem Kerbholz zu haben!"

Cyprian verteilte nun sein Vermögen, das sich schon auf mehr als zwanzigtausend Pfund belief, auf die drei Bankhäuser Knoyle, Pemper und Godenday & Son, ging von einem zum anderen und gab jedem seine Aufträge. Er stellte sich auch vor das Tor der Börse zwischen die anderen Fremdlinge, die nicht in das gelobte Reich hineingelassen wurden, und tat manchen guten Zug. Immer dachte er dabei an Hulda und malte sich aus, was sie wohl zu diesem überaus seltsamen Tun und Treiben sagen würde, das ihm selbst immer fragwürdiger und verdächtiger erscheinen wollte.

Ich säe nicht, ich ernte nicht, überlegte er, ich tue nichts, als den Bürgern das Brotkorn und den Bauern die Kolonialwaren zu verteuern. Bin ich denn nicht hundertmal schlimmer als ein Dieb und Räuber?

Und so geriet er denn bald auf den Gedanken, sich nach einem kleinen Landgut umzutun.

Denn Hulda, so sprach er zu sich selbst, wird sich niemals in diesen überlauten Straßen und zwischen diesen grauen Mauern wohl fühlen können!

Er begann nun zur Stadt hinaus und durch die Dörfer zu reiten, vergaß dabei aber niemals, seine Pistolen mitzunehmen. Denn damals verging keine Woche, ohne dass nicht ein Reisender überfallen und ausgeraubt worden wäre. Wer sich von diesen Landpiraten, die mit großer Keckheit zu Werke gingen, aber vom Blutvergießen offenbar nicht viel hielten, verblüffen ließ, der wurde von ihnen bis auf das Hemd ausgeplündert. Wer aber nicht um sein Leben bangte und zum Widerstand entschlossen war, den ließen sie unbehelligt.

Auch Cyprian stieß eines Abends auf zwei solche Wegelagerer, die ihre Gesichter geschwärzt hatten. Mit vorgehaltenen Schießgewehren wollten sie ihm die Straße verlegen. Doch sobald er seine Pistolen auf sie richtete, schlugen sie sich, ohne einen Schuss zu tun, schleunigst in die Büsche.

Als er am nächsten Morgen auf die Straße trat, um die Gebrüder Knoyle aufzusuchen, begegnete er zum anderen Male der Jungfrau, die Hulda so ähnlichsah. Wiederum starrte er sie wie entgeistert an, und diesmal merkte sie es und schlug errötend die Augen nieder. Er ging ihr nach, was sie wohl gewahrte, denn sie wandte sich zweimal nach ihm um. Schließlich blieb sie vor einem Schaufenster stehen, so dass er sich ohne das geringste Aufsehen zu ihr gesellen und sich mit ihr bekannt machen konnte.

„Holde Lady", sprach er zu ihr, indem er den Hut zog und sich tief vor ihr verneigte, „ich bin Euer ergebener Diener!"

„Fürwahr", hauchte sie betroffen, „Ihr seid ein seltsamer Mann!"

„Ihr kennt mich?" fragte er verwundert.

„Ein wenig!", nickte sie, neigte sich zu ihm und flüsterte hastig: „Nehmt Euch in acht vor den Gebrüdern Knoyle!"

Damit wandte sie sich von ihm und eilte die Straße hinab. An der Ecke der Greshamstraße drehte sie sich noch einmal nach ihm um, vermochte ihn aber nicht zu bemerken, da er sich inzwischen, um sie in dem Gewühl besser verfolgen zu können, auf die andere Straßenseite begeben hatte. Er verlor sie auch nicht aus den Augen und sah sie bald im Hause der Gebrüder Knoyle verschwinden. Noch größer war sein Erstaunen, als er sie beim Betreten der Geschäftsräume im eifrigen Gespräch mit den drei Inhabern der Firma erblickte. Und als er den Türhüter befragte, erfuhr er, dass es ihre einzige Schwester Klaudine sei.

Großer Gott! schoss es Cyprian durchs Hirn. Was hat das alles zu bedeuten?

Er zog sich zurück, eilte zur Börse, mischte sich hier unter die Profitjäger des Vorhofs dieses Tempels, darin das Pfund angebetet wurde, und zermarterte sich vergeblich den Kopf nach den Gründen, die diese Warnerin so heftig gegen ihre Brüder eingenommen haben könnten.

Drei Tage später traf er sie wieder auf der Straße. Diesmal befand er sich in der Gesellschaft ihres jüngsten Bruders. Als Cyprian den Hut zog, hielt Edward Knoyle an und stellte ihm seine Schwester vor. Und sie ließ ihre Augen auf ihm ruhen, als sähe sie ihn zum ersten Male. Dann begleitete Cyprian die beiden Geschwister noch ein gutes Stück, wobei Klaudine fröhlich und unbekümmert mit ihm plauderte. Als sie sich an der Ecke der Greshamstraße von ihm trennten, reichte sie ihm die Hand und presste seine Finger so heftig, dass es ihn wie ein Blitz durchfuhr.

Am folgenden Morgen erschienen die beiden Ungarn bei ihm.

„Willkommen!", rief er freudig. „Seid Ihr in Schlurkheim gewesen?"

„Jawohl, Euer Gnaden!", sprach der Szegediner mit treuherziger Betonung. „Und wir sind geritten wie die Teufel! Aber die Hulda Ziechner ist verheiratet, und so haben wir den Brief nicht abgeben können."

Damit zog er das an Hulda gerichtete Schreiben aus der Tasche, und der Kaschauer murmelte in seinen Bart: „Sie hat schon eine ganze Anzahl Kinder."

„Wie Gott will!", seufzte Cyprian, nachdem er sich von der Unversehrtheit der Siegel überzeugt hatte, und dachte sogleich an Huldas Ebenbild Klaudine. „Und wie geht es dem Herrn Eustachius?"

„Er ist gestorben und begraben", versicherte der Kaschauer mit einer rechten Leichenbittermiene, und der Szegediner fuhr sich über die Augen und murmelte: „Gott habe ihn selig!"

Hier warf Cyprian den Brief in den Kamin, wo er sogleich zwischen den glühenden Holzkohlen aufflammte und zu Asche verging, dachte ein wenig nach und fragte sodann: „Und habt ihr euch auch nach dem Junker Stephan erkundigt?"

„Hoch zu Ross ist er an uns vorbeigeritten!", beteuerte der Szegediner, und der Kaschauer fügte rasch hinzu: „Er ist auch verheiratet!"

„Mit einer reichen Grafentochter!", trumpfte der Szegediner hinterdrein.

„Ihr habt ihn gesehen?", stammelte Cyprian, aufs höchste beglückt von dieser gänzlich unerwarteten und unüberbietbaren Nachricht.

„Mit unseren Augen!", antworteten sie wie mit einer Zunge und hoben dazu die Schwurfinger wie auf Kommando empor.

Dem Himmel sei Dank, dass er noch lebt! sprach Cyprian zu sich selbst und war so erregt, dass er alle weiteren Fragen unterließ, und sogleich die vierzig Pfundstücke auf den Tisch zählte.

„Euer Gnaden", bemerkte der Szegediner, „es fehlen noch sechs Pfund, denn wir sind drei Tage vor der gesetzten Frist zurückgekommen."

„Wahrhaftig!", stimmte Cyprian zu und holte noch sechs Goldstücke aus seiner Börse. „Ich danke euch vielmals, ihr wackeren Burschen, und wünsche euch so viel Glück, wie ihr mir durch diese kostbare Nachricht beschert habt!"

Darauf steckten sie das Geld ein und beeilten sich, ihm aus den Augen zu kommen.

„Er lebt, ich bin an ihm nicht zum Mörder geworden!", rief Cyprian und sank auf die Knie, um Gott für diese Gnade zu danken.

Am folgenden Morgen war er entschlossen, nichts unversucht zu lassen und alles daran zu setzen, um Klaudine zu erringen und sich mit ihr für immer zu vereinigen.

Aber er musste drei Tage lang nach ihr forschen und auf der Lauer liegen, ehe er das Glück hatte, sie wieder zu sehen. Er traf sie am Hydepark. Aber sie übersah seinen Gruß und schritt an ihm vorüber. Trotzdem folgte er ihr, bis sie plötzlich in einem dunklen Torweg verschwand.

Hier erst ließ sie sich von ihm erhaschen.

„Was wollt Ihr von mir?", fragte sie hastig.

„Oh Klaudine!", rief er, indem er sie umarmte. „Ich liebe dich, wie ich noch niemals ein Mädchen geliebt habe!"

„Ich weiß es!", hauchte sie mit geschlossenen Lidern, sank an seine Brust und erwiderte seine Küsse, dann aber fuhr sie zurück und flüsterte: „Wir müssen fliehen!"

„Fliehen?", wiederholte er ganz bestürzt. „Warum fliehen? Wer bedroht uns? Und wohin?"

„In Eure Heimat!", antwortete sie. „Oh nehmt mich mit dahin! Verlasst mich nicht! Ich will Euch dienen wie eine Magd. Und wenn ich Euch nicht mehr gefalle, dann mögt Ihr mich verstoßen wie einen Stein!"

„Oh du Törin!", lächelte er und presste die Zitternde an sich. „Ich werde dich niemals verstoßen, denn ich liebe dich mehr als mein Leben! Wohin soll ich dich entführen?"

„Geht sogleich in das Indische Zepter!", befahl sie. „Nehmt ein Zimmer und wartet auf mich. Ihr sollt erfahren, wie es um mich steht!"

Damit entschlüpfte sie ihm.

Er gehorchte ihr und wartete fünf Stunden. Da erschien sie endlich, und zwar in männlicher Kleidung und mit einem Degen an der Hüfte.

Und nun erfuhr er des Rätsels Lösung, die ihn dermaßen erschütterte, dass ihm das Blut in den Adern zu stocken drohte.

„Meine Brüder", gestand sie ihm unter heißen Tränen, „sind elende Straßenräuber, die mit dem von allen gefürchteten Wegelagerer Stoddard im Bunde stehen. Sie haben es jetzt auf Euch abgesehen, und von mir erwarten sie, dass ich Euch in die Falle locke. Wenn ich nicht entkommen kann, werden sie mich dazu zwingen, den Stoddard zu heiraten, diesen Unhold, dem ein Mensch nicht mehr gilt als eine Fliege an der Wand."

„Zum Teufel in der Hölle!", fuhr Cyprian auf und schlug an seinen Degen. „Gibt es denn keine Richter in London?"

„Soll ich", schluchzte sie auf, „meine Brüder an den Galgen bringen?"

„Dann werde ich es tun!", knirschte er trotzig.

„Dann fallt Ihr Stoddards Rache zum Opfer!", suchte sie ihn zu beschwören. „Sogar die Richter zittern schon vor ihm. Niemand kennt ihn, niemand weiß, wie er aussieht. Überall hat er seine Helfershelfers, die seinem Wink gehorchen. Ihr seid ein Fremder, der keinen Anhang hat. Wenn Ihr verschwindet, dann kräht kein Hahn nach Euch. Hier gibt es nur eine Rettung: Schleunige Flucht, bevor sie Argwohn schöpfen!"

Und dann besprachen sie den Fluchtplan, bis sie sich über alle Einzelheiten geeinigt hatten.

Am nächsten Morgen ließ sich Cyprian seine Guthaben in Gold auszahlen. Bei William Pemper und Godenday & Sons bereitete das keine Schwierigkeiten. Und zu Edward Knoyle, der Cyprian zuerst Wechsel auf Paris anbot, sagte er: „Ich will morgen früh ein Landgut in Tottingham kaufen und muss die Summe in bar erlegen. Habt die Güte, mich dahin zu begleiten und dem Kauf als Zeuge beizuwohnen!"

Und Edward Knoyle war sogleich damit einverstanden, worauf sich Cyprian von ihm verabschiedete, um sich in die Fleetstraße zu begeben.

Hier kaufte er zunächst zwei kostbare Verlobungsringe und wechselte dann, um sich die Last seines Reichtums zu erleichtern, den größten Teil seines Goldes in Edelsteine um. Dieses ganze Vermögen, das immer noch gut seine zwölf Pfund wog, barg er in einem hirschledernen Gurt, den er unter seinen Rock schnallte. Dann eilte er zur Towerbrücke.

Hier lag der Schoner „Terneuzen", dessen Kapitän Emmerich Urk ein Neffe der Amme war, von der Klaudine aufgezogen worden war.

„Sie ist zur Stelle!", flüsterte er Cyprian zu.

Das Schiff war schon seeklar und ging sofort Anker auf nach Antwerpen. Erst als die Towerbrücke nicht mehr zu sehen war, erschien Klaudine an Deck, die sich solange versteckt gehalten hatte. Sie trug jetzt ländliche Kleidung, dazu eine Flügelhaube, und sah aus wie eine junge Farmerin.

Cyprian begrüßte sie mit großer Freude und wollte ihr den einen Ring an die Hand stecken. Aber er war etwas zu weit. Und da sie Angst hatte, ihn zu verlieren, schob sie ihm das Kleinod auf den kleinen Finger und sprach: „In Antwerpen werden wir ihn enger machen lassen."

Und er besah sich die beiden Ringe, die er nun an einer Hand trug, und antwortete: „Wir werden uns in Haarlem ein Häuschen kaufen, Tulpen ziehen und glücklich sein."

„Du bist mein Herr, und ich bin deine Magd", flüsterte sie und schmiegte sich an ihn „Alles, was du von mir begehrst, werde ich vollbringen."

„Niemals werde ich etwas von dir begehren", versicherte er ihr, „was du mir nicht freiwillig zu gewähren die Gnade hast."

„Gott behüte mich davor", seufzte sie erleichtert auf, als London hinter ihnen in der Nebeldämmerung versunken war, „dass ich diese arge Stadt, in der ich zur Welt gekommen bin, jemals wiedersehen muss!"

„Das wird niemals geschehen mit meinem Willen!", sprach Cyprian und küsste sie immer wieder, bis sich die Mondsichel über die diesige Kimm erhob und die Sterne die linde Frühlingsnacht zu durchfunkeln begannen.

„Wo soll ich schlafen!", flüsterte Cyprian.

„Nur noch an meinem Herzen!", hauchte sie verschämt, nahm ihn an der Hand und führte ihn unter das Deck und zu ihrer Koje, wo sie nicht zögerte, sich ihm hinzugeben.

Und sie vergaßen, woher sie kamen, wo sie waren und wohin sie wollten.

Sechsundvierzig Stunden später warf ein von London herüberschnaubender Weststurm den in Ellewoutsdijk beheimateten Schoner „Terneuzen", Kapitän Emmerich Urk, dicht vor der Scheidemündung auf die gefährliche Sandbarre von Heyst, zerfetzte die Segel, zerbrach den Mast und zertrümmerte das Rettungsboot.

„Alle Mann über Bord!" schrie Emmerich Urk.

Der Schiffsjunge war der erste, der sich in die heulenden bittererkalten Wogen warf und zum Strande davonschwamm. Die anderen folgten ihm, als das Deck unter den Schlägen der Brecher barst und zersplitterte.

Cyprian musste seinen Schatzgürtel opfern, um Klaudine retten zu können.

Zwei Stunden lang kämpfte er mit der brüllenden Brandung, die ihn immer wieder zurückwarf. Schon drohten seine Kräfte zu versagen. Da endlich fühlte er den Grund.

Er trug Klaudine, die kein Lebenszeichen mehr von sich gab, auf den Strand, bettete sie auf den trockenen Dünensand und brach dann neben ihr, erschöpft von der übermenschlichen Anstrengung, ohnmächtig zusammen.

Als er erwachte, erkannte er zu seiner Verzweiflung, dass er eine Tote gerettet hatte, die sich nicht mehr ins Dasein zurückrufen ließ.

Der von London herüberbrausende Frühlingssturm hatte diese Inseltochter, die ihrer Heimat untreu werden wollte, niedergetatzt und entseelt, bevor sie die rettende Festlandküste erreicht hatte.

Und Cyprian verlor zum anderen Male das Bewusstsein und fand es erst wieder, als zwei Fischer daherkamen, die ihn aufhoben.

Drei Tage später wurde Klaudine auf dem Friedhof zu Heyst zur Erde bestattet.

Indessen rang Cyprian unter dem Dach der alten Fischerwitwe Stine Zoerfel mit dem fliegenden Fieber, das ihn drei Wochen lang peinigte, ehe es sich zum Abzug bequemte.

Von seinem ganzen Reichtum hatte er nichts übrigbehalten als den einen der beiden Verlobungsringe, der andere war ihm von den Wogen vom Finger gerissen worden.

„Wie gewonnen, so zerronnen", sprach Stine Zoerfel zu ihm, die Strumpf strickend an seinem Lager saß, und nahm eine Prise, worauf sie es dreimal beniesen musste.

„Ich habe kein Glück", seufzte Cyprian, „weder auf dem Meere noch in der Liebe."

„Dann lasst die Finger von den Frauenzimmern", riet sie ihm, „und bleibt hübsch auf dem Trockenen. Es hat jeder sein Päckchen zu tragen, und das nicht ohne Grund. Wie man sich bettet, so schläft man. Was du begangen hast, das musst du bezahlen. Auch ich kann ein Liedlein davon singen. Denn damals als mein Lorenz nicht wiedergekommen ist, da hatte ich einen anderen im Sinn gehabt. Und so bin ich gestraft worden von Gott dem Allmächtigen, der die Sünden der Väter heimsucht an den Kindern bis ins dritte und vierte Glied. Wer kann mit guten Gewissen sagen: Alle meine Vorfahren haben unsträflich gelebt? Ich habe keine Nachkommen. Ich bin schon das dritte oder vierte Glied. An meinem Grabe werden keine Tränen fließen."

„Ihr mögt wohl recht haben!", seufzte Cyprian und dachte an die Büchsenkugel, die er gegen Stephan abgefeuert hatte, und an den Langhobel, mit dessen Hilfe er auf Drago Tollert losgegangen war.

Was soll ich beginnen? sprach er zu sich selbst, als er vierzehn Tage später an Klaudines Grabhügel stand, um von ihr Abschied zu nehmen. Ich wollte zum anderen Male reich werden, und bin darüber gefallen in Versuchung und Stricke und

andere törichte und schändliche Laster. Die Heimat ist mir verschlossen, und die Fremde hat mich ausgespien. Ich bin nicht
mehr nütze als ein Blatt, das der Wind vom Baume geweht hat.
Wäre es nicht besser, ich läge auf dem tiefsten Grunde des Mee-
res? Oder soll ich nach Amsterdam wandern und noch einmal
bei Groen van Moje anklopfen? Nimmermehr! Je eifriger ich
Schätze sammle, umso heftiger vermehre ich meine Not. Womit ich gesündigt habe, damit bin ich bestraft worden. Aber was
hat Klaudine begangen, dass sie den Tod erleiden musste? Hat
die Schwester für die Schandtaten ihrer Brüder zu büßen? War
sie auch das vierte Glied einer von Gottes Zorn heimgesuchten
und zur Ausrottung bestimmten Familie?

Nachdem er den Ring verkauft und seine Schulden bei Stine
Zoerfel bezahlt hatte, behielt er nicht mehr als drei Taler und
sieben Groschen übrig.

„Was habt Ihr vor?“, fragte sie ihn, als er sich zum Aufbruch
rüstete.

„Weiter zu wandern, bis ich die Straße gefunden habe, die
aus diesem Jammertal hinausführt“, antwortete er, und sie
sprach: „Gott behüte Euch um seines Namens willen!“

Wie er unter die Gaukler geriet

Als Cyprian betrübten Gemüts aus Gent von dannen strebte, holte er einen Bettler ein, der die Straße entlang hinkte und ein lustiges Lied vor sich hin summte.

„Warum bist du so fröhlich?", fragte Cyprian verwundert. „Da du doch in Lumpen gehst und obendrein noch ein lahmes Bein hast!"

„Ich freue mich, dass ich lebe!", sprach der Bettler und bat um eine milde Gabe.

„Ich habe nichts", seufzte Cyprian.

„Potztausend!", lachte der Bettler. „Aber Ihr tragt einen Rock, der viel mehr als zwei Taler gekostet hat, als er neu war, und um Eure Stiefel könnte Euch jeder Edelmann beneiden."

„Du hast gut reden!", begehrte Cyprian auf. „Ich bin ärmer als du, denn ich war vor fünf Wochen noch ein reicher Mann."

„Ei, so wollen wir zusammen unser Glück versuchen!", rief der Bettler und stellte das Hinken ein, um nicht zurückzubleiben. „Zu zweien kommt man leichter durch die Welt."

Cyprian mäßigte seinen Schritt, und der Bettler begann wieder zu hinken.

„Ihr müsst Euch nicht wundern", fuhr er fort, „wenn ich einmal nicht hinke. Vor zehn Jahren habe ich damit angefangen, und heut hab ich darin eine solche Fertigkeit, dass ich viel lieber hinke, denn gerade daher gehe. Die Bauern hier herum auf den Dörfern sind reich, aber sie geben nicht gern. Man muss schon hinken oder sonst einen Leibesschaden vorweisen können und ihnen die Ohren volljammern und blutige Märlein erzählen. So kann man leicht von morgens bis mittags fünf Groschen einsammeln. Und abends in der Herberge findet man immer eine willige Dirne, die sich zu einem legt."

„Hast du niemals reich werden wollen?", forschte Cyprian kopfschüttelnd.

„Als ich jünger war, da hatte ich wohl solche dumme Gedanken", gestand der Bettler. „Doch was hilft der Reichtum? Mehr als satt essen kann ich mich nicht. Und wenn ich sterbe, kann ich nicht einen roten Heller mitnehmen. Warum also soll ich mich über Gebühr plagen für einen anderen, der mich einmal beerben will. Ei zum Kuckuck und seinen Küster, mag er selber zusehen, wie er satt wird!"

„Aber es gibt", warf Cyprian ein, „außer dem Sattwerden und einer willigen Dirne noch viele andere Dinge auf dieser Welt, nach denen das Herz begehrt und die ohne Geld nicht zu haben sind."

„Narrenspossen!", lachte der Bettler ausgelassen. „Was für Geld zu haben ist, ist nicht das Geld wert. Will ich mir das Herz erfreuen, so sing ich ein Liedlein oder leg mich unter einen blühenden Baum und höre den Vögeln und den Grillen zu. Dafür brauche ich nicht einen Pfennig zu geben!"

„Und wenn dich eine Krankheit anfällt?", gab ihm Cyprian zu bedenken.

„So geh ich zu den Barmherzigen Brüdern und lass mich von ihnen gesund pflegen!", war des Bettlers Antwort, der nun heftiger hinkte, denn sie näherten sich einer Ortschaft. „Wartet am anderen Ende des Dorfes auf mich. Es kann ein gutes Stündlein währen, bis ich fertig bin."

Aber Cyprian schritt weiter.

Gegen Abend sah er am Wege einen Landmann, der mit dem Pflug ein Brachfeld umwarf. Und da Cyprian müde war, setzte er sich auf einen Stein und schaute dem fleißigen Bauern zu.

Er war schon bei Jahren, denn sein Haar war schlohweiß und sein Rücken gebeugt. Aber unermüdlich und unverdrossen schritt er hinter dem scharfen Schareisen und den beiden starken Rossen her und zog Furche neben Furche, bis die Abendglocke vom nahen Dorfe herüberklang.

Da hielt er die Tiere an, tat die Kappe herunter und faltete die Hände zum Gebet.

Cyprian war es, als rührte ein sanfter Finger an sein Herz, dass es zu klingen und zu singen begann wie eine ferne Glocke.

Er betet und arbeitet! ging es ihm durch den Sinn. Er pflügt, sät und erntet Jahr für Jahr und nährt uns alle. Alle Menschen werden satt vom Segen seiner Hände. Er betet für alle um das tägliche Brot. Ich Narr, der ich Zucker baute und mit Pfeffer handelte, der ich Gold raffte und Silber häufte. Ein Kornbauer hätte ich werden sollen! Kein Dieb und Räuber kann ihm die Scholle nehmen, daraus der Halm sprosst, und sicher ist sie vor dem Wüten der Wogen. Oh ich Tor, dass ich meiner Heimat entlief! Nun lieg ich hier wie ein zersplittertes Holz, das der Sturm an den Strand geworfen hat und das zu nichts mehr nütze ist, als in den Ofen geworfen zu werden!

Heiße Tränen rannen ihm ob der Bitternis dieser späten Erkenntnis aus den Augen, und als er sie endlich hob, war der Bauer schon ferne und strebte mit seinen Pferden dem Dorfe zu.

Noch drei Wochen wanderte Cyprian weiter, der Sonne entgegen, und seine geringe Barschaft schmolz immer mehr zusammen.

Was nun? fragte er sich, als auch der letzte Taler von ihm Abschied genommen hatte.

Bald darauf erreichte er ein Dorf, vor dem die Gaukler ihr Zelt aufgeschlagen hatten. Daneben machte sich ein grüner Wohnwagen breit mit Tür, Fenstern und einem vertrauenerweckend schmauchenden Ofenrohr. Hinter dem Zelt standen zwei Plankarren. An ihren Rädern waren die vier mageren

Gauklermähren angebunden, die sich an den Unkräutern des Dorfangers gütlich taten.

Lautes Lachen erscholl hinter der bunten Leinwand, und Cyprian trat ein, nachdem er einen Heller erlegt hatte.

Ein feister Spaßmacher, der mit närrisch geschminktem Gesicht und im schäbigen Flittergewand auf den schwankenden Brettern stand, erspähte den gut gekleideten Gast sogleich und rief: „Willkommen, edler Herr Graf! Tretet nur näher und nehmt Platz auf diesem Thron!"

Damit langte er einen alten, wackligen Bauernstuhl hinter der rot verhängten Seitenwand hervor und stellte ihn dicht vor die Bühne.

Cyprian setzte sich, dass die dichtgedrängte dörfliche Zuschauerschaft hinter ihm blieb.

Darauf kündigte der Gaukler das letzte Stück an, womit die heutige Vorstellung beendet werden sollte. Es hatte den ebenso wohl gelungenen als auch vielversprechenden Titel:

D e r   S t e r n   A r a b i e n s
oder
Die überaus standhafte Feodosia

Und wie die Zuhörer bisher gelacht hatten, so begannen sie jetzt zu weinen und zu schluchzen über die christliche Jungfrau Feodosia, die von den türkischen Heiden aus Jerusalem geraubt und in die Wüste geschleppt worden war, allwo sie mit schweren Ketten an den zarten Gliedern in der heißen Sonne liegen musste, Hunger und Durst litt und gar herzzerbrechend und jämmerlich ihr überaus grausames Schicksal bewimmerte und bewehklagte.

Auch Cyprian war hingerissen von dem meisterhaften Spiel der Schauspielerin, die diese Rolle verkörperte, und vergaß darüber sogar, wenn auch nur für eine kleine Weile, seinen eigenen Kummer.

Wie war sie schön, die fromme Jungfrau Feodosia! Flehend zum Himmel streckte sie die weißen Arme und zarten Hände und schrie zu Gott und nach ihrem lieben Ritter Fortunatus, den sie in Ehren und Züchten als eine reine Braut geliebt hatte und aus dessen Armen sie so kurz vor der Hochzeit durch die abgründliche Tückeboldigkeit der grausamen Allah-Rufer gerissen worden war.

Sogleich trat der böse Ibrahim auf, zog das krumme Schwert und bedrohte sie mit dem Tode, wenn sie nicht sogleich und auf der Stelle die Seine werden wollte. Ganz fürchterlich war er in seinem Grimme. Er knirschte mit den Zähnen und rollte die Augen wie ein blutdürstiger Tiger, und sein schwarzer Schnauzbart sträubte sich empor wie ein widerborstiger Schlotbesen.

Feodosia jedoch wies ihn zurück und rief:

„Von dir, du Ungetüm, und deinem Schnauben,
lass ich mir meine Jungfernschaft nicht rauben!"

Und demütig senkte sie den lieblichen Nacken, um den Todesstreich entgegenzunehmen.

Aber der fuchsteufelswilde Ibrahim versagte in diesem Punkte, weil er sie doch noch herumzukriegen hoffte, worauf er wieder durch dasselbe Loch hinausfuhr, daraus er hervorgekommen war, um seine gänzlich entmenschte Seele also zu entblößen.

Die Jungfrau aber rang von neuem und viel stärker als bisher die zarten Finger, schlug die großen, blauen Augen zum Himmel auf und betete inbrünstig:

„Oh Gott und Vater, sieh die Pein
Und sende mir den Retter mein!"

Worauf sich hinter der rechten Seitenwand ein gewaltiger Lärm erhob, dazu Waffengeklirr, Todesröcheln und erschreckliches Gewinsel. Und es trat auf der edle Ritter Fortunatus in strahlender Rüstung, Schild und Helm. Sein gerades Kreuzschwert war rot von Türkenblut. Er zerschlug damit der Jungfrau Ketten und zog sie an seine Brust, um sie zu küssen. Sie vergoss dabei so echte Freudenzähren, dass sogar Cyprians Lider nass wurden. Das Bauernvolk hinter ihm aber schüttelte sich allzumal vor Geheul und Schluchzen.

In diesem Augenblick gab es hinter der linken Seitenwand ein so entsetzliches Getöse, als fiele die Schaubude ein. Das vollbrachte kein anderer als der böse Ibrahim. Aber er traute sich erst gar nicht auf die Bretter heraus, dieweil er bereits am hintersten Ende seiner schlimmen Taten stand.

Zweimal fuhr des Ritters langes Schwert durch die Wand, wobei er mit siegesgewisser Stimme rief:

„Nimm diesen Streich und diesen nimm:
Zur Hölle mir dir, Ibrahim!"

Und obschon der ungläubige und verstockte Übeltäter nicht zu sehen war, hörte man ihn doch, so lang und dick er war, zu Boden schlagen, dass an seinem Tode und an der Gerechtigkeit Gottes nicht länger zu zweifeln war.

Darauf schloss sich der Vorhang, dass es stäubte.

Auf den lauten Beifall, der sich nun erhob und daran sich auch Cyprian lebhaft beteiligte, erschien die Jungfrau Feodosia noch einige Male, verneigte sich huldvoll und warf Cyprian einen zärtlichen Blick und endlich sogar einen Kuss zu. Der Ritter Fortunatus aber sprang rasch zum Ausgang des Zeltes, um jeden, der hinauswollte, den Benefizteller unter die Nase zu halten.

Cyprian blieb sitzen, um sich nicht unter das drängende Volk zu mengen, und sann vor sich hin. Als das Zelt leer war und er sich erheben wollte, stand die Jungfrau Feodosia dicht vor ihm und hielt ihm lächelnd ihren Teller hin. Und er holte den letzten Groschen aus der Tasche.

„Wenig, aber von Herzen, Gnädiger Herr!", schmollte sie ihn an und knickste dazu.

„Ihr verkennt mich, edle Jungfrau!", wies er sie zurecht. „Ich bin kein Gnädiger Herr! Obschon ich es um Euretwillen sein möchte!"

„So seid Ihr unglücklich?", rief sie verwundert und setzte sich zu ihm.

„Ein wenig", lächelte er achselzuckend. „Ich weiß noch nicht, wo ich heute mein Haupt hinbetten kann. Vielleicht bei Mutter Grün! So Euch das zum Unglück genügend erscheint, so mögt Ihr mich immerhin für nicht sehr glücklich halten."

Indessen hatte der Ritter Fortunatus seine Rüstung abgelegt und trat nun als der vom Tode auferstandene Ibrahim zu ihnen.

„Seid mir gegrüßt, edler Graf!", rief er und streckte Cyprian beide Arme entgegen. „Wie hat Euch unser Spiel gefallen?"

„Vortrefflich!", erwiderte Cyprian und drückte ihm die Hand. „Nur wünschte ich, dass der böse Ibrahim nicht hinter, sondern vor der Wand zur Hölle geschickt würde!"

„Wohl gesprochen!", rief der Gaukler geschmeichelt. „So steht es auch in meiner von mir selbst verfassten Handschrift dieses wunderbaren Spiels und so haben wir es auch damit gehalten, bis mir eine reiche Bäckerswitwe in Brüssel meinen unvergleichlichen Heldenspieler wegschnappte. Nun muss ich alles selbst spielen, denn die guten Liebhaber sind so rar, wie die Bäckerswitwen zahlreich sind. Wäre mir diese edle Jungfrau Mirabella nicht treu geblieben, ich müsste mich aus Verzweiflung stracks an den nächsten Baum hängen, so wahr ich Theorbus Webelhut heiße und in meiner doppelten Kunst als Schauspieldichter und Komödienmeister keinem auf dieser Welt zu weichen brauche."

Hier fiel ihm Mirabella in die Rede, indem sie ihn auf Cyprians missliche Lebensumstände aufmerksam machte.

„Euch schickt der Himmel!", schrie Theorbus Webelhut und umkreiste sich mit seinen viel zu langen Armen, als stände er auf der Bühne. „Schlagt ein und ich will Euch in drei Stunden zu einem Künstler bilden, der mir die Palme der Meisterschaft streitig machen soll."

„Habt Dank für Eure gute Absicht!", seufzte Cyprian. „Aber ich tauge nicht zum Gaukler. Das Leben hat mir so übel mitgespielt, dass mir das Lachen darüber vergangen ist. Ein Ackerknecht möchte ich sein, dann wäre mir wohl!"

Die Jungfer Mirabella rang die Hände und verdrehte die Augen, als wollte sie sagen: Das geht nicht mit rechten Dingen zu.

„Hör ich recht?", schrie Theorbus Webelhut und warf sich in die Brust. „Ein Ackerknecht? Mit Euren feinen Manieren? Ihr wollt Komödie spielen mit mir alten Komödianten! Ein Ackerknecht, der Mist karrt? Das ist die Wahrheit nimmermehr!"

Cyprian nickte ernsthaft, und Mirabella schüttelte darob den schön gelockten Kopf, verzog schmollend die roten Lippen und schaute ihn mit hochgezogenen Brauen von der Seite an.

„Nun gut!", rief Theorbus Webelhut und holte ganz tief Atem, wobei er zweimal seinen Adamsapfel hinunterschluckte. „Ich habe Euch ins Herz geschaut und will Euch schlagen mit den Waffen des Geistes. Ihr scheltet mich einen Gaukler und stellt mich unter den Ackerknecht, der doch nur für den Leib sorgt und die Seele verschmachten lässt. Denn Lachen und Weinen ist das Brot der Seele. Und so hoch die Seele über dem Leibe steht, so hoch steht der Künstler über dem Ackerknecht. Der Leib fährt hinab in die Grube, wo ihn die Würmer fressen. Die Seele aber schwingt sich empor von Ewigkeit zu Ewigkeit. Nun geht und wendet der edlen Kunst den Rücken, um ein

Ackerknecht zu werden, so es Euch jetzt überhaupt noch möglich ist."

Der Kraft dieser Gründe hätte sich Cyprian wohl noch zu entziehen vermocht, wenn nicht Mirabella ihr höchst verlockendes Knie gegen seine Schenkel gepresst und ihn ebenso heimlich wie anreizend in den Arm gekniffen hätte.

„Ich will es versuchen", sprach er zögernd und schlug in Theorbus Webelhuts rechte Hand ein, die er ihm wie einen flachen Teller hinstreckte.

Darauf umarmte und küsste er ihn, nannte ihn seinen Kunstbruder und Herzensschüler und schleppte ihn in den Wohnwagen, wo er ihn seiner Ehefrau Philippine vorstellte, die hinter einem Vorhang hauste und für die Bühnengeräusche und das Essen zu sorgen hatte. Sie schaute zu ihrem Gatten auf wie zu einem Gott, wagte kaum den Mund zu öffnen, wurde jedes Jahr zweimal schwanger, hatte aber keine Kinder, und wurde von einem sehr bösen Husten geplagt.

Theorbus Webelhut schrie nach Wein und begann, nachdem er getrunken hatte, seinen neuen Schüler in die Geheimnisse der seelennährenden Kunst einzuweihen. Mirabella wohnte diesem Unterricht nicht lange bei, fing bald an zu gähnen und zog sich hinter den Vorhang auf der anderen Seite des Wohngehäuses zurück, nachdem sie Cyprian ebenso zärtlich wie deutlich auf den Fuß getreten hatte.

Theorbus Webelhut trank und schwatzte, bis ihm die Silben durcheinanderliefen. Cyprian musste sein Lager auf einem der beiden Planwagen aufschlagen und schlief auch bald ein, obschon ihm der Kopf dröhnte, weniger von dem verwässerten Wein, denn von seines neuen Meisters allzu tönenden Worten.

Am nächsten Morgen tat Cyprian die Rüstung des Ritters Fortunatus an und brüllte alsdann so tapfer hinter der rechten Seitenwand, dass Theorbus Webelhut als Komödienmeister schier in Verzückung geriet. Als Ibrahim aber Hals über Kopf hinter die linke Seitenwand absauste, stürzte sich Cyprian als Ritter Fortunatus auf die Jungfrau, sprengte ihre Ketten, dass die Glieder bis über die Rampe flogen, und küsste sie so richtig und ganz ausgiebig, dass es nicht nur dem bösen Ibrahim, sondern auch Theorbus Webelhut zu arg wurde. Beide sprangen in einer Person aus dem Loch und mussten sogleich unter zwei wohlgezielten Streichen des Ritters Fortunatus auf der Bühne verröcheln, der darauf das Küssen mit erhöhtem Nachdruck fortsetzte.

„Halt, halt!", schrie Theorbus Webelhut. „Genug damit! Was man übertreibt, wirkt unnatürlich."

Allein Cyprian hatte sich bereits so heftig in seine neue Rolle eingelebt, dass er in Theorbus Webelhut nur noch den schlimmen Ibrahim sah und ihn fortgesetzt zur Hölle schickte.

So konnte es dann nicht ausbleiben, dass Cyprian am Abend vor der staunenden Bauernschaft einen großen Erfolg errang. Die Heller auf Theorbus Webelhuts Teller häuften sich. Doch seine Eifersucht wurde dadurch keineswegs besänftigt, sondern trieb ihn von neuem hinter den Vorhang, wo er Cyprian schon wieder in Mirabellas Armen finden musste.

„Zum Teufel!", fluchte Theorbus Webelhut und ballte die Fäuste. „Das Spiel ist aus!"

„Wir sind noch nicht fertig!", zischte sie. „Was soll die Störung? Ich bin nicht deine Sklavin! Wen ich liebe, dem schenke ich mich!"

„Oh Undank, Undank der Welt!", keuchte Theorbus Webelhut. „Habe ich dazu eine Künstlerin aus dir gemacht, du treuloseste sämtlicher Geschöpfe?"

„Geh zu deiner Frau, du eifersüchtiger Gockel!", trumpfte sie auf. „Bei mir hast du ein für allemal ausgespielt!"

„Weh mir!", stöhnte er auf. „Welch ein Abgrund von Schlangen und Nattern ist doch der Busen des weiblichen Geschlechtes!"

250

„Hör auf zu winseln, elender Kulissenschieber!", fauchte sie ihn an. „Was willst du von mir? Setz dich lieber auf die Hosen und dichte ein neues Stück! Der alte Schmarren taugt nichts mehr und hängt mir längst zum Hals heraus."

„Mach mich nicht rasend, Mirabella", schnaubte Theorbus Webelhut und ließ seine Augäpfel kugeln.

„Du rostest ja schon, du Tropf von einem Versedrechsler!", lachte sie ihn aus. „Du bist ja gar kein Mann, du bist nur ein Perückenstock für Bombenrollen. Und wage mir nicht unter die Augen zu kommen, bevor das neue Stück fertig ist. Sonst sollst du mich von einer ganz anderen Seite kennen lernen!"

Theorbus Webelhut verließ sie mit der Gebärde einer solch wilden Verzweiflung, dass Cyprian nun doch einige Gewissensbisse verspürte. „Oh Mirabella", murmelte er, „mich dünkt, du hast ihn etwas zu hart behandelt!"

„Ei, lass den alten Narren!", rief sie wegwerfend. „Er spielt immer nur Komödie."

„Aber das ist doch sein Beruf", seufzte Cyprian.

„Was?", begehrte sie auf. „Du willst ihn noch in Schutz nehmen, diesen lächerlichen Hanswurst, diesen aufgeblähten Gugelhupf? Lobe seine Verse, und du kannst ihn um den Finger wickeln."

Damit schlang sie ihre wunderweichen Arme um Cyprian, um das Liebesspiel da fortzusetzen, wo es von Theorbus Webelhut unterbrochen worden war.

Ich habe auf der ganzen weiten Welt keinen Menschen außer ihr! dachte Cyprian, erwiderte ihre glühenden Küsse und verbrachte in ihren Armen eine recht vergnügliche Nacht.

Theorbus Webelhut dagegen schlief umso schlechter und wälzte sich bis zum Morgengrauen in seiner Koje hin und her. Dazu hustete seine Frau hinter dem Vorhang, dass es einen Mühlstein hätte erbarmen können.

Und so war es denn wirklich kein Wunder, dass Theorbus Webelhut schon mit Sonnenaufgang daranging, seine doppelte, schier unbeschreibliche Verzweiflung zu Papier zu bringen. Er setzte sich an den Tisch, rührte mit dem Gänsekiel im Tintenfass herum, bis es aufschäumte, und brachte zunächst einen talergroßen Klecks zustande. Denn der Anfang fiel ihm immer am schwersten. Und dann schrieb er darunter:

Die Schlange von Sina
oder
Die mit Recht bestrafte Buhlerin Adelgunde

Dieses ebenso rührende wie majestätische Lauer-, Schauer- und Trauerschauspiel hub an mit den folgenden Versen:

Ich, Kaiser von Sina, erheb meine Stimme:
Zerplatzen möchte ich vor Wut und Grimme,
Weil meine Geliebte, die Adelgunde,
Buhlt mit dem Grafen, dem krummen Hunde!
Ich möcht ihn zerquetschen und ihn zerschmeißen,
Ihn in ganz kleine Stücke zerreißen,
Zu Pulver zerstoßen, um ihn zu zerlaugen,
Er ist mir Dornicht in beiden Augen!
So hat mich die Eifersucht in den Krallen:
Das lasse ich mir nicht länger gefallen!
Mein hochedles Blut schlägt kochende Wogen:
So bin ich verraten, geprellt und betrogen!
Ich lechze nach Blut, ich schnaube nach Rache:
Ich, der gekrönte allmächtige Drache!

Mit diesem Meisterwerk, das sogar Mirabellas uneingeschränkten Beifall fand, zogen sie nun zwischen Maas und

Rhein hin und her und brachten das Bauernvolk zum Lachen und Weinen.

Cyprian suchte sich nach Kräften nützlich zu machen, und das nicht nur auf der Bühne und in Mirabellas Armen. Er strich auch den Wohnwagen mit himmelblauer Farbe an, bemalte ihn mit goldenen Sternen, leckeren Kringeln, flammenden Herzen und dicken Lorbeerkränzen, fütterte die vier Mähren rund und dick, striegelte sie jeden Morgen, dass sie glänzten, und versuchte sogar, die arme Frau Philippine von ihrem bösen Husten zu kurieren.

Aber hier versagte seine Kunst, es wollte und konnte mit ihr nicht besser werden.

So rollten sie von Dorf zu Dorf, und Theorbus Webelhut machte vortreffliche Geschäfte. Er fuhr immer voraus und lenkte das Wohngemach vom Vorderfenster aus, Cyprian folgte ihm mit den beiden zusammengekoppelten Planwagen, darauf die Gewänder und Rüstungen, die sonstigen Darstellungsgerätschaften und das zusammengerollte Zelt lagen, und Mirabella saß an seiner Seite und schmiedete Zukunftspläne. Das war ihre Lieblingsbeschäftigung, wenn sie unterwegs waren.

„Wir müssen uns plagen, und er steckt das Geld ein!", erboste sie sich eines Morgens über Theorbus Webelhut, der immer schärfer den Daumen auf der Tasche hielt. „Das muss anders werden!"

„Wie soll es anders werden", versetzte Cyprian, „da ihm doch das Zelt gehört und er es ist, der die Stücke schreibt?"

„Ach, warum kannst du nicht dichten?", murrte sie und er antwortete achselzuckend: „Weil ich kein Gaukler bin."

In dieser Nacht wurde Frau Philippine von ihrem Leiden erlöst und fand drei Tage später auf dem Friedhof zu Erkelenz die ewige Ruhe. Denn inzwischen war die Ernte herbeigekommen, und Theorbus Webelhut pflegte in diesen Wochen die

Dörfer zu meiden und sein Zelt in den Marktflecken und kleinen Städten aufzuschlagen.

Er war über den Verlust seiner Frau so untröstlich, dass Mirabella keine andere Wahl blieb, als sich seiner zu erbarmen, zumal sie nun auch für die Küche zu sorgen hatte.

Und Cyprian merkte geschwind, was die Glocke geschlagen hatte.

Mirabella begann sich nun als die Herrin aufzuspielen und Cyprian so heftig mit ihren Launen zu plagen, dass er bald mehr als genug von ihr hatte und nur noch darauf sann, wie er von der Gaukelei, die ihm immer mehr gegen den Strich ging, einen stummen Abschied nehmen könnte.

Und so band er denn eines Tages, als sie von Puffendorf nach Geilenkirchen unterwegs waren, die Zügel seiner Gäule an den Wohnwagen, dort, wo er hinterwärts um einen Haken ein großes Herz hingepinselt hatte, und ging durch die Felder und Wiesen auf und davon.

Was er als Bauernknecht erlebte und weswegen er in den Kerker geworfen wurde

So eifrig sich Cyprian auch darum bemühte, als Bauernknecht unterzukommen, es wollte sich ihm noch immer keine Gelegenheit dazu bieten.

Da stieß er kurz vor Herzogenrath auf einen in Jülich entlassenen Soldaten, der über die Grenze nach Merken wollte, wo er herstammte und sein Handwerk erlernt hatte.

„Ich bin ein Schmied", sprach er zu ihm, „und wenn du mitkommen willst, so sollst du wohl bald ein Dach über dem Kopf haben. Denn drüben im Limburgischen sind die Knechte viel rarer als hier im Jülichschen."

Aber auch diese Hoffnung erwies sich als eitel, und schon nach drei Tagen sah sich Cyprian zur Umkehr genötigt.

Am folgenden Morgen gab er in Valkenburg seinen letzten Heller aus und machte sich dann auf nach Schin op Geul. Der Weg war schattenlos, die Sonne stand immer schärfer, und kein Tröpflein Wasser war zu erspähen.

Und hier, kurz vor dem Dorf Hecheren, vergingen ihm plötzlich die Sinne, und er sank ohnmächtig in den Staub.

Als er wieder zu sich kam, sah er sich in einer Bauerndiele gleich neben dem Herd auf einer Strohschütte liegen, und vor ihm stand ein älterer Bauersmann, der ihn schweigend betrachtete.

„Wo bin ich?", fragte Cyprian, indem er sich mühsam aufsetzte.

„Bei mir, dem Sebastian Gestel!", erwiderte der Bauer und reichte ihm einen Napf mit Hafergrütze. „Ich habe Euch auf der Straße gefunden. Langt nur zu, ich gebe es Euch gerne!"

„Warum tut Ihr das?", murmelte Cyprian.

„Das ist Christenpflicht!", antwortete Sebastian Gestel. „Nehmt Euch Zeit und esst nicht zu hastig, sonst bekommt es Euch schlecht."

Damit ging er hinaus in den Stall, um den Kühen den Klee in die Raufen zu werfen.

Als er nach einer Stunde wieder auf die Diele trat, war der Napf leer, und Cyprian schlief tief und fest.

Sebastian Gestel nickte befriedigt, füllte den Napf von neuem, legte ein Stück Brot und einen Handkäse daneben, schloss die Tür und ging mit der Sense auf der Schulter ins Feld, den letzten Weizen und die erste Gerste zu schneiden.

Gegen Abend kam die Bäuerin heim, die in Maastrich auf dem Wochenmarkt gewesen war, und fand den schlafenden Cyprian. Sie war ein stattliches Weib, flink und hurtig in ihren Bewegungen und keineswegs hässlich. Sogleich erhob sie ein großes Geschrei, wovon Cyprian erwachte.

„Pack dich hinaus, du Landstreicher!", schrie sie erbost, nahm ihm das Essen weg und stellte es mitten auf den Tisch.

Cyprian erhob sich und wollte zur Tür. Aber seine Schwäche ließ ihn schwanken, ein Schwindel packte ihn, und er musste sich an der Tischplatte festhalten, um nicht zu stürzen.

Schweratmend fiel er auf den Stuhl.

„Habt ein wenig Geduld mit mir!", stöhnte er.

In diesem Augenblicke trat der Bauer herein.

„Gelobt sei Jesus Christus!", sprach er und setzte sich hinter den Tisch.

„In Ewigkeit, Amen!", rief die Bäuerin erbittert und warf die Töpfe auf dem Herd durcheinander, um die Abendmahlzeit zu richten.

„Esst nur, dass Ihr wieder zu Kräften kommt", sprach Sebastian Gestel zu Cyprian, der ganz unschlüssig dasaß. „Und Gott gesegne es Euch!"

Cyprian rührte sich nicht und starrte mit einem ängstlichen, nicht misszuverstehenden Blick auf die zornige Bäuerin.

„Sie ist ein wenig barsch", entschuldigte sie Sebastian Gestel, „aber sie meint es nicht so schlimm."

Jetzt aber vermochte sie ihren Groll nicht länger zu zügeln, schlug mit dem hölzernen Kochlöffel auf den Tisch, dass es krachte, und kreischte: „Ich meine es noch viel schlimmer, denn du bist ein rechter Narr, mit dem es von Tag zu Tag toller wird. Von früh bis spät mühst du dich, dass du schon mit fünfzig ein alter Mann geworden bist, doch nicht für dich und mich schaffst du so hart, sondern für die Strolche und Tagediebe, die du draußen aufliest und denen du alles in den unersättlichen Schlund stopfen möchtest, du einfältiger Narr!"

„Es steht geschrieben", erwiderte der Bauer ruhig, „brich dem Hungrigen dein Brot, und die, so im Elend sind, führe in dein Haus"

„Es steht aber auch geschrieben", entgegnete sie schlagfertig, „wer nicht arbeiten will, der soll auch nicht essen!"

Hier nickte Cyprian ihr zu und sprach deutlich: „Ich will arbeiten!"

„Das hat bisher jeder gesagt!", keifte sie auf ihn ein. „Aber nach drei Tagen, wenn sie sich nur den Bauch recht vollgeschlagen hatten, sind sie allesamt auf und davon. Ich kenne das böse Gelichter, das sich auf den Landstraßen herumtreibt und faul ist wie Mist. Wenn man ihnen nicht auf die Finger sieht, nehmen sie mit, was nicht niet- und nagelfest ist. An den Galgen sollt man sie hängen!"

„Du versündigst dich, Margarete!", fiel ihr der Bauer in die unsanfte Rede.

„Und wenn ich mich auch versündige", eiferte sie sich weiter, „so geh ich morgen zur Beichte und lass mir die Sünde vergeben. Es muss endlich einmal herunter von meinem Herzen. Du selbst wirst noch ein Bettler werden, wenn du es so weiter treibst. Und mich wirst du mit in dein Elend stoßen. Dann wird dir kein Mensch etwas geben, und du wirst im Straßengraben verrecken wie ein räudiger Hund."

„Oh Margarete!", seufzte der Bauer bekümmert und schüttelte den grauen Kopf. „Wir haben hier auf Erden keine bleibende Stätte, sondern die ewige Wohnung ist uns im Himmel bereitet. Also lass die irdischen Sorgen dahinfahren, denn sie sind allzumal eitel. Haben wir bisher nicht immer genug gehabt? Was sollten wir auch mit dem Überfluss tun, der uns zuwächst. Sollen wir Schätze sammeln, die Motten und Rost fressen, und unser Herz an Gold und Silber hängen, zumal wir keine Kinder haben!"

„Bin ich vielleicht schuld daran?", schrie sie und brach in Tränen aus.

„Hadere nicht mit Gott", vermahnte er sie ernst, „und füge dich seinem Ratschluss. Und hätten wir auch Kinder, so wären wir schlechte Eltern, wenn wir ihnen Schätze hinterließen!"

„Oh Mann!", jammerte sie außer sich. „Du redest irre. Dein eigen Fleisch und Blut willst du in die Armut hinausstoßen!"

„Wer erbt", nickte er eigensinnig, „der mag nicht schaffen. Doch wozu streiten wir uns? Stell das Essen auf den Tisch, mich hungert."

Sie gehorchte und schob auch Cyprian einen Teller mit der dampfenden Suppe hin. Nachdem der Bauer den Tischsegen gesprochen hatte, begannen sie schweigend zu essen.

„Richte ihm das Bett in der Kammer!" befahl Sebastian Gestel, und die Bäuerin gehorchte wiederum, wenn auch nicht ohne missbilligend zu murmeln: „Im Pferdestall ist mehr Platz für ihn."

„Ich will Euch als Knecht dienen gegen Essen und Trinken!" sprach Cyprian und streckte dem Bauern die Hand hin.

„Kleider und Schuhe brauchst du auch!", nickte Sebastian Gestel und schlug ein. „Und wenn du fleißig bei der Ernte hilfst, dann kannst du auch den Winter über bei uns bleiben!"

So wurde Cyprian ein Bauernknecht, stand des Morgens frühe auf, fütterte die Tiere, säuberte den Stall, schirrte die Rosse vor den Wagen, fuhr ins Feld, schwang die Sense, band Garben, schichtete sie auf den Wagen und brachte sie in die Scheuer.

Als die Woche herum war, gab ihm der Bauer einen halben Groschen und sprach: „Es steht geschrieben: Jeder Arbeiter ist seines Lohnes wert."

Und Cyprian steckte die Münze ein.

Am Sonntag ging Sebastian Gestel mit der Bäuerin zur Kirche. Cyprian aber setzte sich währenddessen vor das Haus zwischen die blühenden Stockrosen, hörte auf das Summen der fleißigen Bienen und auf den Klang der Sonntagsglocken und sprach zu sich selbst: Wenn die Bäuerin nur nicht so unsanft wäre, dann hätte es keine Not!

Und so begann er sich denn ein wenig um sie zu bemühen, und der Erfolg blieb nicht aus, denn sie wurde nun von Tag zu Tag freundlicher zu ihm, und Sebastian Gestel machte aus seiner Freude darüber durchaus kein Hehl.

„Geh ihr nur fleißig zur Hand", sprach er zu Cyprian, als sie das Grummet holten, „dann wird sie schon merken, dass du kein Schelm und Landstreicher bist, sondern ein Knecht nach dem Worte Gottes, der weiß, was sich schickt."

Seitdem suchte die Bäuerin nach keiner Gelegenheit mehr, sich über Cyprian beklagen zu können. Sie wurde zusehends sanfter; nur wenn eine Nachbarin in die Wochen kam, pflegte sie ihrem Unmut freien Lauf zu lassen.

„Der Hof ist mein Erbteil gewesen", sprach sie zu Cyprian eines Morgens, als Sebastian Gestel mit den beiden Pferden zur

Schmiede geritten war, „und ich habe den Alten nur genommen, weil ich den Jungen nicht kriegen konnte, den ich haben wollte. Der Herrgott hat ihn mir nicht gegönnt."

„Je nun", meinte Cyprian, „wie mich dünkt, habt Ihr gar keine bessere Wahl treffen können. Der Gestel ist ein Bauer und Christ, wie er im Buche steht."

„Ja, du redest ihm immer nach dem Munde!", murmelte sie missbilligend.

„Wie sollte ich nicht", verteidigte sich Cyprian, „da er doch so barmherzig gewesen ist, mich vom Tode zu erretten."

„Ach Gott", seufzte sie und schlug die Hände zusammen, „was habe ich denn verbrochen, dass ich von zwei solchen Toren geplagt werden muss?"

„Wie soll ich das wissen", entgegnete Cyprian achselzuckend, „wenn Ihr es selber nicht wisst? Denn das Eine steht fest: Ohne den Willen des allmächtigen Vaters fällt kein Sperling vom Dache und kein Tor einer Törin in den Schoß."

Zwei Wochen später hatte die Nachtwächtersfrau das Glück, mit Zwillingen niederzukommen, und die Bäuerin begann daraufhin so vorwurfsvoll mit den Töpfen zu rasseln, dass Cyprian die Ohren gellten.

„Zwölf Kinder hätt ich schon haben können!", beklagte sie sich mit Heftigkeit.

Sebastian Gestel griff zum Gebetbuch.

„Was hilft dir nun deine ganze Frömmigkeit", jammerte sie, „wenn du nicht einmal ein kleines Kind zeugen kannst!"

Cyprian schlich leise hinaus, um nach der Muttersau zu sehen, die dicht vor dem Werfen stand.

Am nächsten Morgen blieb der Bauer daheim, da die Sau noch immer nicht geworfen hatte, und Cyprian ging mit der Bäuerin aufs Feld, den letzten Haferfleck zu schneiden.

Rüstig schaffte er und geriet bald in Schweiß, denn die Sonne brannte immer stärker, und die Luft war stickend und schwül wie in einem Backofen.

Hinter ihm raffte die Bäuerin die gemähten Schwaden und band sie zu Garben.

Als sich Cyprian zum Frühstücken niedersetzte, rückte sie so dicht an ihn heran, dass er ihre festen, breiten Hüften fühlen konnte. Sie nahm das Tuch von den Schultern und bot den schneeweißen und vollsaftigen Busen der Sonne dar.

„Merkst du noch immer nicht", girrte sie plötzlich und stieß ihn mit dem drallen Ellenbogen in die Seite, „was ich von dir begehre?"

„Ich habe es längst gemerkt!", nickte er. „Aber es steht geschrieben: Du sollst nicht ehebrechen."

„Oh du Schalksknecht!", rief sie und gab ihm einen zärtlichen Backenstreich. „Du sollst die Ehe nicht brechen, du sollst sie befestigen. Du sollst mir nur zu einem Kindlein verhelfen, so dir Gott die Kraft dazu verliehen hat. Oder gefalle ich dir nicht?"

„Ich wäre eine rechter Schalksknecht", gestand er treuherzig, „wenn ich nein sagen wollte."

„Nun denn, dann tu endlich deine Pflicht und Schuldigkeit", drängte sie ihn und schürzte den Rock bis über die wunderrunden Knie, „und zeige her, was du kannst!"

Da er aber noch immer keine Miene machte, ihren Lockungen Gehör zu schenken und sie zu berühren, versetzte sie ihm einen kräftigen Schlag mitten auf den Hosenlatz und rief: „Ich lasse dich nicht, du segnest mich denn!"

„Mit tausend Freuden", versicherte er, „aber nur, wenn der Bauer nichts dagegen hat. Ich will mich nicht wieder in die Nesseln setzen."

„Ei, was sollte er wohl dagegen haben?", begehrte sie auf. „Er wird vielmehr heilfroh sein, wenn du an mir das vollbringst, was er bisher trotz aller Mühe nicht vermocht hat."

„Habt Ihr denn schon mit ihm darüber gesprochen?", fragte Cyprian gespannt und griff vorsorglich nach der Sense.

„Sogleich werde ich es tun!", rief sie, sprang auf wie eine Häsin, die den Jäger kommen sieht, und eilte schnurstracks von dannen.

Als Cyprian an diesem Abend nach Hause kam, hatte die Muttersau dreizehn Ferkel geworfen, und die Bäuerin saß in der Scheune auf den Weizengarben und schluchzte in ihre Schürze. „Warum ward mir das angetan, dass ich mich schämen muss vor meiner eigenen Sau?"

„Das ist ein Weib!", seufzte Sebastian Gestel und kratzte sich hinter dem rechten Ohr. „Sie wird nicht eher Ruhe halten, bis sie ihren dicken Kopf durchgesetzt hat: Weiß Gott, hundert Taler gäbe ich darum, wenn jemand daherkäme, sich ihrer zu erbarmen!"

„Wohlan!" nickte Cyprian entschlossen. „So will ich es denn einmal in Gottes Namen und mit Eurer Erlaubnis versuchen."

„Wohlgetan!", fiel Sebastian Gestel ein. „Aber Ihr dürft ihrer nicht begehren, denn das ist eine schwere Sünde. Wie geschrieben steht: Wer ein Weib ansieht, ihrer zu begehren, der hat schon die Ehe gebrochen in seinem Herzen."

„Ich begehre sie mitnichten!", versicherte Cyprian mit erhobenen Schwurfingern.

„Du darfst sie nur beschatten", fuhr Sebastian Gestel fort, „beschatten mit der Kraft des Höchsten."

„Und ein wenig herzen und küssen!", schlug Cyprian vor.

„Das ist nicht verboten!", nickte Sebastian Gestel. „Aber mit Maß und ohne Ungebühr. Wie geschrieben steht: Lasset uns Menschen machen, ein Bild, das uns gleich sei. Denn wer es nur tut um des Kitzels willen, der ist ein Hurer und wird seinen Lohn empfangen."

„Ei, ei, mein Knechtlein!", jauchzte die Bäuerin unter Tränen, als Cyprian plötzlich vor ihr stand, und griff mit allen zehn Fingern nach dem, wonach sie so heiß begehrte.

„Eia, meine Herrin!", lachte er, nachdem er die ersten beiden Beschattungen an ihr vollzogen hatte. „Ihr seid fürwahr und bei Gott das herzhafteste von allen Frauenzimmern, die mir jemals unter die Finger gekommen sind."

„Aller guter Dinge sind drei!", suchte sie ihn auf das Zärtlichste zu ermuntern, und es bereitete ihm auch nicht die geringste Mühe, ihr schon wiederum zu Willen zu sein.

Darauf erhob sie sich, strich sich die Schürze glatt und sprach zu ihm: „Wenn du weiterhin so tüchtig bist, dann sollst du bei mir wie im Himmel leben."

Und er umfing sie, küsste sie auf die roten Lippen, die dieses Wort gesprochen hatten, und flüsterte: „Oh Margaretelein, du bist wahrhaftig ein Engel!"

Und sie umarmte ihn, presste ihn an sich, küsste ihn auf den Mund, der dieses Wort gesprochen hatte, und flüsterte: „Aber wenn du mir kein Kind machen kannst, dann jage ich dich zum Teufel!"

„Der Tisch hat vier Beine!", rief er, warf sie noch einmal in die Weizengarben und setzte das Schöpfungswerk rüstig fort.

„Jede Hand hat fünf Finger!", kicherte sie und hielt ihn fest.

„Sechs ist der höchste Wurf!", trumpfte er auf und bewies es ihr auf derselben Stelle.

„Die Woche hat sieben Tage!", lockte sie ihn darauf, und das nicht vergeblich.

Dann sprang sie davon, um die Kühe zu melken, die schon im Stall nach ihr brüllten.

Cyprian aber ging zu Sebastian Gestel, der im Vollmondschein auf der Bank zwischen den Stockrosen saß und sein Pfeifchen schmauchte.

„Hast du es vollbracht?", fragte er ihn.

„Das will ich meinen!", nickte Cyprian und setzte sich neben ihn. „Sie hat rein den Teufel im Leibe!"

„Treibe ihn aus!", raunte Sebastian Gestel wie ein Verschwörer. „Denn damals, als ich um sie warb, war sie schon auf dem Sprung, eine Regimentshure zu werden. Davor habe ich sie mit Gottes Zulassung bewahren können. Und wenn ich einmal davongehen muss, dann magst du sie heiraten. Eine bessere Bäuerin gibt es nicht auf dieser Welt."

„Bauer", fragte Cyprian erschreckt, „Ihr wollt Euch doch nicht etwas antun? Dann will ich lieber gleich den Wanderstab zur Hand nehmen und meine Straße ziehen."

„Das sei ferne von mir und dir!", versicherte Sebastian Gestel. „Denn ich bin ein frommer Christ und darum abhold jeglicher Gewalttat. Noch niemals habe ich die Sünde begangen, jemanden von meiner Schwelle zu treiben. Und eben darum habe ich dir auch freie Bahn bei ihr gegeben. Und so erst das Kindlein da ist, und du keine Lust hast, ihr auch das zweite zu machen, dann magst du ungekränkt von dannen ziehen. Ja, du darfst sie lieben mit allen Kräften des Leibes und der Seele, aber du musst sie nicht lieben, so es dir nicht behagt. Denn wo der Zwang zur Tür hereintritt, da fliegt die Liebe zum Fenster hinaus. Und eben darum ist das Sakrament der Ehe der Krebsschaden der gesamten Christenheit."

„Aber", warf Cyprian ein und dachte dabei unwillkürlich an Hulda Ziechner, „wenn zwei sich so liebhaben, dass sie in alle Ewigkeit nimmermehr voneinander lassen können? Was soll dann geschehen?"

„Dann sind sie eine Seele und ein Leib", fuhr Sebastian Gestel fort, „und haben es wahrhaftig nicht nötig, sich das von einem Dritten auf dem Papier bescheinigen zu lassen. In diesem Falle ist die Eheschließung zum mindesten überflüssig. Alles Überflüssige aber ist töricht und schädlich. Wie denn alle Liebesstörungen nur von der Zunft der Ehestifter herrühren, die sich daraus ein so gutes Geschäft gemacht haben, dass sie es nicht mehr zu lassen vermögen, und eben darum so ganz und gar unwürdig geworden sind, den Segen dieses Sakraments am eigenen Leibe zu genießen. Auch hier haben sich mit Gottes Zulassung die Böcke zu Ziergärtnern machen dürfen, um den Beweis zu erbringen, dass sie Böcke und keine Ziergärtner sind. Eines Tages wird auch das offenbar und kundgetan werden."

Aber das so heiß ersehnte Kindlein wollte sich weder offenbaren noch kundtun. Darüber kam der Herbst herbei, Weihnachten rückte heran, und sogar die Adventwochen verstrichen, ohne dass es sich zur Stelle gemeldet hätte. Es war so eigensinnig und hartnäckig, dass es auch die nächsten vier Termine ungenutzt in die Ewigkeit verrinnen ließ.

Da riss der Bäuerin denn doch die Geduld, und zwar in der Exaudinacht, da sie es noch einmal mit Cyprian versuchen wollte.

Und er gab sich wirklich alle Mühe, so sauer es ihm auch schon ankam. Denn von dem zärtlichen Engel, der ihm den Himmel auf Erden versprochen hatte, war nicht mehr viel zu verspüren. Die Bäuerin war schon drauf und dran, in ihre alte Unsanftheit zurückzufallen.

„Du bist schuld!", wagte sie seine männliche Schöpferwürde anzuzweifeln.

Er widersprach ihr mit gleicher Heftigkeit, und da sie als Herrin das nicht zu dulden gewillt war, verabreichte sie ihm eine überaus herzhafte Maulschelle, worauf er sie kurzerhand aus dem Bett und aus seiner Kammer kegelte.

So ging auch diese heiße Liebe im Handumdrehen in die Brüche.

„Der Cyprian taugt nichts!", schrie sie am nächsten Morgen, bevor sie in die Messe ging, den Bauern an. „Ein anderer Knecht muss her, und das sogleich und auf der Stelle!"

Das aber ging Cyprian, der jedes dieser Worte hörte, so erheblich gegen die Ehre, dass er nicht länger zögerte, seinen Dienst aufzusagen.

„Ich kann dich nicht halten", seufzte Sebastian Gestel und legte sechs Taler Knechtslohn auf den Tisch, „und ich wünsche dir alles Gute. Denn du hast getan, was du konntest. Sie ist eben mit Gottes Zulassung ein verschlossener Brunnen."

Wenn sie nicht eine taube Nuss ist! knirschte Cyprian in sich hinein, machte sich reisefertig und griff zu Stock und Hut.

Indessen zählte Sebastian Gestel noch einhundert Taler auf den Tisch hin und sprach: „Such dir hier in der Nähe eine junge Witib. Bei so einer da kannst du am leichtesten unterkommen. Denn das ist gewiss: Eines Tages wird sie sich nach dir noch die Augen ausweinen!"

„Das mag sie tun oder auch nicht!", rief Cyprian trotzig, nahm die sechs Taler an sich, ließ aber die einhundert Taler liegen und murmelte abweisend und verbissen: „Ich bin kein Hurer, der seinen Lohn empfangen muss!"

„Diese hundert Taler", sprach Sebastian Gestel, „habe ich dir zugedacht, und sie bleiben dein Eigentum, auch wenn du sie jetzt noch nicht haben willst."

Und da Cyprian stand und überlegte, ob er dieses Geld nicht doch noch einstecken sollte, trat die Bäuerin über die Schwelle, erkannte mit einem Blick, was sich inzwischen zugetragen hatte, strich die hundert Taler in ihre Schürze und schrie: „Pack dich hinaus, du Taugenichts!"

„So will ich denn von dir Abschied nehmen, Margaretelein, wie es dir gebührt!", rief Cyprian, packte sie um den Leib, legte sie übers Knie, wobei die hundert Taler ihrer Schürze entschlüpften und in alle Dielenwinkel rollten, hob ihr die Röcke hoch und verdrosch ihr den Hintern, bis sie nur noch wimmern und winseln konnte.

Darauf setzte er sie behutsam auf die Ofenbank nieder, drückte Sebastian Gestel die Hand, der diesem seltsamen Schauspiel regungslos zugeschaut hatte, schritt hinaus und warf die Tür hinter sich zu.

Die Bäuerin aber rutschte auf der Ofenbank hin und her und jammerte: „Warum bist du ihm nicht in den Arm gefallen?"

„Sei froh und danke deinem Schöpfer", rief er, „dass du noch so glimpflich davongekommen bist."

Genau vier Wochen später geruhte das Kindlein, sich zum Dasein zu melden, und sogleich fiel die Bäuerin auf die Knie und schluchzte händeringend und herzzerreißend: „Ach, warum habe ich ihn davongetrieben? Die hundert Taler werden mir in Ewigkeit auf der Seele brennen! Gott verzeihe mir die Sünde!"

Darauf ging sie zur Beichte. Und da an ihrer Reue nicht der geringste Zweifel möglich war, erhielt sie auch die gewünschte Absolution, ohne eine Ahnung davon zu haben, dass sie acht Monate später das Glück haben sollte, mit Drillingen niederzukommen.

Zu dieser Stunde irrte Cyprian durch den Baale Wald. Er war immer noch dabei, die reiche Bauernwitib zu suchen, hatte sich vier Wochen lang in den Grenzgebieten umgetan, hier und da auch gearbeitet, bald Holz gehackt, bald einen Garten umgestochen, und wollte seine Hoffnung, sie doch noch zu finden, nicht fahren lassen. So war er in diesem dichten Wald geraten und hatte zuletzt, da der Himmel bedeckt war und die Sonne sich nicht blicken ließ, die Richtung verloren. Aber er verzagte nicht und dachte im Weiterschreiten: Ich werde schon jemanden treffen, den ich fragen kann"

Endlich am späten Abend sah er ein Feuer durch die Stämme blinken, strebte darauf zu und fand daran drei Männer sitzen, die bäuerische Kleidung trugen und ihre Mahlzeit hielten. Im Dunkel des Waldes standen ihre Rosse, fünf an der Zahl, darunter ein Scheck und ein Schimmel.

Cyprian trat auf das Feuer zu, zog die Mütze und tat sein Sprüchlein nach Arbeit. Die drei Männer ließen sich durch sein plötzliches Auftauchen nicht weiter beunruhigen und winkten ihm, näher zu kommen. Der Älteste von ihnen, der einen schwarzen Bocksbart hatte, schürte nun das Feuer, dass es heller aufflammte, beschaute sich Cyprian ein Weilchen und fragte ihn, nachdem er mit seinen Genossen einen Blick gewechselt hatte: „Weißt du mit Pferden umzugehen?"

„Das will ich meinen!", antwortete Cyprian.

„Ich bin ein Rosshändler", fuhr der Schwarzbärtige fort, „und kann einen treuen und tüchtigen Knecht wohl brauchen. Traust du dir zu, zwei Rosse über die Grenze nach Mersen zu bringen?"

„Ich werde mich schon zurechtfragen!", versetzte Cyprian zuversichtlich.

„Was verlangst du dafür?", fragte der Alte weiter.

„Nicht mehr als zwei Taler!", schlug Cyprian vor.

Darauf luden sie ihn ein, sich zu ihnen zu setzen, gaben ihm reichlich zu essen und zu trinken, außerdem die zwei verlangten Taler und beschrieben ihm ganz genau den Weg nach Mersen.

„Seid ohne Sorge", sprach Cyprian, „bis dorthin finde ich schon. Zu wem soll ich sie bringen?"

„Frag nach dem Schwarzen Bock", erwiderte der Alte, „das ist mein leiblicher Bruder, der wird sie dir abnehmen, und bei dem kannst du bleiben, bis wir heimkommen."

Nun holten sie den Scheck und den Schimmel, der ein wenig lahmte, heran und hießen Cyprian in den Sattel steigen. Sie selbst saßen auch auf und brachten ihn auf die Straße nach Geilenkirchen.

Hier trennten sie sich von ihm, dieweil sie noch andere Geschäfte zu verrichten hatten.

Cyprian trabte gemächlich auf dem Schecken durch die Nacht dahin. Den Zügel des Schimmels hatte er sich um den linken Arm geschlungen. Mit Sonnenaufgang erreichte er Geilenkirchen, hier stieg er auf dem Markt vor der Post ab, um die Tiere zu füttern und seinen Durst zu löschen.

Der Postknecht beschaute sich den Schecken und den lahmenden Schimmel und sprach: „Die Pferde kommen mir so bekannt vor!"

„Schon möglich!", nickte Cyprian. „Mein Herr, der Bruder vom Schwarzen Bock, hat sie gestern gekauft. Ich soll sie nach Mersen hinüberbringen. Wie reite ich da am besten?"

„Am nächsten über Heerlen und Valkenburg", antwortete der Postknecht. „Aber der Weg über Herzogenrath ist viel besser, freilich um ganze drei Stunden länger."

Cyprian bedankte sich und ritt nach Herzogenrath.

Als er hier an den Grenzbaum kam, standen da drei Häscher und ein Bauer, die ihm plötzlich in die Zügel fielen.

„Sind das deine Pferde?", fragten die beiden Häscher den Bauern.

„Das sind sie, so wahr ich selig werden will!", beteuerte der Bauer und wies auf Cyprian. „Und das ist einer von den drei Buben, die meinen Sohn erschlagen haben."

„Du lügst!", rief Cyprian und beteuerte aufs lebhafteste seine Unschuld.

Aber es half ihm nichts. Die Häscher ergriffen ihn und brachten ihn nach Geilenkirchen zurück, wo sie drei Stunden nach Mitternacht anlangten und ihn in eine enge Zelle warfen.

Weshalb er an den Galgen kommen sollte und wer ihn davor bewahrte

Nachdem Cyprian einige Tage im Kerker gesessen hatte, wurde er vor drei Gerichtsherren geführt und dem Bauern gegenübergestellt, der ihn des Raubes und des Mordes bezichtigt hatte.

Der erste Richter ließ den Bauern auf das Kreuz schwören und vermahnte ihn, nichts als die lautere und reine Wahrheit zu bekennen.

Darauf erhob der Bauer seine Stimme und sprach: „Am Freitag nach Mariä Geburt ritt ich mit Melchior, meinem einzigen Sohne, der im zwanzigsten Jahr gestanden, am frühen Morgen von meinem Hofe in dem Dorf Winschhoven fort, um den Schecken und den Schimmel, der auf dem linken Hinterfuß ein wenig lahmt, nach Jülich zu bringen, wo wir sie auf dem Viehmarkt verkaufen wollten. Aber kurz vor Setterich wurden wir von drei berittenen Männern angefallen, die wir nicht kannten, die uns mit Stöcken auf die Häupter schlugen und uns aus den Sätteln warfen, wobei sich mein Sohn den Hals abstürzte. Da ich mich nicht rührte, um mich vor ihrer Wut zu bergen, ließen sie uns beide für tot liegen und ritten mit den geraubten Pferden eilig dem Walde zu in der Richtung auf Lindern. Ich trug darauf meines Sohnes Leichnam mit vieler Mühe nach Setterich, wo der Amtmann seine Wunden besah und zu Papier brachte, wie er um sein junges Leben gekommen. Danach machte ich mich sogleich auf, die Räuber zu verfolgen. Allein ich verlor ihre Spur, blieb die ganze Nacht auf den Beinen und fragte am Morgen jeden, den ich traf, nach meinen beiden Pferden. So kam ich auch nach Geilenkirchen, wo mir der Postknecht sagte, dass soeben ein fremder Mann auf meinem Schecken und mit meinem Schimmel an der Hand auf Herzogenrath zu aus dem Tor geritten sei. Worauf ich sogleich zum Häscher lief und Hilfe heischte. Darauf ergriffen wir den Mörder an der Grenze."

„Ist dies der Mann?", fragte ihn der Richter, indem er auf Cyprian wies.

„Bei meiner Seligkeit", antwortete der Bauer, „das ist der Mann und kein anderer."

„Ich bin der Mann", gestand Cyprian, „der auf dem Schecken saß und den Schimmel führte und den Postknecht nach dem Wege fragte. Aber ich bin nicht der Mann, der seinen Sohn erschlug. Drei Männer traf ich des Abends im Wald. Und da ich sie für ehrliche Leute hielt, ging ich sie um Arbeit an. Der Älteste, der vorgab, ein Rosskrämer zu sein, nahm mich in seinen Dienst und hieß mich die beiden Pferde zu seinem Bruder, dem Schwarzen Bock, nach Mersen zu bringen."

„Erkennst du in diesem Mann einen der drei Räuber wieder?", fragten die Richter den Bauern. „Sieh ihn dir genau an, und so du auch nur im Geringsten daran zweifelst, bekenne ohne Furcht deinen Irrtum, auf dass du deine Seele nicht beschwerst mit dem Blute eines Unschuldigen."

Der Bauer warf nur einen einzigen Blick auf Cyprian und sprach: „Er hat meinen Sohn aufs Haupt geschlagen und aus dem Sattel geworfen. Darauf will ich das heilige Abendmahl nehmen!"

„Ihr irrt, guter Freund!", rief Cyprian.

Allein der Bauer blieb genau so hartnäckig bei seiner Aussage, wie Cyprian auf der Behauptung seiner völligen Schuldlosigkeit beharrte.

Darauf beschlossen die Richter, den Beschuldigten der peinlichen Frage zu unterwerfen, auf dass die Wahrheit offenbar würde. Sie ließen Cyprian in ein schwarzes, gewölbtes Gemach bringen und befahlen dem Nachrichter, die Folterwerkzeuge bereitzuhalten.

„Wenn du kein Blut vergossen hast", sprach der erste Richter zu Cyprian, den bei diesen fürchterlichen Vorbereitungen ein Zittern überkam, „so wird deine Unschuld dir die Kraft verleihen, die schweren Martern zu ertragen. So du aber vorher deine Missetaten gestehst, wirst du von der grausamen Pein verschont bleiben."

Da gedachte Cyprian des unschuldigen Blutes, das er vor siebzehn Jahren in seiner Heimat vergossen hatte, fiel auf die Knie, schlug sich an seine Brust und seufzte: „Ja, ich bin ein Mörder!"

Danach sank er zu Boden und rührte sich nicht.

Die Richter ließen ihn in den Kerker zurückbringen und schickten nach dem Arzt, der ihm die Ader schlug, wodurch er wieder zu sich kam.

Nach etlichen Tagen wurde er wiederum vor die Richter gestellt, die von ihm die Namen seiner beiden Spießgesellen zu wissen begehrten.

Und er bekannte sich der Wahrheit gemäß: „Ich kenne ihre Namen nicht."

Nun wurde der Spruch gefällt und der Stab über ihn gebrochen. Schweigend und gefasst hörte er das Urteil, wonach er durch den Strang vom Leben zum Tode gebracht werden sollte. Da an der landesherrlichen Bestätigung dieses Urteils bei der Klarheit des Falles füglich nicht im allergeringsten gezweifelt werden konnte, wurde ein Dominikanermönch bestellt, um den Verurteilten zu seinem letzten Gang vorzubereiten.

„Kein leichterer und geschwinderer Tod", tröstete er ihn, „ist wohl als dieser! In einem Augenblick ist alle Angst vorbei und der Schmerz eher überwunden, als er empfunden wird. Die Leiter, darauf du emporsteigen wirst, wird dir die Himmelsleiter sein, wie sie der Erzvater Jakob im Traume gesehen. Und der hanfene Strick, der deine Seele vom Leibe scheidet, ist das Rettungsseil, womit dich Jesus hinauf in die Seligkeit zieht und dich auf ewig mit dem himmlischen Vater verbindet."

Auf die Mahnung des Mönches, ihm alle sonstigen Sünden zu beichten, schüttelte Cyprian den Kopf und antwortete: „Ich bin bereit zu sterben. Was ich begangen habe, werde ich Gott gestehen und keinem Menschen, dieweil mein Leben doch zu Ende ist."

Solches hinterbrachte der Mönch den Richtern und sprach zu ihnen: „Dieser Mörder hat noch viel mehr auf seinem Gewissen. Es wird gut sein, ihn noch einmal der peinlichen Frage zu unterwerfen, damit wir erfahren, ob er nicht auch ein Bündnis mit dem Teufel geschlossen hat."

Darüber merkten die Richter auf, zumal die Landstraßen unter einer wachsenden Unsicherheit zu leiden hatten und die ungesühnten Verbrechen auf beiden Seiten der Grenze in einer jedes Maß übersteigenden Zunahme begriffen waren.

Darum fügten sie dem Urteil einen längeren Bericht an und schickten beides nach Jülich, woher nach wenigen Tagen der Befehl kam, den verurteilten Mörder Cyprian Schlörk ohne Verzug unter sicherer Bedeckung herüberzubringen und dem Herzoglichen Halsgericht zu überantworten.

So kam Cyprian nach Jülich, wo bereits ein Mann mit Namen Adrian Tyl im Kerker saß, der bei einem schweren Einbruchsdiebstahl in Herzogenrath ergriffen worden war und der auf die Frage nach seiner Abstammung geantwortet hatte, dass er in Mersen als Sohn eines Wollkrämers zur Welt gekommen sei.

Cyprian wurde sogleich bei seinem Eintreffen diesem Adrian Tyl, der alle Grade der peinlichen Frage standhaft ausgehalten und keinen seiner Raubgenossen verraten hatte, gegenübergestellt.

„Kennst du diesen?", fragten die Räte des Herzogs und wiesen auf den Einbrecher.

Und Cyprian gestand der Wahrheit gemäß: „Ich kenne ihn mitnichten!"

Adrian Tyl aber rief: „Das ist eine Lüge! Du bist der Mann, der mit dem Teufel im Bunde steht und auf einem Bock zur Hölle reitet. Du hast mich verführt! Ohne dich stände ich nicht hier."

Darauf wandte er sich an die Richter und schrie: „Er ist der Hauptmann einer Räuberbande von mehr als hundert Köpfen!"

„Was hast du darauf zu erwidern?", fragte der oberste der Richter, und Cyprian antwortete zerknirscht: „Ich sehe ein, dass ich verloren bin! Also gebt mir ein paar Tage Frist, damit ich mich auf alles besinnen kann."

Und die Richter gewährten ihm diesen Aufschub, da sie seine Reue sahen und überzeugt waren, mit diesem exemplarischen Bösewicht einen besonders guten Fang getan zu haben.

Cyprian aber dachte: Da Gott mein Verderben beschlossen hat, darum will ich nun meinem Leben ein Ziel setzen und mich mit eigener Hand aus diesem Jammertal befreien und erlösen!

Die Geilenkirchener Häscher, die ihn bis hierher begleitet hatten, übergaben ihn nun an der Pforte des Jülichschen Kerkers dem herzoglichen Wärter. Das war ein riesenhafter Mann, der einen Holzfuß hatte. Sie reichten ihm auch den Schlüssel für Cyprians Fesseln und zogen heimwärts.

„Kommst du endlich, du dreimal vermaledeiter Galgenvogel!", brüllte der Einbeinige und packte Cyprian an der Schulter, um ihn zunächst einmal gehörig durchzuschütteln.

Cyprians Widerstandskraft war völlig erschöpft. Da ihm aber die Stimme des Wärters vertraut vorkam, hob er die Augen und erkannte in ihm seinen alten Kampfgenossen Xaver Simt wieder.

Mit rauer Faust stieß er den Häftling in die enge Zelle, um ihn an den Ring zu schließen, der unterhalb des vergitterten Luftlochs in die Mauer eingelassen war.

„Erspar dir die Arbeit, Herzbruder!", seufzte Cyprian wehmütig. „Ich entspringe dir nicht. Bring mir lieber einen Strick, dass ich mich an diesem Gitter aufhängen kann. Denn mein Lebensmut ist für alle Zeiten dahin."

„Potz Velten und Prinz Eugen!", stieß Xaver Simt höchst verblüfft durch die Zähne. „Bist du nicht jener Cyprian, der mit mir zu Nürnberg bei dem Pfefferküchler Liebich im Quartier gelegen hat? Musste ich darum bei Malplaquet meinen linken Fuß verlieren, um dich hier als Räuberhauptmann in die Finger zu bekommen? Hab ich dir es nicht gleich vorausgesagt, dass du dereinst am Galgen hängen wirst? Graue Haare hast du auch schon, und übel genug schaust du aus. Aber, bei Gott, du sollst hier bei mir nicht darben, und wenn du gleich ein ganzes Schock Morde auf dem Gewissen hast."

Sogleich nahm er ihm die Fesseln ab, kehrte nach kurzer Zeit zurück und holte unter seinem weiten Mantel einen vollen Krug und eine dampfende Schüssel voll braun gebackener Kuttelflecke und Mehlklöße hervor.

„Hier schling und trink!", sprach er. „Most ist im Krug. Mit vollem Bauch und einem gehörigen Haarbeutel hängt es sich leichter am Galgen."

Cyprian aß und trank, und seine Lebensgeister begannen sich wieder zu regen.

„Hier hast du eine Pfeife Tobak!", fuhr Xaver Simt fort und schlug mit Stein, Stahl und Zunder Feuer. „Und nun erzähle, was du ausgefressen hast. Aber lass das Pfeifchen nicht ausgehen. Ein Kerl, der vor Turin neben mir im Glied gestanden ist, darf sich auch unter dem Galgen von keiner Furcht anfechten lassen."

Jetzt berichtete Cyprian kurz und schlicht, wie ihn das teuflische Unglück verfolgt und immer enger umstrickt hatte und dass er nun das Leben satt und übergenug davon hätte und darum von Herzen gern sterben wolle.

„Übermorgen in der Frühe", schloss er seinen Bericht, „soll ich meine Spießgesellen angeben, hundert an der Zahl, die ich nicht kenne. Und sage ich auch Reihe falscher Namen, so wird es der Teufel schon fügen, dass einige darunter sind, die auf diesen oder jenen redlichen Mann passen. Also, dass ich, ein Unschuldiger, unschuldig Blut vergießen muss, ohne es zu wollen."

„Hol mich dieser und jener", lachte Xaver Simt und schlug sich mit der Faust auf das gesunde Knie. „Und du argloses Gemüt sollst ein hundertfacher Räuberhauptmann sein und mit der Hölle im Bunde stehen? So wahr ich die Schlacht bei Malplaquet gewonnen habe, du sollst nicht gehängt werden! Es ist nur gut, dass wir zwei Tage Zeit haben, um darüber nachdenken zu können, was zu tun ist. Wie bringe ich dich am schnellsten aus diesem Loche hinaus, ohne den eigenen Kopf in die Schlinge zu stecken? Aber was willst du beginnen, wenn du glücklich draußen bist?"

Und Cyprian, der schon wieder etwas Hoffnung zu schöpfen begann, antwortete ihm: „Ich will nach Schlurkheim zurückkehren."

„Pfui Teufel!", knurrte Xaver Simt. „Das ist ein gefährliches Vorhaben! Wie leicht kannst du da aus dem Regen in die Traufe kommen!"

„Ich muss es tun!", seufzte Cyprian. „Denn ich finde keine Ruhe, bis ich nicht meine Jugendsünden gebüßt habe."

„Nun wohl!", nickte Xaver Simt. „Dann magst du es immerhin versuchen. Aber mit Vorsicht und ohne Hast! Das lass dir gesagt sein!"

„Es wird nicht so arg werden", fuhr Cyprian fort, „denn der, auf den ich damals meine Büchse gerichtet habe, ist mit dem Leben davongekommen."

„Dann hast du verdammt viel Glück gehabt!", rief Xaver Simt. „Aber da ist noch der Käsmarker Schreinergeselle, den du in die Hobelspäne gefeuert hast, dass er die Englein im Himmel singen hörte!"

„Das habe ich nur aus Notwehr getan", murmelte Cyprian.

„Aber bis Käsmark ist ein weiter Weg!", gab Xaver Simt zu bedenken. „Und ohne einen Pfennig in der Tasche ist das Wandern ein gar bitteres Vergnügen. Willst du es trotzdem wagen? Fünfzig Taler könnte ich wohl bis morgen in der Frühe für dich auftreiben. Aber du musst sie mir wiedergeben, sobald du es kannst."

„Das vermag ich sogleich!", nickte Cyprian. „Denn bei dem Bauern Sebastian Gestel in dem Dorf Hecheren halbwegs zwischen Schin op Geul und Valkenberg im Limburgischen liegen einhundert Taler, die mir gehören. Die magst du dir bei Gelegenheit holen und schöne Grüße von mir an den Bauern und an die Bäuerin bestellen."

„Topp!", sprach Xaver Simt. „Das musst du mir schriftlich geben."

Und es geschah also, worauf sie weiter an dem Fluchtplan nach allen Regeln der strategischen Kunst herumschmiedeten.

„Ich bin ein Diener des Herzogs", versicherte Xaver Simt am nächsten Morgen mit grimmigem Lächeln, „und darum habe ich nicht nur das Recht, sondern sogar die Pflicht, die allerhöchste Malefiz vor einem offenkundigen Justizmord zu bewahren. Also nimm die Beine in die Hand, wenn du erst draußen bist, und halte dich immer genau nach Osten! Dann kannst du, bevor die Sonne aufgeht, schon die Grenze hinter dir haben. Und vergiss nicht, wenn du nach Nürnberg kommst, die Meisterin auf der Stöpselgasse auf das herzlichste von mir zu grüßen.

Kreuzdividomini, was war das doch für ein Staatsweib! Und so was heiratet einen vertrockneten Pfefferküchler! Denn die Taler habe ich ihm leider nicht mehr abknöpfen können. Als ich endlich die Truhe offen hatte, da war sie leer! So ein hinterlistiger Halunke!"

Als es zu dunkeln begann, trat er wiederum in die Zelle, diesmal aber im Sonntagsgewand nebst Hut und Mantel. Dann zog er eine blonde Perücke aus der Tasche und eine Schere, und machte sich ans Werk, Cyprian von seinen roten Locken zu befreien. Dazu blitzte es über den Dächern, und ein dumpfer Donner grollte heran.

„Potztausend!", lachte er. „Es kommt ein Gewitter heraufgezogen. Der Himmel ist mit uns im Bunde, und die Hölle macht die Musik dazu!"

Damit stopfte er Schere und Locken in die rechte Manteltasche, klopfte darauf und sprach: „Hier ist der Beutel! Und nun müssen wir nur noch die Gewänder tauschen!"

Nachdem das geschehen war, befahl er: „Und jetzt gib mir einen Faustschlag auf den Schädel, damit ich umfalle, schnalle dir meinen Holzfuß unter das Knie und mach dich, so schnell du kannst, zum Kölner Tore hinaus, bevor es geschlossen wird."

„Und was wird aus dir?", fragte Cyprian.

„Darum sorge dich nicht!", winkte Xaver Simt ab. „Sie werden mir wahrscheinlich den Laufpass geben. Aber das soll mich nicht kränken. Ich wollte schon längst los sein von dieser gottverfluchtesten aller Hantierungen. Zudem liegt mein Vater schwer danieder, und mein Bruder hat mir schon zweimal geschrieben, dass ich mich tummeln soll, bei ihm vorzusprechen, bevor es zu spät ist. Also winkt die Freiheit nicht nur dir, sondern auch mir. Und hier hast du die Schlüssel. Schleuß auf und schleuß zu, wie ein gewissenhafter Kerkermeister. Zuerst die Zellentür, dann die Haustür und zuletzt das Hoftor. Und lass

278

dich nicht verblüffen! Herzhaftigkeit ziert den Helden! Es geht um Leben und Tod!"

Darauf half er Cyprian beim Anlegen des Holzfußes, küsste ihn auf beide Wangen und schob ihn über die Schwelle.

Dank des Stelzfußes, der Perücke und des Donnerwetters, das nun mit grimmigem Ungestüm über die herzogliche Residenzstadt Jülich hereinbrach, gelang die Flucht aufs Beste.

Als Cyprian an das Stadttor kam, goss es wie aus Mulden, und die Torwächter saßen im Trocknen und freuten sich wie die Haderläuse im Tatarenpelz.

Nachdem Cyprian im Schutz der anbrechenden Nacht das freie Feld gewonnen hatte, entledigte er sich zunächst des Stelzfußes, der ihm Mühe genug bereitet hatte. Darauf streute er seine Locken in den Wind, der hinter ihm drein blies, und stieß dabei auf den Geldbeutel. Und wie er die Taler durch die Finger gleiten ließ, siehe, da waren es nicht fünfzig, sondern achtzig.

Gott segne ihn dafür! sprach Cyprian zu sich selbst und beschleunigte seine Schritte.

Und das Glück blieb ihm auch weiterhin hold. In Köln, das er schon um die Mittagszeit erreichte, gewann er beim Würfeln mit zwei reichen Weinkrämern in einem Aufsitzen nicht weniger denn sechzehn ganze Taler.

Zur selben Stunde erhielt Xaver Simt von der herzoglichen Justizkammer einen erheblich ungnädigen Abschied, worauf er sich schon am folgenden Morgen in den Sattel schwang und über Herzogenrath nach Hecheren ritt.

Und da Sebastian Gestel an diesem Tage nach Maastrich zum Markt gefahren war, musste Xaver Simt mit der Bäuerin vorliebnehmen.

„Der Cyprian schickt mich her", sprach er, als er über die Schwelle trat und zog das Papier heraus, darauf Cyprian seine Unterschrift gesetzt hatte. „Ich soll die hundert Taler holen und einen schönen Gruß ausrichten an den wackeren Bauern und an die schöne Bäuerin."

„Gottes Wunder!", rief sie, sank auf die Ofenbank, rutschte darauf hin und her und atmete erleichtert auf: „Nun wird mir dieses Geld nicht länger auf der Seele brennen!"

„Nur immer heraus damit!", lachte er und setzte sich neben sie. „Und ein kleiner Imbiss wird mir auch willkommen sein."

„Wohlan!", nickte sie gnädig. „Aber erst erzählt mir, wie Ihr mit ihm zusammengetroffen seid."

„Er hat bei mir die Nacht geschlafen", antwortete Xaver Simt, „wie so viele andere auch."

„So habt Ihr eine Herberge?", fragte sie gespannt.

„So kann man es wohl nennen!", nickte er verschmitzt und stampfte mit dem Stelzfuß auf. „Aber es wollte ihm nicht bei mir gefallen. Er hatte es sehr eilig, und ich habe ihm sogar das Reisegeld vorschießen müssen. Fürwahr, Ihr scheint ihn arg verwöhnt zu haben, dahier in Eurer Herberge, schöne Frau Wirtin!"

„Das weiß Gott!", seufzte sie und faltete die Hände über dem stolzen Mutterleib, darin die drei Kindlein heranwuchsen. „Ich habe ihm immer die besten Bissen auf den Teller geschoben. Und er hat es mir gar herzhaft und mit vollen Kräften vergolten. Aber schließlich ist er mir doch davongesprungen. Gerade die besten Knechte lassen sich am schwersten bei der Schüssel halten."

„Nun denn!", lachte er herausfordernd und strich sich den Schnauzbart. „So versucht es nun einmal mit mir! Ich weiß auch meinen Mann zu stehen, bei Tage wie bei Nacht. Nur dürft Ihr Euch nicht an meinem Stelzfuß stoßen."

„Das werde ich wohl bleiben lassen!", antwortete sie, nachdem sie ihn gemustert hatte. „Ihr seid ein Mann, der mir wohl anstehen und behagen könnte."

„Wollt Ihr sogleich ein Tänzlein mit mir wagen?", suchte er sie zu verlocken und legte den Arm um ihre dralle Hüfte.

„Nur gemach!", wehrte sie ihn ab. „Vorerst habe ich genug von euch Mannsbildern! Aber übers Jahr, so Gott will und der Schnee weggegangen ist, dann könnt Ihr bei mir ein wenig Gevatter stehen, wenn es Euch behagt."

„Juvivallera!", lachte er und nahm sie trotz ihres Sträubens in die Arme. „Dann steht mir ein Gevatterkuss zu! Sonst werdet Ihr Euch wohl vergeblich die Augen nach mir ausschauen müssen."

„Dieweil ihr Cyprians Herzensfreund seid!", sprach sie und gab ihm einen Kuss, dass er vor Wonne die Augen verdrehen musste.

Sodann erhob sie sich, tischte ihm ein leckeres Mahl auf und zählte, während er schmauchte, zweimal einhundert Taler auf den Tisch.

„Zu viel, zu viel!", rief er mit vollem Munde. „Mir stehen nur einhundert Taler zu."

„Zweihundert!", rief sie. „Hundert von der Bäuerin und hundert vom Bauern. Und damit Gott befohlen! Wischt Euch den Mund, steckt sie ein und trollt Euch von dannen, damit Ihr zur rechten Zeit wieder hier sein könnt."

Zur selben Zeit karnöffelte Cyprian zu Frankfurt am Main mit drei Viehhändlern im Gasthof Zur Ewigen Lampe, und als er sich um Mitternacht von seinem Stuhl erhob, hatte er sie um sieben Dukaten erleichtert.

Dafür kaufte er sich am nächsten Morgen auf der Zeil ein neues Reitgewand, einen Degen und zwei Pistolen, und auf dem Pferdemarkt ein fertig gesatteltes Ross, und zwar einen Apfelschimmel.

So ritt er wie ein stolzer Junker elf Tage später in die Stadt Nürnberg ein, wo er sich sogleich auf die Stöpselgasse begab.

„Herr du, meine Güte, der Cyprian!", rief die Meisterin, die ihn auf den ersten Blick wiedererkannte, und fiel ihm stracks um den Hals, als hätte sie nur darauf gelauert.

Denn Meister Liebich hatte bereits vor Jahresfrist das Zeitliche gesegnet, ohne auch nur einen einzigen von den so eifrig zusammengescharrten Talern in die Ewigkeit mitnehmen zu dürfen. So war sie denn eine reiche und bis an die Grenze der Üppigkeit gestaltete Witib geworden, nach der sich schon alle Altgesellen der löblichen Lebküchlerzunft die Finger leckten und schleckten.

Diese herzensgute Meisterin litt es nicht, dass Cyprian weiter ritt. Er musste sich mit ihr an den Tisch setzen, und sie bewirtete ihn mit einem köstlichen Mahl. Und da er sich nun nach dem Kindlein erkundigte, zu dem er ihr verholfen hatte, gestand sie ihm unter beträchtlichem Seufzen, dass es schon nach drei Jahren an der Bräune gestorben sei.

„Es war viel zu schön für diese Welt!", beklagte sie sich bitter über diesen Verlust. „Just wie ein Englein sah es aus. Und alle Leute sind stehen geblieben, wenn ich mit ihm die Straße daherkam. Und so hat es denn der himmlische Vater wieder zu sich genommen. Das war ein Jammer! Ach, wenn ich doch noch einmal so einem lieblichen Mägdlein das Leben schenken könnte!"

Dabei blickte sie ihn so entgegenkommend an, dass ihn sogleich der Eustachiushafer zu stechen begann.

„Hm!", machte er und räusperte sich. „Das ist eine Einladung, wie sie der Ritter Tannhäuser erhalten hat, als er vor dem Venusberg gestanden."

Da schlug sie die Augen nieder und flüsterte verschämt: „Warum wollt Ihr es nicht noch einmal mit mir versuchen? Oder habt Ihr etwa eine andere im Sinn?"

„Mitnichten, holde Frau Venus!", lächelte Cyprian und zog sie an sich. „Ich hatte wohl eine im Sinn, aber die ist mir untreu

282

geworden, wie mir leider berichtet worden ist, und hat einen anderen genommen, also dass ich Euch mit gutem Gewissen zugetan und gewogen sein darf."

„Ei, so heiratet mich doch!", schlug sie vor, während sie seine Küsse erwiderte. „Ich verkaufe dann meine Lebküchlerei und bin fortan Eure ergebene Dienerin!"

„Solange ich noch von der Hand in den Mund leben muss", erwiderte Cyprian, indem er sie weiter küsste, „kann ich Euch nicht dazu raten. Ein Sack voll Gold kann Euch gestohlen werden, eine Lebküchlerei nicht. Denn was geschieht, wenn ich Euch nun wirklich heimführe und uns das Geld in etlichen Jahren durch die Finger geflossen ist? Soll ich mich dann als Knecht verdingen oder gar den Bettelsack unter den Arm nehmen? Soll ich meine lieben Kinder des Daches berauben, unter dem sie in aller Sicherheit geboren werden und aufwachsen können? Darum habt mich lieb, aber heiratet mich nicht! So herzlich gern ich wieder ein paar Nächte in Euren weichen Venusarmen verbringen möchte, so wenig gelüstet es mich, Euch als Ehemann lästig zu fallen."

„Ach ja!", seufzte sie, indem sie ihn weiter küsste. „Es bleibt schon dabei! Gerade die besten Männer sind nicht unter die Haube zu bringen. So werde ich eben wieder mit einem Lebküchler vorliebnehmen müssen. Aber vorher müsst Ihr mir ein Englein machen. So wahr mir Gott helfe! Unter vier Wochen kommt Ihr mir nicht davon!"

Und Cyprian widersprach nicht und wohnte bei ihr und sie bei ihm, bis es sich zeigte, dass sie guter Hoffnung geworden war.

Dann erst ritt er nach Prag von dannen, und sie heiratete mit Beschleunigung den Altgesellen Ulrich Domsch, der im Handumdrehen die Liebichsche Lebküchlerei zu neuer Blüte brachte.

Wie er in der Heimat alles fand, was er in der Fremde vergeblich gesucht hatte

Kurz vor der Weinlese näherte sich Cyprian seiner Heimat. Um jedes Aufsehen zu vermeiden, ließ er in Poprad seinen Schimmel zurück und schritt zu Fuß weiter.

Wohl niemand in Käsmark wäre imstande gewesen, in dem hochgewachsenen Fremdling mit der schwarzen Perücke den schmächtigen, rothaarigen Lehrjungen wieder zu erkennen, der vor siebzehn Jahren von Schlurkheim dahergekommen war, um bei dem Meister Maucksch das Hart- und Weichholz bezwingende Handwerk der Schreinerei zu erlernen.

Bereits um die Mittagszeit hatte Cyprian das Städtchen erreicht. Aber er betrat es zunächst noch nicht, sondern besuchte erst den dicht vor dem Poprader Tor gelegenen Gottesacker, um die auf den Grabkreuzen und Denksteinen stehenden Zeichenzeilen zu entziffern.

Meister David Maucksch hatte schon vor sechs Jahren den Hobel für immer hingelegt, und auch die alte Tante Manja, an die sich Cyprian noch ganz gut erinnern konnte, war inzwischen ins Jenseits abberufen worden.

Aber Drago Tollerts Grab blieb unauffindbar.

Sollte er noch am Leben sein? dachte Cyprian und vermied es aus diesem Grunde, den Totengräber darüber zu befragen, der schon wieder dabei war, ein neues Gab auszuheben.

„Grüß Gott!", rief Cyprian und trat an den Rand der Grube. „Wer soll denn hier zur ewigen Ruhe gebettet werden?"

„Die Witwe Tollert", antwortete der Totengräber, und deutete mit dem Spaten auf das frische, noch nicht mit einem Kreuz versehene Nachbargrab. „Sie kommt neben ihren Mann, wie es sich gehört."

284

Dem Himmel sei Dank, ich bin kein Mörder! atmete Cyprian auf, und sein Herz begann wieder fröhlich zu schlagen.

„Jammerschade um die hübsche Frau!", fuhr der Totengräber fort.

„Hieß sie nicht Ursula?", fragte Cyprian.

„Ursula Tollert geborene Maucksch", nickte der Totengräber. „Sie hätte ihn eben nicht heiraten sollen, denn er allein trägt die Schuld an ihrem Ableben. Wenn er nicht ein solch unverbesserlicher Raufbold gewesen wäre, dann wäre er nicht im Streit erstochen worden, und sie wäre davor bewahrt geblieben, vorzeitig in die Wochen zu kommen. Das Heldentum ziemt sich nicht für einen ehrsamen Handwerksmeister."

„Das ist gewiss!", stimmte Cyprian zu und dachte: Was doch in siebzehn Jahren alles geschehen kann mit Gottes Zulassung!

Darauf spendete er dem Totengräber für diese Auskunft einen guten Groschen, verließ den Gottesacker und wandte sich der Stadt zu.

Als er die Gassen durchschritt, um die Straße nach Schlurkheim zu gewinnen, kam er auch an das Haus, in dessen Werkstatt seine Flucht in die weite Welt hinaus ihren Anhub genommen hatte. Und hier stockte sein Schritt, denn wie ein herrischer, Halt gebietender Finger stach der Langhobel, mit dem er sich damals gegen seinen Peiniger zur Notwehr gesetzt hatte, neben der Haustür in die enge Gasse hinaus und verkündete mit den Buchstaben:

DRAGO TOLLERT SCHREINERMEISTER

welcher hier bis vor kurzem geheimt und geleimt hatte.

In diesem Augenblick öffnete sich die Tür der Werkstatt, und ein Mann trat auf die Schwelle, der sein Käppchen zog und fragte: „Euer Gnaden, was steht zu Diensten?"

„Seid Ihr der Meister Tollert?", fragte Cyprian indem er mit dem Stock auf den beschrifteten Langhobel deutete.

„Mit Verlaub, Euer Gnaden", lautete die Antwort, „ich bin der Altgeselle Ignaz Grolmus und führe das Geschäft weiter, nachdem der Meister und die Meisterin, Gott sei ihren Seelen gnädig! das Zeitliche gesegnet haben und in die ewige Seligkeit eingegangen sind."

„Habt Dank!", sprach Cyprian und lüftete den Hut. „Sobald ich etwas benötige, werde ich mich gern an Euch erinnern."

Eine Stunde später, nachdem er die Grenze der Gemarkung überschritten hatte, sah er sein Heimatdorf vor sich liegen. Es hatte sich in den siebzehn Jahren kaum verändert. Nur einige Häuschen und Scheuern waren hinzugekommen, und die Kirche hatte ein neues Schindeldach erhalten. Wie ein gebleichtes Laken glänzte es in der Abendsonne.

Nicht lange danach stieß er auf den ersten Schlurkheimer, und zwar war es kein anderer als der Bauer Daniel Kretschmer, der mit seinem von zwei Ochsen gezogenen Pflugwagen vom Feld kam und auch nach Hause strebte.

„Gelobt sei Jesus Christus!", grüßte er, sowie er den rüstig einherschreitenden Wanderer in Augenschein genommen hatte.

„In Ewigkeit. Amen!", antwortete Cyprian, der ihn sogleich wiedererkannte, zeigte mit dem Stock auf das Dorf und fragte: „Ist das schon Schlurkheim?"

„Zu dienen, Euer Gnaden!", rief Daniel Kretschmer, dessen Zungenfertigkeit in den letzten siebzehn Jahren durchaus nicht geringer geworden war, und blieb mit seinen Ochsen an Cyprians Seite, um den vornehmen Fremdling die Würmer aus der Nase hervorzulocken. Denn in dieser Fertigkeit glaubte Daniel Kretschmer ein Meister zu sein.

Aber es kam gerade umgekehrt.

„Und wo ist das Schloss?", fragte Cyprian im Weiterschreiten.

„Hinter der Waldecke", fuhr Daniel Kretschmer beflissen fort. „Nur hundert Schritte weiter, dann kommt es zum Vorschein. Aber den gnädigen Herrn werdet Ihr nicht antreffen, denn er ist nach Preßburg gefahren, um mit der Gräfin Belling-Glossenstein Hochzeit zu halten."

„Ei, ei!", fiel Cyprian ein. „Dann macht er wohl eine ganz vortreffliche Partie?"

„Das will ich meinen!", nickte Daniel Kretschmer wichtigtuerisch. „Sie ist eine Witwe und bringt ihm nicht nur zwei Kinder, sondern auch fünf große Rittergüter mit."

„Welch ein Glückspilz!", stach Cyprian dazwischen und räusperte sich herausfordernd.

„Wir können uns gar keinen besseren Patron wünschen!", trumpfte Daniel Kretschmer auf. „Sein hochseliger Vater war lange nicht so beliebt. Da gab es mancherlei Heulen und Zähneklappern. Aber seitdem leben wir wie im Himmel, und jedermann kommt zu seinem Recht."

„Verwunderlich genug!", meinte Cyprian und klopfte nun etwas deutlicher auf den Busch: „Zumal mir in Käsmark das Gerücht zu Ohren gekommen ist, wonach dieser Gnädige Herr gar nicht der Sohn seines hochseligen Vorgängers, sondern der Sohn des Schlurkheimer Kantors sein soll."

„Zum Kuckuck!", ereiferte sich Daniel Kretschmer.

„Die Käsmarker sollen an ihren Lügen ersticken! Die beiden Kindlein sind wohl damals von der alten Hexe, der Wehmutter, aus Bosheit und Niedertracht in der Wiege vertauscht worden. Aber der allmächtige Gott hat diesen höllischen Anschlag zuschanden gemacht. Sonst hätten wir heute einen nichtsnutzigen rothaarigen Bankert zum Patron und müssten uns von ihm nach Rehabeams Beispiel mit Skorpionen züchtigen lassen."

„Dann freilich habt ihr allen Grund", suchte ihn Cyprian zu weiteren Offenbarungen zu reizen, „diesen Gnädigen Herrn Stephan so über den grünen Klee zu loben."

„Und er verdient es auch!", behauptete Daniel Kretschmer und nahm den Mund immer voller.

„Denn auf seinem Tun ruht der Segen des Himmels. Schon in seiner Jugend hat sich Gottes Finger sichtbarlich an ihm bewiesen, als er im Walde von einer Kugel aus dem Hinterhalt getroffen worden war. Damals meinten alle Leute, es sei der Kantorssohn, der falsche Junker gewesen, der die Büchse auf ihn abgedrückt hatte. Aber der Gnädige Herr hat solchen Verdacht selbst zunichte gemacht und auf Ehre und Gewissen bezeugt, dass ihn nicht dieser längst verschollene Cyprian, sondern ein fremder kuruzzischer Wildschütz, der bald darauf von unserem Förster zur Strecke gebracht worden ist, nach dem Leben getrachtet hat."

Hier griff sich Cyprian aufs Herz, blieb stehen, stützte sich schweratmend auf den Wanderstab, schloss die Augen und sah nun am Himmel die folgenden, von Stephans Hand damals an ihn gerichteten und vom schulhäuslichen Herdfeuer verzehrten Zeilen aufleuchten: Darum gelobe ich Dir mit Herz und Hand und bei dem allmächtigen Gott, dass ich Dir dereinst, so Dein Vater von dieser Welt abgeschieden, all das Deine unverkürzt überantworten werde, denn Du allein bist der rechtmäßige Herr. Und wenn Du dann kommst, Dein Erbe von mir zu fordern, so soll mich auf der Stelle der höllische Abgrund verschlingen, wenn ich meinen Sinn bis dahin gewandelt und ich auch nur einen Heller zurückbehalten wollte.

„Was ist Euch?", rief Daniel Kretschmer und hielt das Gespann an. „Habt Ihr Schmerzen?"

„Nimmermehr!", rief Cyprian und eilte ihm so stürmisch voraus, dass Daniel Kretschmer die Augen aufriss und dachte: Was hat er denn? Es jagt ihn doch keiner!

Pontian Ziechner, der vor dem Schulhaus in der Abendsonne saß und Cyprian sofort wiedererkannte, umarmte und küsste ihn, hieß ihn auf das allerherzlichste willkommen und sprach: „Ich wusste ja, dass du einmal zu uns zurückkehren würdest. Aber warum hast du uns solange ohne Nachricht gelassen?"

„Wo ist Hulda?", fragte Cyprian.

„Auf dem Schloss", antwortete Pontian Ziechner und führte ihn ins Haus. „Sie ist die Schleußnerin und hat alle Hände voll zu tun."

„Und mit wem ist sie verheiratet?", fragte Cyprian.

„Verheiratet?", wiederholte Pontian Ziechner kopfschüttelnd. „Wie kommst du darauf? Sie ist noch so ledig wie deine Großmutter, als sie in der Wiege lag."

Da fiel es Cyprian wie Schuppen von den Augen, und er erkannte, wie tolldreist er in London von den beiden ungrischen Seeleuten an der Nase herumgeführt worden war.

„Wie wunderbar!", rief er. „Denn ich bin gekommen, um sie heimzuführen!"

„Kurios genug!", schmunzelte Pontian Ziechner. „Wie willst du dieses Kunststück bewerkstelligen? Da sie doch deine Schwester ist!"

„Sie ist nicht meine Schwester!", bäumte Cyprian sich auf.

„Sie muss und will deine Schwester sein", fuhr Pontian Ziechner fort, „und deshalb kannst du sie nicht heimführen. Das musst du dir ein und für allemal aus dem Kopfe schlagen."

„Aber nur deswegen", begehrte Cyprian auf, „bin ich doch zurückgekommen!"

„Du bist zurückgekommen", widersprach Pontian Ziechner, „um von Stephan dein Erbe zu fordern. Und das soll dir auch werden! Denn gleich nach dem Abscheiden deines Vaters habe ich mit Stephan für den Fall deiner Wiederkehr alle göttlichen Zulassungen geprüft, erwogen, berechnet und vorausbestimmt. Und genau so kann es auch geschehen, sobald du nur deine Einwilligung dazu gegeben hast."

„Ich will Hulda zum Weibe haben!", knirschte Cyprian eigensinnig.

„Will sie dich denn zum Manne haben?", fragte Pontian Ziechner. „Ich weiß es nicht. Du musst sie schon selber fragen, ob sie sich von jemanden haben lassen will, der in dem dringenden Verdacht steht ihr leiblicher Bruder zu sein. Denn wie deine Mutter geheißen hat, ob Anastasia, Jutta oder Lioba, das wird sich niemals nachweisen lassen. Sicher ist nur das eine, dass nicht nur dein, sondern auch Stephans Vater der ebenso ehrenfeste und ährenreiche wie fruchtbare Eustachius gewesen ist.'"

„Auch Stephan", murmelte Cyprian bestürzt, „ist sein Sohn?"

„Das kann ich auf meinen Eid nehmen!", nickte Pontian Ziechner. „Denn Lioba hat es mir gestanden. Und so habe ich auch keine Einwendungen erhoben, als er mir auf allerhöchsten Befehl aus den Händen gerissen worden ist. Doch die Absicht, ihn mir auch aus dem Herzen zu reißen, ist durch Gottes Gnade vereitelt worden. Wo käme denn die Welt hin, wenn die Liebe nicht tausendmal stärker wäre als das Tintenfass Seiner Apostolischen Majestät von, auf und zu Habsburg, die auch darum einen doppelten Habicht im Wappen führen muss. Und deswegen bin ich Stephans irdischer Vater wie Gott sein himmlischer Vater ist. Er tut alles, was ich ihm rate, um Gottes Willen. Und seitdem geht es ihm wohl, und er wird lange leben auf Erden. Nimm dir an ihm ein Beispiel!"

„Und ich", seufzte Cyprian und schlug zerknirscht an seine Brust, „habe das Mordgewehr gegen ihn erhoben und auf ihn geschossen."

„Dafür", sprach Pontian Ziechner triumphierend, „hat er sich auch an dir gerächt und feurige Kohlen auf dein Haupt gesammelt. Und jetzt ist er in Preßburg, um in den Ehestand zu treten. Und wenn er zurückkommt, wird alles aufs schicklichste geordnet werden mit deiner Zustimmung. Andernfalls wird neue Unruhe und Verwirrung entstehen. Was kannst du noch mehr begehren?"

„Hulda!", rief Cyprian. „Ich muss sie haben! Auf jeden Fall und um jeden Preis!"

„Und wozu musst du sie haben?", lächelte Pontian Ziechner verschmitzt. „Um ihr - dafür bist du der Sohn des Eustachius - ein kleines Kindlein zu machen. Nun denn, wenn sie damit einverstanden ist, so habe ich nicht das Geringste dagegen. Das Kindlein kann dann mit Gottes gnädiger Zulassung auf Stephans Sündenregister gehen, dieweil sich die spitzen Zungen längst an die Arbeit gemacht haben, um sie mit ihm zu verdächtigen. Wie geschrieben steht: Ihr wisset aber, dass denen, die Gott lieben, alle Dinge, auch die allerbösesten Nachreden, zum Besten dienen müssen. Solange der Kaiser in Wien sitzt und der Satan die Welt regiert, ist es erste Christenpflicht und -schuldigkeit, ihm in aller Untertänigkeit eine Nase nach der anderen zu drehen. Wie geschrieben steht: Denn so die Wahrheit Gottes durch meine Lügen herrlicher wird zu seinem Preis, warum sollte ich dann noch als ein Sünder gerichtet werden? Man kann dem Höllengeziefer gar nicht genug Sand in die Augen schütten! Darüber sind sich Stephan und Hulda im Klaren. Du wirst sie lieben, und er wird die Folgen zu tragen haben. Du wirst das sein, was er scheint. Und wenn ihr euch erst friedlich und schiedlich ineinandergefügt habt, dann werden auch Huldas Wünsche in Erfüllung gehen können."

Hier öffnete sich die Tür, und Hulda trat herein.

„Oh Cyprian!", jauchzte sie und fiel ihm um den Hals. „Endlich bist du da!"

Und er umarmte und küsste und fragte sie: „Was wünschest du dir?"

„Nur dich!", hauchte sie und küsste ihn immer wieder und wieder.

Drei Tage später erschien Stephan mit seiner Gattin Rosamunde und ihren beiden Töchtern.

Und Cyprian fiel vor ihm nieder, küsste ihm die Hände und flehte: „Vergib mir meine Missetat!"

„Steh auf, steh auf!", rief Stephan. „Ich weiß von keiner Missetat! Aber ich weiß, dass ich an deiner Stelle ohnfehlbar zur Büchse gegriffen hätte, wenn mir ein solches Herzeleid angetan worden wäre, wie du es erlitten hast."

Cyprian wurde von ihm zum Oberförster und Gutsverwalter ernannt. Und Hulda bekam als Erbe und Eigentum dreißig von allen Lasten befreite Hufen besten Weizenbodens, sieben Weingärten, und dazu ein neues Haus an der Gellau. So konnte sie die Stammmutter eines von aller Knechtschaft ledigen und schollentreuen Bauerngeschlechtes werden. Was Cyprian begehrte, das ließ Stephan geschehen, und was Stephan wünschte, das erbat er von Cyprian. Denn für Stephan war und blieb Cyprian, der nichts anderes sein wollte als der erste und getreueste seiner Diener, der angestammte Herr von Schlurkheim.

Hulda gebar im nächsten Jahr ein schwarzlockiges Knäblein, das von Stephan aus der Taufe gehoben wurde und seinen Namen erhielt. Und die spitzen Zungen sprachen: „Der Gnädige Herr hat dieses Kind nicht nur aus der Taufe gehoben."

Sechs Wochen später kam Rosamunde mit einem rot gelockten Engel nieder, der von Cyprian aus der Taufe gehoben wurde und seinen Namen erhielt.

Und wiederum sprachen die spitzen Zungen: „Der Herr Gutsverwalter hat dieses Kind nicht nur aus der Taufe gehoben."

Pontian Ziechner aber rieb sich die Hände und sprach: „Der Eustachius geht um."

Ende

Nachwort

„Junker Schlörks tolle Liebesfahrt" war der ursprüngliche Titel und zweiter Teil Seeligers erotischer Barockromane. Ihm voraus gingen „Die Abenteuer der vielgeliebten Falsette". Beide Romane erschienen 1918 und 1919 trotz ihres erotischen und frivolen Inhalts ohne Beanstandungen von staatlicher Seite. Anders erging es dem Schriftsteller mit seinen historischen Werken bei der Neuauflage in der prüden Adenauer-Ära. Sie wurden per Beschluss vom Landgericht Aschaffenburg auf den Index gesetzt, das heißt als jugendgefährdend eingestuft:

2 Js 362/53 Qs 94/53

B e s c h l u ß

vom 24.4.1953

in der Strafsache gegen

„Main-Echo" — Kirsch & Co, Verlag Aschaffenburg

wegen Herstellung und Verbreitung unzüchtiger Schriften, beschließt die Strafkammer des Landgerichts Aschaffenburg durch Landgerichtsdirektor Dr. Eisert als Vorsitzender, Landgerichtsrat Dr. Emmerich und Amtsgerichtsrat Ostheimer als Beisitzer in nichtöffentlicher Sitzung am 10.4.1953:

1. Der Beschluss des Amtsgerichts Aschaffenburg vom 18.3.1953 wird aufgehoben.

2. Es wird die Beschlagnahme der im „Main - Echo" - Kirsch & Co Verlag Aschaffenburg gedruckten Romane

a)   „Vielgeliebte Falsette"

b)   „Schlörks tolle Liebesfahrt"

Verfasser Ewald G. Seeliger

angeordnet, soweit sie sich im Besitz des Verlegers, Herausgebers, Redaktörs, Verfassers, Druckers oder Händlers befinden.

3. Es wird die richterliche Durchsuchung der Geschäfts- und Wohnräume der Personen angeordnet, welche die beiden bezeichneten Romane herstellen, bereithalten oder verbreiten.

Gründe

Das Amtsgericht Aschaffenburg hat am 18.3.1953 einen Antrag der Staatsanwaltschaft Aschaffenburg auf Beschlagnahme der bezeichneten Romane und eine Durchsuchungsanordnung der Geschäfts- und Wohnräume derjenigen Personen, welche die beiden Schriften herstellen, bereithalten und verbreiten, abgelehnt. Gegen diesen Beschluss hat die Staatsanwaltschaft Aschaffenburg Beschwerde zum Amtsgericht Aschaffenburg eingelegt; das Amtsgericht Aschaffenburg hat der Beschwerde nicht abgeholfen.

Die Beschwerde ist gemäß §§ 304 StPO richtig eingelegt.

Sie ist auch begründet.

Das Beschwerdegericht ist der Ansicht, dass beide in Frage stehenden Romane unzüchtige Schriften im Sinne von § 184 StGB darstellen. Beide sind geeignet, das Scham- und Sittlichkeitsgefühl des unbefangenen Lesers zu verletzen. Das Beschwerdegericht sieht in diesen Schriften keinesfalls treffende historische Schilderungen, welche umfassend auch in sexualpsychologischer Einsicht eine Zeitepoche schildern sollen, sondern erkennt in der Aufeinanderfolge der Darstellungen des Geschlechtsverkehrs die Absicht des Verfassers, lediglich eine erotische Erzählung zu liefern, ohne jedoch dabei ins Grobsinnliche in der Beschreibung des Geschehensablaufes zu fallen.

Für die Beurteilung der Unzüchtigkeit ist die stilistische

Handhabung des Stoffes jedoch unwesentlich. Bei dieser Sachlage kann es dahingestellt bleiben, ob die Einsträußel blasphemischer Art in den Roman „Vielgeliebte Falsette" auch Religionsbeschimpfungen im Sinne § 166 StGB darstellen. Es war daher der Beschluss des Amtsgerichts Aschaffenburg vom 18.3.1953 aufzuheben und gemäß §§ 184 StGB, 11, 16, 17, d. Bay. Gesetzes über die Presse vom 3.10.49 (Bay. Ges. u. VO- Blatt Nr.23/49 S. 243) §§ 94, 98, 102, 105 StPO sowohl die Beschlagnahme als auch die Durchsuchung auf die Beschwerde hin anzuordnen.

gez. Dr. Eisert   gez. Dr. Emmerich   gez. Ostheimer
Landgerichtsdirektor   Landgerichtsrat   Amtsgerichtsrat

Seeliger schreibt daraufhin in seiner humorigen Art seinem Düsseldorfer Verleger Dörner:

Lieber Freund Dörner!
Ihre hochinteressante Vermutung, daß der Viersilbler Aschaffenburg durch die Deletur eines gewissen Buchstabens entstanden sein könnte und daß infolgedessen sämtliche Bewohner dieser munteren Mainstadt zu den Arsch-Affen gerechnet werden müßten, bedarf der Nachprüfung.
Da es sich hier nun, wie Ihnen ja längst bekannt ist, um eines der drei von mir gestarteten exakt allwissenschaftlichen Experimente handelt, wünsche ich mich jeden irgendwie gearteten Eingriffs in den Ablauf der Geschehnisse zu enthalten. Mir genügt schon die erzkoboldinische Gelegenheit, dem Bayerischen Leo einen zweiten Gordiumgaudiumknoten in den Schweif zu hexenmeistern.
Der Unterschied zwischen der in Aschaffenburg zu Papier gebrachten amtsgerichtlichen mit der dortseitigen

landgerichtlichen Auffassung springt in die Augen und beruht, mit Zulassung des Einzigrichtigen Lieben Gottes, auf der erotischen Neidhammelei jener dem Vergnügen der keimplasmatischen Fortpflanzung nicht mehr fähigen Zitterwürdejubelgreise Eisert, Emmerich und Ostheimer. Wie geschrieben steht: Und als sie nicht mehr kunnten so, von wegen hohen Alters, schrieb seine Sprüche Salomo und David seine Psalters.

Wie geschrieben steht: Der Sinn der Blasphemie ist leicht zu fassen, sie bringt die frechsten Ferner zum Erblassen und rudelt alle Baals- und Urteilspfaffen ins Zirkuskralgehege der Arsch-Affen!

Vergessen Sie auch nicht, sich in Ihrer Beschwerde danach zu erkundigen, weswegen DAS DEKAMERON von Boccaccio, das doch von Unzüchtigkeiten ebenso penisterisch wie vulvagatisch strotzt, in Deutschland noch immer nicht beschlagnahmt worden ist.

Ihr getreuer Ewger Seeliger

Kurt Zube, der Verleger des „Junker Schlörk" schreibt am 1. Dezember 1956 ebenfalls einen Brief an die Bundesprüfstelle für jugendgefährdende Schriften (die hier angegebenen Seitenzahlen beziehen sich auf die Ausgabe von 1952):

Betrifft: Ewger Seeliger/ Schlörks tolle Liebesfahrt
Obwohl Ihre im Termin vom 7.12.56 beabsichtigte Mühewaltung mir

1. schon aus dem Grunde überflüssig erscheint, weil das betreffende Buch seit zehn Jahren vergriffen ist und zudem ausschließlich in Österreich verbreitet wurde, so daß nur durch Zufall ganz vereinzelte Exemplare in die Bundesrepublik gelangt sein können;

2. fernerhin auch aus dem Grund überflüssig, weil nach § 5 des Gesetzes über die Verbreitung jugendgefährdender

Schriften auch ohne Indizierung der Händler zur Prüfung, ob für Jugendliche geeignet, verpflichtet ist und der Titel des Werkes ja bereits deutlich zum Ausdruck bringt, daß nach den landläufigen Ansichten es keine „Jugendlektüre" darstellt;

3. vor allem deswegen deplaciert vorkommt, weil es sich hier um ein Werk der Kunst, von literarischen Rang, handelt, das als solches gar nicht indiziert werden darf, selbst wenn es als objektiv jugendgefährdend erachtet würde;

und nicht zuletzt, um Ihnen die Blamage vor Mit- und Nachwelt zu ersparen, nachdem dieses Buch in bisher 75.000 Exemplaren seit fast einem halben Jahrhundert unbeanstandet im kaiserlichen, im republikanischen, ja sogar im hitlerischen Deutschland und auch in dem einer laxen Moral gewiß nicht verdächtigen katholischen Österreich erschienen ist, beantrage ich, dieses Werk nicht in die Liste der jugendgefährdenden Schriften aufzunehmen.

Was nun den unter Mißbrauch der Autorität des Herrn Arbeits- und Sozialminister des Landes Nordrhein-Westfalen gestellten Antrag vom 10. Juli 1956 des Herrn Koll (zur Ehre des weiblichen Geschlechts will ich annehmen, daß es sich um keine Dame handelt) betrifft, so strotzt dessen „Begründung" derart von Verdrehungen und dreisten Verfälschungen, daß mir ein disziplinarisches Einschreiten des Herrn Arbeits- und Sozialminister gegen das Subjekt (im grammatikalischen Sinne) dieses sittlichen Entrüstungskollers angebracht erscheint. In praktischer christlicher Nächstenliebe jedoch, weil die Feststellung verminderter Zurechnungsfähigkeit ihn vielleicht vor dem Vorwurf bewußter Böswilligkeit retten kann, beantrage ich, zunächst eine psychiatrische Untersuchung besagten Herrn Koll zu veranlassen.

Begründung: Da muß ich zunächst verlangen, daß sowohl der Herr Vorsitzende als auch sämtliche Herren Länder- und

Gruppenbeisitzer das Buch zur Gänze lesen. Denn mit aus dem Zusammenhang gerissenen Stellen könnte man ebenso gut die Bibel als „eine sinnlose Aneinanderreihung aller möglichen Schurkereien" wie Mord, Betrug und sodomgomorrhalischer Zustände, von Ehebruch gar nicht zu reden, zu verfälschen und auf die Liste zu setzen versuchen.

Das hier in Frage stehende Buch Seeligers gehört in die Reihe der Werke Rabelais, Casanovas, Boccaccios und Balzacs Tolldreiste Geschichten, denen es an literarischen Rang gleichsteht, die es aber gerade in „moralischer" Hinsicht, um dieses vielmaltträtierte Wort einmal in seiner eigentlichen Grundbedeutung zu gebrauchen, weit überragt. Denn erstens ist Seeliger „Zeugungserotiker" im Gegensatz zu den anderen hier genannten „Vergnügungserotikern" und steht im Sinne des Bibelwortes „Seid fruchtbar und mehret euch" durchaus auf dem Standpunkt der Verantwortlichkeit für die Kinder sowohl wie gegenüber dem Liebespartner, und er bejaht ebenso natürlich die durch echte Liebe bewirkte Dauerbindung.

Zweitens aber ist das Erotische an diesem Buch nicht nur, wie bei den vorerwähnten Autoren, künstlerischer Selbstzweck, sondern Hintergrund für die Exemplifizierung einer natürlichen und gesunden „Moral", die dabei als durchaus im Einklang mit richtig verstandenen biblischen und insbesondere urchristlichen Lehren dargestellt wird.

Nicht die künstlerische und schon gar nicht die von echtem, verstehendem Humor durchwirkte und schon dadurch meilenweit von jeder Zotenhaftigkeit geschiedene Darstellung historischer Vorgänge, sondern das sinnlose Sittlichkeitsgesabbere innerlich oder äußerlich vermurkster Individuen oder der pure Geschlechtsneid Impotenter mit der daraus resultierenden Gefühlsverwirrung, insbesondere aber jene

Dunkelmänner, die verfälschte religiöse Gefühle und Vorstellungen zu hinterlistigen Attacken auf jene gebrauchen, die diesen Gefühlen und Vorstellungen ihren natürlichen und gesunden Sinn zurückgeben, sind wahrhaft jugendgefährdend. Und es ist höchste Zeit, daß sie wie Wechsler aus dem Tempel gejagt werden, wofür gerade Seeligers „Junker Schlörk" eine vorzügliche Zuchtrute ist.

Das Buch, dessen Gegensätzlichkeit zur Schundliteratur auch ein geistig Minderbemittelter auf den ersten Blick erkennen müßte, hat also sehr wohl einen sinnvollen Zusammenhang und eine durchaus begrüßenswerte Tendenz.

Was den vom Autor keineswegs als vorbildlich hingestellten „Junker" Eustachius betrifft, der sein grundherrenmäßiges jus primae noctis ausübt, sich dabei als Ehestifter betätigt und diese Ehen vollkommen unbehelligt läßt, der schließlich sogar ein als vorbildlich erachteter Christ wird, so weiß ich nicht, ob der Herr Koll diesen als Schurken betrachtet. Sicher ist jedoch, daß der Autor die echte Formel „Dichter gleich Seher" erfüllt; denn auf Seite 8 läßt er die Volksstimme sprechen: „Unser gnädiger Herr hat den Koller."

Das Buch ist eine kulturgeschichtliche Schilderung nach Art des Simplicius Simplicissimus, die erotischen Szenen laufen dabei gleichfalls nur am Rande mit, und es wird ihnen dabei keine andere als die ihnen zukommende Bedeutung eingeräumt. Daß nicht nur in jener Zeit, sondern auch in unserer Gegenwart vor- und außereheliche Abenteuer eine Rolle spielen, ist in jeder seriösen Kulturgeschichte nachzulesen, die darüber Erkleckliches sogar von Klosterangehörigen berichtet, und das beweisen auch schon die moderne Statistik und der Professor Kinsey. Will der Herr Koll in all diesen Fällen die Hand vorhalten?

Wenn kleine Leute im Laufe der Geschehnisse gelegentlich in ungeschickter Weise das nachzuahmen versuchen (vom

Autor im übrigen deutlich mißbilligt), was große Herren, die jeweils Sitte und Anstand bestimmen, meist unter ausdrücklicher kirchlicher Billigung, ihnen vormachten, so kann dies doch kaum als eine Kette „aller möglichen Schurkereien" bezeichnet werden, zumal das alles in der Bibel seine Parallelen findet; der Autor tritt viel nachdrücklicher, als das sonst üblich ist, für konsequente Redlichkeit in Worten wie in Taten ein, für echte Nächstenliebe, läßt auch den Helden bereuen, was er an - in Anbetracht der Umstände durchaus verständlichen - Sünden beging, und nicht nur das Schlußkapitel könnte direkt in jedem Schullesebuch stehen.

Demgegenüber ist es Sache des Psychiaters, festzustellen, ob der Herr Koll lediglich, wie man so sagt, nicht alle Tassen im Schrank hat, oder ob er bewußt in so unverschämter Weise den Inhalt des Buches zu verfälschen bemüht war, daß der Ausdruck „Schurkerei" dafür wohl am ehesten angebracht ist. Er behauptet, daß die Bedeutung ehelicher Bindung und menschlicher Treue ins Lächerliche gezogen werde. Das ist von Seiten des Autors und auch von Seiten des Helden in diesem Buch nirgends geschehen, ebensowenig wie es durch die nüchternen statistischen Feststellungen des Professor Kinsey geschehen ist.

Die zitierte Stelle von Seite 296 ist insbesondere - es sei der Feststellung des Psychiaters überlassen, ob dummer oder niederträchtiger Weise - ins Gegenteil verfälscht. Dort äußert nicht der Held, sondern der betreffende Ehemann, daß, wo der Zwang an die Stelle der Liebe tritt, das Sakrament der Ehe sich verhängnisvoll auswirkt. Der Held opponiert dagegen mit dem Hinweis, daß Treue und Dauerbindung aus der wahren Liebe resultieren. Und darauf spricht der Ehemann ausdrücklich vom „Segen dieses Sakraments", das von denen, welchen nicht die Liebe die Hauptsache ist, mißbraucht wird.

Ebenso verfälscht ist die Behauptung, daß alle auftretenden Frauen sich wie Prostituierte benehmen (auf Seite 167 erklärt der Held übrigens, daß er von käuflicher Liebe nichts wissen will); im ganzen Buch trifft diese Behauptung auf zwei oder drei Fälle zu, während zahlreiche andere Frauen entweder als treue Ehefrauen oder aber von wirklicher Liebe oder vom Willen zum Kind bestimmt erscheinen. Daß Frauen mit Duldung ihrer Ehemänner intime Beziehungen zum Helden pflegen, kommt ebenfalls nur in ganzen zwei Fällen vor, und in einem davon sträubt sich der Held anfänglich noch dagegen und willigt schließlich nur auf Bitten des Ehemannes ein, um dessen Frau zu dem sehnlich erwünschten Kind zu verhelfen. Zumindest Luther hat solche Stellvertretung des Ehemanns unter gewissen Umständen ausdrücklich gebilligt. Auf Seite 294 heißt es ausdrücklich: „Denn wer es tut nur um des Kitzels willen, der ist ein Hurer."
Der Autor läßt diese Ehefrau schließlich sogar durch den Helden verprügeln, dann ehrlich bereuen und am Ende Absolution erhalten. Nirgends sind leichte Mädchen oder untreue Ehefrauen als vorbildlich hingestellt, im Gegenteil.
Ebenso dreist wie unwahr ist die Behauptung, daß zahlreiche Bibelstellen, zu Zoten umgearbeitet, in den Text eingeführt sind. Erstens ist die gesamte Darstellung, die, wie schon erwähnt, in ihrem weit überwiegenden Teil kulturgeschichtlichen und nicht erotischen Charakter hat, gemäß der Grundhaltung jener Zeit mit Bibelsprüchen durchsetzt. Denn in jener Welt war Religion noch zumeist Essenz des ganzen Daseins und nicht, wie heute, vorwiegend Lippenbekenntnis oder sogar oft ein heimtückisch benutzter Vorwand zur Durchsetzung sehr weltlicher Bestrebungen oder zur Verhüllung sehr unschöner höherer Eigenschaften. Keineswegs also werden in diesem Buch Bibelstellen nur mit erotischen

Dingen in Verbindung gebracht und schon gar nicht in zotiger Weise. Den Schweinen ist freilich alles Schwein, aber das liegt dann an ihnen, nicht am Autor und nicht am Buch. Und nicht die schmutzige und oder verderbte Phantasie noch die von urchristlicher Haltung abweichende, verengte Vorstellungswelt eines Zeloten kann zum Maßstab für das Gesunde und natürliche genommen werden. Wo der Autor Bibelzitate verwendet, können sie ein echtes religiöses Empfinden keineswegs verletzen, sondern sind vielmehr geeignet, eine wirkliche lebendige Beziehung zwischen einem solchen und allen menschlichen Handlungen herzustellen.

Seite 9: Hier wird offenbar der Spruch bemängelt: „Was der Herr tut, das ist allemal und immerdar wohlgetan." Mit der „Herr" ist hier aber nach dem Zusammenhang ganz offensichtlich nicht Gott, sondern der Landesherr und protestantische Kirchenpatron gemeint, und nach protestantischer Lehre hat ja der Untertan, was immer die Obrigkeit tut, als Recht zu betrachten und sich dem zu fügen, sogar der ungerechten Obrigkeit. Wie also dieses Zitat das religiöse Empfinden verletzen soll, ist unerfindlich, es sei denn, daß man den Protestantismus überhaupt als jugendgefährdend betrachtet.

Seite 10: Wie hier bereits der Hinweis auf klösterliche Finanzpolitik anstößig empfunden wird, so lassen sich ja aus der Klosterpraxis jener Zeit noch ganz andere Dinge historisch belegen.

Seite 23. Hier ist zu beachten, daß der Vergleich mit der Jungfrau Maria von einer vom Autor keineswegs als vorbildlich hingestellten Frauensperson stammt und daß andrerseits diese Handlung in einer protestantischen Gemeinde spielt, für die die Heilige Jungfrau Maria keinesfalls die besondere Bedeutung hat wie für die Katholizisten. Nüchtern gesehen, liegt also auch hier keine Herabsetzung vor, es sei denn, man betrachtet jedes abweichende religiöse Bekenntnis grundsätzlich als eine Herabsetzung des eigenen.

Seite 24: Hier wird nur die protestantische Obrigkeitslehre verfochten, und daß dies in ganz einfach-biederer Art ohne jeden erotischen Nebensinn geschieht, ergibt sich aus der späteren Reaktion der Lioba-Mutter, nachdem Lioba in frommer Einfalt deren Lehre allzu wörtlich beherzigt hat. Es ist völlig absurd, aus der beanstandeten Seite 24 einen Vorwurf gegen das Buch oder den Autor konstruieren zu wollen.

Seite 29: Das eben Gesagte gilt genauso für diese Seite. Nach protestantischer Lehre handelt jede Behörde als Stellvertretung Gottes, und auch der Vergleich mit der Jungfrau Maria ist von diesem Standpunkt aus völlig berechtigt.

Seite 51: Hier wird nun gar schon die Tröstung einer Gebärenden mit dem Hinweis auf die Schmerzen, die auch die Jungfrau Maria auszustehen hatte, als anstößig erachtet. Höher hinauf geht's wohl nimmer!

Seite 72: Auch hier wird nur der Psychiater erhellen können, was der Beanstander auf dieser Seite anstößig gefunden hat. Daß der auf dem Wege der Bekehrung zum Katholizismus befindliche Eustachius in einem Wallfahrtsort Heilung und Wiederherstellung seiner Zeugungskräfte sucht, ist ein sonst doch vielfach von der Kirche gefördertes Verfahren.

Seite 83: Hier kann sich nur jemand getroffen fühlen, der sich mit dem Unzuchtsbegriff des Teufels identifiziert.

Seite 292/293: Der Autor läßt hier die Frau sich völlig richtig ausdrücken, da man ja vom „gesegneten Leibe" spricht, und der Bauer in seiner echten Frömmigkeit kann es schließlich auch nicht dezenter sagen als eben seinen religiösen Begriffen gemäß.

Seite 299: Was auf dieser Seite das religiöse Empfinden verletzen soll, wird wieder nur der Psychiater herausbringen können. Seit wann genügen übrigens Auffassungen, die ganz im Sinne einer staatlich anerkannten Konfession gehalten sind, nur weil die dem Empfinden einer anderen Konfession wider den Strich gehen, dazu, ein Buch als jugendgefährdend erscheinen zu lassen?

In der Anlage überreiche ich einen Ausschnitt aus der FRANKFURTER RUNDSCHAU vom 23. 11. 56. Da finden sich also im Pitaval „sinnlos aneinandergereihte Schilderungen aller möglichen Schurkereien", auch die herabsetzende Schilderung eines hohen kirchlichen Würdenträgers, der mit Zustimmung des Ehemannes intime Beziehungen zu einer Gräfin unterhält und diese für ihre Liebesdienste wie eine Prostituierte bezahlt. Alles dies ist in einer Tageszeitung schon Abc-Schützen zugänglich. Erhellt nicht aus diesem Faktum

die Sinnlosigkeit der von Herrn Koll vorgebrachten Argumente?

Strafantrag gegen diesen Herrn wegen verleumderischer Beleidigung und wissenschaftlich falscher Anschuldigung behalte ich mir natürlich vor.

Gez. Kurt Zube

Max Heigl recherchiert in „Messias Humor – Fragmente einer Biographie" (filos Verlag) den Ausgang des Prozesses:

„Die angedrohte Offensive mit Strafanzeige wegen verleumderischer Beleidigung und falscher Anschuldigung, zusammen mit der eindrucksvollen Widerlegung der Obszönitätsvorwürfe, zeigte offenbar Wirkung, denn die mündliche Verhandlung über den Antrag wurde am 8. Dezember 1956 „auf unbestimmte Zeit vertagt". Vier Monate später, mit Schreiben vom 12.4.1957, gibt die Bundesprüfstelle als Entscheidung Nr. 295 in der 35. Sitzung offiziell bekannt, sie habe „auf Antrag des Arbeits- und Sozialministeriums des Landes Nordrhein-Westfalen, die Druckschrift ‚Junker Schlörks tolle Liebesfahrt' von

Ewger Seeliger, Weltweite-Verlag Wien – Gmunden – Zürich – New York, in die Liste der jugendgefährdenden Schriften aufzunehmen, wie folgt entschieden:
Von der Aufnahme in die Liste wird gemäß § 2 Abs. 1 GjS abgesehen."

Ewger Seeliger wurde am 11. Oktober 1877 zu Rathau Kreis Brieg als erster Sohn und zweites Kind des dort amtierenden Hauptlehrers und Bienenzüchters Gustav Seeliger geboren. Seine Mutter war eine geborene Paulina Schmidt. Sein Großvater Carl Wilhelm Seeliger war Windmühlenbauer und Stellmachermeister in Stroppen Kreis Trebnitz. Seine Großmutter war eine geborene Johanna Eleonore Woiwode.

Getauft wurde Seeliger auf den Namen Ewald Gerhard Hartmann am 28. Oktober 1877 in Rathau Kreis Brieg, bestätigt das Evangelische Pfarramt.

Sein Vater brachte ihm selbst das ABC bei und von frühester Jugend an die Liebe zu Goethe nahe. Das Einmaleins und die anderen niederen Wissenschaften versuchte man ihm in der Bürgerschule und der Präparandenanstalt der nahe gelegenen Kreisstadt Brieg einzuprägen. Dies bestätigt sein Schul-Entlassungs-Zeugnis der Evangelischen 7klassigen Bürger-Schule zu Brieg vom 26. September 1891.

Von 1894 bis 1897 besuchte Seeliger seinem protestantischen Elternhaus entsprechend das Königliche Evangelische Schullehrer-Seminar zu Steinau an der Oder. Die guten Gründe seiner Mutter „festes Gehalt, unkündbare Stellung, im Alter versorgt und – die schönen Ferien!" machten ihm diesen Weg schmackhaft.

Die Königliche Ober-Ersatzkommission im Bezirk der 22ten Infanteriebrigade bestätigt am 3. Juli 1897, dass der Seminarist Ewald Gerhard Hartmann Seeliger dem Landsturm ersten Aufgebotes zum Dienst mit der Waffe überwiesen wird.

Aus dem Losungschein ist zu ersehen, dass Seeliger im Jahre 1897 bei der Losung im Aushebungsbezirk Steinau die Nummer „neunundvierzig" erhielt. Im selben Jahr erschien er in Steinau zur Musterung als Nummer 632 der alphabetischen Liste. Gedient hat er allerdings nicht, man attestierte ihm Kurzsichtigkeit.

Am 15. September 1897 erhielt Ewald Gerhard Seeliger sein Entlassungszeugnis durch die Königliche Prüfungs-Commission des Königlichen evangelischen Schullehrer-Seminars zu Steinau a. O. Seine Führung wurde als gut, sein Fleiß als befriedigend bewertet. Im Unterrichten zeigten sich seine Leistungen als genügend.

Nach bestandenem Lehrerexamen fand es die hohe Breslauer Regierung für gut, Seeliger in den ersten Jahren seines äußerlich sehr bewegten Berufslebens in kurzen Zwischenräumen in verschiedene schlesische Dörfer als Lehrerstellvertreter zu schicken. Dazu gehörten die mittelschlesischen Dörfer Nechlau, Cammerau, Karoschke und Strebitzko. In Strebitzko blieb er endlich hängen, einem Dorfe hinter dem sechsten Walde, wie Seeliger in seiner Biografie 1906 schrieb. Mit sechsundsechzig Mark und sechsundsechzig Pfennigen monatlichem Gehalt und freier Wohnung bei Tag und Nacht verband sich die wunderbare Annehmlichkeit, sich selbst beköstigen zu müssen. Als er in dieses Eldorado einzog, trug man gerade seinen Vorgänger zu Grabe. Er hatte sich ums Leben gebracht, weil ihm hier der Humor ausgegangen war. Nach einem dreiviertel Jahr war Seeliger beinahe auch so weit. Da aber riss ihn ein glücklicher Zufall aus dieser unerträglichen Enge heraus. Er wurde als Lehrer an die deutsche Schule in Genua berufen. „Da gingen mir zum ersten Mal die Augen auf", berichtet Seeliger fernab von deutschem Bürokratentum. „Es wirkte dieses Erlebnis so stark und übermächtig auf mein Inneres ein, dass ich Ruhe und Muße suchen musste, das Geschaute zu sammeln und zu verarbeiten".

In Hamburg, wohin er im Juli 1900 übersiedelte, fand er sie, die Muße.

Im Jahr darauf, 1901 bereits, erschien als Frucht dieser Sammlung sein erstes Buch „An der Riviera, Fresken und Arabesken."

Im selben Jahr, am 11. Juli 1901, führte er seine Braut Rosalie Sara, die am 26. April 1873 in Hamburg geborene, älteste Tochter des askenasischen Leviten und Hamburger Fondsmaklers Joseph Berkowicz Kohn heim, machte mit ihr eine längere Reise nach seiner Heimat Schlesien, und brachte außer einem Jungen, seinen „Eingeborenen Sohn" Wolfram, noch die Schlesischen Geschichten „Leute vom Lande" mit nach Hause, die Weihnachten desselben Jahres herausgegeben wurden.

Die Hochzeit fand in Hamburg statt. Trauzeugen waren der Vater Josef und Leo, der Bruder der Braut. Sein Sohn Heinz Wolfram erblickte am 6. Juli 1902 das Licht der Welt.

Seine sonderbaren Erfahrungen auf pädagogischem Gebiet stifteten Seeliger dazu an, ein unpädagogisches Skizzenbüchlein zu verfassen, das unter dem Titel: „Aus der Schule geplaudert" 1902 verlegt wurde.

Am 8. Dezember 1902 schwört Seeliger bei Gott dem Allmächtigen und Allwissenden etwas voreilig, dass er der Freien und Hansestadt Hamburg und dem Senate treu und hold sein, die ihm als Beamten der Oberschulbehörde obliegenden Pflichten nach seinem besten Wissen und Gewissen erfüllen und der ihm zu „ertheilenden Dienstintruction", sowie den Befehlen und Anweisungen seiner Vorgesetzten pünktlich nachkommen wolle.

1902 entstand auch auf einer kleinen Badereise der Plan zu „Über den Watten", einem Nordseeidyll, „das ohne jede literarische und künstlerische Prätention, nur zum Zwecke einer heiteren Unterhaltung entgegengenommen werden sollte". Im selben Jahr erschienen weiterhin das Buch „Der Stürmer", eine

Geschichte aus Schlesien, und seine Finkenwerdersche Fischer-geschichte „Nordnordwest".

Am 13ten Februar 1903 gelobt und schwört Seeliger zu Gott, dem Allmächtigen, dass er der Freien und Hansestadt Hamburg und dem Senate treu und hold sein, das Beste der Stadt suchen und Schaden von ihr abwenden wolle, soviel er vermöge; dass er die Verfassung und die Gesetze gewissenhaft beobachten, alle Steuern und Abgaben, wie sie jetzt bestehen und künftig zwischen dem Senat und der Bürgerschaft verein-bart werden, redlich und unweigerlich entrichten und dabei, als ein rechtschaffener Mann, niemals seinen Vorteil zum Schaden der Stadt suchen wolle. „So wahr mir Gott helfe!" Damit erwarb er das hamburgische Bürgerrecht, wie Dr. von Bargen, Rat der Hansestadt es beglaubigte.

Unter dem Pseudonym Bruder Mores karikiert Seeliger ge-sellschaftliche Kuriositäten, u. a.:

Tarif für körperliche Züchtigungen in der Religionsstunde

Fort mit der Eisenbahn

Die keusche Scheidewand

1905 erhielt Seeliger für sein Balladenbuch „Hamburg" vom Senat der Hansestadt eine Goldmedaille, den „Großen Ritze-bütteler Portugaleser".

1906 gewann Seeliger beim Preisausschreiben der Scherlschen Woche mit der Ballade „Der Gonger" den ersten Preis von dreitausend Mark. Im selben Jahr legte er sein Lehr-amt nieder, um sich fürderhin als freier Schriftsteller betätigen zu können.

Schon im Fragebogen von 1939 zur Wiederaufnahme in die Reichsschrifttumskammer findet sich ein Vermerk aus dem Jahre 1908, Seeliger habe in Hamburg Wandsbeck eine leichte Geldstrafe wegen Beleidigung durch die Presse erhalten. Er

308

wird sich im Laufe seines Lebens immer wieder mit den Behörden anlegen.

Bis zum Ausbruch des Ersten Weltkrieges wohnte Seeliger in verschiedenen Orten der näheren Umgebung Hamburgs, Wandsbeck, Wedel, Blankenese, und wurde mit Liliencron, Dehmel, Falke, Prinz Schoenaich-Carolath und Otto Ernst gut bekannt bis befreundet. Eine besonders innige Freundschaft verband ihn mit seinem Nachbarn, dem Dichter Richard Dehmel.

Im Frühjahr 1914 kam Seeligers erstes Theaterstück, das er im Selbstverlag herausbrachte, „Die dumme Doortje" in Wien auf die Bühne und wurde 31-mal aufgeführt. Im Winter 1919 sorgte das Stück in Amsterdam 78-mal für ein ausverkauftes Haus.

1915 wohnte Seeliger in Dockenhuden, am Kirchenweg. Am 23. Juli hatte er sich vormittags um 07:30 Uhr in Altona Kas Hof Joft-Regt-3 einzufinden, wurde als nicht ganz kriegsfreiwilliger Flugzeugmatrose bei der Zweiten Seefliegerabteilung in Wilhelmshaven eingestellt und ausgebildet und noch in demselben Jahr unter Versetzung zur 4. Kompanie der II. Werftdivision der kaiserlichen Marine zum Unteroffizier befördert. Als solcher tat er Dienst bei folgenden Seefrontteilen: Seeflugstation Norderney, Minenabteilung Cuxhaven, Seeflugstation List auf Sylt, Marinetransportbüro Wilhelmshaven.

In Amsterdam war „Peter Voß der Millionendieb" ab Herbst 1919 94-mal auf der Bühne zu sehen. Seeliger wohnte zu dieser Zeit in Blankenese. Am 3. Februar 1920 übersiedelte Seeliger von Blankenese nach München, wo Adolf Müller, der damalige Besitzer des Druckereigroßbetriebes M. Müller & Sohn, sich mit ihm befreundete. Seeliger kaufte sich, um seine Papiermarkersparnisse vor dem Zerschmelzen zu bewahren, das Sommerhaus Avalun am Walchensee.

Im Winter 1920 erlebt „Peter Voß der Millionendieb" seine Bühnenpremiere in Hannover. Er wurde immerhin 17-mal aufgeführt. „Feind im Land" konnte sich in Hannover dagegen nur einer einzigen Darbietung erfreuen, und zwar am 11. März 1921.

Die Ufa brachte Peter Voß unter dem Titel „Der Mann ohne Namen" 1920 und 1921 als Film in sechs Teilen heraus. Seeligers bis dahin verfasste Werke sind bereits in einer Millionenauflage erschienen.

Für Furore in Bayern sorgte Seeliger 1922 mit seinem „Handbuch des Schwindels". In den Gerichtsakten zur „Unbrauchbarmachung des Handbuchs des Schwindels" wird berichtet: „Schon Ostern 1922 erregte Seeliger großes Aufsehen dadurch, dass er im Dorf Walchensee, in dem er damals wohnte, große Plakate anschlagen ließ, mit dem Inhalt: Das Lamm wird bald in München erscheinen."

Das Handbuch des Schwindels sowie die Spottschrift „Das Lamm" wird auf Antrag der Staatsanwaltschaft am Landgericht München I vom 15. Juli 1922 beschlagnahmt, es kommt zu einem jahrelangen Prozess zur Unbrauchbarmachung der besagten Schriften. Seeliger schrieb an das Gericht: „Ich bekenne mich als Verfasser des Blattes „Das Lamm" und des „Handbuch des Schwindels". Das erstbezeichnete Blatt ist nur in einer Nummer erschienen. Es sollte auf das Erscheinen des Handbuchs hinweisen und zur Vorankündigung des letzteren dienen."

Auf Ersuchen des Landgerichts München I erstattete Dr. Schmidtmann, Anstaltsarzt in der Nervenheilanstalt München-Haar, ein 31-seitiges, ausführliches Gutachten über den Geisteszustand des Schriftstellers, in dem er das besagte Handbuch kurz so beschreibt:

Das „Handbuch des Schwindels" schrieb Seeliger in der Zeit vom Oktober bis Dezember 1921. Er schätzt es selbst sehr hoch ein und hofft, wie erwähnt, dafür den Friedenspreis zu erhalten, denn es enthält das Einigungsprogamm des deutschen Volkes und der ganzen Welt. Alle Welt sucht nach der Wahrheit und die steht im „Handbuch des Schwindels". Den Referenten forderte er des Öfteren auf, es genau zu studieren; seine Bekannten hätten es erst in die Ecke geworfen, aber immer wieder darnach gegriffen, weil ihnen erst nach dem genauen Studium die Sache einleuchtete. Es enthält eine Menge Stichworte in lexikonartiger Anordnung, an die er dann kürzere und längere Bemerkungen und Erläuterungen fügt. Seeliger macht sich in diesem Buche so ziemlich über alle bestehenden Einrichtungen, über alle, die anders wie er, für ihn also falsch, denken, vor allem über Staat, Kirche, Gesellschaft u. s. w. lustig und verkündet seine Ideen der freien Menschheit, wobei die eigene Persönlichkeit außerordentlich in den Vordergrund tritt, z. B. unter den Stichworten: Ich, Lamm, Seeliger.

Seinen Bericht schließt Dr. Schmidtmann am 2. März 1923 mit den Worten ab:

Ich fasse mein Gutachten zusammen wie folgt: Seeliger befand sich zur Zeit der Begehung der ihm zur Last gelegten Straftat (und befindet sich jetzt noch) in einem Zustande leichter manischer Erregung (Hypomanie), durch welchen seine freie Willensbestimmung ausgeschlossen war.

Seeliger meint in seiner Stellungnahme hierzu:

Körperlich bin ich gesund, geistig bin ich im staatlichen Sinne verrückt. Wenn ich unter dem Stichwort Seeliger im Handbuch des Schwindels mich einen „richtig verrückten Dichter" nenne, so will ich damit sagen, dass ich mich bewusst vom Falschdenken zum Richtigdenken „verrückt" habe. In meiner Familie sind keine Fälle von Geisteskrankheit vorgekommen.

Der Prozess endet mit folgendem Ergebnis:

Der Inhalt des Handbuchs des Schwindels ist nach Ausführungen unter II. – V. strafbar. Ewald Gerhard Seeliger ist nach dem Beschluss der 1. Strafkammer des Landgerichts München I vom 28. Juni 1923 für seine Handlung nicht verantwortlich, weil seine Geistestätigkeit krankhaft gestört ist. Er kann nach § 51 des RSTGB nicht verfolgt werden.

Und genau das war Seeligers Ziel. In seiner Autobiographie nennt er die Aktion „Handbuch des Schwindels" sein Hominidissimus-Experiment Nummer 1.

1930 bereiste Seeliger Nordamerika und kehrte 1936 über Cham, Cottbus und Berlin wieder nach Hamburg zurück. Im selben Jahr (1930) wurde von der Filmproduktionsfirma E-melka „Peter Voß der Millionendieb" neu verfilmt.

Am 9. Mai 1936 wird Seeliger, vermutlich wegen seiner jüdischen Ehefrau, aus der Reichsschrifttumskammer, der er von 1933 an angehörte, und der Reichskulturkammer ausgeschlossen. Fortan bezog Seeliger kein Einkommen mehr aus schriftstellerischer Tätigkeit.

Am 7. Februar 1939 stellt Seeliger in Hamburg 23, Wielandstraße 27 III, bei Emmer, als Hamburger Bürger einen Wiederaufnahmeantrag an die Reichsschrifttumskammer Berlin. Als Pseudonym gibt er Marquardt van Vryndt an. Er weist darauf hin, dass in ähnlich gelagerten Fällen Ausnahmeregelungen von dem § 10 der Ersten Verordnung zur Durchführung des Reichskulturkammergesetzes vom 1. November 1933 für die Zugehörigkeit zur Reichsschrifttumskammer erteilt worden seien, und zwar für Schriftsteller, die mit einer vorehelichen Nichtarierin verheiratet waren. Er nennt hierbei Werner Bergengruen und Jochen Klepper. In seinem Antrag muss er bekennen, kein Mitglied einer Partei oder Loge, aber auch nicht der NSDAP zu sein. Seeliger wurde nicht mehr in die Reichsschrifttumskammer aufgenommen. Das bedeutete für ihn sein schriftstellerisches Ende.

Im Februar 1941 verloren die Seeligers bei einem Bombenangriff ihr Heim in Hamburg. 1942 zog Seeliger zusammen mit seiner Ehefrau Rosalie Sara von Hamburg 23, Wielandstraße 27/III, nach Cham zu seinem „Eingeborenen Sohn" Heinz Wolfram.

Am 25. August 1946 erhält Seeliger die neue Deutsche Kennkarte. Er wird darin als 168 cm groß, stark und als Brillenträger beschrieben. Als unveränderliches Kennzeichen ist eine Warze im rechten Augenwinkel vermerkt. Als Beruf gibt er Verleger an.

Am 18. Januar 1947 erhält Seeliger, damals wohnhaft in 13a Cham/Opf., Janahof 22 (bei Heller), vom öffentlichen Kläger bei der Spruchkammer Cham/Opf. Lehmann auf einer Postkarte die Auskunft: „Auf Grund der Angaben in Ihrem Meldebogen sind Sie von dem Gesetz zur Befreiung von Nationalsozialismus und Militarismus vom 5. März 1946 nicht betroffen."

Im selben Jahr wird er Mitglied im Schutzverband Deutscher Schriftsteller. 1955 stellt sich Seeliger lt. Reisepass als Urheber und Verleger vor.

Seine barocken Romane erotischen Inhalts „Vielgeliebte Falsette" und „Junker Schlörks tolle Liebesfahrt" werden 1952 vom Verlag C. S. Dörner & Co, Düsseldorf, erneut herausgegeben und von der Bundesprüfstelle für jugendgefährdende Schriften prompt auf den Index gesetzt. Ein Brief von Kurt Helmut Zube, einem bekannten deutschen Autor und Verleger, an die Bundesprüfstelle vom 1. Dezember 1956 zeugt von diesem Debakel.

Am 3. Januar 1956 bekommt Ewger (Ewald Gerhard) Seeliger, wohnhaft in Cham/Opf., Schuegrafstraße 9, einen Ausweis über die Anerkennung als Verfolgter im Dritten Reich vom Bayerischen Landesentschädigungsamt.

In den Chamer Heimatnachrichten wird zu Seeligers 80. Geburtstag berichtet, dass Peter Voß eine Auflage von 750.000 Exemplaren erreichte, eine Neuauflage für das Frühjahr 1958 geplant sei und dass die Berolina-Filmgesellschaft zu diesem

Zeitpunkt mit den Dreharbeiten an der vierten Verfilmung dieses Detektivromans beginnt. Als weitere literarische Pläne des vitalen Schriftstellers werden eine dreibändige Umarbeitung seines Werkes über „Erasmus von Rotterdam" und die Bearbeitung von „Bark Fortuna" erwähnt.

1958 kam der Film „Peter Voß der Millionendieb" mit O. W. Fischer in die Kinos. Aufgrund des großen Erfolges wurde 1959 der Film „Peter Voß, der Held des Tages" ebenfalls mit O. W. Fischer gedreht.

Am 16.12.1958 schreibt Seeliger seinem Freund Kurt Zube: „Der PETER-VOSS-Film ist in München vier Wochen lang gelaufen." Er nennt auch das Honorar, das ihm die „Bavaria-Berlin" (er meint hier wohl Berolina-Film) zukommen ließ. Er selbst sah den Film in Cham zum ersten Mal. Die Chamer Zeitung berichtet: „Autor Ewger Seeliger ist bei der Chamer Erstaufführung persönlich anwesend."

Im selben Brief an seinen Freund Zube spricht Seeliger von seinen Plänen: „Ich werde erst im nächsten Jahr dazu kommen, dieses Werk („Knabe Quirinus") auf vier Bände zu bringen. Ist es nicht seltsam, dass die heutige Situation der damaligen, als Kuhlmann in Moskau verbrannt wurde, so unheimlich ähnlich ist? Augenblicklich mache ich die beiden Operntexte fertig, die ich bis Weihnachten hinter mir haben werde."

Ewger Seeliger starb am 8. Juni 1959, nach einem tragischen Sturz, im Chamer Krankenhaus in der Ludwigstraße. Er hinterließ rund 50 Bücher, Novellen, Balladen und Romane, deren Auflage zwei Millionen erreichte. Bekannt ist heute allgemein nur noch „Peter Voß der Millionendieb". Diesen Roman gibt es in verschiedenen Versionen. In der Ausgabe von 1929 verarbeitet Seeliger seine Erfahrungen in der Nervenheilanstalt und im Umgang mit Behörden anlässlich seines „Handbuch des Schwindels". Peter Voss verwandelt sich immer mehr zu einem Ewger Seeliger.

Im „Handbuch des Schwindels" beschreibt Seeliger sich selbst unter dem Stichwort Seeliger:

Ewald Gerhard (abgekürzt Ewger):
der allergewöhnlichste Mensch, lustigste Kerl, der richtig verrückte Dichter, der allervergnügteste Wahrheitssucher, -zusammenfinder, -aufschreiber, und -sprecher, der vorderlistigste Rathauer, der seine neugierige Nase in jeden Dreck steckende Selbstversorger, der sich um alles kümmernde und darum kummerfreieste aller Vorausdenker, der denkbar aufrichtigste Freund aller Menschen und Unmenschen, der allererste Allerhöchstverräter, der Seelennichthirt, der Seeunräuber, der Zweihänder ohne Widerspruch.

L. Alexander Metz

Quellen:
Dokumente (Briefe, Urkunden, Lebensläufe) von Ewald Gerhard Hartmann Seeliger aus dem Besitz der Erben sowie die Prozessakten zur „Unbrauchbarmachung des Handbuchs des Schwindels" aus dem Bayerischen Staatsarchiv München (AG Akten 16261)

Vielgeliebte Falsette

Nach Ende des dreißigjährigen, männermordenden Krieges ist der Herzog bestrebt, das verödete Land schnellstmöglich wieder aufzuvölkern. Aus diesem Grunde erlässt er ein Edikt, wonach jeder gesunde, kräftige Mann nicht nur ein Weib, sondern auch ein zweites und drittes mit gleichen Pflichten und Rechten freien darf. So wird Falsette gleich dreimal gezeugt. Ihre Schönheit verwirrt von frühester Jugend an die Sinne und Herzen der Männer. Doch ihre Liebe gehört nur einem, dem edlen Junker Gustav von Telkow. Böse Intrigen vereiteln die Eheschließung. Falsette wird entführt und landet in einem Buhlhaus. Ihr Schicksal verschlägt sie in die Metropolen der damaligen Welt bis in den Orient. Auf ihrer abenteuerlichen Irrfahrt lernt sie viele Männer kennen und lieben, doch ihre große Liebe, Gustav von Telkow, vergisst sie nie. Wird sie ihm jemals wieder begegnen?

Ein prachtvoller, lebendiger und spannender historischer Roman der Barockzeit.
ISBN: 978-3-75288-640-5

Werke von Ewald Gerhard Seeliger

als eBooks oder im Taschenbuchformat erhältlich:

Siebzehn schlesische Schwänke
Geschichten vom alten Schlesien,
die in keinem Geschichtsbuch stehen
eBook ISBN: 978-3-942660-20-4

Das Paradies der Verbrecher
eine Verbrecherkolonie im Urwald Brasiliens
Abenteuer- und Science-Fiction-Roman
eBook ISBN: 978-3-942660-39-6

Leute vom Lande
Geschichten von Schlesien und Schlesiern
im 19. Jahrhundert
eBook ISBN: 978-3-942660-09-9

Das sterbende Dorf
Die Industrialisierung ergreift auch das
schlesische Dorf Gramkau
Liebesroman
eBook ISBN: 978-3-942660-10-5

Peter Voß der Millionendieb
Kriminal- und Abenteuerroman
Bestseller
eBook-ISBN: 978-3-942660-03-7
Buch ISBN: 978-3-734-79867-2

Morphium für Tante Zöge
Roman eines Justizirrtums
Kriminal- und Abenteuerroman
eBook ISBN: 978-3-943797-48-0

Warum Görlitz brennen musste
Schlesische Historien zwischen Polen und Böheimb
Geschichten von Helden und Verlierern
(1370 bis 1806), die kein Geschichtsbuch
erwähnt
eBook ISBN: 978-3-7412-0619-1
Buch ISBN: 978-3-8482-0695-7